Nuova Narrativa Newton

1461

Titolo originale: *Guilty by Definition*

Originally published in the English language in the UK by Bonnier Zaffre,
an imprint of Bonnier Books UK Limited, London.

Traduzione dalla lingua inglese di Anna Mioni
Prima edizione: aprile 2025

ISBN 978-88-227-9190-0

www.newtoncompton.com

Realizzazione a cura di The Bookmakers studio editoriale s.r.l.s.
Stampato nell'aprile 2025 da Grafica Veneta S.p.A., Trebaseleghe (PD)

Susie Dent

Colpevole per definizione

Traduzione di Anna Mioni

Newton Compton editori

A Malcolm Michael Dent
1931-2023

1

nemesismo, s. m. [deriv. da nèmesia]
Attuazione della nemesi storica: vendetta fatale,
assolutamente inevitabile, di una colpa rimasta impunita

Il giorno in cui arrivò la prima lettera faceva caldo per quel periodo dell'anno. Era un giovedì di fine aprile, quando Oxford era più affascinante che mai, la luce del sole inondava l'arenaria burrosa dei college, con quelle immancabili guglie sognanti che si stagliavano contro il cielo azzurro. Era facile adorare quella città sotto il sole, a meno di non essere, naturalmente, uno degli studenti preoccupati per gli imminenti esami di fine anno. Nel giro di poche settimane si sarebbero precipitati nell'edificio dell'Examination Schools, attenendosi all'abbigliamento regolamentare in toga scura noto come *sub fusc* – lunga e svolazzante per i borsisti, più corta e striminzita per gli studenti senza borsa – e chiacchierando come gazze agitate.

Quando, sei mesi prima, Martha Thornhill era stata nominata caporedattrice al *Clarendon English Dictionary*, aveva scoperto presto che uno dei vantaggi di quell'attività era una scrivania che dava sulla strada. Ma non era molto convinta che lo fosse anche per il suo datore di lavoro. Troppo spesso, appena distoglieva lo sguardo dallo schermo per cercare di riflettere su una parola o di rifinire una definizione, veniva distratta da qualcuno che passava sul marciapiede. Una ragazza dai lunghi capelli biondi, che camminava spedita a testa bassa; un ragazzo con le mani in tasca, soddisfatto di sé e del suo futuro; una coppia di anziani, a braccetto, che si godeva una passeggiata davanti all'imponente facciata della redazione del dizionario, si soffermava ad alzare lo sguardo e catturava la sua attenzione. Lei distoglieva gli occhi in preda al senso di colpa, sapendo che l'avevano di nuovo beccata a perdersi in fantasticherie.

Berlino, dove aveva passato gli ultimi dieci anni a imparare la professione di redattrice, le dava una sensazione di gran lunga diversa. Lì la storia ti incalzava più di frequente: i suoi sconvolgimenti e le sue reinvenzioni erano talmente recenti che sembrava aleggiassero ancora nell'aria, trasmettendo alla città un'energia irrequieta. A Oxford la storia si era sedimentata nella composizione della pietra: un profumo raffinato che emanavano i nomi delle vie e le guglie dei college. Era consolante. Si prestava alla contemplazione.

Martha si toccò la collana, facendo scorrere lentamente la coppia di cuori d'argento sulla catenina, il suo rosario privato. Sotto la sua finestra si stava radunando un altro gruppo di turisti, entusiasti e con giacche fluo, che cercavano di scorgere la fontana decorata nel cortile erboso dietro i cancelli. Martha avrebbe potuto recitare a memoria il discorso della guida.

«Il *Clarendon English Dictionary*, famoso in tutto il mondo come CED, è una delle più grandi imprese intellettuali della nostra epoca. Il progetto è stato avviato nel XIX secolo sotto gli auspici dell'università e continua a ritmo incalzante, a mano a mano che nuove parole entrano in uso e quelle esistenti si modificano».

Quella osservazione iniziale era sempre seguita da una pausa, mentre uno dei turisti poneva una domanda. Martha sentiva di rado le parole esatte, ma la risposta che dava la guida spesso le diceva che era una variazione sul tema del controllo ortografico, di Google e del perché qualcuno si prendeva ancora la briga di scrivere dei dizionari. *Be', sicuramente non per soldi*, pensò, origliando la replica della guida. Di solito la risposta era una versione superficiale del fatto che la lingua e le civiltà sono inscindibili e che capire la storia e lo sviluppo di una aiuta a comprendere l'evoluzione dell'altra.

Martha avrebbe voluto afferrare il suo pubblico per il bavero di neoprene delle giacche e dirgli che c'era molto di più. Che la lingua ci definisce ed è l'ossatura dei nostri pensieri, una danza infinita, mutevole, complessa attraverso il tempo e la natura umana. Che riguarda gli schemi ricorrenti della vita e il bisogno di comunicarli; che riguarda la morte, il rinnovamento e tutto quello che sta in mezzo ai due; il caos e l'ordine che creiamo a partire dal caos, il sangue e lo scheletro di ogni storia. Ma soprattutto riguarda l'attrazione lenta e ostinata per la vita segreta delle persone comuni.

«È già ora dei *Looney Tunes*?».

Martha sussultò e distolse lo sguardo dalla finestra; vide il suo collega vicino alla scrivania, che reggeva due caffè e gliene offriva uno esitante, come se potesse riprenderselo in qualsiasi momento. Il suo guardaroba, invece, era tutt'altro che da persona timida: aveva reagito a quel caldo con una camicia hawaiana di un viola aggressivo, a motivi sparsi di fiori di ibisco bianchi che attiravano lo sguardo sulla pancia incipiente da birra. Lei guardò l'orologio – le due e un minuto – e poi accettò il caffè con un sorriso.

«Grazie, Simon. Sì, diamoci una mossa. Safi, hai il malloppo?».

Safiya Idowu – Safi per gli amici – era la redattrice più giovane della squadra di Martha. Di un'intelligenza spiccata, sprizzava entusiasmo per la professione. Metteva tutti di buonumore.

«Sì!».

Safi prese una cartella dal vassoio che conteneva le domande spedite per posta al dizionario, e cominciò a distribuirle. Alex Monroe, la quarta redattrice della squadra, girò la sedia verso gli altri. «Quelle mandate per email sono sul drive condiviso. A quanto pare il cruciverba del martedì sul "Times" ha causato fermento tra i soliti noti. La soluzione del due orizzontale era "lasagne". Ho preparato una bozza di risposta».

«Ah, quella vecchia storia del vaso da notte», disse Simon, con l'aria soddisfatta di sé. Era una battuta che poteva far ridere solo un etimologista, al corrente del fatto che la parola "lasagne" era nata da un termine latino che indicava un vasetto.

Martha prese la sua mezza dozzina di domande scritte e cominciò a sfogliarle. Aveva già riconosciuto alcune delle grafie. Nel malloppo di quel giorno una signora di nome Barbara Wilson, che scriveva sempre, insisteva che sua nonna offriva un "pasto del contadino" a familiari e amici molto prima degli anni

Cinquanta, come era scritto al momento sul dizionario. Come sempre, Martha usava il modello presente sul drive condiviso per ringraziarla e chiederle una prova stampata o databile della sua affermazione. La risposta tradizionale della signora Wilson era il silenzio.

«Bene, Safi, quali tartufi hai scovato per me oggi?», chiese Alex, raddrizzando il suo mucchio di fogli. «Qualche fobia divertente?».

Nella squadra di Martha ognuno aveva la propria preferenza. Alex prediligeva le paure, il folklore e il soprannaturale. *Forse da ragazza era dark*, pensò Martha, mentre la guardava dall'altra parte della stanza. Alex era sulla cinquantina e di un'eleganza innata, con una passione spiccata per i colori scuri, che si adattavano molto bene al suo amore per le ombre dell'intelletto.

Safi aveva la passione dei regionalismi, che infilava nella conversazione appena poteva: era una pro loco ambulante. Quel giorno era cominciato con lei che annunciava entusiasta che l'uomo politico in prima pagina sul «Times» era sicuramente *crambazzled*, spiegando poi (mentre fissava Simon in modo un po' troppo diretto, aveva pensato Martha) che era una vecchia espressione dello Yorkshire per qualcuno invecchiato precocemente a causa dell'eccesso di alcol. Ma d'altra parte, aveva aggiunto Safi, anche lei era un po' troppo in confidenza con la *crapulence*, la socia alticcia del *crambazzlement*.

A Simon interessavano i sensi: i gusti, gli odori, i colori. Qualche anno prima aveva pubblicato un libro sulla lingua del gusto, e Martha si ricordò che doveva leggerlo. Sapeva che anche lui aveva fatto domanda per quel posto di lavoro che aveva vinto lei, e doveva essergli bruciato parecchio che gli venisse preferita una donna sulla trentina. Al suo arrivo era stato amichevole e accogliente, ma quando parlavano non aveva mai uno sguardo cordiale. A livello strategico poteva convenirle essere in grado di lodare il suo libro, soprattutto perché i recensori e i lettori lo avevano di gran lunga ignorato. Ora se ne stava sugli scaffali dell'ufficio che condividevano, in mezzo ai dizionari e ai glossari storici rilegati in pelle.

«Ah, eccone una!», disse Alex, dispiegando una delle domande assegnate a lei. «Esiste una parola per definire la paura che il burro d'arachidi ti si incolli al palato?».

«Ebbene, esiste?», chiese Martha, immaginando che Alex volesse dirglielo.

«Certo che c'è. Arachibutirofobia. Qualcuno se l'è inventata negli anni Ottanta, se mi ricordo bene: forse è persino stato uno dei nostri. È una parola greca assurda, grottesca». Alex si girò a guardare il suo computer, perplessa. «Si trova in giro per la rete su diversi siti medici; però non sul dizionario. Ovviamente».

Per un po' lavorarono in silenzio. Safi aveva passato a Martha un quesito sulla prima occorrenza dell'uso di *fuckwit* (cazzone), scritta in grafia filiforme su una carta da lettere di un'eleganza esagerata. L'autore della lettera aveva trovato una traccia degli anni Quaranta, una ventina di anni prima del reperto più antico in possesso del CED. Le retrodatazioni come quella erano sempre emozionanti, e Martha la mise da parte per verificarla e condividerla. Nonostante lei riservasse le parolacce a pochi momenti davvero degni, l'affascinava molto rintracciare le origini delle offese e delle oscenità. Documentavano quanto fosse mutevole la reazione di scandalo nel corso dei secoli, e facevano parte di un lessico ribelle che fino al XX secolo era soprattutto parlato e di rado stampato. Di conseguenza doveva andare a scovare le parole direttamente, nelle trascrizioni di processi, nelle note autografe a margine, e in lettere e diari che in teoria sarebbero dovuti restare privati. Cercarle la faceva sentire come un'archeologa ricoperta di fango linguistico, non una curatrice che ammirava gli artefatti della lingua già conservati, che erano stati puliti e levigati dalla decenza.

«Uffa, mi è toccata di nuovo la lettera del fanatico di Shakespeare?», disse Simon con un sospiro teatrale.

«Io l'ho fatta la settimana scorsa», rispose Alex. «Ti è toccato un oxfordiano?»

«Ma la tua era un'email di una riga!», protestò Simon. «Questa persona ci ha scritto cinquemila parole. No, non discute la paternità». E girò pagina per vedere la firma. «La signora Burnside, a quanto pare, ha stabilito quali versi del *Timone d'Atene* sono stati scritti da Shakespeare e quali da Thomas Middleton.

Se è vero, è una bomba». Mentre ci rifletteva, tamburellava con le dita sul tavolo.

«Abbiamo un elenco di studi shakespeariani per questo tipo di questioni, no?», chiese Martha.

Simon annuì. «Dobbiamo dare atto alla signora Burnside che conosce bene gli studi in materia». Scorse la pagina. «E li ha sostanzialmente liquidati tutti, preferendo il proprio sistema che spiega sotto». Cominciò a digitare una risposta. «Mi congratulerò con lei per la sua diligenza, mi scuserò perché non abbiamo il tempo di esplorare appieno il suo sistema e le suggerirò di scrivere direttamente al nostro esperto sull'argomento, il consulente editoriale Jonathan Overton!».

Martha sorrise. A Jonathan non avrebbe fatto molto piacere, anche se immaginava che la sua risposta alla signora Burnside sarebbe stata decisamente diplomatica. L'ultima volta che era passato a trovarli aveva fatto un predicozzo sul fatto che anche il critico più aggressivo si poteva convertire ad alleato entusiasta, se gestito nel modo giusto.

«Fai il bravo», disse Alex sarcastica, poi aggiunse: «Andiamo tutti alla presentazione di Jonathan stasera? È all'Ashmolean, vero?»

«Champagne e tartine gratis? Sono disposto a sopportare un paio di discorsi sulla sua grandezza pur di averli», replicò Simon, mentre finiva l'email con degli abbellimenti retorici, come un pianista che finisce una cadenza.

«Dobbiamo proprio andarci?», chiese Safi. «Sono negata per quelle cose. Ma perché poi quelle tartine complicate da maneggiare? Cosa bisogna fare con gli stuzzicadenti? Me li ritrovo nelle tasche per settimane, dopo».

«Ti guarderemo noi le spalle, Safi». Alex con uno scatto aprì la sua lettera successiva. «E poi ti farebbe bene. Tutti i pezzi grossi di Londra vengono alle presentazioni di Jonathan. Magari riusciamo a trovare un produttore per un programma radio sul dialetto. Tu vieni, Martha? Hai delle scarpe adatte?».

Martha abbassò gli occhi sulle sue calzature. Si metteva le Dr. Martens tutto l'anno, sotto abiti lunghi e fluo di varie fantasie. Preferiva aspettare che la moda la raggiungesse, piuttosto che andarci a rimorchio. «Io non porto i tacchi».

«Da una lessicografa senior mi aspetterei che conoscesse il significato di "fare un compromesso"». Alex sporse la gamba da sotto la scrivania e dimenò la caviglia, il tutto senza staccare lo sguardo dallo schermo. «Tacco a rocchetto, in nero o in beige. Le trovi scontate al Mercato Coperto, puoi fare un salto prima dell'evento».

Martha sorrise e si concentrò sulla domanda successiva che le era toccata. L'avevano dattiloscritta con una macchina da scrivere antiquata, che non funzionava bene. In alcuni punti le righe erano talmente vicine che quasi si sovrapponevano, eppure gli a capo doppi erano stranamente alti. La lettera "E" era talmente consunta da essere un'ombra.

Si chinò per guardarla meglio.

«Safi, che cos'è questa?».

La collega alzò gli occhi dalla sua lettera. Per prendere appunti stava usando una matita con un pompon rosa appeso in cima.

«Scusami, capo. È arrivata stamattina. L'ho guardata e mi sembrava stramba, quindi l'ho data a te. Non è una persona che ci scrive abitualmente».

Uno dei tanti vantaggi dei ruoli apicali. Martha aveva istruito Safi a passare a lei tutte le lettere strane, rabbiose, psicopatiche o minacciose. Non erano molte (di solito la gente che voleva trollare il dizionario e i suoi autori si limitava a scrivere cose sgradevoli sui social) e le sembrava il minimo che poteva fare in cambio della sedia davanti alla finestra e di quelle migliaia di sterline di stipendio in più.

«Figurati». La rilesse con maggior attenzione e sentì crescere il disagio. Non era minacciosa e nemmeno violenta, però aveva un che di molto sconcertante.

Probabilmente sul viso le si leggeva la preoccupazione. Quando rialzò gli occhi vide che gli altri la guardavano confusi o speranzosi.

«Che cos'è, Martha?», chiese Alex.

Martha si schiarì la gola e lesse ad alta voce:

Gentili Redattori,

questo è tutt'altro che una confessione, ma ne contiene una. Ho avuto paura della verità: ho tenuto dei segreti. Credo di non essere stato l'unico, e quindi mi rivolgo a voi.

Il tempo: la sua gloria è placare i sovrani in lotta, svelar falsità e illuminare il vero.[1] *Chi vorrebbe mai impedirlo? Sarebbe una furfanteria, di sicuro. Voi siete i segretari dell'inglese e ho deciso di farvi diventare anche i miei. Almeno qualcuno di voi dovrebbe fare causa comune con me, finché la fonte avvelenata torna pura*[2]*. Anche voi siete investigatori, non è forse così?*

Avete il desiderio di farlo? Non siete trafficanti di notizie, ma siete fautori della verità.

Fatto da sé, un uomo può comunque cadere in disgrazia. Voi siete prima di tutto fedeli alle prove, e nessuna eredità è più ricca dell'onestà[3]*. Dopotutto, "prove" è una parola usata sia dai lessicografi sia dagli investigatori.*

Due mestieri molto simili: in entrambi si va alla ricerca di indizi, del filo che riporta agli inizi, dell'impeto che mette in moto tutto. Guardiamo la storia prima ancora che cominci. E a mano a mano che le prove si accumulano, il quadro si completa, e una vita viene smascherata.

Ma le vergini in passato si tradivano arrossendo, ho letto. Dubito che sia ancora così. Se le circostanze mi guidano, io troverò dove la verità è nascosta, se pur fosse nascosta veramente al centro della Terra[4]*.*

Incrociate le dita e lavorate insieme a me, la voce degli uomini liberi. Vogliate apprendere gli stadi della nostra storia da me, che per spiegarveli mi presento negli intervalli[5]*. La verità verrà a galla. Un omicidio non può rimaner nascosto a lungo.*[6]

Vostro, in attesa,
Coro.

[1] William Shakespeare, *Lucrezia*, in *Poemetti*, trad. di V. Malosti, Torino, Einaudi 2022.
[2] Ivi.
[3] William Shakespeare, *Tutte le opere*, a cura di M. Praz, Sansoni, Firenze 1980, p. 817.
[4] Ivi, p. 693.
[5] Ivi, p. 1105.
[6] Ivi, p. 423.

Simon fu il primo a rompere il silenzio che seguì.

«Omicidio? Porco mondo! Mi sa che la signora B ha un concorrente valido come Fanatico di Shakespeare della Settimana».

Martha fissò il foglio: lo sentiva caldo e pericoloso nella mano.

Simon continuò: «Non sto impazzendo, ci sono un sacco di citazioni di Shakespeare nel testo, giusto?».

«Non credo che Shakespeare avesse molto da dire sulle prove e sugli investigatori», rispose Alex, arricciando il naso, «ma riconosco "Io troverò dove la verità è nascosta". È Polonio che indaga nell'*Amleto*».

«"Nessuna eredità è più ricca dell'onestà" è da *Tutto è bene quel che finisce bene*, credo», aggiunse Simon, tirandosi la barba soprappensiero.

«Non capisco». Safi aveva una voce acuta e tesa. «Dovrebbe essere uno scherzo?»

«Non mi sembra il tono di qualcuno che scherza». Alex si alzò dalla scrivania e si avvicinò a quella di Martha con la mano tesa. «Posso guardarla?».

Martha provò uno strano istinto di protezione, come se la lettera fosse solo sua, ma sarebbe stata una cosa ridicola. Dopo una breve esitazione gliela passò. Mentre Alex la esaminava, fuori passò un autobus turistico scoperto; la guida stava facendo esultare i passeggeri per qualcosa. Quel frastuono era uno sfondo imbarazzante per il silenzio in cui era sprofondata la stanza.

«Be', suggerisce che qualcuno stia mentendo su qualcosa. Ma non è molto specifico. Sono piuttosto sicura che in *Molto rumore* Claudio dice che il rossore di Ero non è innocenza, ma colpa[7]. È lei la "vergine" qui?».

Safi e Simon uscirono dalle scrivanie per raggiungerla e si raggrupparono al centro dei riquadri azzurri della moquette. Martha aveva la sensazione che in qualche modo la stanza stesse trattenendo il respiro: che i vecchi libri, le piante rampicanti e le tazze da caffè fossero tutti in attesa. L'unico suono percepibile era il ronzio insistente dei computer.

Finalmente Simon picchiettò la pagina con un dito. «Forse

[7] William Shakespeare, *Tutte le opere*, a cura di M. Praz, Sansoni, Firenze 1980, p. 539.

questo è un altro punto da sottoporre a Jonathan. Non scherzo stavolta, guardate: "furfanteria", "trafficanti di notizie". Fino a cinque anni fa circa, si pensava che queste fossero parole coniate da Shakespeare. Poi il gruppo di lettura ha rintracciato occorrenze anteriori».

«"La verità verrà a galla": anche questa è sicuramente di Shakespeare», disse Alex.

«Ma di quale verità parla?», chiese Safi. «Sembra che alluda a un reato. Ma l'omicidio? Una volta c'era un omicida che lavorava per il dizionario, giusto?»

«Più di uno, ma non è certo un segreto. Su uno di loro hanno persino fatto un film, qualche anno fa», disse Alex, che continuava a fissare la pagina.

«Ci sono altri scandali più recenti?», chiese Martha.

«Non che io sappia», rispose Alex, fissando Simon, che fece spallucce senza guardarla. «Non qui».

«"La fonte torna pura..." Parlano della fontana nel nostro cortile interno?», chiese Safi, accigliata. «"Almeno qualcuno di voi dovrebbe fare causa comune con me"... Cioè, implica che qualcuno potrebbe non volerlo fare. Perché siamo bugiardi?».

Simon fece una smorfia. «Fermate le rotative! Per caso qualcuno per tutti questi anni ha distrutto le prove della genialità neologistica della madre della signora Wilson?»

«Lascia stare». Martha si alzò dalla scrivania. «Mi ha scritto una lettera oggi. Safi, puoi scansionare questa?». La prese di mano ad Alex e gliela passò, poi si appoggiò alla sua scrivania e incrociò le braccia. «Non c'è mittente, ovvio. Cosa dovremmo fare di preciso? Dio mio, non lo so: la porto alla presentazione stasera e forse Jonathan riuscirà a capirci qualcosa. "Diventerete i miei segretari"», disse poi piano, tornando alla sua sedia. Era una bella metafora, per riferirsi a dei lessicografi che erano al seguito di una lingua: la servivano, l'assistevano, la organizzavano in qualcosa di ordinato. Inoltre, lei sapeva anche che alcune parole non nascondevano le proprie emozioni: i primissimi segret-ari erano addetti a mantenere segreti.

Safi portò la lettera allo scanner che riusciva a far funzionare solo lei, e comunque in modo intermittente. «Sì, ma sembra che questo Coro voglia che facciamo gli investigatori e portiamo a galla i segreti, non che li teniamo sepolti».

«Il Coro: quegli attori sono dei personaggi fondamentali per il teatro dell'antica Grecia, non è vero?», fu la domanda retorica di Simon. «Esprimono quello che i personaggi principali non possono dire».

«E portano la maschera», aggiunse Alex. «Shakespeare ne usa uno nell'*Enrico V*».

Safi schiacciò un bottone dello scanner, che emise un ronzio rassicurante e si avviò. «Forse è destinata a Jonathan. Cioè è uno scherzo per l'uscita del suo nuovo libro».

«Di sicuro questo ufficio è l'ultimo posto dove fargli arrivare qualcosa! E poi è indirizzata ai "Redattori", e quindi a tutti noi, no?». Simon sospirò. «Immagino che stasera vedremo se lui ci capisce qualcosa. Io prima della presentazione vado al pub. Qualcuno viene con me?»

«A quanto pare devo comprarmi delle scarpe», disse Martha, alzando gli occhi al cielo verso Alex, con ironia. «Ci vediamo all'Ashmolean».

Continuarono a lavorare in silenzio finché le campane della torre dell'orologio non segnalarono la fine della giornata lavorativa.

2

cèrnere, v. trans. [dal lat. *cernere*]
Individuare qualcosa in un gruppo, distinguerlo grazie al ragionamento o all'attività dei sensi. Capire un concetto, recepire un messaggio, percepire una sensazione

«Ottima scelta!», disse Alex, guardando le scarpe nere coi tacchi bassi di Martha mentre entrava nell'atrio del museo. «Eleganti, ma gestibili».

«Sarei dovuta andare a casa a cambiarmi», rispose Martha soprappensiero. Si era fermata davanti a un grande specchio dalla cornice dorata che permetteva agli ospiti di dare un'ultima controllata al proprio aspetto prima di entrare nella confusione dell'atrio, dove i più illustri di Oxford si erano radunati per tributare i loro onori a Jonathan Overton.

Alex era al suo fianco. Martha notò mesta che era stupenda. I capelli neri striati di grigio, con un taglio corto alla moda, erano lucidi come appena usciti dal parrucchiere, e aveva sostituito le tonalità color terra che usava in ufficio con una blusa bianca e nera, con un motivo di catene, costosa senza averne l'aria. Alex era dotata di quello che gli italiani chiamano *sprezzatura*: quella specie di nonchalance studiata che fa sembrare un look molto facile da realizzare, anche se ha richiesto sforzi notevoli.

Martha si era raccolta i capelli rossi in una coda di cavallo alta e si era ritoccata l'eyeliner, ma ora, guardando il raso e la seta ai confini del pubblico che si stava radunando per Jonathan, si chiese se non fosse troppo poco.

«Non dire assurdità, Martha, sembra che tu sia appena uscita da uno dei quadri preraffaelliti del piano di sopra. Forse, pensando a quelli, potresti scioglierti i capelli?».

Non era la prima volta che qualcuno la paragonava a quei ritratti di donne vittoriane pallide e assorte. Martha si tolse il fermaglio dai capelli e li smosse con le dita per liberare i riccioli morbidi. Ora il suo viso sembrava un po' meno magro. Ma le preraffaellite avevano tutte un aspetto abbastanza malaticcio, no? Lei stava cercando di riprendere il peso che aveva perso negli ultimi mesi passati a Berlino, però ci era riuscita solo in parte.

Alex fece una smorfia allo specchio per controllare se il suo riflesso aveva il rossetto sui denti, dopodiché prese sottobraccio Martha e si precipitarono giù per la teatrale scala moderna fino all'atrio.

Era lo spazio per eventi più grande dell'Ashmolean, ma il pubblico lo riempì con facilità, radunandosi tra i vetri e le pareti bianche e girando in tondo ai piedi di un enorme calco in gesso dell'*Apollo di Olimpia*. Due pozzi di luce da entrambe le parti permettevano a quella naturale di attraversare l'edificio in verticale fino al piano più basso, dove il suono di un centinaio di voci echeggiava e si moltiplicava. Il museo si stava reinventando, pensò Martha mentre scendeva le scale. Come il dizionario, era un palinsesto che veniva sovrascritto dalle scoperte e dai gusti di ogni nuova generazione di studiosi. Quando il museo si era trasferito nella sua nuova sede di Beaumont Street, quella originaria era stata destinata a uffici per il *Clarendon English Dictionary*, lasciando un filo invisibile tra le due istituzioni.

Trovarono Simon e Safi in fondo alla scala, che si aggiravano intorno a una maschera della tragedia greca che sembrava fissare con orrore gli ospiti. Mentre si salutavano e Simon e Safi facevano i complimenti a Martha per le scarpe nuove, arrivò una voce forte e roca a interrompere le loro chiacchiere.

«Martha! Sei tremenda, come è possibile che tu sia a Oxford da sei mesi e non mi sia ancora venuta a trovare?».

Una donna con un vestito luccicante color pesca e una collana di perle gigantesche aveva afferrato per le spalle Martha e la stava baciando entusiasta su entrambe le guance.

«Ma guardati, probabilmente pesi meno dei manoscritti che mi arrivano di questi tempi!».

«Ciao, Gemma», disse Martha. «Che piacere vederti... È una festa meravigliosa».

«Lo so», rispose la donna senza traccia di umiltà, passando in rassegna il pubblico con soddisfazione evidente. «Le feste di Jonathan attirano sempre la gente più adorabile. La solita cricca di Oxford naturalmente, e anche un bel po' di londinesi. Molti di loro hanno una casa qui vicino, bada. Ma nonostante questo è un'ottima affluenza, e lo ricorderò più volte ai suoi editori. Riuscire a far stanziare il budget per gli eventi che lui si merita sta diventando un incubo». Rivolse lo sguardo sugli accompagnatori di Martha. «E questi sono i tuoi colleghi, Martha? Sono così felice che siate potuti venire stasera a spalleggiare Jonathan».

«Sì, ecco Safiya, Alex e Simon. Lei è Gemma Waldegrave, la mia madrina e l'agente di Jonathan».

Si strinsero la mano. «A dire il vero ci siamo già visti un paio di volte», disse Simon con un sorrisino stentato.

«Ah, davvero? Be', mi fa molto piacere rivederla».

«Ma adesso i manoscritti non le arrivano via email?», chiese Safi.

«Come? Ah, giusto. Però metaforicamente pesano ancora una tonnellata. E allora, com'è Martha come capo? Quando ho saputo che tornava a casa e accettava il lavoro ero entusiasta». Si rivolse alla figlioccia: «Anche se fatico ancora a percepirti come una donna che lavora. Mi sembra ieri che ero nel vostro giardino a spruzzare te e Charlie con il tubo per innaffiare in quelle lunghe sere d'estate».

«Charlie è tuo fratello?», chiese Safi a Martha, sorridendo.

«Mia sorella maggiore», rispose rapida Martha. «Diminutivo di Charlotte».

Mentre pronunciava il nome della sorella sentì un nodo in gola. Ma, prima che qualcuno potesse replicare, un mormorio del pubblico annunciò l'arrivo della star della serata.

Durante il periodo berlinese Martha era stata a molte presentazioni di libri. Aveva lavorato per una piccola casa editrice universitaria, dove gran parte dei festeggiamenti si svolgeva radunandosi in un pub con qualche bottiglia di birra da quattro soldi. L'autore era sempre il primo ad arrivare e si metteva a riordinare le copie da vendere e ad angosciarsi che nessuno venisse, ma le serate finivano sempre con loro che uscivano dal pub sulle strade acciottolate di Kreuzberg, ancora parlando e spettegolando mentre andavano a prendere il tram per tornare a casa. Quella era la prima presentazione a cui partecipava dove servivano champagne e l'autore faceva un ingresso in ritardo da divo del cinema.

Jonathan Overton, studioso, autore, speaker TV e consulente editoriale del *Clarendon English Dictionary*, fu accolto da un applauso. Si fermò in cima alle scale per salutare il pubblico, con la moglie Olivia a braccetto. Entrambi erano di un'eleganza sobria e muovevano il corpo con gesti fluidi sincronizzati come se si fossero messi d'accordo senza dirlo. Erano una coppia favolosa; Martha pensò che vederli comparire a fianco di quei calchi in gesso di antichi dei e muse gli si confaceva molto. Jonathan era sempre stato un uomo bellissimo, con il dono di zigomi affilati, mascella quadrata e un fisico naturalmente snello. E senza dubbio era anche geniale. Non c'era da stupirsi che a Oxford così tante ragazze si fossero innamorate di lui nel corso degli anni. Di tanto in tanto accennava alle delicate complicazioni causate dall'averne deluso qualcuna nella sua vita precedente. Ora in più aveva anche una patina di ricchezza, grazie ad anni di alimentazione di qualità e di allenamenti ben calibrati e, per via della carriera televisiva, anche un bel po' di fama.

«Devo andare a salutarlo», sussurrò Gemma all'orecchio di Martha. «Ricordati che me l'hai promesso. Un tè, prestissimo. Offro io».

Gemma corse fino a metà delle scale, spalancando le braccia per accogliere l'eroe vincitore mentre scendeva. Anche sopra al frastuono generale la sentirono esclamare quanto era bella Olivia con quell'abito.

«Ma davvero è la tua madrina?», chiese Simon, fissando Martha incredulo. «L'agente di Jonathan?»

«Sì. Mia madre era compagna di studi di Gemma. È stata lei a presentarli».

«Martha Thornhill. Charlie...», disse lui, poi spalancò gli occhi per lo stupore. «Oddio, per tutti questi mesi non avevo fatto quel collegamento. Immagino che sia perché sono passati più di dieci anni...».

Martha scosse il capo e si concentrò su Jonathan. Uno degli addetti stava montando un microfono sul pianerottolo della scala, dove Jonathan e Gemma si stavano scambiando un bacio di saluto senza toccarsi.

«Non vedo perché avresti dovuto».

Se anche Simon si era accorto che Martha era a disagio, non lasciò che questo lo fermasse. Si avvicinò di più a lei. «Avevo sempre pensato a te come "Martha che viene a trovarci dopo la sua fulgida carriera a Berlino". Non avevo capito che questo era un ritorno a casa. Probabilmente conosci metà della gente che c'è qui».

Mentre Jonathan si accingeva a iniziare il discorso, Martha non sentì il bisogno di fare più di un cenno. Passò in rassegna il pubblico. In effetti riconosceva un bel po' di persone, tra cui amici dei suoi genitori, la maggior parte dei quali non vedeva da molto tempo.

Negli ultimi dieci anni passati a Berlino, le sue visite a Oxford erano state riservate alla famiglia. Era ritornata per Natale e per qualche settimana d'estate, quando alcuni degli ospiti presenti erano passati a bere un cocktail o per un picnic in giardino. Poi sua madre si era ammalata, e le visite di Martha erano diventate più lunghe ma più private. Alcune di quelle stesse persone si erano presentate portando cibo, libri e consolazione; altre invece no. Forse temevano di contagiarsi: non con il cancro, ma con la tristezza liminale che si era infiltrata tra i muri di casa della famiglia di Martha. Gemma l'aveva combattuta a suon di colori, riempiendo la stanza della sua vecchia amica con trapunte vivaci per il letto e dei foulard per i capelli in rossi e blu sgargianti. Aveva indossato gli stessi colori in tonalità gioiello di quella sera al funerale di Rebecca due anni prima.

Alla cerimonia quel giorno stavano partecipando sia gli abitanti sia gli studenti e i docenti dell'università: i direttori di un paio di college con le mogli, una manciata di professori emeriti, scrittori della zona e giornalisti, e alcuni editor della Oxford University Press. Martha invece non conosceva per nulla i famosi e i quasi famosi tra i presenti: supponeva che fossero tutti amici che Jonathan si era fatto quando *Pensa come un genio*, il suo primo libro su Shakespeare, aveva avuto un successo stellare. Era una specie di libro di auto-aiuto di prima qualità, che era stato in testa alle classifiche dei bestseller da entrambe le sponde dell'Atlantico. All'epoca Martha non ci aveva prestato troppa attenzione, ma sapeva che Jonathan aveva messo a profitto quel trionfo ottenendo una serie di incarichi da presentatore alla radio e in TV, per i quali si era rivelato molto bravo, assumendo un'aria pensosa mentre vagava nel Globe Theatre vuoto e nel giardino dell'Anne Hathaway's Cottage, o intervistando geni creativi (soprattutto uomini ricchi, e qualche artista di tanto in tanto) in stanze intrise di antico, piene di travi in legno e pavimenti lucidati.

«Buonasera!», esordì, spalancando le braccia. «Prometto che questo discorso non sarà lungo, ma non posso lasciar passare questa occasione senza menzionare alcune persone. "Non posso darvi altra risposta che: grazie, e grazie, e sempre grazie"[8]».

Da alcuni punti del pubblico provennero risatine e cenni di assenso di chi non stava nella pelle per dimostrare di aver capito la citazione.

«Voglio cominciare con il mio ringraziamento più importante e personale. Mia moglie, senza la quale non sarei nulla, e i nostri meravigliosi figli, Miranda e Edgar...». Martha lasciò vagare l'attenzione, e le parole di Jonathan si ridussero a un rumore di fondo mentre lei guardava sua moglie. Olivia fissava il marito, con la testa inclinata da un lato, e sorrideva dei suoi ringraziamenti e delle sue arguzie. Lei e Martha si erano incontrate qualche volta, anche se quando era successo Martha aveva sempre sospettato che Olivia si stesse guardando in giro alla ricerca di qualcuno di più importante con cui parlare. Tutto quello che sapeva di lei, in realtà, era il suo status di figlia prediletta dotata di intelligenza, erede di un milionario che si era fatto da solo e aveva acquisito un titolo nobiliare a vita. Era anche di una bellezza singolare, con lunghi capelli biondi che quella sera erano

[8] William Shakespeare, *Tutte le opere*, a cura di M. Praz, Sansoni, Firenze 1980, p. 668.

intrecciati e raccolti intorno al viso dai lineamenti fini. Tra quel mare di professori dall'estetica discutibile e un po' zoppicante, aveva un'aura quasi soprannaturale.

All'improvviso tutti scoppiarono in un applauso e Martha capì che il discorso era finito. Passando in rassegna le facce tra il pubblico, notò alcune persone che come lei erano "abili ad annuire": capaci di fare cenni di assenso durante un discorso anche quando pensavano a tutt'altro. L'evento proseguì con un gruppo di musicisti (studenti, con ogni probabilità) che suonavano da una galleria più in alto. Era un mix di Rinascimento e musica contemporanea: canzoni di Beyoncé e P!nk, che Martha ricordava vagamente di aver ascoltato nei bar di Berlino, suonate con cromorni e violini. I musicisti portavano ampie camicie bianche e le Converse, e suonavano con la disinvoltura che deriva dallo studio scrupoloso.

Ci furono dei rimescolamenti tra il pubblico, e Martha e Alex vennero separate dai loro colleghi.

«Be', per fortuna il discorso è stato breve. Bravo Jonathan», disse Alex. «Ora devi andare in giro a socializzare?».

Martha arricciò il naso. «Preferirei di no. Detesto parlare del più e del meno». La sala si stava scaldando e sentì un pizzico di sudore sulla nuca.

«Allora devi allenarti». Alex bevve un sorso dal bicchiere e scosse il capo. «Non capirò mai lo champagne di scarsa qualità. Un buon Cava è davvero meglio». Poi, senza pause: «Ti manca Berlino?»

«Devo allenarmi con la mia risposta gentile da conversazione o vuoi che ti dica la verità?»

«La verità, per favore».

«Sì. Moltissimo».

Alex aspettò, poi scoppiò a ridere. «Accidenti, te la cavi davvero male a conversare. E perché ti manca?».

La sala era sempre più affollata. Si trovarono strizzate insieme dalla spinta di camerieri che sembravano tutti sudaticci dentro lo smoking, carichi di piatti di mini burger, torri in miniatura di *halloumi* con marmellata piccante, e tempura di gamberi. Martha notò che erano tenuti insieme da stuzzicadenti di bambù, e pensò a Safi.

«È una città speciale. Abbastanza grande da perderti, ma abbastanza piccola da farti delle amicizie. Piena di angoli dimenticati, bettole, parchi sterminati, musei alternativi... È come se si basasse sull'invenzione, anzi sulla reinvenzione. Credo che sia questo: puoi lasciarti alle spalle quello che eri e nulla della tua vita precedente conta davvero più».

Alex la guardò sorpresa. «Accidenti, Martha, mi sa che da quando sei arrivata non ti ho mai sentita parlare tanto a lungo di qualcosa. Ma allora perché diavolo sei tornata qui? Cioè, Oxford è splendida, però è anche molto autocompiaciuta. È per motivi di famiglia? Tuo padre è rimasto solo adesso, vero?».

Martha annuì debolmente. Non concordava con il giudizio di Alex sulla sua madrepatria: lei la pensava come Keats, secondo il quale era la città più bella del mondo. Ma sentiva anche una mancanza atroce del comodo anonimato berlinese.

«Attenzione alle tue spalle: arriva l'illustre anfitrione».

Martha si girò e vide Jonathan che si dirigeva proprio verso di loro. Non si aspettava di dovergli parlare quella sera, ma chiaramente lui aveva altre idee.

«Martha!», la salutò, liquidando un ospite meno importante che gli si stava avvicinando con un biglietto da visita in mano. «Ciao, Alex. Grazie di essere venute!».

Si salutarono con due baci. Sotto le sue dita il tessuto del completo di Jonathan era stranamente morbido, e il suo dopobarba era carico di note cuoiate e di legno di cedro. «Complimenti per il nuovo libro».

Lui non sembrava esaltato. «Grazie, in realtà esce in contemporanea con la nuova serie TV. Non è certo un lavoro accademico rigoroso, lo dico io per primo».

Martha rifletté su cosa poteva essere opportuno rispondere, ma fallì miseramente. Alex le venne in soccorso.

«Oggi abbiamo ricevuto una lettera molto strana, Jonathan. È talmente piena di citazioni di Shakespeare che ci siamo chieste se non fosse destinata a te».

Lui sorrise. «Divertente. Ve la siete portata dietro?».

Martha estrasse l'originale dalla borsetta e gliela passò. Lui prese gli occhialini da lettura dalla tasca, l'aprì e poi lesse in silenzio per un minuto.

«Che tono strano, vero? Piena di segreti e di implicazioni di imbrogli».

«Non mi voglio intromettere nella tua allitterazione, ma parla anche di omicidio», aggiunse Alex. «Anche se potrebbe essere solo perché l'autore non è riuscito a resistere alla voglia di fare quella citazione».

Jonathan sollevò il bicchiere con la mano libera, per un brindisi muto con qualcuno che era dietro di loro. «Forse è un progetto artistico universitario. Capisco perché abbiate pensato che sia rivolto a me, con gli accenni alla furfanteria, eccetera. Nella mia serie TV ho parlato di quelle retrodatazioni. Però, è indirizzata all'équipe del dizionario, e sembra concentrata proprio su quello. Anche se non riesco a immaginare perché dovrebbero accusare la nostra istituzione di nascondere dei segreti».

«Hai una vaga idea di chi potrebbe essere il mittente? O a che cosa alluda?», chiese Martha.

Lui si tolse gli occhialini da lettura e le ripassò la lettera.

«Proprio no! Nel corso degli anni ho ricevuto lettere piuttosto strane. Di solito arrivano al mio editore. Me ne puoi mandare una copia?». Martha annuì. «Comunque, ignorala. Di sicuro è un fanatico di qualche tipo e quindi vi riscriverà di nuovo per spiegarsi meglio, oppure andrà a rompere le scatole a qualcun altro». Fece per andarsene, poi si girò accigliato. «Però quella citazione sulla verità è sbagliata. È una canzone tratta da *Lucrezia* e dovrebbe essere "Sua gloria è conciliare i re avversari, svelare il falso e far uscire il vero" e non "Il tempo: la sua gloria", eccetera. Rovina la scansione».

A quel punto fu risucchiato nella ressa e Safi ne approfittò per infilarsi nel vuoto creato dalla sua scia.

«Avevate detto che mi avreste guardato le spalle!», si lamentò.

«Scusaci, Safi», rispose Alex. «Ero convinta che fossi con Simon».

Lei alzò gli occhi al cielo. «Ha trovato un produttore TV».

«E allora, come te la sei cavata con le tartine?», le chiese Martha.

La ragazza si rallegrò e aprì il pugno per mostrare una manciata di stecchini di legno. «Ho una nuova tattica. Li voglio lavare, dipingere e appendere a una catenina per ricordarmi di evitare gli eventi sociali appiccicosi. Non voglio circoscrivere la mia vita con i bastoncini da cocktail. Preferisco le etichette della birra e i volantini dei concerti. Jonathan aveva qualcosa da commentare su quella lettera?».

La pressione della folla si spostò di nuovo, muovendosi insieme a Jonathan verso un tavolo per firmare le copie del libro. Le tre donne si trasferirono in direzione delle scale, dove non avrebbero dovuto gridare per sentirsi, e Martha raccontò a Safi della citazione sbagliata che aveva scovato Jonathan. Tirò fuori di nuovo la lettera e la esaminarono insieme.

«Perché sbagliare quella citazione? Potrebbe essere un semplice errore, ma un errore che fa inceppare il ritmo è strano». Safi si morse il labbro, perplessa. «Forse volevano far iniziare quella frase con "Il tempo" e non con "Sua gloria"».

«Può essere», continuò Alex. «Tutta la faccenda è molto strana, ma sembra progettata con grande attenzione. Forse se le prime parole di ogni frase sono importanti, potrebbe trattarsi di un acrostico? Però devono essere le parole intere e non solo la prima lettera, altrimenti la distinzione tra "Il tempo" e "Sua gloria" non avrebbe senso».

«No, non ha senso infatti», disse Martha, arretrando un po' mentre un cameriere con un'altra bottiglia di champagne cercava di riempirle il bicchiere. «Questa, ho, credo, il, chi, sarebbe, voi…».

«Io ne prendo un po'!». Safi chiamò il cameriere e sorrise mentre lui le riempiva il bicchiere. Notò il sopracciglio alzato di Alex. «Sto ancora pagando il prestito universitario. Non intendo sprecare la possibilità di bere dello champagne gratis».

«Mi sembra giusto», osservò Alex, allungando il bicchiere. «Ti faccio compagnia».

Martha esaminò la pagina. Il rumore della sala si attutì mentre concentrava l'attenzione sul foglio che aveva di fronte. Conosceva anche lei *Lucrezia* e si ricordava l'unico verso che aveva sempre trovato affine: "Macchiar libri antichi e alterarne il senso"[9]. Non era quello che facevano i lessicografi, sovrascrivere i

[9] William Shakespeare, *Lucrezia*, trad. di V. Malosti, da *Poemetti*, Einaudi, Torino 2022.

vecchi dizionari a mano a mano che il tempo riscriveva il loro contenuto?

Poi si accorse di un'altra cosa.

«Quell'a capo è strano», disse, quasi tra sé e sé, «quello tra "investigatori" e "due". Non sta cambiando argomento, e allora perché è andato a capo due volte?»

«Allora forse sono le prime parole dei paragrafi a essere importanti, non quelle delle frasi», disse Safi, che tracannò il suo champagne guardando la pagina.

«Funziona! "Questo è il tempo, avete fatto due 'Ma' incrociate"».

«Sì! In effetti sembra proprio che questo possa significare qualcosa», disse Safi.

«Forse la definizione di un cruciverba?». Alex si avvicinò a Martha, e con l'ombra coprì la lettera.

«Fate un figurone, voi tre!», disse Simon, che emerse da dietro la folla con le guance accese. «Come il quadro di Klimt, *Le tre età della donna*, o qualcosa del genere...».

«E io sono la megera?», chiese Alex. «Grazie mille, eh!».

Le guance di Simon passarono dal rosa al viola. «Non intendevo... Scusate, volevo soltanto dirvi che state tutte benissimo, solo...». Ci mostrò il bicchiere. «Ne ho bevuto troppo... Non ho riflettuto».

Alex scosse il capo, ma sorrideva. «Non agitarti, Simon. Sai benissimo che dovresti impegnarti molto di più per riuscire a offendermi. Vieni qui e dai un po' un'occhiata. A te piacciono i cruciverba, vero?». Lui si avvicinò imbarazzato. «Guarda, sembra che le prime parole di ogni paragrafo formino una specie di acrostico. "Questo è il tempo, avete fatto due 'Ma' incrociate". Non ti sembra la definizione di un cruciverba?».

Lui corrugò la fronte. «Sì... Cazzo, che figata. Proprio sotto il naso ce l'avevamo... Questo è il tempo... Quindi vuol dire che la risposta è una data, o forse un giorno. Due "ma" e una croce. M e X? Anzi due "ma", quindi M, M e X. Forse potrebbe riferirsi all'anno in numeri romani».

«MMX», disse Safi, sferrando un pugno sulla spalla a Simon. «Cavoli, è geniale. E quindi il 2010. Cosa è successo in quell'anno?».

Martha sentì un ronzio nelle orecchie, ma Safi stava ancora parlando.

«Questa faccenda del Coro, sembra come se ci volesse raccontare una storia. E dice che è la voce degli uomini liberi: può voler dire qualcosa? Mi sembra che sia messo in rilievo rispetto alle altre cose. Per conto di chi sta parlando il Coro?».

E allora Martha capì. Segreti. Falsità. La fonte avvelenata. Il ronzio diventò un rombo, come la risonanza di una campana enorme. Mentre rispondeva, non riusciva a sentire la propria voce.

«Di Charlotte. Il nome. Deriva dalla parola in inglese antico per "uomo libero". La lettera parla di Charlie. Scusate, devo andare».

Alex posò la mano sul braccio di Martha. «Ma certo, ti senti bene?».

Lei riuscì solo a fare un cenno di assenso. Piegò la lettera e cercò di rimetterla nella busta con le dita che le tremavano.

«Porca puttana», sibilò Simon fissandola.

«Che succede?», chiese Safi, guardandoli alternativamente.

Martha non riusciva a parlare, così lo fece Alex per lei.

«Charlie, la sorella di Martha, è scomparsa nel 2010. All'epoca lavorava nel nostro ufficio al CED. E nessuno l'ha più vista da allora».

«Buonanotte», disse Martha. Si sentiva le parole nella bocca come pietre: cercava di sputarle, ma non riusciva a respirare. «Io... Domattina».

Si voltò e fuggì attraversando la folla, scese per la larga rampa di pietra e uscì in Beaumont Street, senza guardare altro che per terra. Dopo tre isolati, trovò una traversa e svoltò. Si appoggiò con la schiena al muro sforzandosi di respirare.

3

apparizione, s. f. [dal lat. *apparitio*]
[Rif. perlopiù a entità e fenomeni soprannaturali, ma anche a persone, animali, fenomeni fisici]: l'atto improvviso o prodigioso del comparire, del mostrarsi alla vista, del materializzarsi; visione

Sapeva che a Oxford ci sarebbero stati fantasmi. Martha non aveva paura di cavalieri decollati o di suore che infestavano le rovine: era Charlie, temeva sempre che Charlie potesse trovarla. Durante il primo anno dalla scomparsa di sua sorella a Martha era capitato che il cuore smettesse di battere vedendola tra la folla: i capelli lunghi e biondi, il cardigan informe sopra un vestitino di cotone. Sentiva una risata di gola, improvvisa, o coglieva un movimento, un passo, una torsione delle spalle, ed era sicura. Solo per un attimo. Poi l'illusione si infrangeva e la persona che, lo sapeva per certo, era sua sorella si rivelava una perfetta sconosciuta.

Con il passare degli anni anche il fantasma di Charlie era invecchiato. Ora erano le donne sulla trentina inoltrata che facevano fermare Martha per strada. A Berlino, circa una volta al mese, aveva provato quella certezza passeggera prima di capire che la donna con un bambino in braccio che beveva caffè nel dehors di un bar non era sua sorella, ma solo un'eco di come lei si immaginava che potesse essere allora, tredici anni dopo essere fuggita da Oxford e dalla sua famiglia.

Premette il palmo contro il muro dietro di sé. Si ricordò il mantra della sua psicologa per i momenti in cui rischiava di farsi sopraffare. Cosa vedi ora? *I ciottoli lucidi della stradina laterale, i mattoni bianchi del muro di fronte.* Cosa senti? *I mattoni sotto le dita, un venticello che mi scompiglia i capelli.* Che odore avverti? *Olio di cottura e il profumo* Black Opium *che mi sono messa stamattina.*

Il respiro rallentò.

Martha tirò fuori di nuovo la lettera dalla borsa e la fissò. Poteva venire proprio da Charlie? Cosa poteva sapere quel Coro? Avrebbe dovuto bruciarla? Buttarla nel fiume?

Ah, la polizia. Aveva sentito strisciare la sedia di sua madre sul pavimento della cucina quando si era alzata per andare ad aprire la porta. Avevano trovato la bici di Charlie poco lontano dalla circonvallazione. Aveva fatto l'autostop? Come andava il suo dottorato? Martha non si ricordava la loro faccia, solo le mani intorno alle tazze con il tè mentre stavano seduti a tavola, e il brusio delle loro voci mentre parlavano di stress e di pressioni. Gran parte di quelli che scappano ritornano a un certo punto, avevano detto. Avevano lasciato loro degli opuscoli, i numeri di telefono da chiamare e una compassione annoiata.

Martha si rese conto di trovarsi davanti alla porta di casa sua. Il suo corpo l'aveva sollevata e trasportata lì mentre il buio aumentava. Alzò lo sguardo. Le luci erano tutte spente: probabilmente suo padre era a letto.

Quando Charlie era scomparsa abitava lì, approfittava di quello spazio, della cucina della loro madre e del calore dell'approvazione dei genitori mentre sgobbava per il suo dottorato. Martha era appena partita per andare all'università, stava cominciando a sperimentare una vita fuori dall'orbita della sorella.

Mentre infilava la chiave nella serratura, si ricordò dell'ombra di Alex che si spostava sulla lettera piegata, al museo. Ora era quella di Charlie. Sempre lì: le ombre del passato scagliate contro i muri e i pavimenti. Spalancò la porta.

Ogni casa ha il suo profumo caratteristico. Che svela il primo indizio sulla sua storia, scatenando un flusso di associazioni nel momento in cui ci entri. Per Martha l'odore della casa dei suoi faceva parte integrante del concetto di casa tanto quanto il pavimento e i tappeti consunti. Passò sopra l'asse traballante nell'atrio che scricchiolava, un'abitudine che le restava dell'adolescenza, e mentre si dirigeva in cucina inspirò ancora una volta. Vecchi libri, cera d'api, caffè. Nella testa cercò automaticamente l'unica nota che mancava: gli echi floreali del profumo di sua madre.

Persino dopo due anni se ne sentiva ancora una traccia nel guardaroba in camera dei suoi, dove era ancora appesa gran parte degli abiti di Rebecca. A Martha e Charlie era sempre piaciuto tantissimo sedersi sul lettone enorme mentre lei si preparava per una festa, e la guardavano incantate prendere la bottiglia di Coco Chanel e cospargerselo dietro le orecchie. Più tardi sarebbero rientrate di nascosto per curiosare nel portagioie e nel cassetto del trucco, e Charlie usava Martha come modella per gli esperimenti con l'ombretto e il mascara. Poi prendevano la bottiglia con il tappo di vetro e imitavano il tocco finale della madre. Per quanto si sforzassero di cancellare tutte le tracce della loro presenza e di ripulirsi la faccia, qualche macchia superstite di rossetto rubato sul cuscino la mattina dopo le tradiva sempre. La madre non l'aveva mai fatto notare, rispettava quei loro momenti come parte di un rito privato che si era svolto per anni.

Martha sapeva che non era solo il profumo di quei tempi che era evaporato. La casa della sua famiglia stava sfiorendo. Lo specchio dorato che sua madre una volta aveva condiviso con le figlie ora era chiazzato dal tempo. Martha guardò nella sua cornice contrita e si sorprese di quanto fosse profondo il suo cipiglio. Era proprio trasparente, pensò: le si leggevano le emozioni sul viso. Era un libro aperto.

Rebecca aveva tenuto bene la casa, sempre pronta a riaccogliere Charlie, fino a quando la malattia le aveva ristretto il campo visivo. Non aveva mai cessato di credere che Charlie sarebbe tornata. Ogni compleanno o Natale diventava uno strazio di speranza repressa e non detta, seguita da una dolorosa ritirata. Poi chiamava alcune delle linee di assistenza telefonica, o scriveva un post sul forum per le famiglie delle persone scomparse, e si accingeva a ripulire, aggiustare, dicendo che era sicura che Charlie stesse bene e avesse solo bisogno di tempo. Tanto tempo. Ricordi sconnessi sfrigolavano nella testa di Martha mentre accendeva la luce in cucina e lasciava cadere la borsa per terra: un rollio di associazioni, in volo libero, in caduta libera.

Suo padre non si era accorto del lento declino della casa, oppure non gli importava. Quando erano bambine si isolava sempre nello studio, e il ticchettio della macchina da scrivere smetteva solo quando la moglie riusciva a tirarlo fuori dal suo rifugio. In assenza di lei, era diventato ancora più solitario. Martha era abbastanza sicura che nessun amico del padre fosse venuto in casa da quando lei era tornata. La riservatezza di Gabriel era sempre stata in netto contrasto con il carattere della moglie, le cui origini mediterranee permeavano ogni sua azione. Martha spesso pensava al racconto cupo di *Morte a Venezia* di Thomas Mann, il cui antieroe è intrappolato fra gli impulsi contrastanti dei suoi genitori, da sua madre che accoglie la vita con sensualità e suo padre che è freddo e distaccato. Nel racconto c'era un'immagine che si era incistata nel cervello di Martha come il riassunto della sua famiglia: il padre che viveva con i pugni serrati e la madre che spalancava le mani per ricevere tutto quello che la vita poteva offrirle. E per Rebecca era proprio così: accoglieva con un'intensità passionale persino il dolore di amare sua figlia assente.

Martha aveva giurato di vivere con le mani spalancate. Ci era riuscita? Gli anni passati a Berlino erano stati pieni e spontanei, ma anche lì a volte si era assentata, aveva trovato angoli della città dove poteva sedersi in silenzio, con il suo senso di colpa che condivideva la panchina al parco con lei come una vecchia amica.

Tirò fuori di nuovo la lettera e la posò sul bancone della cucina mentre l'acqua della teiera bolliva.

La verità verrà a galla. Un omicidio non può rimaner nascosto a lungo.

4

fòlla (o **fólla**), s. f.
Moltitudine di persone addensata in un luogo

Alex si insinuò tra la calca fino al punto in cui Safi e Simon erano riusciti a trovare un tavolo e avevano posato i bicchieri. Loro due avevano preso una pinta di qualcosa che si chiamava Neck Oil, servita in bicchieri decorati con teschi in colori pastello, e Alex un whisky doppio.

Erano stati bravi a trovare un tavolo lì dopo essersene andati dalla presentazione, ed era una sera abbastanza gradevole in cui starsene seduti comodi all'aperto. La Turf Tavern, che tutti chiamavano semplicemente la Turf, era nascosta in un cortile antico tra le stradine tortuose con i ciottoli dietro le eleganti facciate settecentesche di Holywell Street. I secoli di costruzioni e ricostruzioni che si vedevano chiaramente negli strati della sua architettura, le finestre di forme e stili diversi, le porte disposte ad angoli irregolari, le superfici sconnesse. Il cortile era pieno di giovani, strizzati insieme in gruppi, tutti che parlavano un po' troppo forte, esagerando versioni di sé sicure e popolari come attori mediocri alle prese con le loro battute.

Dalle tasche Alex estrasse un assortimento di patatine, noccioline e ciccioli, e li scaricò sul tavolo.

«Servitevi. Una donna non può vivere di sole tartine».

Safi si avventò con gioia sui ciccioli.

«E così questa faccenda è proprio strana», disse Simon, prendendo un pacchetto di patatine, senza ricordarsi che di solito sfotteva Safi perché cominciava troppe frasi con "E così".

«Eh, sì», rispose vaga Alex, accavallò le gambe e bevve un sorso di whisky.

Safi cercò di masticare i ciccioli in modo decoroso. «La conoscevate tutti e due? La sorella di Martha?».

Alex e Simon si scambiarono uno sguardo.

«Sì».

Safi deglutì. «Ma possiamo parlarne? Cioè, è per questo che siamo venuti al pub, no? Per confabulare? Mangiare, bere e parlare?».

Simon aveva aperto il pacchetto di patatine in modo da formare una specie di piatto. Alex ne prese una e si godette lo shock piccante del sale e dell'aceto sulla lingua.

«Hai ragione, Safi», rispose. «È per questo che siamo venuti, ma adesso sembra molto come se spettegolassimo alle spalle di qualcuno, e mi è venuto un attacco di riservatezza inglese».

Sembrava che Simon si fosse già tracannato metà della sua pinta di birra. «A quanto pare il pettegolezzo è qualcosa di positivo. Crea legami in una comunità. Basta guardare a tutte le parole che abbiamo per descriverlo: chiacchierare, malignare, fare maldicenze, sparlare...».

Un gruppo di ragazzi con i capelli pieni di gel urtò la sedia di Safi.

«Attento, tesorino», disse senza voltarsi. «Se me la rovesci, me ne compri un'altra».

Il ragazzo che l'aveva spinta arrossì fino alla radice dei capelli e mormorò una scusa. Safi gli scoccò un sorrisone prima di tornare a rivolgersi ai colleghi. Alex era sicura che non si fosse resa conto che il ragazzo dopo quel sorriso l'avrebbe seguita in capo al mondo, se ne avesse avuto l'occasione. «Allora, fate i trafficanti di notizie», continuò Safi. «Raccontatemi almeno cosa è successo».

Alex annuì. «Charlie faceva il dottorato al Somerville College e la redattrice junior al CED. Solo part-time, un paio di giorni alla settimana». Sfilò i piedi dalle scarpe sotto il tavolo e li premette contro le lastre di pietra fredda. *Sto cercando di radicarmi nelle mie emozioni?*, si chiese tra sé e sé, nel momento stesso in cui parlava. «Ero qui da un paio d'anni e tu, Simon, eri già al dizionario da un bel po', giusto?»

«Da meno di un anno», rispose lui, e guardò in basso. «La mia birra è evaporata. Mentre tu ricostruisci i fatti vado a prenderne un altro giro, Alex. E torno in tempo per le folli illazioni».

«Per me solo mezza», disse Safi.

«Io il solito», ordinò Alex, mostrando il bicchiere. «Jameson, per favore. Liscio».

Lui si fece largo tra gli echi delle conversazioni, sgomitando verso l'ingresso.

«E poi?», la incalzò Safi, strisciando con la sedia per avvicinarsi al tavolo. «È scomparsa e basta?»

«Più o meno. Sto cercando di ricordarmi. All'inizio della settimana era venuta in ufficio; di solito lavorava il lunedì e il martedì. La polizia mi ha telefonato sabato pomeriggio, chiedendomi se aveva accennato a una sua partenza, dato che la famiglia ne aveva denunciato la scomparsa». Alex stimolò il ricordo e si ritrovò nella se stessa più giovane, in un pomeriggio assolato d'autunno, a controllare il proprio riflesso nella vetrina di un'agenzia immobiliare. Si ricordò la fitta di esaltazione mentre si chiedeva se avrebbe potuto permettersi una di quelle belle casette a Jericho, vicino al canale. Sentì la propria voce che rispondeva all'agente di polizia calmo e gentile al telefono. La stranezza e lo shock.

Safi assunse un'espressione interrogativa e Alex sbattendo le palpebre tornò al presente, nel pub, con l'odore di tabacco e i vapori fruttati che aleggiavano, attenuati dall'aria della sera.

«Charlie non mi aveva detto niente del genere. Era la settimana in cui era uscito il primo libro di Jonathan, e il giovedì c'era stata una festa da Blackwell. Non una cosa solenne come stasera, naturalmente, solo patatine e vino bianco caldo, ma il libro stava già facendo molto parlare di sé. Charlie era invitata, però non si era fatta vedere. Mi sembra che i suoi avessero iniziato a preoccuparsi il giorno dopo».

«Fatico a pensare che sia esistito un momento in cui Jonathan non era famoso», commentò Safi. «Mia madre mi ha quasi perdonata per avere scelto questa carriera quando ha scoperto che avrei lavorato con lui».

«Sì, allora era ancora possibile scambiarlo per un comune mortale», disse Alex sardonica. «Tua madre cosa avrebbe voluto che facessi?»

«Il medico. Un'impresa difficile con una laurea in inglese a Oxford, ma continuava a sperare. Era una festa con molta gente?»

«Sì, strapiena. Mi ha stupita che Charlie se la perdesse. I suoi genitori c'erano». Vide che Safi la guardava perplessa. «Il padre di Charlie e Martha era archivista, lavorava alla Biblioteca Bodleiana e faceva parte del gruppo seminariale del *CED* insieme a Jonathan, ma d'altro canto Charlie era molto sotto pressione e non è raro che gli studenti di dottorato spariscano nell'ultima fase di scrittura della tesi».

Safi la guardava sconvolta.

Alex sorrise. «Non spariscono nel senso letterale del termine, intendo solo che spesso si sottraggono agli obblighi sociali per via del panico sulle note a piè di pagina e il conteggio parole».

«Perché la polizia ti ha telefonato? Tu e Charlie eravate amiche?».

Alex scosse il capo con forza. «Proprio no. Stavano chiamando tutti. I suoi relatori, i colleghi di lavoro, gli amici, la famiglia. Dopo abbiamo saputo i dettagli da Jonathan e Mike».

Mike. Alex avrebbe dovuto telefonargli. Non le era mai stato troppo simpatico il suo ex capo, lo riteneva uno snob autocompiaciuto, ma per quindici anni aveva avuto il posto che ora era di Martha, ed era andato in pensione di malavoglia a settant'anni, con progetti indefiniti di dedicarsi a ricerche personali. Non si era mai sposato, aveva scelto uno stile di vita quasi edoardiano, dedicato solo allo studio, nonostante fosse nato in pieno XX secolo. Alex si chiese che idea si fosse fatta di lui Safi durante i pochi mesi in cui l'inizio della sua carriera al dizionario aveva coinciso con la fine di quella di Mike.

«E cosa avevi saputo?»

«Prima di tutto, che nessuno l'aveva più vista a partire dal giovedì mattina, la giornata in cui c'era la presentazione di Jonathan. Poi avevano trovato la sua bici, circa una settimana dopo. Non aveva usato le carte bancarie e aveva il telefono spento. Si era portata dietro il computer, quindi credevamo che forse fosse andata da qualche parte a lavorare alla tesi». Alex tornò ai suoi ricordi. Per settimane dopo il fatto, e addirittura per mesi, intorno a lei l'aria sembrava elettrica. La vita era diventata una serie di piccole cariche elettrostatiche mentre ogni giorno dovevano trovarsi faccia a faccia con la scomparsa di Charlie. Alex aveva affrontato con i suoi figli adolescenti, vagamente a disagio, lunghi discorsi sulla salute mentale, facendo loro promettere di esternare i propri sentimenti, dando ulteriori garanzie del suo amore e del suo sostegno. «È stato terribile. Non conoscevo benissimo Charlie, avevo solo incrociato il dottor Thornhill e sua moglie qualche volta, ma il fatto che qualcuno sparisse in quel modo era sconvolgente. Mi sentivo… Mi sentivo come se non potessi più dare per scontato che le cose sarebbero rimaste al loro posto. Gli edifici, le persone… tutto avrebbe potuto cessare di esistere in un lampo, in qualsiasi momento».

Safi muoveva il bicchiere a piccoli cerchi sul tavolo, creando motivi geometrici con la condensa, poi guardava l'acqua che affondava nel legno e spariva.

«Secondo loro cosa era successo?»

«Secondo la polizia? Non ne ho idea…».

«No», rispose Safi senza alzare lo sguardo. «Secondo la sua famiglia, e Jonathan e Mike».

Alex finì il resto del whisky. Intorno a loro erano calate le tenebre, ma la luna e le luci dalle vetrine del pub rischiaravano le ombre. Da una finestra al piano di sopra una ragazza sbirciò la folla, guardando da lontano quella baldoria sommessa. Ad Alex ricordò Martha: un po' triste, estranea, chiusa nei suoi pensieri.

«Avevano sperato che se ne fosse andata per qualche giorno, si fosse presa una pausa da Oxford. Che avesse mollato lì la bicicletta e si fosse fatta dare un passaggio da qualche parte. Credo fosse Mike che dopo un po' pensò che si fosse suicidata».

«Che cosa tremenda», osservò Safi con una passione che sorprese Alex. Sbatteva rapida le palpebre. Alex restava sempre colpita dalla capacità delle generazioni più giovani di dimostrare apertamente i propri sentimenti, invece di ricorrere a eufemismi.

«Sì. Credo che sua madre si sia sempre rifiutata di crederci. Per Martha deve essere stato molto spiacevole. Sono sicura che è ancora così».

Simon ricomparve con le consumazioni e altre patatine. «Scusate, al bancone c'era coda. Siamo pronti per le illazioni stravaganti?».

Safi prese il bicchiere con un cenno di ringraziamento. «Quasi. Vi era simpatica?».

Lo stava chiedendo a entrambi. Alex guardò Simon: lei aveva già fatto la sua parte.

«Era molto intelligente», rispose Simon, raccogliendo il testimone della conversazione. «E bella. Laureata in due materie con il massimo dei voti; suonava il violino; faceva canottaggio. Se voleva, era affascinante. Spiritosa. Un umorismo caustico».

«Non hai risposto alla domanda», notò Safi perplessa.

Alex spinse ancora i piedi sulle lastre fresche e bevve un sorso dal nuovo bicchiere di whisky. «Certo che non gli era simpatica», ribatté. «Charlie è scomparsa, lasciando la sua famiglia nel dolore. Sarebbe di cattivo gusto dire che a volte era arrogante, mostrava scarsa considerazione per gli altri, sembrava che riducesse tutti noialtri a nullità. Io ero solo una madre, Mike era un dinosauro».

«Io ho preso la laurea triennale a Leeds e sembrava che lei lo trovasse pittoresco e divertente», disse Simon. «Era una cosa impercettibile: non era scortese in apparenza, ma uno ci restava...».

«...come colpito da un elfo», completò la frase Alex. «Dopo una conversazione con Charlie uno sentiva ferite minuscole causate da arcieri invisibili, che poi si incancrenivano».

«Sì, proprio così».

Safi meditò accigliata su quelle nuove informazioni. «Se la descrivete così, non sembra certo una persona che avrebbe un esaurimento nervoso nel pieno del dottorato per poi fuggire».

Alex si avvolse il corpo con la giacca e sentì il fruscio costoso della seta contro la pelle, mentre il whisky le scaldava il sangue e il freddo delle vecchie pietre sotto i piedi la teneva collegata alle strade antiche, al loro flusso di lingua e di storia.

«Proprio così. Ma non si può mai sapere cosa passa per la testa altrui. Siamo tutti talmente ossessionati dai nostri problemi e da come ci vede la gente, che creiamo delle sagome a uso e consumo degli altri. Non so tu, Simon, ma io mi sono sentita così in colpa dopo la sua scomparsa. Charlie aveva qualcosa che non andava in quel periodo, e credevo di essere stata accecata dal suo aspetto e dal suo cervello, che mi avevano impedito di accorgermene. So che è una banalità, però continuo a chiedermi se avrei potuto fare qualcosa».

Simon bevve la birra, mentre rifletteva sulla questione. «Non credo di sentirmi in colpa. Mia figlia Chloe aveva solo sei mesi. Temevo per lei, ho messo tutti i miei sforzi nel mio matrimonio, poi un anno e mezzo dopo è nata Stephine. Probabilmente avrei divorziato cinque anni prima se Charlie non fosse scomparsa».

«Essere così bella e intelligente deve mettere addosso molta pressione», dichiarò Safi.

Alex fece una risatina. «E allora tu come fai, Safi?».

Lei rise, sputacchiando nella birra. «Ho quattro compagni di appartamento e un esercito di zie nigeriane che mi tengono con i piedi per terra. Ma allora cos'è la questione della lettera? Qualcuno sta facendo un brutto scherzo a Martha adesso che è tornata?»

«Forse», rispose Simon. «È una cosa perversa, no?»

«Dovremmo riguardare i faldoni», disse Alex, tracannando l'ultimo sorso di whisky. Ora il cortile si stava svuotando e un paio di camerieri passava tra gli avventori rimasti a raccogliere i bicchieri. «Se Coro ci avesse già scritto e noi non ce ne fossimo accorti?»

«Domani controllo», decise Safi.

«Che cosa terribile», disse Simon. Era rosso in viso. Alex avrebbe preferito che lui non nominasse il suo divorzio e le sue figlie. Erano entrambi argomenti che lo rendevano scontroso; bastava aggiungere dell'alcol e diventava una combinazione infelice. «Perché qualcuno dovrebbe ritirare fuori questa storia?».

«C'è un'altra possibilità, oltre a quella che sia una specie di scherzo», disse Safi, finì la birra e passò il bicchiere vuoto a un cameriere con l'avambraccio ricoperto di tatuaggi celtici a spirale. «Magari Coro sa davvero qualcosa».

5

abituro, s. m. [da *abitare 1*, sul modello di *tugurio*]
Luogo in cui si abita; dimora, domicilio, sede

Le parole di Safi accompagnarono Alex mentre tornava a casa fra le strette vie di Jericho, girava la chiave nella serratura e accendeva le luci dell'ingresso. La sua gatta, nera dalle zampe alla punta della coda, le si strusciò intorno alle caviglie. Lei si chinò, offrendole la mano da strofinare.

«Sì, Rags, finalmente sono tornata».

Inizialmente aveva fatto qualche resistenza all'idea di prendere un gatto, temendo il cliché della donna single di una certa età alla ricerca di un surrogato di figlio o compagno. Ma i suoi figli l'avevano convinta a lasciare da parte gli scrupoli, ed era grata che fosse andata così. Raglan era una creatura incredibilmente affettuosa, che si muoveva con estrema grazia tra i soprammobili e le chincaglierie che riempivano gli scaffali pieni di libri di casa sua.

Con un gesto stanco, appoggiò la borsa sul tavolino dell'ingresso, poi andò in soggiorno e aprì le portefinestre che conducevano al cortiletto sul retro.

Coro avrebbe potuto davvero sapere qualcosa.

Ma cosa poteva sapere qualcuno sulla scomparsa di Charlie? Il suo sguardo si posò su una foto dei figli, scattata più o meno in quel periodo. Sorridevano, abbracciati, a mezzo busto davanti a un'anonima distesa di verde rigoglioso, con gli occhi socchiusi per il sole. Ma Alex sapeva benissimo dove era stata scattata quella foto: alla riserva naturale vicino alla casa di C. S. Lewis, un angolo segreto di Narnia nascosto fra ignare strade residenziali.

Avrei divorziato cinque anni prima se non fosse stato per Charlie.

Era tardi, era stanca e un po' brilla, ma non aveva ancora voglia di andare a dormire. Il portatile era sotto la finestra, sul vecchio tavolo da pranzo che usava come scrivania. La bottiglia del whisky e i bicchieri erano appoggiati sulla sua superficie elegantemente consumata, pronti all'uso. Non c'era nulla fuori posto, d'altra parte Sue – che veniva a pulire la casa due volte a settimana – faceva attenzione a come si muoveva almeno quanto la gatta. Sua nuora, la moglie di Ethan, aveva definito la casa "sempre pronta per Instagram". Secondo Ayesha, lo stile di Alex era *cottagecore*: un complimento, a quanto pareva. Suo figlio minore Jacob, invece, la accusava di essere quasi un'accumulatrice compulsiva.

L'unico uomo col quale aveva avuto una relazione seria dopo il divorzio si era lamentato del fatto che in quella casa non ci fosse spazio per lui. Lei lo aveva guardato, poi aveva guardato la casa, e aveva concluso che aveva ragione, interrompendo all'istante la loro storia.

Si versò del whisky ignorando il computer. Prese invece il diario dal tavolino accanto alla poltrona e lasciò vagare la mano fra le pagine, mentre si sintonizzava con il paesaggio sonoro notturno di Oxford: una macchina in lontananza; qualcuno che salutava a voce troppo alta; una porta che sbatteva; alcuni studenti che tornavano a casa dalla Jericho Tavern; il ritmico cigolio di una bicicletta in corsa. A volte sentiva anche il grido stridente di un barbagianni, che al tramonto andava a caccia nei cieli di Port Meadow. Ma adesso era troppo tardi.

Abbassò lo sguardo sul suo ultimo scarabocchio. Si ricordò il credo di ogni grafologo: i disegnetti che facciamo sovrappensiero rivelano i nostri pensieri inconsci. Vide che aveva disegnato una parola, in lettere maiuscole accuratamente ombreggiate. CHARLIE. Guardò il vecchio telefono a disco accanto al computer.

Quante cose facciamo per proteggere le nostre famiglie! Quelle in cui siamo nati, quelle che ci siamo create. I compromessi silenziosi.

Era il momento di fare quella telefonata?

Non ancora. Chiuse il libro, finì il whisky e chiuse le portefinestre.

«È ora di andare a letto, Rags».

Prese la gatta, che si sistemò sulla spalla, e si avviò verso le scale. Il suo petto si mise a vibrare per le fusa profonde di Raglan, mentre dava un'occhiata alla posta che Sue aveva raccolto e lasciato sul tavolino dell'ingresso. Due o tre bollette e una cartolina con l'immagine di un portico che conosceva. Il CED. Alex spostò Raglan da un braccio all'altro e girò la cartolina. Il suo nome e indirizzo erano stampati su un'etichetta, incollata con cura sulla destra. Dall'altra parte, qualcuno aveva scritto in caratteri maiuscoli ben ordinati:

IO DISPREZZO I BUGIARDI[10]

Alex gettò una rapida occhiata alla porta d'ingresso. Sì, la catenella di sicurezza era attaccata.

«Cazzo», sussurrò. La gatta si strofinò contro il suo mento, massaggiandole le spalle con le zampe nere come la notte.

[10] William Shakespeare, *Tutte le opere*, a cura di M. Praz, Sansoni, Firenze 1980, p. 726.

6

santüàrio, s. m. [dal lat. tardo *sanctuarium*, der. di *sanctus*, santo] Nelle varie tradizioni religiose, luogo che ha acquistato carattere sacro per la manifestazione o la presenza in esso della divinità

Martha salì in camera portandosi dietro la tazza di tè.

Da quando era tornata a Oxford aveva cercato di rendere la stanza meno infantile, ma ogni volta che provava a riorganizzarla si sentiva come paralizzata, incapace di affrontare quello spazio sospeso tra passato e futuro. Il passato le sembrava confuso, inquieto; il futuro inevitabile, ma allo stesso tempo irraggiungibile.

La stanza rimaneva ancorata, in maniera instabile, a tutte le aspettative di vita che aveva coltivato mentre cresceva. Si era immaginata che a quell'età sarebbe stata sposata, magari madre. Non che si fosse mai chiesta davvero se avrebbe voluto sposarsi o avere dei figli: immaginava solo che prima o poi sarebbe successo. Che cosa avrebbe pensato di lei, al momento, la Martha sedicenne? Sarebbe stata delusa? Arrabbiata? Più probabilmente sorpresa.

Siamo in due a essere sorprese.

La lettera di Coro era di nuovo dentro la borsa che aveva scaraventato sulla scrivania, quella su cui aveva studiato per gli *A-levels*. I libri di testo erano ancora sullo scaffale lì sopra, pieni dei suoi appunti meticolosi: *Amleto*, *Ariel* di Sylvia Plath e *Middlemarch*. C'era anche la grammatica di tedesco di livello avanzato, con la costola spezzata, accanto a decine di classici della Virago comprati di seconda mano e a una pila di CD che aveva abbandonato lì quando si era trasferita a Berlino.

Uscì dalla stanza, incapace di sopportare la vista opprimente della borsa, e si spostò nella camera accanto, quella di Charlie. Accese la luce.

Era evidente che la donna delle pulizie assunta dal padre se ne occupava in maniera regolare. Martha si sarebbe aspettata di sentire un odore ammuffito di chiuso, ma per quanto Gabriel avesse lasciato il resto della casa andare alla deriva, quella camera veniva tenuta secondo i desideri della madre. La stanza aveva un aspetto più maturo di quella di Martha, ma Charlie l'aveva rimessa a nuovo quando era tornata per iniziare il dottorato.

Martha si sedette con attenzione sul letto e si guardò intorno. Quando erano ragazze, quella stanza era sempre stata un tripudio dei sensi: vestiti ovunque, poster delle Destiny's Child e di Eminem alle pareti, bacheche di sughero ricoperte da strati di cartoline e volantini accumulati a casaccio. Poi Charlie aveva cancellato la sua versione giovane e l'aveva sostituita con qualcosa di più tranquillo, privo delle asperità del passato. Martha ricordò una visita con la sorella alla galleria d'arte Kettle's Yard di Cambridge, dove si erano soffermate a lungo davanti alle collezioni sobrie ed eleganti. C'erano echi di quel gusto anche lì, ma mancava qualcosa. Era l'emozione, si rese conto. Le venne in mente un dialogo con la sorella su una parola nuova, giapponese, che aveva scoperto: *shibui*. Aveva provato a spiegargliene l'essenza, dicendo che riguardava una bellezza semplice e discreta, uno stato di tranquillità che rifuggiva l'ostentazione e, soprattutto, che migliorava con l'età. *Shibui*, aveva concluso, era un volto percorso da rughe di espressione o un pezzo di legno levigato dal tempo. Si aspettava che Charlie condividesse il suo entusiasmo per un concetto simile. Invece si era resa conto che era esattamente il contrario: sua sorella temeva l'invisibilità e l'imperfezione. La vita si doveva vivere con fervore, sotto gli occhi di tutti, oppure non poteva dirsi in alcun modo realizzata.

Eppure lì non c'era niente che faceva accendere una scintilla, pensò. Un tappeto di bambù intrecciato copriva quasi completamente il pavimento di legno chiaro. Le tende, tenute aperte a fianco delle finestre a ghigliottina, erano gialline, mentre gli scaffali erano dipinti di verde scuro. La scrivania di Charlie era là ad attenderla, con i blocchi A4 di appunti del dottorato impilati ordinatamente. Una stilografica era appoggiata sul rivestimento in pelle verde dello scrittoio, con una poltroncina appena rinnovata dello stesso colore infilata sotto. Ai lati del letto, armadi a tutta altezza contenevano vestiti piegati con cura. Sulla parete sopra al letto erano appese due vecchie stampe di quadri astratti di Sonia Delaunay: verdi e blu tenui occasionalmente interrotti da schizzi di rosso vivo. Persino i libri sembravano essere stati scelti per le loro rilegature: rosse, dorate e marroni, in tela o in pelle, intonate con le stampe alle pareti.

C'era solo una fotografia di Charlie, che sorrideva, con una mano a trattenere i capelli mossi dal vento. Martha l'aveva guardata a lungo nelle settimane dopo la scomparsa della sorella, seduta sul letto sgomenta per quell'assenza atroce. Era stata scattata nel cortile assolato di una dimora di campagna: si vedevano un muro e il bordo del tetto sovrastante; delle finestre erano appena visibili sullo sfondo.

Martha aprì l'armadio e provò ad accendere la luce. Con sorpresa, scoprì che funzionava ancora. Ecco dov'era nascosta l'altra versione di Charlie: sugli stretti scaffali dove la sorella aveva relegato il suo passato in scatole da scarpe stracolme. Ne prese una, l'ultima in ordine di tempo, e tornò a sedersi sul letto. Sentì lo stomaco chiudersi in una morsa di tristezza e di paura. La scatola era etichettata "2010". Charlie aveva conservato tutto per un futuro biografo? *Ritratto del genio da ragazza?* Sfogliò volantini di concerti, cartoline di amici, inviti e biglietti scarabocchiati con la grafia di gente sconosciuta.

«Cerchi qualcosa?».

Martha alzò lo sguardo di scatto. Suo padre era sulla soglia, ne riempiva quasi interamente lo spazio. Indossava una lunga vestaglia bordeaux sopra il pigiama di cotone azzurro con orli bianchi; non aveva mai usato altri modelli e quello sembrava ormai logoro. Martha sentì una fitta di preoccupazione. Era sempre stata sua madre a comprare i pigiami di Gabriel. Dove li trovava? Ne esistevano ancora?

«No», rispose, posando la scatola. «Non ero ancora entrata qui da quando sono tornata. Stasera sono andata alla presentazione del libro di Jonathan e...». Doveva parlargli della lettera? «Be', mi sa che mi ha ricordato Charlie».

Lui rimase sulla soglia, come se fosse bloccato da una forza invisibile.

«Non puoi prenderti questa stanza, Martha. È di Charlie, almeno finché io sarò vivo». Aveva un tono severo, quasi risentito.

«Papà... cosa? No, non voglio trasferirmi qui».

«Meglio. Tua madre voleva che rimanesse così. Fino a quando non riporteremo Charlie a casa».

Martha abbassò gli occhi e si guardò le mani. «Va bene», rispose con voce fioca.

Gabriel si schiarì la voce e sembrò tornare in sé. «È stata una bella serata?».

Avrebbe potuto dirglielo ora. Avrebbe *dovuto* dirglielo ora. «Sì. Ti avevano invitato, in teoria. C'era anche Gemma».

Lui fece un mugugno di disapprovazione. «"Se volessi potrei passare metà delle mie serate con in mano un bicchiere di sherry annacquato[11]..."».

«Servivano champagne». Lui fece per replicare, ma lei alzò la mano, improvvisamente esausta. «Sì, lo so che stai citando Larkin, papà. È un giochetto che posso fare anche io. "La solitudine è egoismo[12]"».

«Sei l'ultima che può parlare».

«È vero. Ma a volte penso che non faccia bene né a me né a te».

Gabriel entrò e si sedette accanto a lei sul letto. Aveva un po' di barba bianca corta e ruvida, con una zona appena sotto il mento dove era leggermente più lunga. Era ancora un uomo affascinante. Forse avrebbe potuto risposarsi. A quel punto lui e quella casa sarebbero diventati il problema di qualcun'altra.

«Hai trovato qualcosa di interessante qui?», le chiese. Era il suo modo per cercare di fare pace.

«Solo cianfrusaglie. Aveva una vita così piena che a volte mi domando come facesse a trovare il tempo per lavorare. E tu, cosa hai fatto oggi?»

«Ricerche».

Era sempre la solita risposta: ricerche. Progetti vaghi e indefiniti che tenevano Gabriel chiuso nel suo studio per la maggior parte della giornata. Per fortuna continuava a prendersi cura

[11] Philip Larkin, *Vers de Société*, trad. di C. Giunta, in «*...E tutto prezioso è ciò che offrano gli amici*», Università degli Studi di Trento, 2023, p. 233.
[12] Ivi.

del giardino, come testimoniavano le rigogliose spiree e i nontiscordardimé.

«Secondo te dov'è?», sussurrò Martha, prendendo una cartolina dalla cima della scatola da scarpe. Rappresentava una pagina di un manoscritto illustrato. Girò la cartolina. Era indirizzata a Charlie al Somerville College. *Mi abbagli*, c'era scritto. *30.iii.MMX.*

Un messaggio d'amore. Poteva essere di Tom, il ragazzo di Charlie dell'epoca? Probabile, anche se non le sembrava che Tom fosse il genere di persona che usava i numeri romani per le date. Ma Charlie aveva sempre avuto anche altri ammiratori, e senza dubbio li aveva abbagliati tutti. Anche lei era stata una di loro. E tutti stavano ancora aspettando che Charlie tornasse per un inchino finale dopo quel grandioso numero della sparizione, bloccati in quello strano limbo fra il momento della sorpresa e l'applauso scrosciante.

Gabriel si alzò di scatto. «A tua madre piaceva giocare a "Dove sarà adesso?", immaginando nipoti che non aveva mai visto. Non mi piaceva giocarci allora e non mi piace adesso, soprattutto con te. Non mi piace... fare supposizioni».

Si tirò la cintura della vestaglia stringendola intorno alla vita. Sembrava dimagrito.

«Capisco, papà. Ma non è quello che sto facendo».

Gabriel esitò. «Tua madre. Le piaceva la pagina Facebook. Le piaceva pensare che Charlie la leggesse».

La pagina Facebook. Era stato il profilo di Martha, pieno non di foto, ma di citazioni tratte da dizionari o romanzi in cui si era imbattuta mentre studiava per gli esami. Dopo la scomparsa di Charlie, aveva pubblicato degli aggiornamenti una volta al mese, in maniera scrupolosa, come in una sorta di rituale religioso di pentimento e supplica. Di solito si trattava di qualche dettaglio che riguardava l'andamento della sua vita, prima all'università e poi a Berlino, o di notizie sui suoi genitori rimasti a Oxford. Aveva accettato ogni richiesta di amicizia ricevuta, nel caso una di queste potesse essere di Charlie. Aveva parlato anche della diagnosi di sua madre. Ringraziare le persone per le loro manifestazioni di vicinanza era stato estenuante, così come respingere i guaritori new age e i venditori che spacciavano vitamine o frullati miracolosi contro il cancro. Aveva risposto con pazienza anche a chi dispensava consigli banali in buona fede.

L'ultima cosa che aveva postato era una foto del tappeto di fiori per il funerale di Rebecca. Se Charlie l'aveva visto e non si era fatta viva, le venne da pensare, allora che senso aveva tutto ciò?

«Lo facevi per Charlie o per tua madre? Voglio dire, credevi che Charlie potesse vederlo, o lo facevi perché tua madre pensasse che sarebbe potuto succedere?».

Lui stava guardando altrove, un'espressione di intensa concentrazione sul volto. Martha non sapeva bene come rispondere. «Un po' per tutti e due i motivi», disse a bassa voce.

Lui annuì, un breve e deciso cenno del capo che avrebbe potuto significare qualsiasi cosa. Martha richiuse la scatola da scarpe e la ripose nell'armadio. Sua madre, quando si era ammalata, si era messa a parlare molto di Charlie e dei mesi prima della sua scomparsa, setacciando i ricordi alla ricerca di qualche indizio, qualcosa che le era sfuggito. Qualcosa con cui torturarsi, o con cui accendere una scintilla di speranza. Le avevano fatto troppa pressione? Su Charlie? Stava lavorando moltissimo. C'erano state tante notti estive in cui Martha aveva visto la luce accesa nella camera della sorella. Spesso al mattino, quando la famiglia si svegliava, Charlie era già uscita, era andata in bici alla Bodleiana o al CED, lasciando solo delle briciole di toast e una tazza nel lavandino come traccia del suo passaggio. Charlie era anche misteriosa. Magari non proprio riservata, ma comunque abbastanza vaga sui suoi piani e spostamenti. A volte la avvistavano in angoli inaspettati della città. Stava facendo dei progetti particolari? Aveva una relazione? Lo scenario preferito della madre aveva a che fare con un trasferimento all'estero per lavoro, come se l'assenza della figlia fosse solo un piccolo contrattempo. Era vero che Charlie avrebbe voluto viaggiare di più.

Ogni volta che lei vi accennava, Gabriel concordava che era possibile, per poi ritirarsi nel suo studio fino a quando qualcuno non lo chiamava per cena.

Solo una volta la madre aveva ammesso la possibilità che la figlia maggiore fosse morta. Era accaduto durante la sua ultima settimana di vita, quando aveva visto Martha seduta accanto al letto che si asciugava le lacrime. «Sarò insieme a Charlie adesso», aveva detto. «Non preoccuparti».

Martha alzò lo sguardo e vide che suo padre la stava ancora

osservando. «È meglio la cruda verità o una bugia consolatoria?»

«Non lo so, papà. Tu ne hai qualcuna a portata di mano?».

Era stata troppo impertinente. Lo fece infuriare.

«No. Tu invece ne hai? Perché sei qui? Perché sei tornata? Non dire che l'hai fatto per me».

Il senso di colpa le strinse il petto. Lui la stava studiando con uno sguardo freddo e clinico. Quando Rebecca era viva, in casa c'era amore; adesso se ne sentiva l'assenza in modo viscerale. Era quello che stava mandando in malora ogni cosa?

Lui scosse la testa, come se stesse scacciando un pensiero.

«Avevo bisogno di un cambiamento. E penso che anche tu ne abbia bisogno».

Il padre scosse di nuovo la testa. «Non fare proiezioni su di me, tesoro».

Era una delle frasi ricorrenti di sua madre. Il suo fantasma fluttuava tra loro, cercando di facilitare i rapporti tra padre e figlia, tentando di rendere più agevoli i legami che li univano.

«Buonanotte», dissero in contemporanea.

Martha trovò le cartoline la mattina seguente. La posta del giovedì era arrivata mentre si trovava al lavoro ed era sparsa sullo zerbino: quando era rientrata doveva addirittura averla calpestata per la distrazione. C'era una voluminosa rivista per i membri del National Trust, indirizzata ad ambedue i genitori, e due cartoline identiche del CED. Le girò. Una era indirizzata a Gabriel:

QUESTA GIOVANE GENTILDONNA AVEVA UN PADRE[13]

Martha si sentì mancare. Che messaggio crudele.

L'altra cartolina, indirizzata a lei, portava un messaggio completamente diverso, scritto in caratteri maiuscoli ordinati.

Era ancora più crudele. Infilò entrambe nella borsa e uscì di casa, con le ombre che si infittivano al suo passaggio.

[13] William Shakespeare, *Tutte le opere*, a cura di M. Praz, Sansoni, Firenze 1980, p. 799.

7

zemblanità, s. f. [*coniato dallo scrittore scozzese William Boyd*]
L'opposto di serendipità. La facoltà di fare apposta spiacevoli e sfortunate scoperte

«Attenta dietro!».

Safi e i suoi coinquilini avevano vissuto insieme abbastanza da sapersi muovere come camerieri in un locale pieno di gente. Il pane tostato veniva afferrato al volo, il bollitore era sempre acceso e latte e cereali erano oggetto di scambi e contrattazioni. Dalle varie stanze proveniva musica diversa, con Radio 1 come colonna sonora costante in cucina. Paula di solito stirava qualcosa nel soggiorno prima di andare a scuola dove, a ventitré anni, era già vicedirettrice del dipartimento di Matematica. Josh usciva più tardi per aprire la galleria d'arte a London Road, mentre Yasmin andava nello spazio di coworking di Angel Court, dove gestiva un'attività di contabilità. E poi c'era Safi, che al momento stava attraversando il soggiorno a passo di danza, con una tazza di tè in mano.

Sembrava che funzionasse. Tutti loro avevano avuto coinquilini terrificanti in passato, e adesso l'atmosfera di casa si reggeva sul sollievo che nessuno rubasse il cibo altrui o scrivesse le proprie iniziali sulla bottiglia di latte. Ognuno di loro (quasi sempre) riusciva a pagare l'affitto in tempo e fumava solo nel giardinetto dietro.

La sera prima, quando Safi era tornata, erano tutti ancora fuori, o già a letto, e lei si era sentita sollevata. Sapeva che prima o poi avrebbe dovuto raccontare a qualcuno della strana lettera che accennava alla scomparsa della sorella della sua capa, una che sembrava vivesse in un mondo tutto suo. Ma sapeva anche che se l'avesse fatto si sarebbe sentita in colpa.

Si sedette al tavolo da pranzo e cercò di farsi un po' di spazio, ricevendo un'occhiataccia da Yasmin, che stava smanettando con il cellulare.

«Non basta spostare le cose, bisogna metterle a posto!».

Safi si pulì le briciole dalle mani e afferrò la pila di volantini. Una produzione studentesca di Ibsen era pubblicizzata su uno sfondo minaccioso, in mezzo a diversi annunci per donne delle pulizie. Venti sterline l'ora? Meglio della lessicografia, pensò.

E all'improvviso eccola lì. Una cartolina del CED. Safi la girò. Era indirizzata a lei, con un'etichetta stampata al computer. C'era scritto:

SEI TU ORA CHE DEVI AIUTARE ME.[14]

«Che succede, Saf? Sembra che tu abbia visto un fantasma».

«Sì, è un po' così. Un fantasma in cerca d'aiuto».

Yasmin alzò lo sguardo mentre Safi girava la cartolina mostrandole il messaggio.

«Strano. Una specie di campagna pubblicitaria?».

Safi alzò le spalle, ma Yasmin era già tornata a guardare il telefono.

Safi infilò il suo cellulare, il portafoglio, le chiavi e un libro nello zaino stropicciato color verde petrolio e si mise a pedalare verso il centro città insieme a una folla di pendolari. Che razza strana erano. I ciclisti di Londra sembravano tutti adepti della Chiesa del Lycra, del quale testavano l'elasticità massima mentre si curvavano sui manubri delle biciclette da corsa tutte coperte di loghi. A Oxford, al contrario, andava ancora di moda la bicicletta da passeggio, e i ciclisti sembravano appena usciti da un set di Miss Marple e diretti dal macellaio a comprare qualche taglio di carne legato con lo spago. La bici di Safi apparteneva senza dubbio a quest'ultima categoria: aveva nastri color pastello attaccati al manubrio, come quelli dei bambini, per il sem-

[14] William Shakespeare, *Tutte le opere*, a cura di M. Praz, Sansoni, Firenze 1980, p. 4.

plice motivo che le piacevano. A sedici anni sua cugina aveva attraversato un'impegnativa fase esistenzialista, espressa da un mix di dolcevita neri, musica jazz e atteggiamento distaccato. L'arcobaleno era una reazione a tutto ciò. Safi non vedeva alcun motivo per associare l'intelligenza a un guardaroba monocromatico. Il mondo stava andando a pezzi e la sua generazione non si aspettava nulla dal futuro, quindi perché non approfittare almeno delle vernici colorate di nuova formulazione accessibili a tutte le tasche? Sicuramente questo rendeva la sua bici più facile da trovare fra le centinaia di anonime due ruote stipate in ogni angolo della città.

Legò il suo mezzo nel cortile moderno dietro la facciata a colonne, salì i gradini larghi e attraversò le porte di vetro per entrare negli uffici, spazi eleganti e luminosi intagliati nel vecchio scheletro dell'edificio.

Metà dei dipendenti adesso lavorava da casa, ma il team di Martha faceva eccezione. Loro c'erano quasi sempre tutti, perché preferivano venire in ufficio per confrontarsi e scontrarsi con la lingua. Safi, in particolare, amava il placido contrasto tra la frenesia di casa sua e il sottile piacere di respirare l'aria che profumava di libri. Andò dritta verso gli archivi della corrispondenza, con la giacca di seta rossa che le svolazzava dietro. Ogni lettera indirizzata al dizionario veniva archiviata e catalogata. Se in passato Coro gli aveva scritto, probabilmente quelle lettere sarebbero finite nella sezione *Varie*, insieme alle centinaia di richieste di amanti del lessico che chiedevano di includere seduta stante un certo termine nel dizionario, solo perché lo dicevano loro. *Ipsedixitismo*, si ricordò Safi: l'affermazione che qualcosa è reale solo perché lo dice una persona in particolare.

Si sedette a un tavolo tra gli scaffali, respirando l'odore pungente della carta in lenta decomposizione, e cominciò a guardare nelle cartelle della corrispondenza generica, partendo dal 2010. C'erano diversi biglietti di ringraziamento: alcuni da parte di scrittori, altri da lettori che si rivolgevano al dizionario in prima persona, come se fosse un essere vivente. Un amico forse, al quale scrivevano per trovare un po' di equilibrio e conforto, o una fonte di "rumore bianco" lessicale per rilassarsi. Safi ci pensava sfogliando le lettere, la maggior parte ancora attaccata con graffette arrugginite alle buste in cui erano arrivate. Alcune venivano dall'altra parte del mondo, le buste si erano macchiate durante il viaggio ed erano decorate con francobolli di fiori, uccelli e mappe. Ogni volta che arrivava febbraio c'era un'ondata di auguri di compleanno. Fra tutte le cose che si potevano antropomorfizzare, pensò, quella del dizionario era una scelta strana, per quanto la comprendesse bene. Lei stessa, più volte, aveva trovato conforto proprio in quelle pagine.

Un giorno o l'altro avrebbe dovuto fare uno studio sistematico su quegli archivi, riesaminare tutto il materiale. Forse avrebbe potuto addirittura tenere una lezione al suo ex college sulle migliaia di storie racchiuse nella corrispondenza del CED. Nella sua immaginazione era già lì, stava già raccontando storie di pazzi e parroci, poeti e astronomi. Poi la trovò.

Una cartolina, l'indirizzo e il messaggio scritti in lettere maiuscole così precise da sembrare stampate.

FALSEDICT: UN'AFFERMAZIONE O DICHIARAZIONE NON VERA

La cartolina non era firmata, ma qualcosa di strano catturò la sua attenzione. La girò e non si sorprese affatto quando vide che l'immagine era la stessa di quella che aveva ricevuto lei.

Ora che aveva un'idea di cosa cercare, le altre furono facili da individuare. La prima era arrivata nel 2011, le altre negli anni successivi, sempre nella stessa data. Erano tutte cartoline che raffiguravano l'edificio del dizionario, tutte scritte a caratteri maiuscoli estremamente precisi e tutte incentrate su parole legate alla falsità. *Pseudologiser*, diceva una; *gobemouche*, un'altra. La prima significava "inventore di bugie complesse", la seconda "persona che, a bocca aperta, crede a tutto ciò che le viene detto", letteralmente un "ingoiamosche". Erano state tutte inviate al loro ex capo, Mike Orme.

Martha fu l'ultima ad arrivare, poco prima delle nove. Gli altri erano intorno alla scrivania di Safi e smisero di parlare non appena entrò.

Lei non salutò nessuno e nemmeno si mise subito al computer

fingendo di avere delle email da guardare. Alcune cose andavano affrontate in maniera diretta.

«Safi», iniziò Martha, «gli altri ti hanno aggiornato?»

«Sì». Lo sguardo di Safi era diretto. «Hai ricevuto una cartolina ieri?».

Martha la fissò. «Anche tu ne hai ricevuta una?»

«Tutti noi», la informò Simon. «E non è finita. Guarda cosa ha trovato Safi».

La ragazza le porse il mazzetto di cartoline e Martha le sfogliò.

«Sono tutte allusioni al mentire o al dire falsità», spiegò Simon. «La cosa strana è che mentre la lettera di Coro era indirizzata a tutti noi, queste erano solo per Mike».

Alex si schiarì la gola. «Cosa vuoi fare?».

Martha incrociò le braccia e si appoggiò alla scrivania. «Stavo pensando a quello che ha detto Jonathan, poco prima che risolvessimo l'indizio del cruciverba. O chi ci ha scritto la smette e va a rompere le scatole a qualcun altro, oppure ci riscriverà di nuovo per spiegarsi meglio. Ma con tutte queste cartoline... Non so». Guardò gli altri, improvvisamente consapevole di quanto desiderava sentire la loro opinione. «Ah, e... non ho detto nulla di tutto questo a mio padre. Per il momento preferirei tenerlo per me, nel caso venisse poi fuori che è uno scherzo».

«Se si tratta di uno scherzo, è piuttosto elaborato», osservò Safi. «Solo la fatica di trovare tutti i nostri indirizzi...».

«Io non ho detto niente a nessuno», intervenne Simon. «Ma a proposito di Jonathan, che facciamo con lui? Ci aveva chiesto di mandargli la lettera, giusto?».

Martha si passò le dita fra i capelli spettinati. «Sì. Pensavo che potremmo farlo, senza però dirgli cosa abbiamo scoperto. Lo so che non è corretto, ma è una questione molto complicata e tutto sommato non sembrava particolarmente preoccupato. Spero che segua lo stesso consiglio che ha dato a noi e lasci perdere, almeno per ora».

Alex annuì, anche se Martha colse un bagliore di irritazione sul suo volto. «Non vedo cos'altro possiamo fare al momento. Ma penso che tu dovresti andare alla polizia. È chiaro che sei libera di decidere a chi dirlo, però credo che almeno loro dovrebbero saperlo». Fece una pausa. «Cosa vuole da noi Coro?

Secondo voi si aspetta che cominciamo a interrogarci a vicenda sulla scomparsa di Charlie?».

Simon e Safi si scambiarono delle occhiate furtive, e Martha sospettò che la sera prima avessero fatto proprio quello.

«Se decidi di andare alla polizia, dovresti portare queste», disse Safi, indicando le cartoline. «E anche quella che ho ricevuto io». Tirò fuori la sua cartolina dalla borsa e gliela passò.

«La tua ha un tono più gentile», osservò Alex, sbirciando la citazione mentre passava tra Martha e Safi. «Io ho ricevuto "Io disprezzo profondamente i bugiardi"».

«Be', io avevo dieci anni quando Charlie è scomparsa», rispose Safi. «Tu Simon cos'hai ricevuto?»

«Oh, ehm... "Dio mi guardi dai falsi amici!". Però non ce l'ho dietro».

Martha si concentrò sul mazzo di cartoline indirizzate a Mike Orme. Nessuno le aveva chiesto quale fosse la frase che aveva ricevuto lei. Provò un complicato moto di gratitudine per tale accortezza.

«Nessuna delle cartoline indirizzate a Mike è firmata Coro», notò Safi, interrompendo il silenzio prima che diventasse imbarazzante, «ma ho pensato che avessero qualcosa a che vedere con la scomparsa di Charlie. Ce n'è una all'anno, a partire dal 2011, ed è sempre la stessa immagine».

Martha iniziò a sfogliarle. Ogni cartolina mostrava la stessa veduta. Chi le aveva scritte doveva averle comprate in blocco.

«Grazie», disse sottovoce. «Adesso torniamo al lavoro, va bene?».

Alex e Simon si diressero ai loro monitor. «Qualcuno ha visto Mike di recente?», chiese Simon.

«L'ho incontrato alla Bodleiana un po' di tempo fa», rispose Safi. «Gli ho chiesto se sarebbe venuto alla festa di Jonathan di ieri, ma ha detto che avrebbe passato la primavera nella sua casa in Francia. Come fanno le persone che lavorano qui a permettersi una casa in Francia?»

«C'è il trucco». Il computer di Simon fece degli strani rumori mentre si accendeva, come se avesse l'asma. «Si chiama "cominciare a lavorare qui nel 1973"».

Martha fece un sorriso fiacco, passando in rassegna un'altra volta le cartoline prima di iniziare a occuparsi delle email e delle cose da fare durante la giornata. C'erano messaggi che riguardavano il Forum e i programmi di sensibilizzazione, un promemoria sui nuovi orari della mensa aziendale e un mucchio di richieste di accesso alle schede da parte di studiosi, o meta-studiosi, come li chiamava Simon: gli studiosi che studiavano gli studi. Si mise a giocare con la collana, facendo scorrere i cuoricini su e giù mentre leggeva.

«Forse le cartoline per Mike sono della signora Wilson o qualcuno di simile, qualcuno che non è riuscito a ottenere la paternità o l'inserimento di qualche strana citazione nel dizionario, e l'immagine è solo una coincidenza», disse Safi dopo qualche minuto di silenzio. «Probabilmente, di questo posto, non c'è una grande varietà di cartoline».

«No», sbottò Martha in maniera più brusca di quanto avrebbe voluto. «Riguardano tutte Charlie».

«Come lo sai?», chiese Alex, guardandola da sopra gli occhiali.

Martha ne prese una e indicò il timbro postale. «Sono state tutte inviate nel giorno del suo compleanno».

8

trànsito, s. m. [dal lat. *transitus*]
Fig. trapasso dalla vita alla morte (in corso di svolgimento o già compiuto)

C'era qualcosa di ambiguo nella parola *necroturista*, pensò Martha, mentre spingeva il vecchio cancello arrugginito che dava accesso al suo luogo preferito per il pranzo. Aveva lasciato Simon e Safi alla scrivania, intenti ad aprire dei contenitori di plastica e a sbirciarne il contenuto misterioso all'interno. Alex era a pranzo con un'amica, un rituale del venerdì che faceva innervosire Simon, che brontolando si chiedeva come facesse a permetterselo, mentre Safi si diceva colpita dal fatto che Alex avesse così tante amiche. Martha era diversa. Quando l'orologio della casa editrice batté l'una, sentì la necessità di evadere e perdersi nei propri pensieri. Aveva bisogno di un luogo dove riflettere, prima di decidere se rivolgersi o meno alla polizia. Aveva scelto un posto dove andava spesso, sapendo che i suoi residenti le avrebbero garantito il silenzio di cui aveva bisogno. Si trattava del Saint Sepulchre's Cemetery, a pochi minuti a piedi dall'ufficio e secondo lei uno dei luoghi più sottovalutati di Oxford. Un *necroturista* è uno che va in cerca di cimiteri e altro armamentario che ha a che vedere con la morte, e doveva ammettere che il termine, per quanto avesse un suono sgradevole, le calzava a pennello.

Negli ultimi tempi il cimitero attirava pochi visitatori. Non erano permesse nuove sepolture ed era lasciato principalmente alle cure di un gruppo di appassionati giardinieri che cercavano di preservarne la bellezza sottotono e un po' selvaggia. Era stato consacrato a metà del XIX secolo, quando negli allora dodici cimiteri di Oxford non c'era più posto, in gran parte a causa di un'epidemia di colera di qualche decennio prima. Avevano piantato una barriera di alberi sempreverdi per nascondere il nuovo luogo di sepoltura alla vista del pubblico.

Martha adorava la disposizione disordinata delle lapidi: alcune si ergevano con orgoglio, altre erano traballanti, altre ancora erano ormai completamente crollate. Non c'erano file ordinate: l'unica caratteristica in comune era che tutte le lapidi erano rivolte verso est, proprio come gli altari delle chiese, per guardare verso Gerusalemme, cosa che lei ben sapeva, visto il senso già contenuto nel verbo "orientare", cioè disporre verso Oriente. Al di là di questo tratto comune, ovunque regnava una confusione affascinante, insieme a una solennità trasandata e a un senso di elegante declino. Martha notò che di recente i volontari avevano rimosso i rovi, facendo venire allo scoperto molte lapidi dimenticate da anni. Si avvicinò con cautela, assaporando la brezza fresca che accarezzava i faggi rossi e gli imponenti tassi. Il sussurro degli elfi, le venne da pensare: così infatti sua madre era solita descrivere gli aliti di vento.

Cercò un posto sotto un sorbo rosso accanto a una delle sue tombe preferite, intitolata a GEORGE WAINWRIGHT, MORTO NEL 1942, ALL'ETÀ DI 61 ANNI. PER 41 ANNI ASSISTENTE AL *CLARENDON ENGLISH DICTIONARY*. Sarebbe bastata quella lunga anzianità di servizio per stimarlo. Ma Martha lo amava ancora di più perché si era permesso di fare ciò che nessun lessicografo moderno avrebbe mai osato: giocare con le definizioni e inserirne addirittura una falsa. Infatti sotto la voce *interdespise*, un verbo del XIX secolo che significava disprezzo reciproco, Wainwright aveva inserito un ulteriore significato: "La relazione tra un lessicografo di professione e i suoi critici, plasmata da aspettative invadenti su una lingua e la sua realtà". Un gesto di ribellione un po' fine a se stesso, pensò lei, ma pur sempre un gesto di ribellione. Resistere all'evoluzione delle parole non era certo una novità. Ma le voci fittizie che venivano inserite attualmente avevano una motivazione diversa: lo si faceva per individuare eventuali violazioni di copyright o plagi. A partire dagli anni Settanta erano state definite *mountweazel*, per via della falsa inclusione in un dizionario biografico di Lilian Mountweazel, una donna "morta a trentuno anni in un'esplosione mentre stava facendo un reportage per la rivista 'Combustibili'".

Sorridendo, tirò fuori il formaggio e le focaccine d'avena che aveva gettato in borsa quella mattina ed espirò, o *spasimò*, come avrebbe detto ai suoi colleghi, godendo di un'altra bella parola inspiegabilmente caduta in disuso.

Cercò di concentrarsi sul problema principale. Doveva consegnare la lettera alla polizia? Poteva essere semplicemente l'opera di uno svitato, o di un burlone, poteva trattarsi solo di una strana confessione a base di enigmi che suggeriva un'accusa priva di fondamento. Ma il fatto che chi l'aveva scritta avesse anche mandato delle cartoline ai loro indirizzi indicava qualcosa di più serio rispetto a un semplice scherzo, per quanto crudele.

Una nuvola passò sopra di lei, e i brividi di Martha si intensificarono. Le frasi aggrovigliate della lettera nascondevano qualcosa di importante, come i rovi che oscuravano le scritte sulle lapidi.

Cosa c'era in quel luogo che l'attraeva tanto? Probabilmente le storie nascoste delle vite sepolte sottoterra: quei collegamenti segreti che amava portare alla luce anche nel suo lavoro. Un'etimologia delle lapidi, forse. Adesso era arrivato Coro con le sue stuzzicanti allusioni capaci di mettere a disagio. Nella lettera c'era anche qualcosa di malinconico: un dolore che si nascondeva dietro la rabbia.

Martha pensò a tutte quelle locuzioni della lingua inglese che erano la prova lampante dell'influenza dei cimiteri, non solo sulla sua fantasia. Gli uomini dell'età vittoriana, per esempio, spaventati dalle macabre storie di bare riesumate piene di graffi, erano terrorizzati dall'idea di essere sepolti vivi (tafofobia, pensò con un sussulto, una parola per Alex). Di conseguenza, i presunti cadaveri venivano spesso seppelliti con un campanello all'interno della bara, nel caso si fossero risvegliati e avessero avuto bisogno di dare l'allarme. Si diceva che proprio questo avesse ispirato espressioni come *saved by the bell* (salvato in extremis), *dead ringer* (copia esatta) e persino *graveyard shift* (turno di notte), presumibilmente riferita ai becchini che vegliavano accanto alle tombe pronti a sentire eventuali tintinnii. Per quanto sembrassero verosimili, quelle storie erano tutte false, anche se persino lei, in passato, era stata convinta della loro attendibilità.

Si ricordò di aver raccontato tutto questo a Charlie, una mattina soleggiata, mentre ripercorrevano le tracce della loro infanzia nel boschetto delle fate che il padre aveva creato per loro in giardino. Riattraversando quei sentieri, che ora sembravano stretti, ma che da bambine apparivano immensi, si erano imbattute in una piccola croce sul confine del boschetto di betulle. Erano riuscite a distinguere con difficoltà le lettere incise sopra, che andavano a comporre la parola "Monty". La tomba di un animale domestico molto amato?, si erano chieste. Charlie aveva rabbrividito e trascinato via la sorella tirandola per una manica. «Andiamo a cercare il sole», aveva detto.

Erano sempre state così diverse? Ci definiamo confrontandoci con gli altri: *non sono come loro, quindi sono così.* Charlie era il fuoco, le luci della ribalta capaci di trasformare l'ordinario in straordinario. Lei invece era la sua ombra, più giovane di quattro anni e sempre costretta ad arrancarle dietro. Era la sorella satellite, la sorella strana, la sognatrice. Charlie era quella determinata, ambiziosa, sempre in movimento. Quella che interpretava la Madonna nel presepe scolastico, oppure Ofelia in una rappresentazione dell'*Amleto*. Martha, ovviamente, faceva sempre la pastorella o la dama del seguito; dicevano che tanto non avrebbe gradito troppe attenzioni. A volte si chiedeva, se fosse stata lei a scomparire, se la sua mancanza sarebbe stata percepita con la stessa intensità. O se invece sarebbe semplicemente svanita del tutto.

Diede un morso a un'altra galletta d'avena. *Eccomi qua. Sono qualcosa di autentico*, si disse. *Non sono solo quella delle due che è rimasta.*

Appoggiò una mano sulla lapide di Wainwright e rifletté su come una tomba fosse un'ulteriore definizione di sé: questa persona è nata qui, è morta lì. Eppure, persino nella morte, veniamo definiti in relazione agli altri. Marito, padre, nonno. Madre, figlia, moglie, sorella. Era stato bravo Wainwright a riassumere se stesso solo con la sua professione.

L'assenza di Charlie non aveva confini temporali di quel tipo.

Charlotte Thornhill, 1987 - ? Una volta, durante un reading di vari autori in un pub di Berlino (un libro di poesie sulla città di vari scrittori, vivi e morti) un poeta aveva osservato, in maniera sarcastica, quanto fosse strano vedere il proprio nome in fondo alla pagina con accanto una sola data: *(1973 -)*. «Quello spazio un giorno verrà riempito. È curioso vederlo lì, che mi aspetta».

C'era anche una data di scadenza che aspettava Charlie? O era già stata incisa su qualche pietra chissà dove? Se sua madre aveva ragione, quella figlia poteva essere stata sepolta sotto un altro nome, in un altro Paese. Ma come poteva lei, la sua ombra, definire se stessa in assenza di Charlie?

Se la polizia avesse deciso di ignorarla, pace. Ma aveva una responsabilità nei confronti di Alex, Simon e Safi, ora che erano stati coinvolti personalmente, e aveva anche un debito di riconoscenza e un obbligo morale verso la sorella. Avrebbe fornito alla polizia i fatti, semplici e precisi come le lapidi, e loro ne avrebbero fatto ciò che volevano.

Il pensiero bastò a scuoterla. Mandò un messaggio a Simon per avvisarlo che avrebbe tardato un po', si spazzò via le briciole dal grembo lasciandole agli uccelli e si mise in moto.

9

brancolare, v. intr. [der. di branca]
Procedere a tastoni muovendo qua e là le mani per cercare gli oggetti nel buio

La stazione di polizia di St. Aldates era tranquilla. Il sergente all'ingresso era andato a cercare qualcuno che potesse parlare con lei. Martha era rimasta da sola in sala d'attesa per un bel po'.

«*Secondo lei* cosa significa?», chiese quel qualcuno, dopo averla fatta accomodare in una fredda sala per gli interrogatori e aver letto la lettera restando a lungo in silenzio.

Martha aveva occupato quei lunghi minuti studiandolo. Doveva avere poco più di trent'anni, folti capelli rossi, una barba curata e spalle larghe. Con una camicia di flanella sarebbe sembrato un mastro birraio. Cercò di ricordare il suo nome; in effetti si era presentato ma lei, tutta presa a osservarlo, se l'era dimenticato subito. Lanciò uno sguardo furtivo al tesserino che aveva al collo: Oliver qualcosa.

Martha non sapeva bene cosa aspettarsi. Forse un "Be', è strano", seguito da un modulo da compilare e firmare. Invece, il poliziotto dall'altra parte del tavolo era apparso sinceramente interessato, e quando lei gli aveva spiegato l'indizio aveva esclamato un "ah" di comprensione. Ora l'uomo si stava spostando sulla sedia, dandole una visuale migliore del tesserino. Oliver Caldwell, un cognome dello Yorkshire. Suo padre aveva studiato a lungo l'onomastica e amava decifrare i nomi delle persone. Caldwell, dall'inglese antico, significava "sorgente fredda".

«Non so cosa dire. Suppongo che scriverà ancora, o semplicemente sparirà. Ma queste cartoline indirizzate alle nostre abitazioni ci preoccupano».

«Non è difficile rintracciare un indirizzo, però questo Coro potrebbe essere qualcuno che vi conosce... Credo che lei abbia ragione a pensare che sia stata la stessa persona a scrivere la lettera». Si strofinò il mento. «Sua sorella è mai stata oggetto di uno di quei podcast di *true crime*?»

«Di cosa?».

Lui sembrò sorpreso che lei non sapesse di cosa stava parlando. «Crimini irrisolti. Indagini su casi ancora aperti. Sono dappertutto: podcast, ma anche su TikTok. Investigatori virtuali che analizzano vecchie scomparse oppure omicidi non risolti e registrano "indiscrezioni scioccanti" nelle loro camerette. A essere onesti, alcuni sono piuttosto bravi. Altri creano solo dei problemi».

«Perché qualcuno dovrebbe...?». Non completò la frase.

Lui le sorrise. «Dà alle persone l'idea di avere una specie di missione. Spesso i loro follower, senza farsi tanti scrupoli, contattano la famiglia o gli amici delle persone scomparse, e... una ragazza come sua sorella? Sarebbe irresistibile per loro».

«Irresistibile?», ripeté Martha, non riuscendo a trattenere una risatina scandalizzata.

«Sì, una persona brillante e fascinosa che scompare da un posto come Oxford: adorano quel genere di storie. Mi spiace, deve sembrare proprio indelicato. Ma non ha mai sentito qualcosa del genere su di lei?». Martha scosse la testa. «Okay, bene». Il poliziotto si tirò vicino una cartelletta che era sul tavolo. «Se non si tratta semplicemente di qualcuno che ha letto del caso online, allora dobbiamo pensare che sia qualcuno che conosce voi e gli altri del gruppo. Potrebbe essere uno scherzo, potrebbe essere qualcosa di sadico, altrimenti bisogna pensare che si tratti di qualcuno che sa qualcosa. Lei era via, all'università, giusto, quando Charlie scomparve?».

Ecco spiegata la lunga attesa, pensò Martha. Doveva aver letto il fascicolo. E lo aveva letto abbastanza bene da notare, e usare, il soprannome Charlie, piuttosto che parlare di lei come Charlotte. Guardò il tavolo, consapevole che il suo battito cardiaco stava accelerando. «Ero a Sheffield, sì. Ma in realtà c'ero appena arrivata».

Lui annuì. «Okay, proprio all'inizio del semestre. Quindi immagino che durante l'estate si trovasse a Oxford?».

Lei annuì.

«Non ha notato nulla di insolito nel comportamento di sua sorella?»

«Lavorava moltissimo, ma non era qualcosa di strano. Ricordo che mi dispiaceva che non avesse tempo per uscire un po' con me quell'estate. Sembrava molto entusiasta del suo lavoro, non certo abbattuta».

L'agente sfogliò le pagine. «I suoi genitori discutevano con lei i dettagli dell'indagine?»

«Non ricordo bene. Sono tornata non appena ho saputo che era scomparsa poi, quando me ne sono andata, per settimane ci sentivamo ogni sera. Credo di sì... ma come faccio a sapere se qualcosa non mi è stato riferito?»

«Ha ragione. Intanto le faccio le mie condoglianze per la perdita di sua madre, signora Thornhill. Suo padre sta bene?»

«Grazie, sì, sta bene. Come ha saputo di mia madre?».

Lui sfiorò l'ultima pagina del fascicolo. «Ci ha chiamati subito dopo la diagnosi, chiedendoci di compiere un ulteriore sforzo per cercare Charlie. Lo abbiamo fatto, setacciando i database e cose simili, ma non siamo arrivati a nulla. Qualcuno ha annotato nel fascicolo che è mancata l'anno seguente».

Martha odiava la parola "mancata". Sua madre si era ripromessa di evitare i soliti eufemismi, così come il linguaggio militaresco che molti si sentivano obbligati a usare dopo una diagnosi di cancro: "Ha combattuto con coraggio, ma ha perso la sua battaglia". Per Rebecca significava che il paziente non era stato abbastanza forte. Martha non aveva idea che sua madre avesse chiesto alla polizia di riprendere le ricerche; forse gliel'aveva consigliato qualcuno dei gruppi online, o forse si rendeva semplicemente conto che il tempo a sua disposizione stava finendo.

«Posso farle un riepilogo di quello che sappiamo, signora Thornhill? Giusto per rinfrescarle la memoria?».

Martha sentì il sudore che le pungeva il colletto. «Pensavo solo di dover venire qui e compilare un modulo».

Caldwell annuì piano, ma lei colse anche uno sguardo acuto e giudicante.

«In situazioni come questa, quando è possibile che ci sia qualcosa o qualcuno di strano in gioco, è meglio assicurarsi di conoscere bene i fatti».

L'uomo sembrava in attesa di un assenso.

«Va bene. Sì. Per favore, proceda».

«Niente di quello che sto per dirle è riservato. Però alcune dichiarazioni contenute qui lo sono, quindi non posso consegnarle il fascicolo». *Non lo vorrei comunque*, pensò Martha, ritraendosi quasi fisicamente. «Quindi, se vuole condividere qualcosa di quello che le dirò con i suoi colleghi, può farlo. Immagino che potrebbero essere interessati, viste quelle fastidiose cartoline».

«Quella di Safi non era poi così tremenda. Sembrava solo una richiesta di aiuto».

Il poliziotto annuì e si strofinò il naso. «I suoi genitori hanno denunciato la scomparsa di Charlotte il 24 settembre, venerdì sera. Si aspettavano di incontrarla a una festa la sera prima e sono rimasti sorpresi vedendo che non si era presentata. Poi, quando sono rientrati a casa e non l'hanno trovata, si sono preoccupati. Ma hanno pensato che poteva essere ancora al lavoro. La mattina dopo, quando hanno visto che non era tornata e non riuscivano a contattarla sul cellulare, hanno chiamato il suo ragazzo, Tom, scoprendo che lei di recente l'aveva lasciato. Quel venerdì, nel pomeriggio, hanno anche scoperto che il giorno prima aveva annullato un pranzo con un'amica di famiglia, Gemma Waldegrave».

«Ah, non lo sapevo!», esclamò Martha.

«Cosa esattamente?».

«I miei mi avevano detto della rottura con Tom, all'epoca. Non avevo idea che avesse un appuntamento con Gemma il giorno in cui è scomparsa».

Lui inspirò lentamente, gli occhi che scorrevano avanti e indietro sulla pagina che aveva di fronte. «A quanto pare la signora Waldegrave aspettava sua sorella in casa, e quando ha chiamato Charlie per chiederle se alla fine sarebbe venuta ha ricevuto un messaggio che parlava di un imprevisto».

Martha cercò di resistere al richiamo del passato, ma era come un vortice, della sabbia bagnata che le risucchiava i piedi. *Non sono lì. Non è questo momento*, si ripeté, ma la sua mente si stava riempiendo di ricordi di Charlie durante quella lunga estate, della voce di sua madre al telefono quella mattina di sabato. «Martha? Non troviamo più Charlie. L'hai vista? Per caso è venuta da te?».

Che cosa vedi? *Il piano del tavolo in formica. Il bordo superiore della cartelletta. Le mani del poliziotto. Coperte di lentiggini e sottili peli biondi.*

«È tornata il sabato, giusto?».

Ricordava ancora quando aveva infilato la chiave nella serratura, quando aveva aperto la porta e i suoi erano corsi fuori dalla cucina. Il volto di sua madre che precipitava al rallentatore dalla speranza alla disperazione.

Quali odori senti? *Caffè scadente. Pittura e detersivo industriale.*

«Sì, sono arrivata a metà pomeriggio. C'era un agente seduto con mia madre e un altro che stava controllando la stanza di Charlie».

Lui annuì e girò qualche altra pagina. All'improvviso a Martha venne il desiderio di sapere cosa c'era scritto. Vide la lista dei nomi di amici e colleghi di Charlie che sua madre aveva compilato e consegnato alle autorità, alcuni con numeri di telefono, altri senza. Le avevano chiesto (un poliziotto o una poliziotta? Non ricordava. Le venivano in mente solo le mani attorno alle tazze del tè e i toni sommessi) se aveva altri nomi da aggiungere alla lista. Non ne aveva. Tanya, l'unica amica di Charlie che conoscesse, era già sulla lista. Probabilmente lui stava sfogliando proprio quello: i verbali delle telefonate.

«Nessuna informazione e nessun campanello d'allarme da parte degli amici e dei colleghi che abbiamo contattato. Il telefono di Charlie era stato spento, o si era scaricato, poco dopo il messaggio inviato alla signora Waldegrave. Le sue carte di credito sono state usate per l'ultima volta la mattina del 23 settembre».

Lui lanciò di nuovo un'occhiata a Martha. Doveva aver mostrato qualche segno di impazienza. La stanza era umida, soffocante.

«Non ci vorrà molto, signora Thornhill».

«Sì... io... mi scusi».

«Poi c'è la questione della bicicletta di sua sorella. È stata trovata nei boschi vicino alla casa di C. S. Lewis».

«Odiava *Le cronache di Narnia*», disse subito Martha. «So che hanno dragato lo stagno lì, ma quelle storie non le sono mai piaciute, le ha sempre trovate stucchevoli e pretenziose al tempo stesso».

Lui sembrò leggermente ferito. «Io le adoravo quand'ero bambino. Le ho persino regalate a mio nipote. Con quelle ha imparato a leggere. L'hanno distratto quasi del tutto da YouTube per un mese».

Martha gli sorrise. «Anche a me piacevano».

Per un breve momento si sentirono uniti contro il giudizio letterario di Charlie, poi la fronte dell'uomo si contrasse in un'espressione accigliata. «Perché ha menzionato la questione dello stagno?».

Martha si passò una mano sugli occhi, cercando di trovare le parole giuste.

«Il fatto che la bici fosse lì era il segno che fosse fuggita, che avesse avuto una specie di crollo nervoso e se ne fosse andata. È vicino all'A40, quindi un buon punto per chiedere un passaggio. Io… io non riuscivo a credere che si fosse suicidata, così quando è saltata fuori la bicicletta è stato un sollievo. Vede, Charlie non avrebbe mai potuto suicidarsi lì, in un posto dove avrebbe potuto incontrare dei lettori appassionati che venivano per venerare Aslan e il signor Tumnus. Non faceva per lei». Lo osservò. «Lei pensa che possa sbagliarmi, ma io conoscevo bene Charlie».

I suoi occhi si mossero su e giù. *Non abbastanza, ovviamente.*

«Cosa pensa che sia successo a sua sorella, signora Thornhill?».

Forse avrebbe dovuto dirgli di chiamarla Martha. Forse adesso era troppo tardi.

«Penso che abbia avuto un crollo nervoso e se ne sia andata. Voglio dire, la gente scompare. Magari perde la memoria, o si vergogna di tornare». Gli appunti immaginari che aveva scarabocchiato nella sua mente erano così ben collaudati che quasi ci credeva. E quello che non sapeva era stata in grado di inventarselo.

Lui chiuse il fascicolo. «La maggior parte delle persone torna nel giro di una settimana, quasi tutte entro sei mesi, o quantomeno si fanno vive con qualcuno. Da questo punto di vista il comportamento di Charlie è molto strano».

«Ma può capitare, giusto?», insistette Martha, avvertendo un tono quasi implorante nella propria voce. «La gente se ne va, no, riparte completamente da zero?»

«Come ho detto, non capita molto spesso, e fino a quando non salterà fuori che è solo un brutto scherzo, penso che dovrebbe prendere questo Coro sul serio. Sua sorella aveva dei nemici?».

Martha si mise quasi a ridere. Quanti altri cliché da telefilm poliziesco restavano?

«Avevamo esaminato in maniera scrupolosa il fidanzato, visto che si erano lasciati da poco», continuò lui, «ma in realtà mi sono fatto l'idea che Charlie avesse irritato più di una persona».

Martha lo fissò scossa. Non era vero. Scosse la testa. «No, tutti adoravano Charlie. Voglio dire, era bella, intelligente e diceva quello che pensava, quindi immagino che qualcuno potesse essere geloso. Ma era una ragazza adorabile. Divertente. Avrebbe dovuto vedere quanta gente, quante persone ci hanno aiutati a cercarla o ad attaccare le locandine».

«Aveva una certa propensione per la teatralità, giusto?»

«Non particolarmente».

Forse. Martha ricordava quando Charlie aveva deciso di smettere di suonare il violino. Una sera aveva suonato per la famiglia, uno scherzo di Brahms, poi aveva comunicato loro di aver annullato tutte le lezioni, mettendoli davanti al fatto compiuto. Lo stesso era accaduto con la patente: aveva preso lezioni di nascosto e annunciato la cosa solo dopo aver passato l'esame, godendosi così l'emozione del grande annuncio.

Lui fece un gesto come per calmarla. «Guardi, magari è possibile che questo Coro sappia qualcosa. Potrebbe aver avuto dei motivi per rimanere in silenzio finora. In ogni caso, credo che il fatto che questa lettera salti fuori proprio adesso, quando lei ha appena iniziato a lavorare nello stesso posto di Charlie, non sia un semplice caso. C'è qualcosa che vuole aggiungere? Qualcosa che magari all'epoca non ha detto alla polizia?».

No. No. No.

«Sono qui da sei mesi!».

Lui fece una smorfia, strizzando gli occhi verso il fascicolo chiuso come se fosse uno di quegli effetti ottici tridimensionali. «Prima una cartolina all'anno, e adesso tutto questo movimento. È successo qualcosa di particolare questa settimana?».

Certo che era successo. «La festa a cui sarebbe dovuta andare Charlie era per il primo libro di Jonathan Overton. E questa settimana è uscito il suo quarto libro, ieri sera c'è stata la presentazione».

Lui esitò, poi disse: «Mi chiedo se anche il dottor Overton abbia ricevuto una cartolina».

«Non ne ho idea, e non glielo chiederò certo il giorno dopo la presentazione. Sarà pieno di impegni. Ma gli ho fatto avere la lettera».

«In effetti stamattina ho sentito una sua intervista alla radio, al *Today*».

Martha guardò l'orologio, erano passate le due. «Devo proprio tornare in ufficio. Ero venuta solo per parlarle della lettera e di queste cartoline. Voglio dire, a questo punto non c'è molto altro da fare, giusto?».

Lui chiuse il fascicolo e lentamente si alzò in piedi. «Possiamo interrogare di nuovo amici e parenti».

«No, per favore lasciamo perdere. Davvero, non ne vale la pena».

«E le cartoline inviate ai suoi colleghi e a suo padre?»

«Sono solo parole. Non sono neanche minacciose». Cercò di mostrarsi disinvolta. «Nessun lessicografo che si rispetti dovrebbe avere paura delle parole».

«Forse, ma allora non avrei la necessità di avvisare un lessicografo che le parole possono anche essere assai potenti».

Martha si era già girata, con la borsa a tracolla, pronta ad andarsene.

«Signora Thornhill, posso darle un consiglio?»

«Se proprio deve».

«Non ho idea di cosa sia successo a sua sorella, ma forse qualcuno lo sa. Forse se n'è semplicemente andata, ma per farlo avrebbe avuto bisogno di soldi. E comunque penso che avrebbe lasciato detto qualcosa a qualcuno. La stessa cosa vale per il suicidio. Ci vuole del tempo perché uno giunga a una decisione di quel tipo. È terribile non arrivare mai a conoscere la verità, e mi spiace che sua madre alla fine non abbia avuto quella soddisfazione, per quanto relativa. Ma lei dovrebbe riuscire a conoscerla, questa verità. Parli con le persone che frequentavano sua sorella. Dopo tutto questo tempo potrebbero anche essere disposte a rivelare cose che non avrebbero detto quando sua madre era ancora viva. Se scopre nuove informazioni, mi chiami e io indagherò in maniera ufficiale». Dalla tasca posteriore estrasse un portafoglio e tirò fuori un biglietto da visita. «Non ha convissuto abbastanza a lungo col fantasma della sua scomparsa?».

Martha premette i bordi affilati del biglietto contro il palmo della mano.

«Sono abituata ai fantasmi», disse. «Comunque sembra che lei si sia preso molto a cuore questo caso. Non sarà certo il primo studente che scompare dall'università, no?».

Questa volta fu il volto dell'uomo a tradire un moto d'irritazione. «No», disse piano, «non *scompaiono*. *Abbandonano* l'università, signora Thornhill. Lasciano Oxford e tornano dalle loro famiglie. Non scompaiono di colpo senza lasciare traccia. E certo che lo prendo a cuore. Sono arrivato qui poco dopo la scomparsa di sua sorella. Non è qualcosa che posso dimenticare».

10

testimonio, s. m. [dal lat. *testimonium*]
Ciò che si dichiara testimoniando o ciò
che fa fede di qualche cosa

La scrivania di Martha rimase vuota a lungo dopo che Alex fu rientrata dal pranzo, portando con sé un piccolo sacchetto di una delle boutique più alla moda di Oxford. Notò che Safi lo guardava con bramosia.

«Un regalo per il weekend», spiegò, tirando fuori una sciarpa leggera come un velo e decorata con motivi floreali scarlatti.

«Bella», disse Safi con un sospiro. «È per qualcosa o qualcuno di speciale?»

«In realtà esco a pranzo con mio figlio».

«Quello noioso o quello problematico?», chiese Simon, alzando lo sguardo e ricevendo un silenzio di disapprovazione. «Be', è così che li descrivi *tu*. Non con queste esatte parole, lo ammetto, ma ho perso il conto di quante volte hai definito il maggiore "conformista"».

Alex lo fissò per un paio di secondi, giusto per chiarire la sua opinione, poi si strinse nelle spalle. «Diciamo che Ethan non ha una grandissima fantasia. Devo ammettere che sentire uno che ha meno di trent'anni parlare del suo fondo pensione mi riempie di sconforto. Ma no, oggi pranzo con Jacob. E non è problematico, è solo che vive in un'epoca problematica».

«Lui è il romanziere, giusto?», intervenne Safi. «Quello che vive a Londra?»

«Esatto. Tante belle parole da parte dei critici, ma soldi zero. Una volta i miei ragazzi erano così uniti; ora Ethan continua a dire all'altro che deve trovarsi un "vero" lavoro. Non so cosa mi preoccupa di più: che Jacob gli salti al collo o che segua davvero il suo consiglio».

Quando alla fine Martha rientrò in ufficio, Alex notò che sembrava agitata. Nessuno le chiese cosa avesse detto la polizia, e fino a metà pomeriggio le conversazioni in ufficio furono ridotte al minimo. Verso le tre e mezza Alex si offrì di preparare il tè, e Martha non rispose alla domanda su quale tipo volesse: prendeva sempre tisane, e in sala pausa c'era una varietà incredibile di confezioni dai colori vivaci. In quel momento, però, non le importava quale. Anzi, fu lei a porre una domanda.

«Charlie vi era simpatica?».

Alex fu così sorpresa che rispose senza riflettere. «Non particolarmente».

Martha ebbe un sussulto. Non sapeva cosa aspettarsi, ma non certo quello.

I figli di Alex l'avevano sempre incoraggiata a dire ciò che pensava, e lei aveva iniziato a farlo con grande libertà dopo il divorzio, quando aveva riconquistato parte della propria sicurezza. Tuttavia, a volte, questo significava che con altrettanta libertà faceva anche delle gaffe.

«Mi spiace, Martha, non ho niente contro Charlie, e la sua scomparsa è una vera tragedia... ma se devo essere sincera, non mi stava particolarmente simpatica».

Martha deglutì. «Come mai?».

Safi si alzò e si diresse in cucina per occuparsi del tè. Alex fissò il pavimento per un po' prima di rispondere, ricordando ciò che la sera precedente aveva detto a Safi e cercando di essere più specifica. «Faceva sempre la superiore. Si sorprendeva che leggessi qualcosa di più impegnativo di *Vogue*. Era un atteggiamento subdolo. I miei figli erano adolescenti all'epoca, stupidi e goffi, mangiavano come lupi e producevano più vestiti sporchi di quanti ne riuscissi a lavare. Se dicevo che nel weekend avevo visto una mostra, lei si sorprendeva che fossi riuscita a trovare il tempo per farlo, o anche solo per uscire di casa. Mi dava sui nervi. Mi spiace, non avrei dovuto dirlo. Era chiaramente una ragazza molto talentuosa, e senza dubbio io ero un po' paranoica all'epoca. Mi trovavo nel bel mezzo del divorzio, con delle ferite aperte che riguardavano la mia vita e le scelte che avevo fatto e insomma, diciamo che lei spargeva un bel po' di sale in giro».

Martha si morse il labbro. «Il poliziotto a cui ho dato la lettera mi ha consigliato di parlare con le persone che la conoscevano. Immagino di dover essere pronta ad ascoltare cose che non mi faranno piacere».

Safi tornò con il tè. Martha guardò la propria tazza come se fosse comparsa per magia.

«Era il giorno della presentazione del primo libro di Jonathan quando Charlie è scomparsa, giusto?», chiese Safi. Alex le lanciò un'occhiataccia. «Che c'è? Coro ha detto che dovrei aiutare! E comunque è stata Martha a cominciare. Tu c'eri?».

Martha scosse la testa. «No, ero all'università. Ma tu e Simon eravate presenti, no?», chiese, guardando Alex.

«Sì, io c'ero», rispose Alex, posando la tazza sulla scrivania. «Non era un party esagerato come quello di ieri sera, ma già allora Jonathan sapeva come stringere amicizie, quindi riuscì a coinvolgere un bel po' di gente. C'erano anche i tuoi genitori, così come molte persone che avevano partecipato agli incontri dei seminari del CED».

«Tanti docenti universitari», aggiunse Simon. «Io, però, me n'ero andato via presto. Mia figlia più grande stava mettendo i denti e non riuscivo a tenere gli occhi aperti».

«Ricordo che fu una festa piacevole, in una serata bellissima», disse Alex. «I miei figli erano con il padre, così una volta uscita me ne sono andata a fare una passeggiata lungo Castle Mill Stream, tra le barche sul canale, e verso Jericho. Così ho visto che una delle casette in Cranham Street era in vendita».

«È lì che vivi ora?», chiese Safi.

«Non è proprio quella. Mi ci è voluto un po' per sistemarmi. Non avevamo ancora concluso il divorzio, stavamo cercando di vendere la casa. Sono stata in affitto per qualche tempo, ho messo da parte qualcosa, e poi ho comprato un'altra casa lì che è stata messa in vendita dopo. Quindi sì, ho ricordi molto chiari di quella serata».

«E prima di allora», chiese Safi, ormai calatasi nel ruolo di inquisitrice, «come stava Charlie?».

Alex lanciò uno sguardo a Martha. I suoi occhi erano fissi e intensi, anche mentre i colleghi discutevano davanti a lei delle ferite della sua famiglia. «Ricordo che quell'estate Charlie era molto indaffarata. Arrivava a casa stanca, diceva di aver lavorato tutta la notte, sbadigliando come un gatto».

«Secondo la sua relatrice non stava lavorando tanto», aggiunse Simon. Le donne si voltarono a guardarlo. «Ci stavo ripensando ieri sera. Mi sono imbattuto in lei, Catherine Carmichael, nel mezzo del trimestre dopo la scomparsa di Charlie. Te la ricordi, Alex? Eravamo a una conferenza e ovviamente abbiamo parlato di Charlie e dello stress di fare il dottorato. Credo che il mio mi abbia fatto invecchiare di un decennio».

«Pensavo che ci avessi messo dieci anni a farlo», disse Safi, sbattendo le ciglia in maniera innocente.

«Ah-ah. No, mi ricordo che le dissi qualcosa sul fatto che Charlie sembrava molto determinata, e lei alzò le sopracciglia. Affermò che Charlie era geniale, ma che ultimamente sembrava che stesse perdendo l'interesse. Doveva consegnare un capitolo, ed era in ritardo. Catherine sembrava delusa. Continuava a dire che Charlie era "troppo superficiale e sicura di sé". Il che era irritante, perché quella sicurezza era in gran parte giustificata. In ogni caso, Catherine dichiarò che Charlie era l'ultima persona che si sarebbe aspettata potesse scomparire. Diceva che sembrava sempre un passo avanti a qualunque tipo di pressione, e che considerava deboli le persone che si facevano schiacciare». Si grattò il mento. «In effetti era proprio vero: ricordo di averle detto quanto avessi trovato difficile il mio dottorato, e lei mi guardò come se fossi un alieno. Stavo solo cercando di essere gentile, ma mi fece sentire una merda».

Alex aspettò di essere a casa prima di fare la chiamata. Era assurdo – ormai si poteva telefonare da qualunque posto – ma per qualche ragione le sembrava meglio farla da casa.

Si preparò una tazza di tè e diede da mangiare a Rags. Poi si sedette alla scrivania, sotto la finestra, e cercò il numero. Il tono di chiamata era lungo, si capiva che era una chiamata internazionale.

«Ciao, Mike». Diede una grattata a Rags dietro le orecchie.

«Sì, bene, grazie. Ma è successo qualcosa in ufficio... No, lei se la cava bene. È un po' una sognatrice, però è una brava redattrice e sta gestendo bene tutto... Te l'avevo detto che onestamente non volevo quel lavoro. Troppo impiegatizio... No, riguarda Charlie Thornhill. Credo proprio che tu debba tornare».

11

convènto, s. m. [dal lat. *conventus*]
ant. Adunanza, riunione, persone riunite

La lettera successiva arrivò di martedì mattina.

Il lunedì avevano tutti concordato tacitamente di lavorare sul serio. Martha si era immersa nella sua lista delle cose da fare, aveva pranzato con George Wainwright al Saint Sepulchre, e quando la signora delle pulizie arrivò a svuotare i cestini era ancora alla scrivania.

Era tornata a casa a piedi, aveva cenato con suo padre mentre, entrambi quasi del tutto in silenzio, erano impegnati a leggere, e riuscì davvero a dormire dopo. Fu un sollievo, considerando quelle strane ore morte del fine settimana, quando nel cervello le erano ronzati inutili pensieri su Charlie. Ma il martedì mattina Safi, mentre smistava la posta, si fermò all'improvviso, e tutti si girarono verso di lei, all'erta come cani da selvaggina.

«C'è un'altra lettera di Coro», disse, aprendo la busta con il tagliacarte e tirando fuori il foglio.

Martha si distolse dal computer, sprigionando tensione. «Leggila».

Safi si schiarì la gola, e Alex e Simon voltarono le spalle ai loro schermi per prestarle più attenzione.

Gentili Redattori,

molti potrebbero chiedersi perché dovreste contare su di me. D'altro canto una confessione enigmatica non può avere che un'assoluzione enigmatica[15]. *Ma ho bisogno di fare una buona impressione. Il mondo si soffermerà su un mistero attraente, ma si nasconderà da una brutta verità. Balliamo? Io cercherò di rendere più comodo questo luogo, con tutto quello che posso aggiungervi*[16], *e canterò a piena misura. Siamo irrazionali, risarcitemi.*

Siete relegati nel dubbio. Anch'io, mentre striscio in questo posto, questo posto oscuro tra quello che temo, quello che so e quello che è giusto. Sono la voce di uno che grida nel deserto. Voglio usare quello che so davvero per spingervi a scoprire quello che non so. Un gran tesoro in lui hai perduto, mondo![17]

Confessare i peccati, dove un prigioniero del passato potrebbe aspettarsi di trovare un rifugio, vi aiuterà a livellarvi. Convocate un'adunanza di studiosi alla ricerca di un sollievo reciproco.

Lì c'era solo una persona che non aveva niente da perdere, niente da confessare. A rigor di giustizia, nessuno di noi potrebbe veder la propria salvezza.[18]

Studiate il racconto dell'indulgenziere. Nel rivelare la sua identità Edgar ha perso il potere del Povero Tom. Io invece lo mantengo.

Vostro,
Coro.

«Ma che cav…?», borbottò Simon con una voce appena più forte del ronzio dei monitor.

Martha non riusciva ancora a pensare al contenuto della lettera. Notò un raggio di luce solare che bucava le ombre e, andando a toccare il vetro di un divisorio da scrivania, proiettava un prisma che baluginava sul muro al suo fianco. Si accorse che aveva sperato, anche dopo l'arrivo delle cartoline, che Coro

[15] William Shakespeare, *Tutte le opere*, a cura di M. Praz, Sansoni, Firenze 1980, p. 304.
[16] Ivi, p. 927.
[17] Ivi, p. 1291.
[18] Ivi, p. 439.

semplicemente se ne andasse. Sparisse. Come uno scherzo della luce.

La porta che dava sul corridoio dal loro ufficio condiviso era aperta, ma ci misero tutti un attimo per accorgersi di Jonathan Overton, fermo sulla soglia con la camicia bianca attillata, il completo costoso e le scarpe a punta di un lucido innaturale.

«Buongiorno a tutti! Che succede? Avete trovato un nuovo significato di *set*?»

Set era la voce più lunga del dizionario, quella che andava rifatta quasi nel momento stesso in cui i redattori la completavano. Era già due volte più lunga della *Fattoria degli animali* di Orwell, anche se la voce per *run* la seguiva da vicino. Chiunque si occupasse di scrivere dizionari sapeva che la lingua l'avrebbe sempre distanziato, che – come diceva Samuel Johnson – avrebbe per sempre inseguito il sole.

Fu accolto da sorrisi fiacchi. «O finalmente siete arrivati in fondo a *dog*?», continuò. «Sarebbe un colpaccio».

Un altro cliché da lessicografi. *Dog* era uno dei misteri etimologici più grandi dell'inglese, dato che era comparso all'improvviso nell'inglese medio senza tracce di passato o di antenati.

Martha si costrinse a sorridere. «Mi spiace, da quelle parti non c'è niente di nuovo». Guardò l'ora. «Partecipi alla nostra riunione stamattina? Preparo l'ordine del giorno».

Lui annuì. «Sì, e poi la BBC vuole fare un'intervista oggi pomeriggio nella Sala delle Schedine. Come vanno le cose? C'è qualcosa di nuovo o di entusiasmante?».

Safi aprì la bocca, ma Alex si intromise per prima.

«La cosa della BBC è per la tua serie?», gli chiese.

Jonathan si ravviò i capelli. «No, è più un aggiornamento: un accenno ai miei programmi futuri». Cominciò a parlare di tabella di marcia per le riprese e di recensioni, lasciandosi trasportare facilmente sui suoi interessi personali, mentre Martha e gli altri prendevano il necessario e lo seguivano in sala riunioni.

Nonostante si basi tutto sui dati concreti, lavorare a un dizionario è anche un processo molto collaborativo: i redattori stendono le bozze a coppie, se le scambiano e le fanno girare tra i colleghi per il referaggio. Consultano esperti esterni del campo prima ancora di passare le bozze al gruppo che si occupa della fase finale.

La maggior parte di quel lavoro al CED era gestita in modo informale, ma ogni mese il Gruppo di Revisione teneva una riunione per parlare dei propri progressi o per discutere insieme i lemmi che si stavano rivelando particolarmente contorti. Uno di quei lemmi, che era finito in carico a Martha, era per *business*, una parola la cui definizione attuale era stata aperta all'inizio del XIX secolo, quando significava semplicemente "essere occupati", *busy*. La pletora di usi moderni – *mind your own business* (fatti gli affari tuoi), *do business with* (fare affari con), *send them about their business* (dire a qualcuno di farsi gli affari suoi), *business as usual* (tutto come al solito), e centinaia di altre frasi simili – esigeva che Martha riassumesse uno o più secoli di sviluppo della critica in poche pagine virtuali. Ci aveva impiegato tre mesi. Non riusciva più a sentir dire *let's get down to business* (mettiamoci al lavoro) senza avere un moto interiore di disgusto.

Nonostante tutte le sue vanterie da divo televisivo, Martha sapeva che Jonathan ufficialmente era venuto per farsi aggiornare sul progetto delle parole nei Bad Quarto, un comitato che regolava il rapporto del dizionario con le edizioni in quarto delle commedie di Shakespeare nelle quali le parole del commediografo erano state piratate senza permesso dalle rappresentazioni sue contemporanee. Quindi erano inevitabili corruzioni e storpiature dei testi originali, e per questo le edizioni venivano definite brutte. Overton, soprattutto grazie alla sua statura accademica, era consulente editoriale del dizionario per tutto quello che riguardava Shakespeare, un ambito di competenza che gli era stato concesso dal direttore editoriale.

Quel mattino gli era stato richiesto di partecipare alla riunione del Gruppo di Revisione perché due retrodatazioni shakespeariane stavano per passare al gruppo per la fase finale, e lui tendeva a difendere il suo territorio con le unghie e con i denti. Il suo primo successo travolgente, *Pensa come un genio*, aveva trasformato l'uso della lingua di Shakespeare in un appello all'azione per gli aspiranti scrittori e creativi, spronandoli a sperimentare i confini dell'espressività. Il risultato, suggeriva l'autore, avrebbe potuto essere una reazione nucleare intellettuale potente come quella realizzata dal Bardo.

Ovvio, la realtà era assai più sfumata, come stava emergendo sempre più chiaramente. Di sicuro William Shakespeare per molto tempo era stato considerato il fondamento di tutti i dizionari storici, l'autore a cui si attribuiscono oltre trentamila prime attestazioni di parole ed espressioni, dal noto "per me è tutto greco"[19] a creazioni meno ovvie come *under-peep* (spiare sotto[20]) e *crafty-sick* (finge di essere malato[21]). Era innegabile che il drammaturgo fosse stato un rigoglioso sperimentatore linguistico, che trasformava forsennatamente sostantivi in verbi, incastrava una parola con l'altra e modificava l'aspetto e il significato di parole esistenti per creare qualcosa di nuovo e avventato. Ma ora si riconosceva anche che alcune di quelle che sembravano sue invenzioni quasi certamente erano già in uso, trasportate oralmente dall'inglese parlato, dove venivano scambiate senza cerimonie o attestazioni. L'epoca di Shakespeare era un periodo di esuberanza lessicale, nella quale la lingua era elastica e audace, e produceva parole dal suono moderno come *banana* e impregnate di antico come *overmorrow* (dopodomani). Il dizionario contava così tanto sulla sua opera soprattutto per via dello status letterario impareggiabile di cui godeva all'epoca in cui si era iniziato seriamente a compilare vocabolari, e questo aveva portato a un pregiudizio tra i redattori, molti dei quali erano studiosi di Shakespeare. Ogni prima attestazione attribuita al drammaturgo era diventata un altro mattone nell'edificio di Shakespeare. Persino i suoi *hapax legomena* – parole che duravano a malapena un giorno – venivano sempre legittimati.

Il risultato di tutto questo era che qualsiasi scoperta di un'attestazione precedente di una parola al momento attribuita a Shakespeare veniva sbandierata come un trionfo. Alex in particolare, con grande fastidio di Jonathan, condivideva ogni scoperta con un'email che aveva come oggetto "*Fakespeare*".

[19] William Shakespeare, *Tutte le opere*, a cura di M. Praz, Sansoni, Firenze 1980, p. 592.
[20] Ivi, p. 1122.
[21] Ivi, p. 482.

Martha non aveva dubbi che Jonathan si sentisse mancare la terra sotto i piedi, nonostante desse l'impressione di accettare con garbo ogni nuova retrodatazione. Era consapevole dei suoi astuti tentativi di cambiare argomento, delle sue affermazioni che i neologismi erano solo una parte della sua grandezza (innegabile) e che la sua genialità lessicale era ineguagliata, allora e adesso (azzardato, pensava Martha: aveva sentito dei linguisti sostenere che, semmai, la varietà lessicale di Shakespeare lo collocava esattamente al centro del gruppo dei suoi contemporanei, e niente più). Riusciva comunque a provare empatia nei confronti di un uomo la cui carriera veniva lentamente erosa da un esercito di lettori che si godevano la caccia, sapendo che alla fine avrebbero convinto gli adoratori di Shakespeare.

Fu Alex ad aprire le discussioni di quel giorno, accogliendo quelli che si erano collegati per la riunione su Teams, proiettati su uno schermo sul muro anonimo, come l'equivalente lessicografico del *Gioco dei 9*. Cominciò a elencare i lemmi revisionati che erano quasi completi e quelli che invece stavano impiegando più del previsto. Imogen, una delle redattrici, raccontò di essersi guardata tutta la serie di *The Wire* per trovare la prima occorrenza di *burner phone* (cellulare usa e getta), per poi scoprire che la sua collega l'aveva superata trovandolo in una canzone rap di un anno prima. Saki, una redattrice che aveva la passione di scovare attestazioni d'uso rarissime, annunciò che uno dei lettori del dizionario aveva trovato in una chat del 1992 un esempio antico di *meh* prima che se ne appropriassero i *Simpson*. Qualcuno lo aveva usato in risposta a qualcosa che era "troppo da Ken per me".

Ecco la caduta dei nostri idoli, pensò Martha.

Furono condivise molte altre nuove scoperte. Gli obiettivi mandati dalla direttrice di redazione vennero messi in ordine e annotati. A volte Martha notava che Jonathan si agitava impaziente sulla sedia o guardava il telefono.

Solo quando Alex si soffermò sulla parola "arci-cattivo", la sua testa si alzò di scatto. Con toni neutri lei spiegò che esisteva un'occorrenza precedente che era di molto anteriore al primo utilizzatore del CED, Shakespeare. Anzi la stessa parola, continuò, era stata usata più di ventidue volte in altri testi dell'epoca.

Martha ascoltava senza guardare direttamente Jonathan, ma era fin troppo consapevole del suo linguaggio corporeo, che traboccava d'irritazione. Percepì che stava prendendo tempo, mentre pronunciava le battute: «"Andate voi da una parte, e voi dall'altra, sarete sempre due insieme; ognuno di voi messo da parte e isolato avrà sempre un furfante a tenergli compagnia"[22]». Poi si guardò intorno nella stanza e disse: «Ottime notizie. Lo inserirò nelle correzioni per *Genio*. Ottimo lavoro», concluse, accennando a un'alzata di spalle, e Martha sentì un altro mattone che cadeva dalla torre.

[22] William Shakespeare, *Tutte le opere*, a cura di M. Praz, Sansoni, Firenze 1980, pp. 1082-3.

12

presente, s. m. [esemplato sul fr. ant. *présent*]
Regalo, dono, spec. in contesti di tono elevato
e in formule di cortesia

La riunione finì all'ora di pranzo. Jonathan se ne andò in fretta, li ringraziò di nuovo del lavoro svolto e poi mormorò qualcosa riguardo a un pranzo con il suo ufficio stampa. Martha, Simon, Alex e Safi tornarono alle loro scrivanie e tirarono fuori dalle borse dei panini e dei Tupperware. Per una volta Martha resistette alla tentazione di fuggire verso il camposanto, e scelse invece di restare con i colleghi, che sembravano avere stretto un tacito patto di segretezza, dato che nessuno aveva ancora accennato a Jonathan della nuova lettera e delle cartoline. Nell'aria aleggiava la sensazione che Coro, almeno per il momento, appartenesse a loro.

Per qualche minuto la stanza rimase in silenzio, fatta eccezione per la plastica che schioccava e il cellophane strappato. Fu Simon che finalmente lo ruppe, dopo aver ingoiato un boccone di un panino dall'aria triste ed essersi pulito la bocca con il dorso della mano. «La lettera», disse, anche se non aveva bisogno di precisazioni. «Addio alle nostre speranze di avere un po' di chiarezza. Ma vedo che c'è ancora molto Shakespeare, in un modo o nell'altro».

Safi posò la forchetta da insalata e uscì dalla scrivania, poi trascinò al centro della stanza la lavagna che a volte usavano per le riunioni. Iniziò a copiare la lettera. Il cigolio del pennarello rosso urtava i nervi a Martha mentre osservava la forma di ogni parola, alla ricerca di segni di Charlie. "Un gran tesoro in lui hai perduto, mondo!" Doveva riferirsi a sua sorella, di sicuro. La figlia prediletta perduta.

«Stavolta un acrostico basato sui paragrafi non funziona», dichiarò Safi mentre scriveva. «Molti... Siete... Confessare... Solo... Studiate...».

Alex osservò Safi che finiva di trascrivere. «Però *una confessione enigmatica* deve implicare altri indizi».

Voglio usare quello che so davvero per spingervi a scoprire quello che non so. Martha spinse via il suo portapranzo. Il Tupperware sembrava brutto, dozzinale.

«Martha? Ti senti bene?», le chiese Safi. «C'è qualcosa di tutto questo che ha un significato per te?»

«No!», esclamò lei. La stavano guardando, confusi e preoccupati. «Chi diavolo sta facendo questa roba? "Balliamo?" Che cazzo! Trasformare la sparizione di mia sorella in un gioco di società?».

Quell'esplosione veniva da un altro posto, da un'altra persona. Lei sentiva le parole che le uscivano di bocca, ma le sembravano estranee e allarmanti. Era come se la lingua si fosse rotta, avesse perso i legami che univano tempo e luogo, causa ed effetto. Alla rabbia e al dolore non piacevano le frasi intere. Si scostò i capelli dal viso, con la mano che tremava un pochino.

«Scusatemi...».

«Non occorre», disse Safi, calma, e posò il pennarello in fondo alla lavagna. «Hai ragione. Non è un gioco, allora perché dovremmo starci? Potremmo benissimo finirla qui e spedire la lettera al tuo poliziotto, senza fare altro».

Martha fece cenno di no. «Io... Probabilmente si chiederà anche lui cosa significa. Non capisco però: perché Coro lo fa?»

«Le cartoline che ha mandato al CED prima non hanno funzionato», suggerì Simon. «E quindi ce lo sta dicendo, e in modo abbastanza esplicito questa volta, non è vero? Cercando di allettarci tutti con questo "mistero attraente"».

«Non c'è niente di *attraente* in questo», borbottò Martha. Il suo cellulare, appoggiato sulla scrivania, iniziò a vibrare. Lo raccolse e vide che la chiamata era della sua madrina, Gemma. Di solito evitava di rispondere alle chiamate personali al lavoro, ma in quel momento Gemma era una scusa per andarsene, per evitare di guardare il mostruoso enigma sul tabellone. Accettò la chiamata e si spostò nella sala d'attesa accanto agli ascensori.

«Ciao, Gemma. Va tutto bene?»

«Tesoro!». La voce di Gemma uscì con un rimbombo dall'altoparlante e fece sussultare Martha. «Vieni a cena a casa mia venerdì. Sei uno spasso, tesoro».

Martha si sentiva tutt'altro che uno spasso.

«Davvero?».

Non voleva andare da nessuna parte. Voleva stare a leggere in penombra, vagare tra i suoi pensieri oltre il pantano della gente e delle conversazioni. Si ricordò di quello che aveva detto a suo padre, che l'isolamento non era un bene per nessuno dei due. E Gemma... forse avrebbe potuto raccontarle quella storia. Una vecchia amica di famiglia che li conosceva tutti, e conosceva lei.

«Eccome, e muoio dalla voglia di vederti».

«Va bene, volentieri», mentì Martha.

«Saremo solo noi due, tesoro. Non portare vino, ho dei bianchi meravigliosi in cantina. Vieni alle sei circa. Compri una torta o qualcosa che possiamo mangiare dopo? Ciaooo!».

Riagganciò senza aspettare una risposta.

Martha fissò il telefono che aveva in mano. *Questo luogo oscuro tra quello che temo, quello che so e quello che è giusto.* Quelle parole le suscitarono empatia. Non le sembravano una citazione, quindi forse almeno lì Coro stava esprimendo direttamente i propri sentimenti. La rabbia che provava verso il loro corrispondente fu interrotta all'improvviso da una sensazione di affinità. Perché? Suo malgrado, sapeva che le risposte sarebbero arrivate solo accettando di giocare.

Tornò in ufficio. Alex, Safi e Simon parlavano tutti uno sopra l'altra, ma quando la videro si zittirono.

Martha sospirò. «Mi sembra di non avere scelta: proviamo a risolvere l'enigma. Voi che idee avete?».

I suoi colleghi si rilassarono in modo tangibile.

«Da qualche parte ci sono dei numeri, qui!», esclamò Simon. «"Contare su di me". È un'espressione troppo moderna per Coro. E poi nel primo paragrafo si parla di aggiungere».

«E la "piena misura"?», chiese Alex. «È nello stesso paragrafo. Anche quelle due parole secondo me hanno a che fare con la matematica».

«La chiave per trovare l'indizio dovrebbe essere in primo piano. Misure... c'entra con la metrica delle poesie, no?», aggiunse Simon. «La matematica e il ritmo, il conteggio...».

«Ssh!», li zittì Safi, sporgendo la mano, e la fronte liscia si corrugò per la concentrazione. «Piena misura, ballo, canto e numeri. Se fosse l'indicazione del tempo di un brano?».

Martha fissò la lettera trascritta con la calligrafia ordinata e regolare di Safi. Si ricordò di Charlie, con il violino sotto il mento e la musica sul leggio: i numeri dell'indicazione di tempo uno sopra l'altro, in equilibrio. Tre ottavi, quattro quarti. Sembravano una frazione. *Sono irrazionale.*

«Guardate qui». Prese il pennarello a Safi e fece un passo avanti, sottolineando la prima parola del primo paragrafo, le seconde due del secondo. Il pennarello scricchiolava e tremolava.

«È un intero – uno – espresso in forma di frazione, un'indicazione di tempo teorica. E contiamo in avanti a ogni paragrafo».

«Funziona!», disse Alex esaltata.

Molti... sono relegati... dove un prigioniero...

«Quattro nella riga successiva, senza contare la preposizione: "non aveva niente da perdere"...».

Simon corse fuori dalla scrivania, a indicare: «E nell'ultima riga comincia da "Nel": è la quinta parola. "Nel rivelare la sua identità"».

Martha arretrò e lesse le parole sottolineate.

«Molti sono relegati dove un prigioniero non aveva niente da perdere nel rivelare la sua identità». Si girò e guardò Simon.

«A me sembra proprio un indizio», disse Alex, guardando concentrata la lavagna, poi incrociò le braccia. «E anche quelle citazioni e quei frammenti vorranno dire qualcosa...».

«Scusatemi...», disse Simon. «So che dovrei essere l'esperto di cruciverba, ma questa è difficile. Niente da perdere? Togliere uno zero oppure la lettera "o" da una parola?».

Alex prese un altro dei pennarelli. «Sappiamo che Coro prepara queste lettere con grande precisione». Indicò la seconda riga del secondo paragrafo battendoci sopra. «Guardate quella ripetizione di "posto"».

«Quindi secondo te l'indizio allude a un luogo?», chiese Simon.
«Forse. Che altro...? Questo prigioniero dove potrebbe essere? In un carcere? In un castello?»
«A Coro piace la storia, senza dubbio», disse Martha. Quel mistero attraente la stava prendendo all'amo. Cercò per un attimo di resistere, di restare agganciata alla rabbia che provava verso l'autore. Tuttavia sapeva che ormai non poteva distogliere lo sguardo, che farlo avrebbe implicato recidere i legami che la univano a Charlie. «All'inizio dell'era moderna la gente veniva imprigionata ovunque. Nelle guardine, nei palazzi, nei collegi, nelle case, persino nelle chiese».
«"Gridare nel deserto" è una frase usata nel Vangelo per riferirsi a san Giovanni Battista», osservò Alex. «Una chiesa battista?».
Safi emise un grido. «Una chiesa! Alex, ti ricordi quella conferenza dell'anno scorso sui graffiti nelle chiese? Quel tipo parlava degli esempi qui in zona».
Alex fece un cenno di diniego. «Non proprio...».
Safi era effervescente, agitava le braccia, facendo tremolare le maniche del top iridescente, come farfalle. «C'era un tizio, un prigioniero della Prima Rivoluzione Inglese: aveva scritto il suo nome in una chiesa. In quell'epoca non esistevano le chiese battiste, quindi dobbiamo cercare una chiesa di San Giovanni Battista. Ne esiste una qui vicino? Una chiesa più vecchia del Seicento?»
«Ce n'è una vicino al Merton College!», esclamò Simon dopo una pausa. «E un'altra ad Abingdon».
Alex era tornata al computer e aveva cominciato a digitare. «E a Burford! Safi, hai ragione!».
Girò lo schermo per mostrarlo a tutti. C'era una paginata di immagini, una serie di inquadrature ravvicinate su un pannello di piombo, un nome inciso su un fonte battesimale: ANTHONY SEDLEY 1649 PRISNER.
«Niente da perdere...», ripeté Safi. «Simon, avevi ragione anche tu. Sedley si è mangiato la O».
«1649...». Martha sottolineò il "livellarvi" nel quinto paragrafo. «Per caso era...?»

«Sì, era un Livellatore, imprigionato nella chiesa durante la Prima Rivoluzione».

«Continuo a dimenticarmi che in Inghilterra c'è stata una guerra civile», disse Safi. «E anche che lì in mezzo si erano infiltrati un bel po' di sovversivi dell'età moderna che lottavano per la giustizia sociale».

«Tre dei Livellatori furono giustiziati sul sagrato», aggiunse Alex, leggendo dallo schermo. «Brrr».

«E allora è la chiesa di Burford. Deve essere proprio quella. Charlie faceva parte di qualche movimento di contestazione?», chiese Safi. «O era religiosa?»

«No», rispose Martha con un cenno. «Era atea e non ricordo di averla mai sentita parlare di politica».

Safi riprese il pennarello dalle mani di Martha e sottolineò "adunata" e "studiosi". «L'"impressione". "Molti sono relegati". Guardate, sono tutti termini che riguardano lo studio, la stampa e la rilegatura dei libri. So che Charlie era una studiosa della prima età moderna, ma c'è qualcosa in particolare che collega la chiesa di Burford ai libri?».

Alex e Simon si guardarono e parlarono all'unisono.

«Brin».

«Chi?», chiese Safi.

«Brin Edwards», rispose Martha. «È un libraio di Burford. Charlie lavorava anche da lui».

13

adastare, v. tr. [XIII sec., da *astare*]
Stuzzicare, provocare, irritare.

Alex cominciò a mettere le sue cose in borsa. «Possiamo prendere la mia auto. È una Mini, ma ha cinque porte, quindi non ci toccherà fare quelle acrobazie grottesche sui sedili per entrare nel retro».

«Il problema per me è uscire», rispose Safi, mentre infilava il contenitore del pranzo nello zaino. «Finisco intrappolata in posizioni yoga scorrette, con le braccia squilibrate e nessun punto d'appoggio».

«Ma cosa state facendo?», chiese Martha. Spostò lo sguardo su ciascuno di loro, inorridita da quell'improvvisa concessione alla banalità. «Siamo ancora in orario di servizio».

«Andiamo a Burford, naturalmente», rispose Alex, «per capire se Brin può chiarirci le idee su qualcosa e perché Coro ci sta mandando da lui».

Simon stava ingoiando in fretta l'ultimo pezzo del suo panino. «Gran bel posto, Burford».

Martha non riusciva a crederci. «Ma non possiamo andarcene così!».

«E perché mai? Quali emergenze etimologiche credi che possano verificarsi di martedì pomeriggio?», la schernì Alex. «E comunque la maggior parte dei redattori lavora in remoto, quindi non è che qualcuno sentirebbe la nostra mancanza».

Safi mostrò il telefono. «E io comunque ricevo le mail di lavoro qui. Su, dai, Martha, recupereremo le ore».

Simon stava guardando il suo schermo. «Il negozio di Brin

chiude alle cinque, quindi non possiamo andarci dopo il lavoro».

Si fermarono, fissando Martha. «Non so perché stiamo mollando tutto per andare a inseguire le briciole che ci sta imboccando Coro», disse lei, e sentì quanto era querulo il suo tono di voce.

«È una ricerca», disse Safi con un piacere fuori luogo. «Non puoi resistere al richiamo». Alex le lanciò un'occhiataccia, e Safi arrossì. «Scusami, Martha. Quello che voglio dire è che siamo arrivati fin qui, forse vale la pena fare anche il passo successivo».

Sua madre non avrebbe esitato, pensò Martha. Sua madre avrebbe arraffato le chiavi della macchina direttamente dalla mano di Alex. Chiuse gli occhi per un attimo.

«E va bene. Purché poi recuperiamo queste ore».

Alex era uscita dall'ufficio prima ancora che lei finisse la frase. «Datemi dieci minuti per andare a prendere la macchina!».

«Faccio un salto in bagno», disse Safi, e corse in corridoio.

Martha si alzò lentamente e raccolse le sue cose: gli occhiali, il libro che avrebbe voluto leggere in pausa pranzo. Spense il computer.

«Martha, forse preferiresti non sapere cos'è successo a Charlie?».

Lei alzò lo sguardo. Simon la guardava accigliato, ma la sua espressione sembrava più preoccupata che censoria. Quel giorno si era messo un'altra delle sue camicie hawaiane. Dei minuscoli surfisti gli sfrecciavano sul pancione e cavalcavano le onde da una parte all'altra del suo petto.

«Non so se può essere utile, tutto qui», rispose. Poi, dopo aver incrociato il suo sguardo, aggiunse: «Mi spiace che Charlie sia stata sgarbata con te, Simon. È un pensiero che mi ha tormentata».

Lui fece un sorrisino fugace, e lei rabbrividì per quanto lo sentiva distante. «Non è colpa tua. E quanto a farmi star male, non era niente rispetto alla mia ex moglie».

Si avviarono insieme giù per la scala ampia fino all'atrio soleggiato, dove Martha evitò lo sguardo curioso del portinaio mentre timbravano il cartellino per uscire. Trovarono Alex al cancello alla guida della sua Mini celeste.

«Su, muovetevi! Prima che i vigili mi becchino...».

Martha salì sul sedile del passeggero, mentre Safi e Simon nel retro. Agganciarono le cinture e Alex mise la freccia.

Cosa stiamo facendo?, pensò Martha, guardando il cielo che si era spento in un grigio industriale.

«Qualcuno si ricorda il *Racconto dell'indulgenziere*?», chiese Alex, mentre si infilava fluida nel traffico, alzando la mano per ringraziare il conducente di un SUV che aveva rallentato per farla immettere nella strada principale. «È uno dei racconti di Canterbury di Chaucer, ma io non ne so nulla di più. Coro deve averlo nominato per un motivo».

Martha ebbe un riflesso pavloviano quando sentì nominare Chaucer. Vedeva la pagina iniziale sulla sua scrivania all'università, sotto la luce della lampada da lettura, e sentiva le risate degli altri studenti che passavano nel corridoio.

Dopo che aprile con le piogge dolci
Ha tolto il secco ai rami e alle radici,
E bagnato ogni vena in quell'umore
Del quale la virtù incarnata è il fiore;[23]

«È una delle mie preferite», disse Safi. «*Radix malorum est cupiditas*. La radice dei mali è l'avidità. È quella nella quale i tre giovani vanno in cerca della Morte per ucciderla, perché sta ammazzando troppi loro amici. Le dicono che la troveranno sotto un albero, ma quando ci arrivano trovano invece un grande tesoro e finiscono per uccidersi a vicenda nella disputa per averlo».

Così involontariamente trovano quello che stavano cercando. Martha sentì quelle parole in testa. *L'albero misterioso e il mucchio d'oro, il più giovane dei tre porta del veleno ai due compari, poi viene ucciso da loro. Il salario del peccato è la morte.*[24]

«Ah, sì», disse Alex. «Il tradimento, l'avarizia. E poi si parla pure del tesoro. Anche se potrebbe essere una metafora per indicare Charlie». E guardò Martha.

[23] Geoffrey Chaucer, *I racconti di Canterbury*, trad. di M. Morini, Feltrinelli, prima edizione digitale, settembre 2023.

[24] Lettera di San Paolo ai Romani 6:23.

«Io stavo pensando a Edgar e al Povero Tom nell'ultima riga della lettera», disse piano Simon. «È il *Re Lear*, no, con Edgar che si traveste da Povero Tom, il pazzo? Perché lo fa?»

«Per nascondersi sotto gli occhi di tutti, secondo me», rispose Martha.

Cadde il silenzio, e Martha abbassò lo sguardo sulle proprie mani. Il segno di pennarello rosso sul pollice sembrava una pozza di sangue. Cercò di toglierlo, ma non cedeva. Si girò a guardare fuori dal finestrino.

14

bibliòfilo s. m. (f. *-a*) [comp. di *biblio* e *filo*]
Chi ama i libri in se stessi, per la loro antichità o rarità,
e ne fa collezione

Una volta qualcuno ha detto che il significato di un rituale è ricordare qualcosa che non deve essere dimenticato. Martha ritualizzava molte cose, dall'ordine con il quale si vestiva, al bacio silenzioso che mandava alla fotografia di sua madre vicino alla porta ogni volta che usciva di casa. Ma l'abitudine di gran lunga più importante della sua vita, che aveva da tempi immemori, era la visita settimanale a una libreria dell'usato.

Pequod Books a Neukölln, un quartiere di Berlino, era uno degli edifici meno attraenti della sua via. L'affresco di zebre e leoni nella savana era stato coperto più volte da graffiti, macchiato con le firme dei graffitari, e mostrava senza il minimo rammarico la parola "BEER" sopra un cielo rosso al tramonto. All'antilope, invece, avevano dipinto una buffa mascherina sugli occhi. Ma era un posto per iniziati. Entrando nel negozio ci si lasciava alle spalle tutta la sensazione di identità in lotta tra loro, perché dentro c'erano solo libri: centinaia di libri, in decine di lingue, impilati dai pavimenti di quercia in tonalità calde fino al soffitto. L'unica variazione introdotta dal negozio era una serie di divani in velluto verdino dove i clienti potevano portarsi il libro ed esaminarne i contenuti senza pressioni o sguardi inquisitori. Era inevitabile che molti di quei libri poi ritornassero sugli scaffali con briciole e macchie di caffè, ma a Martha era piaciuto molto lo spirito.

Poco dopo essersi trasferita a Kreuzberg e aver iniziato a lavorare da Hartmannsverlag, aveva raccontato alla sua collega Sabine come aveva passato il weekend. «In inglese si direbbe *busman's holiday*», aveva aggiunto.

«Cos'è un *busman*?», aveva chiesto Sabine. L'espressione significava passare le vacanze facendo qualcosa che è il proprio lavoro, le aveva spiegato. Sabine, che parlava un inglese perfetto, a volte inciampava in una nuova eccentricità di quella lingua. Martha le spiegava la frase idiomatica e poi le chiedeva sempre qual era l'equivalente in tedesco. Non c'era da stupirsi che spesso non ne esistesse uno. Anche il tedesco aveva le sue peculiarità, naturalmente. Martha sapeva che, ogni volta che a un lessicografo veniva chiesto perché in inglese non esisteva una parola per definire la cosa X, Y, O Z, il commento successivo dell'intervistatore era sempre: «Scommetto che in tedesco esiste».

E avevano ragione. Di solito in tedesco esisteva. Era una lingua famosa per le sue costruzioni simili ai mattoncini di Lego che con generosità spesso si faceva in quattro (a volte nel senso letterale di una parola) per riempire un vuoto linguistico. La parola preferita di Martha senza dubbio era *Verschlimmbesserung*: un tentativo di miglioramento che finisce per peggiorare le cose. Lei se ne intendeva.

Nei suoi fine settimana a Berlino, che spesso passava in solitudine, faceva quasi sempre un giro da Pequod, dove comprava un libro usato di narrativa o di poesia in una delle due lingue prima di riprendere il treno (o, se c'era bel tempo, di camminare per un'oretta) fino a Kreuzberg, a volte fermandosi in un bar o prendendo un panino con la *schnitzel* da divorarsi al Viktoriapark.

I ricordi continuarono ad affollarsi nella sua testa finché sentì l'auto che inchiodava e venne riportata bruscamente al presente. Alex imprecò contro un conducente che si era fermato all'improvviso per far uscire i passeggeri sulla cima di una collina che scendeva maestosa verso la High Street di Burford, verso il fiume Windrush. Dopo una serie di clacsonate riuscirono ad avanzare in modo incostante fino al parcheggio gratuito, dietro la chiesa dove erano stati incarcerati Anthony Sedley e i suoi colleghi rivoltosi.

Burford e Berlino, a parte l'iniziale del nome, non avevano

proprio nulla in comune. Non solo nelle cose ovvie: la posizione geografica, quella etnografica e le persone che ci andavano a vivere. Erano diverse anche in quello che facevano alla gente. Martha non cessava mai di stupirsi per le personalità diverse che assumeva in luoghi diversi. Berlino le aveva concesso tutta una nuova gamma di libertà: era come se potesse uscire trionfante dai confini della sua mappa e trasferire anche la sua personalità, oltre al suo corpo fisico. Burford, invece, era un album pieno di vecchie istantanee di quello che era stata. La cittadina si trovava a solo mezz'ora di distanza da Oxford e aveva un'anima più fredda, ma più schietta. Sfoggiava con orgoglio la sua ricchezza attuale e anche quella antica. Era stata un importante centro commerciale per gli anglosassoni, per poi trasformarsi in un ricco centro laniero nel medioevo, e quella prosperità aveva finanziato una stupenda architettura con travi in legno o pietra dei Cotswolds. Charlie e Martha ci andavano spesso da bambine, e di solito dopo una lunga passeggiata le premiavano con un gelato. Negli anni a venire Charlie aveva perlustrato i negozietti pittoreschi alla ricerca di gingilli, che finivano in gran parte nelle cacce al tesoro che organizzava per lei nelle occasioni speciali. In quel momento Martha guardò la via e quasi immaginò di vedere la versione bambina di se stessa che le veniva incontro.

La libreria antiquaria Cheshire Cat era al centro della High Street, e aveva una galleria d'arte da una parte e una caffetteria dall'altra.

«Qualcuno conosce questo Brin?», chiese Safi, guardando la strada che avevano intorno e scrutando perplessa le opere d'arte pseudo raffinate nella vetrina della galleria.

«Sì, io e Simon. Per alcuni anni ha fatto parte del Forum del CED», rispose Alex.

«Del che cosa?»

«Era soprattutto una serie di seminari». Simon uscì dall'auto e si inarcò all'indietro, stirando la colonna vertebrale e mostrando una fetta di pancia rotonda e pelosa, poi si raddrizzò con un gemito da uomo di mezz'età. «Era una delle idee di Mike, che è andata avanti per qualche anno».

«Ah, giusto, ora mi ricordo che ne hai parlato. Perché si è interrotta? Sembra interessantissima».

«Si è solo perso l'entusiasmo, credo. Ne faceva parte anche tuo padre, Martha, non è vero?»

«Sì. Partecipava a tutti gli incontri e dopo si fermava al pub, fino alla scomparsa di Charlie. Alla fine lo scopo del Forum era soprattutto quello: spiriti affini che progettavano avventure lessicali bevendosi qualche birra». Era rarissimo che Gabriel facesse vita sociale senza la moglie, ma Martha si ricordava quanto tornasse tardi in quelle serate.

Si avviarono a passo lento verso la libreria, come se, ormai arrivati fin lì, esitassero tutti a spingersi oltre.

«Anche a me piacevano. Però non sono mai riuscita a fermarmi al pub, dovevo tornare a casa a badare ai miei figli». Alex si fermò con la mano sulla porta del negozio. «Martha, quando entriamo dovresti parlare tu per prima».

«Va bene. Sì, credo di sì».

Alex aprì la porta, Martha entrò e gli altri la seguirono come bambini recalcitranti. Da qualche parte in lontananza suonò un campanello, un trillo disarmonico e penetrante, ma dietro al bancone non c'era nessuno. I quattro si sparpagliarono, tutti diretti agli scaffali, guidati dall'istinto. Era evidente che Brin aveva un modo eclettico di disporre la merce: mescolava titoli vecchi con i nuovi e non prestava molta attenzione all'argomento. Martha sapeva che le sarebbe piaciuto curiosare lì dentro: era un posto dove fermarsi; un posto che forse sugli scaffali non aveva proprio quello che uno cercava, ma gli faceva trovare qualcosa di assai più interessante. E poi naturalmente c'era quel profumo. Il *vellichor*: l'odore stantio, muschiato e allettante dei libri vecchi.

«Ho appena trovato un dizionario nel reparto narrativa!», disse Alex, un po' offesa.

«A modo loro i dizionari sono anche libri di racconti», ribatté Safi. Aveva tirato fuori uno dei volumi più antichi e stava voltando le pagine; Martha se le sentiva scricchiolare tra le mani, con il sussurro della carta spessa e antica. Se le immaginò che assaporavano quell'attenzione e se la godevano.

«Santo cielo, deve essere l'ora di punta!». Un tipo alto e dinoccolato uscì dalle profondità dell'edificio e si piazzò dietro la cassa, guardandoli con amichevole sorpresa. Aveva un accento gallese con le erre arrotate. Ora Martha lo riconosceva: era venuto al funerale di sua madre, si erano stretti la mano. Come allora le ricordava molto Shaggy di *Scooby-Doo*: con i capelli in disordine e gli arti allampanati. Doveva essere quasi sulla sessantina, con le spalle un po' curve come se vivesse in una rassegnazione costante. Con un sorrisino la guardò perplesso, cercando di ricordarsi dove l'avesse già vista.

Lei fece un passo avanti. «Sono Martha Thornhill. La figlia di Gabriel e Rebecca».

«Ah, certo!». Le strinse la mano con cordialità. «E adesso lavori al CED, no? Ecco perché Alex e Simon sono venuti con te». Strinse la mano anche a loro, passando sopra i biglietti di auguri e segnalibri impilati vicino alla cassa. «Mi dispiace che non ci siano più i seminari, ma ogni tanto leggo ancora il blog. E ho pensato molto a voi in questi ultimi giorni. Anche lei è con la banda?», aggiunse, rivolgendo un sorriso a Safi.

«Sì, mi chiamo Safiya Idowu. Ho visto che ha un esemplare di *Copy of a letter, wrote by a young shepherd, to his friend, in Borrowdale*[25]!».

«Eh, sì: allora è un'appassionata di dialetti?». Safi annuì con entusiasmo. «In quel caso devo tirarle fuori un po' di cose. C'è una bella tesi scritta da una studiosa sulle canzoni folk del Cumberland, che mi ha fatto comprare diverse rimanenze interessanti». Li guardò di nuovo curioso. «Ma siete in gita scolastica? Avete finito le cose da leggere in ufficio?».

Martha si fece forza. «No, Brin. Le sembrerà molto strano, ma siamo qui per via di Charlie».

Gli raccontò la storia meglio che poteva: la lettera con la definizione da cruciverba che indicava l'anno della scomparsa di Charlie, poi quella che li aveva portati lì quel giorno.

«Mi sembra una storia proprio strana, accidenti», disse quando lei ebbe finito. Si avviò all'ingresso e girò il cartello sulla porta in posizione "Chiuso", poi li scortò verso un cerchio di poltrone intorno al caminetto. Non era il livello di comodità della Pequod, ma era comunque invitante. «Mi ber-

[25] Un celebre libro antico del Settecento.

rei volentieri una birra», annunciò Brin. «Qualcun altro mi fa compagnia?».

Tirò fuori alcune bottiglie da un piccolo frigo vicino alla cassa. Safi e Simon ne presero una, Martha e Alex chiesero dell'acqua.

«E quindi», chiese Safi dopo che si furono tutti sistemati, «di recente ha ricevuto qualche cartolina strana?».

Brin la guardò sbalordito come se avesse appena eseguito un trucco di magia sofisticatissimo.

«In effetti sì. Come diavolo fa a saperlo?»

«Ha detto che negli ultimi giorni ha pensato all'équipe del dizionario, e mi sono chiesta perché», rispose Safi. «E la settimana scorsa tutti abbiamo ricevuto delle cartoline a casa, con citazioni di Shakespeare, quindi...».

«Accidenti», la interruppe Simon. «"Curiosissimo e sempre più curiosissimo!" gridò Alice».

Martha sentì che la sua attenzione vacillava. *Che cosa vuoi, Coro? Che cosa vuoi da me, da Brin, da Safi?*

«Conclusione azzeccata». Brin con un sospiro si versò attentamente la birra in un bicchiere. «La mia è arrivata giovedì, con una citazione divertente. Ho dovuto andare a cercarla. *Chi sono questi traditori?*[26]. Non diceva altro. E dall'altra parte c'era una foto degli uffici del dizionario».

«Charlie ha lavorato molto tempo per lei, vero?», gli chiese Martha, stringendo i braccioli della poltrona per cercare di restare ancorata a quella stanza, con la sensazione che entro breve il mondo si sarebbe ingrandito o rimpicciolito intorno a lei. «Mi ricordo che veniva qui quando studiava per gli *A-levels*».

All'epoca Charlie aveva deciso di entrare nella sua scuola come convittrice, e Martha, allora dodicenne, sentiva terribilmente la sua mancanza, e un po' ce l'aveva con lei. Sua madre aveva cominciato a portarla alle gallerie d'arte; il padre invece passava più tempo nel suo studio.

«Sì, ha lavorato otto anni per me, a intervalli», rispose Brin. «Ha cominciato a sedici anni e si è licenziata nell'aprile 2010, l'anno in cui è scomparsa».

[26] William Shakespeare, *Tutte le opere*, a cura di M. Praz, Sansoni, Firenze 1980, p. 5.

«Si è licenziata?», domandò rapida Martha. «Charlie ci aveva detto che non le serviva più. Per questo era andata a lavorare al CED».

Lui sospirò e le sue spalle si incurvarono ancora un po'. «A voi ha detto così? No. Si è licenziata. È venuta a farsi pagare stipendio e rimborso spese degli ultimi viaggi che aveva fatto per acquistare libri per la libreria, poi ha detto che se ne andava. L'avrei uccisa, era Pasqua e uno dei pochi weekend dell'anno con molti clienti. Ma non potevo vincolarla in alcun modo. Per tutti quegli anni l'avevo pagata in contanti, in nero».

«È stata quella l'ultima volta che l'ha vista?», gli chiese Safi. Martha con sorpresa notò che la collega stava prendendo appunti tra un sorso di birra e l'altro, con il pompon attaccato alla matita che ballonzolava forsennato.

«Stai stenografando?», domandò Brin ammirato in tono informale. «Non credevo che qualcuno della tua età fosse capace di farlo!».

«Mia madre fa la giornalista. Quando era piccola l'ho implorata di insegnarmelo. Sembrava un codice segreto molto esotico. A casa mi hanno impedito di usarlo, perché quando litigavamo continuavo a usare i miei appunti per citare quello che avevano detto i miei. Mio fratello era convinto che sarei diventata poliziotta».

Brin rise forte. «Pazzesco! Per questo racconto, Safi, ti regalo quella copia di *The Shepherd's Letter*. È il mio dono per te».

Martha li guardò alternativamente. *Scommetto che a mia madre stava simpatico*, pensò. Brin era come lei. Espansivo. *E perché mai Charlie avrebbe dovuto rinunciare a lavorare qui e poi mentirci?* Cominciò a rimuginare sulle varie possibilità.

«Grazie!». Safi sembrava entusiasta.

«È stata quella l'ultima volta?», lo incalzò Alex.

«Perbacco, è come farsi interrogare da Cerbero».

«Però Cerbero era un cane a tre teste», disse Simon, e si spostò nella poltrona. «E noi siamo quattro».

«Be', è come avere un segugio infernale che cerca di azzannarti», disse in fretta Brin, cambiando all'improvviso umore. «Solo che non ho capito quale di voi tiene il guinzaglio». Safi si intristì e lui se ne accorse. «Non badare a me, Safi, tesoro. Il libro resta tuo; e non ho intenzioni cattive. È solo una cosa che vorrei dimenticarmi, e se me la devo per forza ricordare, almeno vorrei non dovertela dire, Martha».

Si sedette un po' più avanti, con il ginocchio che dondolava.

«Se è qualcosa di spiacevole su Charlie, parli pure», lo spronò Martha. «Non sarebbe né il primo né l'ultimo a dirmi qualcosa che non mi garba».

Si sforzò di non guardare Alex. Brin fissò Martha, cercando di capire se diceva sul serio, e lei raddrizzò la schiena. I minuscoli scorci di carta da parati che si vedevano tra gli scaffali erano color crema, affollati di foglie aggettanti e di viticci.

«Be', ricorderai che per qualche anno mi sono portato dietro Charlie alle aste. Gli sgomberi delle case, eccetera. Cercavamo gli annunci di questa contea e andavamo a vedere quelle che promettevano bene». Col mento accennò a Safi. «Era come te. Aveva fiuto per le cose di qualità, ed era entusiasta. Mi spingeva ad andare in posti sempre più lontani, nell'eventualità che trovassimo qualcosa di interessante, e capitava spesso. Poi si metteva a chiacchierare con i banditori e i venditori. Li ammaliava, così a volte ci facevano un prezzo più competitivo».

Charlie era di nuovo lì con loro nella stanza, che si scostava i capelli del viso e rideva entusiasta. Un'assenza vivente.

«Le ho insegnato tutto quello che sapevo. Non era molto, ma lei assorbiva le conoscenze come una spugna, e a me andava bene così: sapete benissimo anche voi quanto fa piacere poter parlare del proprio lavoro. La gioia di andare a caccia e trovare qualcosa che sia un po' insolito: capita di rado. Quando si è messa a fare il dottorato temevo che lasciasse perdere tutto, ma aveva ancora voglia di andarci. "Non sprecare la domenica", mi diceva. "Vado io a caccia". Ed era bello sapere di poterla dedicare al negozio o a stare con mia moglie e i bambini; il giorno dopo sarebbe venuta Charlie e avremmo passato in rassegna quello che aveva trovato. Devo essere sincero? Ci sono rimasto male quando mi ha lasciato così su due piedi. Cioè, era solo una ragazza, ma credevo che fossimo diventati amici».

«E poi?», insistette Alex. «Che cosa è successo?».

Lui si alzò in piedi di scatto e cominciò a riordinare biglietti di auguri sul bancone. «Qualche mese dopo è spuntato un antiquario che conoscevo. Deve essere stato in giugno o in luglio. Conosceva Charlie perché l'aveva vista alle aste e mi ha chiesto di lei, e quando gli ho detto che se n'era andata mi ha chiesto se sapevo che vendeva libri per conto proprio. L'aveva fatto per tutto l'ultimo anno».

«Oh». Alex sospirò.

«Non capisco», disse Safi. Il pompon sulla sua matita smise di ballare.

«Io la pagavo per andare alle aste, le pagavo il tempo e le spese di viaggio, e le davo una commissione su tutti i materiali trovati da lei che eravamo riusciti a rivendere», borbottò Brin. «E poi ho scoperto che comprava i lotti migliori per sé e li andava a vendere altrove, per tenersi il profitto».

«Mamma mia... È un colpo basso», disse piano Simon. «Sui siti internet di antiquariato?»

«Non a nome suo: aveva uno pseudonimo, ma quell'antiquario l'aveva vista comprare, e poi aveva ritrovato quello che aveva acquistato Charlie su vari siti di aste, però non su quello del mio negozio. E aveva fatto due più due».

«Secondo lei aveva dei rimorsi?», gli chiese Martha. «Ed è per quello che se n'è andata?».

Nessuno le rispose. Lei seguì il motivo della carta da parati fino all'angolo di uno scaffale. C'era un volumetto di poesie di Christina Rossetti, pubblicate verso la fine dell'Ottocento. "Tu ricordami quando sarò andata lontano"[27]... Chiuse gli occhi.

«Le hai chiesto spiegazioni, Brin?», volle sapere Alex, fissando il bicchiere d'acqua che aveva in mano.

«Sì. Ero arrabbiato. Sono venuto a casa vostra, Martha. Lei era da sola, tuo padre e tua madre erano usciti. Mi ha riso in faccia. Ha detto che era colpa mia perché avevo rinunciato ad andare alle aste, e mi ha mandato via».

«Che roba», disse Simon, con empatia.

Brin alzò il bicchiere. «Sì. È stato umiliante. Cioè, la cosa peggiore era che aveva ragione». Guardò Martha. «Non l'ho mai detto a tua madre e a tuo padre. Mi faceva sentire in imbarazzo.

[27] Christina Rossetti, *Nostalgia del cielo*, trad. di S. Raffo, Le Lettere, Grassina 2001.

La verità è che avevo il terrore di incontrarla alla presentazione di Jonathan un paio di mesi dopo. Quando ho visto che non c'era, ero felice. Dopo, naturalmente, mi sono sentito molto in colpa».

Attraversò il negozio e andò a rigirare il cartello con la scritta su "Aperto". «A quest'ora di solito arrivano un po' di clienti grazie all'uscita dalle scuole. Non voglio scoraggiarli».

Era il chiaro segnale che quella discussione era finita. Martha lo ringraziò. «Se le arrivano altre cartoline, se le viene in mente qualcos'altro...».

«Te lo faccio sapere, Martha. Promesso. Safi, se vuoi resta pure a guardare un altro po' dei miei tesori sul dialetto. Ho alcune rarità. E anche delle lettere della guerra boera da qualche parte. Insieme a quelle c'era una scatola di latta con cioccolatini vittoriani, però se fossi in te non li mangerei».

«Oddio, certo, sarebbe fantastico. Alex, torno con l'autobus», disse Safi, e mise via blocchetto e penna.

Brin sembrava soddisfatto. Martha sperò che l'entusiasmo di Safi potesse ricompensarlo in qualche modo per i brutti ricordi legati a Charlie.

«Mi sa che resto anch'io», aggiunse Simon. «E farò come lei».

Alex tirò fuori le chiavi della macchina e se le fece ballonzolare nella mano. «Hai capito chi di noi tiene il guinzaglio del segugio infernale, Brin?».

Lui fece cenno di no. «A quanto pare è questo Coro che strattona la catena a tutti quanti, non ti pare?».

15

vagabondamento, s. m. [volg. tosc., XIV sec.]
Fig. atto del vagabondare

Ogni dizionario storico ha i suoi lemmi unici, parole documentate solo una volta prima che scivolassero di nuovo nell'ombra. Nei guardaroba semantici, che sono motivati tanto dalla moda quanto dal valore, c'è poco spazio per chi si tiene in disparte. E così i dizionari contemporanei trascurano quei lemmi, dato che i lessicografi si concentrano solo sulle parole che, secondo i loro database, sono usate davvero dalle persone. Invece si lasciano alle spalle quelle rare, quelle astruse, quelle non collaudate e quelle non invitate.

Ogni volta che Martha, nel corso del suo lavoro, si imbatteva in parole abbandonate come quelle, si scopriva a porsi domande su chi le aveva create, a chiedersi se erano stati a guardare speranzosi quando la "loro" parola aveva goduto di un breve attimo di attenzione o se gliene fosse mai importato qualcosa. Alcuni sicuramente avevano previsto che la loro voce sarebbe stata citata nel vocabolario più importante, l'unico a conservare ogni occorrenza mai registrata nelle sue pagine: una volta che una parola entrava nel CED, non ne usciva più. Eppure erano soprattutto le parole misconosciute che agli occhi di Martha erano le più belle. *Apricity*, il calore del sole in un giorno d'inverno, era menzionata solo in un'unica fonte del 1620. E poi più niente. *Respair*, che nel dizionario era definita per sommi capi come "riprendersi dalla disperazione", a quanto pareva era vissuta solo un giorno, come un'efemera linguistica, prima di sparire nei recessi di una schiera di parole tanto immensa che la sua minuscola impronta veniva sepolta dal passaggio di vocaboli più banali, ma chissà perché più famosi. *Proprio come capita alle persone*, rifletté Martha, e non per la prima volta. Martha provava una strana affinità con le parole di quel tipo e capiva bene sia i rischi sia i piaceri insiti in una vita passata sottotraccia. Aveva avuto anche lei vari fidanzati e amanti occasionali, ma non si era mai sentita abbastanza a suo agio con nessuno di loro da aprirsi del tutto. Preferiva restare nell'ombra, piuttosto che rischiare di essere sciolta dal sole.

Però in quel momento preciso provò il bisogno doloroso di un po' di calore del sole nella propria vita, che le scaldasse la pelle per liberarla dai brividi. *Ho qualche possibilità di riprendermi dalla disperazione?*, si chiese tra sé e sé.

«Martha?».

«Scusa, come hai detto?»

«Ti ho chiesto che ne pensi. Perché Coro ci ha mandati da Brin? Vuole implicare che Brin ha fatto del male a Charlie in qualche modo?».

Era nella Mini con Alex. Stavano percorrendo la A40 per tornare a Oxford, fuori dal finestrino scorreva sfocata una siepe verde, e davanti a loro c'era un nastro d'asfalto regolare.

«Non lo so. In effetti ha detto che l'avrebbe uccisa volentieri».

«Me ne sono accorta, ma se l'avesse ammazzata davvero lui, di sicuro non avrebbe detto qualcosa del genere. Magari sta attirando l'attenzione sui loro litigi per fare una specie di doppio bluff?»

«Forse», rispose Martha, concentrandosi sul traffico davanti a loro. Alex guidava bene, con un misto di sicurezza e attenzione che la faceva rilassare, mentre era sempre nervosa quando viaggiava come passeggera. «Non riesco a capacitarmi che Charlie abbia fatto una cosa del genere. Raccontargli che faceva acquisti per lui e poi tenersi per sé i pezzi migliori».

Alex fece spallucce, tamburellando con le dita sul volante. «Abbiamo solo la sua versione dei fatti. Magari lui le ha suggerito di andarci da sola, e lei si è scocciata e ha pensato: "Che vada affanculo". Il cliché letterario del "maestro triste e ingenuo tradito dallo studente ambizioso" a volte nasconde un bel po' di pigrizia e inerzia da parte del maestro».

«È un cliché letterario?»

«Certo che sì. Allora, dove siamo dirette?»

«In ufficio, immagino».

Alex sospirò esasperata. «Su, dai, Martha! Coro, la polizia, tutti quanti ti stanno dicendo di scoprire di più sulla vicenda di Charlie. Vuoi davvero startene lì ad aspettare la prossima lettera? Andiamo in giro a fare un po' di domande. Secondo te con chi dovremmo parlare?».

«Sicura che sia una buona idea?»

«Sì. È necessario farlo. Buon Dio, ho appena capito a cosa ti serve quella tua aria svagata. È la tua uscita di sicurezza portatile, vero?»

«Come?», replicò Martha, girandosi di scatto a guardarla.

Alex diede una manata al volante, meravigliata, come se avesse appena risolto un enigma. «Sei una che fugge sempre. Sei scappata a Berlino quando Charlie è scomparsa, e forse c'è qualcosa che ti ha fatta scappare da Berlino per tornare qui». Poi assunse un tono più delicato. «Lo capisco: ci sono passata anch'io. Ogni volta che ti senti minacciata, fuggi oppure ti rifugi nei tuoi pensieri. Anzi ci scompari proprio dentro». Martha trattenne il fiato mentre Alex continuava. «Sei come una bambina che sale in soffitta e tira su la scala quando sente litigare i genitori. Ed è proprio quello che fai quando ti metti a sognare a occhi aperti. Scappi dalla vita».

«Ma no, io in quei momenti penso alla vita!».

«Be', forse è meglio che provi a viverla», disse Alex risoluta. «Mangia una fetta di torta. Fai sesso. Vai a correre».

«Alex, stai mancando di rispetto alla tua capa».

«In questo momento sono fuori servizio. Licenziami pure, se vuoi», ribatté l'altra ridendo. «Anche se pagherei oro per vedere le motivazioni: "Alex Monroe, mentre mi aiutava a indagare sulla scomparsa di mia sorella, mi ha consigliato caldamente di mangiarmi una torta"».

Martha, colta di sorpresa, scoppiò a ridere. La crudeltà apparente delle parole di Alex mascherava la sua premura, e lo sapeva. «Senti, a parte gli scherzi, a me pensare piace. Non è un vizio così terribile, ti pare?»

«Io credo fortemente nei vizi, non ne ho mai trovato uno che non mi piaccia, ma è proprio come il bere, o il gioco d'azzardo, eccetera: se astrarti nei tuoi pensieri ti impedisce di vivere la tua vita vera, forse dovresti sforzarti di farlo un po' meno».

Martha esaminò le siepi. Erano intervallate dalle spine curve e rosa pallido della rosa canina, come cuciture disordinate su una trapunta patchwork.

«È molto difficile cambiare le abitudini di una vita».

«Lo so, ma ci si può riuscire. Che tu ci creda o no, dieci anni fa non avevo una grande fiducia in me stessa. In testa avevo troppe voci critiche che ripetevano a pappagallo quello che mi diceva il mio ex marito. Ero una cattiva moglie, una cattiva madre, una cattiva scrittrice. La cosa più difficile che ho dovuto affrontare è stato riuscire a farle tacere abbastanza a lungo da poter dimostrare che si sbagliavano».

Martha sospirò. «Non sopporto questa situazione, Alex. So che riesco a gestire il fatto di non saperne niente. L'ho gestito bene per anni. Però non so proprio se riuscirei ad affrontare la verità».

«Capisco bene, Martha. Ma alla fine tutti dobbiamo affrontare la verità. Il caos, il dolore… sono degli insegnamenti. Sono una parte necessaria della vita, come le torte».

Martha rifletté. «E va bene. Allora credo che dovremmo andare a parlare con Tom. L'ex ragazzo di Charlie».

«Vive ancora a Oxford?».

Martha annuì piano, mentre ricostruiva i fatti. «Sì. Lavora al John Radcliffe. Mia madre mi ha detto che l'aveva visto quando era andata a fare la chemio».

«E chi potrebbe avere il suo numero di telefono?»

«Forse Tanya, l'amica di Charlie. Il primo anno abitavano tutti nello stesso corridoio, ed erano rimasti in contatto. L'ho incontrata in città (oddio, ormai sono passati anni) e mi ha dato il suo numero. A meno che non l'abbia già cambiato».

Alex accennò con il capo alla borsa di Martha. Lei pescò il telefono e scorse la rubrica. Si irrigidì vedendo tutti quei cognomi tedeschi. Da quando era tornata, non si era più fatta viva con nessuno di loro. *Ma non è come per Charlie*, si disse. *Io ho detto loro che me ne andavo. Sapevano che tornavo a Oxford.* Le venne in mente quell'immagine: arrampicarsi fino alla soffitta, tirare su la scala e chiudere la botola. Era quello che aveva fatto?

«Ecco...». Avviò la chiamata e mise il telefono in vivavoce, mentre Alex usciva da Woodstock Road e si accostava al marciapiede.

«Sì?». La voce che rispose era tutt'altro che cordiale.

«Ciao, Tanya, sono Martha Thornhill».

«Ho visto il nome, Martha. Che cosa vuoi?».

Alex fece una smorfia sconsolata, mentre guardava avanti.

«Scusa se ti disturbo. Mi chiedevo se hai il numero di Tom. Dovrei parlargli di una cosa».

«Ah, davvero, Martha? Vorresti parlargli? Che bello. Guarda caso, ho il suo numero. Siamo sposati da sette anni».

«Ah, io non... Be', congratulazioni allora», disse Martha, lanciando uno sguardo addolorato ad Alex.

Ci fu una lunga pausa, e lei sentì una conversazione a bassa voce in sottofondo.

«Va bene. D'accordo. È meglio che tu venga qui».

16

adombramento, s. m. [XIV sec.]
Fig. risentimento, turbamento

L'indirizzo che le diede Tanya era in Staunton Road a Headington, vicino all'ospedale. La via era un miscuglio eclettico di ville anni Trenta, ricostruite e restaurate nel corso dei decenni. Gran parte degli stretti giardini anteriori era stata sacrificata alle auto, ma la via conservava ancora siepi di conifere e aceri giapponesi più o meno curati. La casa era all'estremità della via, nel punto prima che sboccasse curvando in Headley Way. Lo spazio della curva aveva regalato alla casa un giardino più grande, con lo spazio sia per l'auto sia per l'erba.

«Carina», disse Alex, mentre usciva dalla macchina e ammirava i bovindi e la pietra dipinta di bianco. Martha chiuse la portiera del passeggero e sentì sotto i piedi lo scricchiolio rassicurante della ghiaia. «Che branca della medicina esercita lui?»

«Quando Charlie è scomparsa aveva appena iniziato la specializzazione in chirurgia generale».

Sentirono del movimento alle loro spalle. Tanya era in piedi sulla soglia, un po' più adulta ma sempre atletica, con i capelli scuri lucidi raccolti in una coda. Strizzava gli occhi per difendersi dal sole splendente.

«Sei stata tu? Ci hai spedito tu quelle maledette cartoline? Se sei stata tu, te lo giuro, non mi importa che siamo delle persone adulte e mature, ti picchio a sangue».

Nella voce conservava l'accento nasale delle Midlands. Martha si aspettava molte cose, ma non aveva mai pensato che anche Tom avesse potuto ricevere una cartolina. Coro stava prendendo all'amo un sacco di attori.

«No! Ne ho ricevuta una anch'io. E ho ricevuto anche altre cose. Ci fai entrare, Tanya? Lei è Alex, la mia collega del *CED*».

Tanya squadrò Alex dalla testa ai piedi e non disse nulla, anzi assunse un'espressione ancora più ostile.

«Allora entrate», borbottò spalancando la porta. «E toglietevi le scarpe, per favore».

Dopo quel sole primaverile, l'atrio sembrava buio. Tanya fece loro strada fino alla cucina, dove i piani di lavoro puntinati e gli armadietti con le finiture in legno contribuivano a un'aria di semplicità molto professionale. Il frigorifero enorme, ricoperto di magneti, orari, appunti e lettere di plastica in disordine incombeva sul lungo tavolo della cucina. Sopra il tavolo c'era una serie di foto in studio di due bambini, montate in una lunga cornice in faggio. Martha calcolò che dovevano essere alle elementari e che le scarpine nell'atrio fossero le loro.

«Tom ha portato i bambini a casa di un loro amico per un po'. Non volevo che fossero qui mentre… Quelle cartoline. Hanno fatto riaffiorare tutto. Maledetta Charlie, è ancora qui a mandare a puttane le cose».

Martha era troppo stordita per rispondere.

«Scusa, ma ho bisogno che mi aggiorni sulla situazione», disse Alex, che si precipitò a riempire silenzio. «Allora sei sposata con Tom? L'ex ragazzo di Charlie?».

Tanya fece un cenno vago verso il tavolo e riempì il bollitore. «Sì. Eravamo amici da anni, e tutto il casino della scomparsa di Charlie ci ha fatti avvicinare».

«Anche tu sei medico?», chiese Alex.

«No. Ho fatto scienze politiche e adesso mi occupo di marketing». Prese dalla credenza quattro tazze con un motivo antiquato a fiori e le mise sul tavolo. «E allora, Martha, che storia è questa?».

Prima che riuscisse a rispondere, la porta d'ingresso si aprì e si richiuse. «Siamo qui, Tom. Dice che non le ha spedite lei. Lei…». Tanya accennò ad Alex. «… e questa signora ne hanno ricevute anche loro».

Entrò un uomo che posò le chiavi da una parte. Le guardò entrambe a lungo.

«Piacere, Alex», disse lei.

Tanya fece spallucce, come se fosse un'informazione irrilevante, e continuò a tacere, imbronciata.

Tom era più bello che mai. I capelli scuri, gli zigomi pronunciati e la mascella volitiva. Il tipo di chirurgo che una si aspettava dopo aver guardato *Grey's Anatomy* per troppi anni. Quando lui e Charlie si erano messi insieme, Martha si era presa una cotta folle e inappropriata per lui, ma Tom aveva reagito con affetto fraterno. Era stata una cosa piacevole e atroce al tempo stesso.

«Piacere, Alex», le disse, guardandola negli occhi, poi si voltò verso Martha. «Ehi, ciao».

«Ciao». Martha si sorprese che la propria voce avesse un suono.

«E allora tu non hai niente a che fare con quelle cartoline? Davvero?». Incrociò le braccia e si appoggiò al piano di lavoro.

Tanya fece un suono impaziente e riprese a preparare il tè, scaldando la teiera come prima cosa.

«No. Non siete gli unici ad averle ricevute. E c'è dell'altro», aggiunse Martha. «Abbiamo ricevuto delle strane lettere».

Quando ebbe finito di spiegare, il tè era stato preparato, versato e si erano seduti tutti e quattro intorno al tavolo. Lei gli raccontò di Burford e di Brin, e per tutto il tempo Tom fissò il tavolo, con la mano che stringeva il manico della tazza. *Che mani forti*, pensò Martha, e non riuscì a non immaginarsele a impugnare un bisturi.

«E allora perché siete venute qui?», chiese Tanya, incrociando le braccia, piccata. «Le lettere non parlavano di noi».

«Sono stata io a convincere Martha che era ora di prendere l'iniziativa, invece di aspettare che arrivi un nuovo testo da parte di Coro», intervenne Alex con voce incolore. Tanya la guardò e annuì di malavoglia.

«E a quanto pare la polizia è convinta che, dopo tutto questo tempo, la gente sia più disposta a parlare con sincerità di Charlie», aggiunse Martha.

«Io non ho mai avuto alcun problema a dire quello che penso di Charlie», dichiarò Tanya.

«Credo che lo sappiamo tutti molto bene!», esclamò secco Tom, alzando lo sguardo per la prima volta.

«E allora? Ci ha fatto vedere i sorci verdi, Tom!».

«Te l'avevo detto che non avrei dovuto lavorare a Oxford! Questa storia ci aspetta sempre dietro l'angolo in questa città maledetta. Sei stata tu a voler restare qui».

Quelle battute avevano il ritmo e la ritualità di un litigio ben collaudato. Martha spostò lo sguardo dall'uno all'altra.

«Non capisco».

«Erano tutti convinti che l'avesse uccisa Tom, naturalmente!», sbottò Tanya con violenza. «La polizia l'ha interrogato per ore, ha perquisito casa sua...».

«Tanya, per amor del cielo, glielo posso raccontare io», la interruppe il marito. Fece un bel respiro, poi guardò Martha. «Mi aveva mollato circa un paio di settimane prima di scomparire. Io era ancora pazzo di lei e quindi mi sono preoccupato da morire quando tua madre mi ha chiamato per chiedermi se era con me. Anch'io ero molto confuso, anche perché non si era presa la briga di dire ai tuoi che ci eravamo mollati, e quando la polizia mi ha chiamato per la prima volta ero convinto che volessero il mio aiuto. Gli ho raccontato tutto per filo e per segno, dell'estate, del fatto che ci eravamo lasciati. Pensavo che qualsiasi dettaglio potesse essere importante. Poi ho capito che mi stavano interrogando in qualità di sospetto».

«Non ho mai pensato che tu fossi coinvolto, Tom», dichiarò Martha. Si ricordò il colloquio con Oliver Caldwell il venerdì: l'ufficio, l'odore. Come doveva essere stato per Tom? Di sicuro non la chiacchierata premurosa che era toccata a lei. Si immaginò quegli stessi muri con un'atmosfera densa di paura e di accuse.

«Ma l'avevi detto ai tuoi genitori?», chiese Tanya. «Perché loro di sicuro ne erano convinti. Tom ha perso il primo anno di specializzazione perché loro sono venuti a chiedergli di parlare di Charlie».

«Hai perso un anno?», chiese Martha.

«Sì, non te ne sei mai accorta, vero? Praticamente i tuoi genitori hanno costretto Tom ad andarsene da qui. Ha avuto un esaurimento e quando è tornato, infine, tutti lo guardavano storto. Poi dieci anni dopo, quando finalmente credevamo che fosse tutto a posto, ci telefona di nuovo la polizia. E va a rivangare ogni cosa».

«Ma per piacere, Tanya, per me non è stato un problema. Rebecca stava morendo. Aveva tutto il diritto di riprovarci. Quello che ho passato io non è niente a confronto di quello che ha sofferto la famiglia di Charlie».

Però nessuno di noi è mai stato interrogato in una di quelle stanzette maleodoranti, pensò Martha.

Tanya si asciugò gli occhi, scacciando le lacrime con un gesto rapido e rabbioso del pollice. Martha cercò di ricordarsi com'era dieci anni prima, senza le rughette sottili intorno agli occhi. L'immagine mentale che aveva di Charlie (quella che il suo subconscio confrontava con ogni sconosciuta che vedeva di sfuggita, quella che le scatenava nel corpo ondate di cortisolo ogni volta che credeva di averla ritrovata) si modificò leggermente. Charlie sposata, Charlie dopo sei o sette anni di sonno interrotto. La nuova immagine che aveva della sorella acquisì quelle stesse rughette, e la sua risata diventò meno piena e di gola, più brusca, come se un pugno ricevuto di sorpresa gliel'avesse cavata fuori dai polmoni.

«Ti hanno fatto passare di nuovo l'inferno, Tom. Credi che non mi sia accorta di quando andavi a correre alle cinque di mattina o rispondevi male ai bambini?».

Lui le porse la mano. Lei esitò un attimo e poi la prese, e la sua espressione si addolcì.

«E ora? Ora viene fuori un corvo misterioso che scrive lettere anonime», disse, carezzando le nocche del marito con il pollice.

«Non ho idea di cosa stia succedendo», ammise Martha. «Sembra che Coro sappia qualcosa, ma sono tutti indizi oscuri e cacce al tesoro».

«Avete ricevuto entrambi le cartoline?», chiese Alex alla coppia. Annuirono all'unisono, erano di nuovo un fronte comune. «Cosa c'era scritto? Le nostre avevano tutte citazioni di Shakespeare. Ne ha ricevuta una persino la nostra collega Safiya, che quando Charlie è scomparsa aveva dieci anni e viveva a Londra».

«Sulla tua cosa c'era scritto, Martha?», chiese Tanya. Martha si ricordò di quant'era intelligente. Charlie non era una a cui piaceva brillare in un gruppo di inferiori. Voleva risplendere più forte delle persone più intelligenti che conosceva.

Martha deglutì. Non poteva certo rifiutarsi di dirlo dopo essere finita di nuovo dentro la loro vita, ma le faceva male pronunciare quelle parole. «C'era scritto: "Dove sei stata, sorella?"[28]».

Alex sporse una mano e gliela posò sulla spalla, con un tocco lieve, per sostenerla. O almeno fare sì che restasse in quella stanza.

Tanya ebbe un soprassalto, un barlume di comprensione, che coprì subito con una smorfia. «Non mi ricordo. La mia era qualcosa sui falsi amici. Quella di Tom era sulla fedeltà, una cosa ridicola: lui venerava Charlie! Sapevo che non sarei mai riuscita a essere alla sua altezza, ma...». Lui scosse piano il capo e le strinse la mano, andando rapido a coprire una vecchia ferita. «Comunque le ho strappate e le ho buttate nella spazzatura».

«Come facevi a sapere che c'entravano con Charlie?», chiese Alex.

«Sulle cartoline c'era la sua foto», rispose Tom. «Sulle vostre no?».

Alex scosse il capo. «Sulle nostre c'era una foto del palazzo del CED».

«Era la foto che avevano usato nei volantini per la scomparsa», continuò Tom, «forse hanno pensato che il riferimento al CED sarebbe stato un po' troppo astruso per noi». Assunse un'espressione tra il sorriso e la smorfia di disprezzo. «Credo però che avremmo potuto dedurlo dalle citazioni. La mia era: "Tradirai così la tua nobile padrona?"[29] e quella di Tanya era: "Dio mi guardi dai falsi amici!"[30]».

«Ti immagini chi potrebbe fare una cosa del genere?», domandò Tanya con voce quasi rotta. «Mandarci la sua foto, che atterra sul nostro stuoino insieme alla bolletta di internet e ai volantini del Comune? Per un attimo ho davvero pensato... che

[28] William Shakespeare, *Tutte le opere*, a cura di M. Praz, Sansoni, Firenze 1980, p. 947.
[29] Ivi, p. 189.
[30] Ivi, p. 123.

ce le avesse mandate Charlie in persona, che sia ancora in giro da qualche parte». Guardò Martha. «Scusami. Io sono convinta che lei sia scappata, senza pensare cosa avrebbe causato a Tom o a me, o a te e ai tuoi». Poi guardò Alex. «Tu la conoscevi?»

«Sì. E una volta la pensavo proprio come te. La depressione può rendere la gente molto egoista, e Charlie a volte era menefreghista. Ma non mi sembrava depressa, ha lasciato a casa il passaporto, non ha usato il conto bancario dal giorno prima della sua scomparsa. Secondo me le è successo qualcosa».

«Be', se è così, io e mio marito non abbiamo niente a che fare con questo. Quell'estate non si è quasi mai fatta vedere da noi. E comunque credo che avesse perso ogni interesse per me quando ho cominciato a lavorare nel settore economico, invece che all'università».

«Allora vivevi ancora a Oxford?», le chiese Alex.

«No, a Londra. Ma passavo quasi tutti i fine settimana qui. Non mi sono trasferita definitivamente fino a che io e Tom non ci siamo messi insieme». Fece un sorrisino. «All'inizio era difficile stare a Londra. Avevo già nostalgia dei tempi dell'università».

«Charlie è mai venuta a trovarti?»

«Mi ha sempre detto che aveva troppo da fare».

Martha si alzò all'improvviso e gli altri la guardarono confusi. «Non dovremmo essere qui. Non voglio stare al gioco di quel Coro. Se sa qualcosa, che vada dalla polizia. Questo sta solo peggiorando le cose».

Era già nell'atrio che si rimetteva gli anfibi.

«Ma, già che ci siamo...», cominciò a dire Alex.

«No». Martha alzò la mano per fermarla. «Basta. Ne ho avuto abbastanza. Chiunque sia Coro, non ha alcun diritto di farci affrontare cose del genere, né a noi né a Tom e Tanya».

«Secondo te è un uomo?»

«Ah, certo che è un uomo, Alex, maledizione».

Aprì la porta e andò verso la macchina a grandi passi, tirando la maniglia della portiera finché Alex non premette il telecomando permettendole di entrare.

Alex la seguì con più calma, la schiena eretta. Martha la sentì che salutava Tom e Tanya. Salì al posto di guida senza fare commenti e stava facendo retromarcia per immettersi in strada, emanando disapprovazione e una vaga delusione, quando Tom le raggiunse, correndo goffo sulla ghiaia in calzini. Bussò al finestrino di Martha. Alex frenò e lo abbassò. Martha non riusciva a guardarlo in faccia. Perché non aveva mai riflettuto su quello che aveva dovuto passare lui?

«Senti, Martha, ero infatuato di Charlie, ma era una storia romantica, non un vero rapporto. Amo Tanya, e quando non è risentita per la storia di Charlie lo sa molto bene anche lei. E i bambini sono fantastici. Faccio una bella vita e sono grato per questo. Non voglio che tu ti convinca che la sua scomparsa abbia rovinato qualcosa; non nel lungo periodo».

«Mi fa piacere, Tom. Sei sempre stato molto gentile con me».

«E tu eri molto dolce, Martha». Rimase chinato vicino al finestrino, a esaminare i sassi che aveva sotto i piedi. «Non so che cosa sia successo a Charlie quell'estate, ma credo che avesse una storia. Non lo so».

Martha sentì il sangue che le pulsava nelle orecchie. Una storia no. Ma aveva la testa per aria, ne era sicura. E non per via di Tom.

«Secondo te aveva conosciuto qualcuno? Chi?», chiese Alex, sporgendosi verso di lui. Martha sentì i muscoli delle gambe che si stendevano come se si stessero preparando alla fuga.

Lui fece cenno di no. «Qualcuno di più vecchio, magari? Qualcuno che poteva aiutarla nella sua carriera? A volte, quando le chiedevo dove era stata, lei rispondeva: "A costruirmi un futuro fenomenale", o qualcosa di simile. Una volta l'ho vista salire sul treno per Londra, mentre a me aveva detto che andava in biblioteca, cose del genere. Non so niente di più concreto».

«L'hai raccontato alla polizia?», chiese Martha.

«Sì. E poi anche ai tuoi genitori. Tua madre disse che Charlie non avrebbe mai avuto una storia alle mie spalle, e la polizia pensava solo che io fossi paranoico e geloso, come se volessi depistarli».

Abbassò la testa. Martha sentiva l'odore del suo profumo, un agrumato strano, e sotto un vago sentore di ospedale.

«Charlie era eccezionale, e lo sapeva. Sia io sia Tanya l'abbiamo venerata per tanto tempo. E l'ho presa molto male quando mi ha mollato, ma credo che in parte fossi anche sollevato. Stava diventando tutto troppo intenso. A lei piaceva fare un po' di scena, trovarsi al centro delle attenzioni. Tu lo sai, Martha».

Lei si limitò ad annuire.

«Sei sicuro di non avere sospetti su chi stava frequentando?», insistette Alex.

Lui restò in silenzio a lungo. «In effetti ho pensato che potesse essere qualcuno del lavoro. Una volta ero andato a prenderla a casa, con quella vecchia Volkswagen malmessa che tu trovavi molto figa, Martha». Lei si sorprese ad arrossire. Lui prestava quella macchina a Charlie anche quando andava alle aste di libri. «Era in giardino, al telefono, e litigava con qualcuno. Non lo so per cosa. Sembrava arrabbiata e chiunque fosse la persona con cui parlava continuava a interromperla. E comunque, lei chiuse la telefonata dicendo: "Lascia perdere, ci vediamo al lavoro"».

«Quando è successo?».

Lui si concentrò. «D'estate, credo? O forse in primavera».

«Non riesci a ricordarti di preciso? Quell'anno lei lavorava in posti diversi».

Tom fece cenno di no. «Sono passati più di dieci anni».

Si salutarono di nuovo, e Alex si diresse all'ufficio del CED, così Martha poteva riprendersi la bicicletta. Appena parcheggiò, Alex tirò fuori dalla tasca un blocchetto per appunti e scrisse la data nell'angolo in alto a destra. Un numero arabo per il giorno, un numero romano minuscolo per il mese, un numero romano maiuscolo per l'anno. Martha si ricordò di aver visto quella datazione di recente. Sulla cartolina del British Museum che aveva trovato nella scatola da scarpe di Charlie: *Mi abbagli.* Alex alzò gli occhi e si accorse di essere osservata.

«Safi ha avuto l'idea giusta. Non serve a niente andare in giro a fare domande se poi non ci ricordiamo le risposte. Però io non so stenografare, quindi ho pensato di provare ad annotarmi tutto, finché il ricordo è fresco».

«È molto figo il tuo modo di scrivere la data».

«Sono abitudini compulsive da archivisti», rispose Alex, che stava ancora scribacchiando. «L'ho imparato da mio marito. Mi è rimasto, anche se il matrimonio non è durato».

Martha si sentì come se stesse volando via, slegata, come un palloncino che sparisce nel cielo di primavera. «Anche lui lavorava con i libri?»

«Ci lavora ancora. È da quasi vent'anni che è alla British Library. Devo raccontare a Safi e a Simon quello che ha detto Tom?».

Martha la guardò sorpresa.

«Sì, certo».

Alex mise via il blocchetto e riaccese la macchina.

17

geniale, agg. [XIV sec.]
Che per le sue qualità risulta gradevole da vedere, gustare, udire, ecc.

Safi passò un'ora molto felice nella libreria, seduta per terra in un angolo remoto dove Brin teneva rarissimi dizionari di varianti regionali dell'inglese, e alcuni testi nei quali autori del Settecento e dell'Ottocento avevano tentato di documentare a stampa gli accenti e gli idioletti. Safi ne conosceva molti, e li adorava. *Kything*, pensò: *riconoscere vecchi amici tra la folla.*

Nella libreria di Brin arrivò il rapido afflusso di clienti all'uscita da scuola. Erano una decina di persone, i bambini si lasciarono cadere intorno a un tavolino a leggere libri a colori vivaci scelti tra gli scaffali, e i genitori sfogliavano le ultime offerte del circolo di lettura o i taccuini Moleskine.

Sembrava che tutti conoscessero Brin, e Safi, seduta a gambe incrociate tra gli scaffali dell'usato, mentre girava le pagine del *Dictionary of Obsolete and Provincial English* che aveva sulle ginocchia, lo sentì che corteggiava con gentilezza alcune delle mamme mentre loro si guardavano in giro. *Bisogna pur campare*, si disse, girando pagina di nuovo. Una delle donne ridacchiò felice e Safi perse la concentrazione. Ricordò i colleghi che descrivevano la risata di gola di Charlie. Aveva cercato in rete una foto della sorella di Martha, e aveva trovato le notizie sulla sua scomparsa negli archivi dei quotidiani e in alcuni post sui social. Era innegabilmente bella: quella che su un giornale di pettegolezzi avrebbero definito "la classica bellezza inglese". Ora sembrava che la sua immagine si insinuasse a forza tra i caratteri neri e involuti del volume che teneva in mano. Era bella, ma piena di difetti, rifletté nel ricordare cosa avevano detto di lei gli altri: presuntuosa e anche un po' crudele.

Safi ripensò a una delle ragazze più amate della sua scuola, che varie volte l'aveva presa di mira per bullizzarla. Il suo amore per i libri l'aveva fatta etichettare come una tipa stravagante, e il fatto che preferisse stare da sola spiazzava chi era capace di brillare solo sotto lo sguardo di qualcun altro. Aveva rincontrato la ragazza cinque anni dopo. Si era voluta scusare per averle creato traumi o disagi, e lei aveva risposto abbastanza sinceramente che non le era importato molto né allora né al momento. Safi si ricordò della delusione sul viso della ragazza, e capì che la sua ex compagna era dispiaciuta di non avere lasciato un segno; il pentimento per la sua crudeltà adolescenziale non era riuscito a superare la delusione di non essere mai stata un personaggio importante della storia di Safi.

Girò una pagina. Il mondo aveva bisogno di un altro dizionario che coprisse l'inglese di Londra in tutta la sua complessità. Avrebbe dovuto documentare e codificare quell'istante preciso della storia: il parlato dei ragazzi di città, con la bocca piena delle ricchezze del bengali e del punjabi, dello yoruba e del tamil, dell'akan, dell'arabo, del turco e di tantissime altre lingue: più di trecento, ciascuna delle quali acquisiva una nuova dimensione casalinga. Avrebbe documentato il lessico di Peckham, dove un nuovo socioletto si stava infiltrando con naturalezza nella tradizione, avvolgendosi intorno alla lingua che già esisteva per diventare un ibrido anglicizzato di se stesso, del tutto unico. *Multicultural London English* era una definizione troppo asettica per una tale ricchezza, pensò Safi. Ma bisognava lessicalizzarlo, altrimenti cinquant'anni dopo gli studiosi del futuro si sarebbero scervellati sui testi delle canzoni *grime* proprio come gli studenti di oggi faticano su *Beowulf*.

Rimise il dizionario sullo scaffale e con le dita carezzò leggermente i volumi di pelle screpolata a fianco. Cosa aveva trovato e rivenduto Charlie? Doveva essersi imbattuta per caso in qualche vera rarità, per giustificare le decisioni che aveva preso. Safi si chiese se fosse possibile trovare i vecchi clienti di Charlie, o contattare gli antiquari a cui aveva venduto materiali. Probabilmente Brin aveva traccia delle aste a cui si era recata, o si ricordava dove aveva visto gli annunci dei quali le aveva chiesto conto e ragione.

La libreria era di nuovo in silenzio e i libri per bambini erano stati abbandonati sul tavolino. Safi guardò l'ora: erano quasi le cinque. Si alzò. Avrebbe comprato *A Glossary of the Essex Dialect*, compilato per la prima volta nel XIX secolo. Si era lasciata convincere dalla presenza delle voci *bellywengins* (birra piccola) e *dallop* (una zolla di terra che l'aratro ha mancato). E poi era una bella edizione, con un prezzo basso. Aveva anche scattato qualche istantanea di una copia del *New Dictionary of the Canting Crew*, una raccolta scherzosa del vernacolo dei furfanti e dei vagabondi del XVII secolo. *La lingua del delitto paga sempre*, pensò, mentre si rimetteva il telefono in tasca.

Uscì dalla fila di scaffali e trovò la stanza più grande del negozio deserta. Stava per chiamare ad alta voce quando sentì dei sussurri dal tono concitato che venivano dalla stanza sul retro.

«Certo che non l'ho fatto...», insisteva una voce. «Non c'è motivo di pensarlo, a meno che tu non...».

Brin e Simon erano nell'ufficio dietro la scrivania e i loro contorni erano tracciati dalla luce di una finestra che dava sul cortile posteriore.

Le ombre e il volume basso delle voci rendevano difficile capire chi diceva cosa.

«Storia vecchia...», sibilò uno dei due, forse Brin. «Ti ho fatto un favore! Non osare ritirar fuori tutta quella faccenda».

«Un favore...», ripeté Simon. Safi era sicura che fosse la sua voce, che si incrinava, passando da un sussurro a un tono aspro. «Ci hai guadagnato bene». Le due sagome si spostarono, e Simon si guardò in giro, dopo essersi accorto di aver parlato più forte. Vide Safi e si interruppe di colpo.

Brin uscì rapido dalla stanza sul retro, sfregandosi le mani, con il sorriso scintillante di nuovo al suo posto. «Safiya! Mi ero quasi dimenticato che eri qui. Hai trovato qualcosa di interessante?»

«Sì, grazie», rispose lei, posò il libro alla cassa e tirò fuori il portafoglio.

Brin lo prese e controllò il risguardo. «Non mi devi niente, puoi prenderlo gratis. Mi fa piacere avere di nuovo degli studiosi in libreria».

Quella cordialità forzata era quasi dolorosa. Safi sorrise. «Wow, grazie. Mi fa davvero piacere».

Lui infilò il libro in un sacchetto di carta, aggiunse un segnalibro con la pubblicità della libreria e glielo passò.

«Brin, quali oggetti aveva venduto Charlie, presi alle aste che frequentavate? Stavo pensando che doveva esserle capitato un colpo di fortuna per andarsene così».

Lo scintillio sparì all'istante. «Sono sicuro che la fortuna c'entrava. Ma credo che realizzasse i guadagni più grossi scegliendo volumi di stampe per poi rivenderle singolarmente. Le tagliava con il rasoio e ci attaccava dietro l'etichetta "Rara", da quanto mi ricordo di quegli annunci».

Safi rabbrividì. Sapeva che c'era gente che lo faceva, e nella maggior parte dei casi i volumi che tagliavano non erano poi tanto rari. Ma comunque tagliare un volume con una lametta le sembrava un atto di violenza. «Ah, capisco», disse.

«Il massimo dell'abiezione», convenne Brin, guardando di traverso Simon. «Equivale a rubare. Ma Charlie aveva anche occhio per le vere rarità. Ne ho viste solo alcune quando le ha piazzate sui soliti siti, ma non mi sorprenderebbe se fosse andata da antiquari specialisti a mostrare altri ritrovamenti. Gliene avevo presentati vari nel corso degli anni».

«Giusto», disse Safi, esitante. «Vado a riprendere l'autobus». Si fermò, convinta che Simon avrebbe detto che andava con lei, invece no. «Bene, allora mi ha fatto molto piacere conoscerti, Brin, e grazie infinite dei libri».

Lui rispose con le solite formalità e Safi se ne andò, immersa nelle sue riflessioni, con lo zainetto sulla spalla. Mancava mezz'ora al bus successivo e, piuttosto che aspettare alla fermata, si diresse verso la guglia della chiesa, per vedere l'iscrizione che li aveva portati lì.

Risalì Lawrence Lane, passò a fianco della scuola dalla quale erano usciti i clienti di Brin e si diresse verso il portico riccamente ornato e vagamente altezzoso della chiesa di San Giovanni Battista. *Che intenzioni hai, Coro?* Li stava guardando tutti adesso, cercando di stabilire se erano all'altezza della sfida che aveva lanciato? Safi pensò di nuovo al Coro di Shakespeare nell'*Enrico V*: un cantastorie professionista che faceva avanzare l'azione della storia, incalzando il pubblico perché partecipasse allo spettacolo, impegnando "le forze della loro immaginazione"[31] e "colmando col vostro pensiero le nostre lacune"[32]. Quali lacune aveva scoperto questo Coro?

Senza altre intenzioni oltre a quella di continuare a riflettere, entrò in chiesa, prese un volantino e fece un giro lento dell'edificio, scambiando sorrisi con un anziano che raccoglieva dai banchi i fogli con i canti. L'interno della chiesa era labirintico, una mistura di angoli spiazzanti e livelli diversi che, secondo il volantino, una guida di architettura aveva definito "un agglomerato illogico di parallelogrammi". A Safi quello stile piaceva.

Si mosse in un labirinto di spazi collegati fra loro sotto una volta cosparsa di sculture elaborate, verso il lato orientale della chiesa. L'iscrizione sul fonte battesimale, coperta da un vetro protettivo, era difficile da leggere a occhio nudo, ma lei non provò un lampo di agnizione quando la decifrò. Si immaginò il suo autore, sporco per il viaggio, risentito per la sua condizione, che incideva il piombo con il coltello. ANTHONY SEDLEY 1649 PRISNER. Forse era un impeto di sfida, o forse l'aveva scritto per disperazione. Gli altri prigionieri stavano lì a guardarlo, si chiese, o erano troppo tormentati dal proprio destino ignoto per accorgersene? Sedley era stato fortunato, pensò. C'era così tanta gente che voleva lasciare una traccia, eppure così poca veniva ricordata al di là della propria generazione. Il piccolo atto di vandalismo di quell'uomo gli aveva dato un posto permanente nella storia, aveva fatto ricordare un'anima umana tra la massa indistinta del passato. E gli altri?

Safi alzò gli occhi e vide altri segni del tempo, dalle tombe artistiche qua e là ai pavimenti in pietra consumati da generazioni di fedeli. Ma anche se, al contrario del prigioniero Sedley, i loro donatori restavano anonimi, il loro tocco si notava ancora. I battesimi, matrimoni, funerali, e tutte le preghiere intermedie,

[31] William Shakespeare, *Tutte le opere*, a cura di M. Praz, Sansoni, Firenze 1980, p. 55.
[32] Ivi.

avevano lasciato traccia sulla pietra. La chiesa di campagna: un ricettacolo del tempo e un baluardo contro le sue devastazioni.

Safi si fermò davanti alla grande tomba del XVI secolo nella cappella di St. Katherine e guardò il suo opuscolo. Due dignitari della zona, con le mani cinte da volant di velluto scolpiti e unite in preghiera, giacevano a fianco a fianco sotto un baldacchino di pietra, ai loro piedi l'effigie del nipote in preghiera. Sir Lawrence e Lady Tanfield avevano posseduto i mezzi per provare a raggiungere l'immortalità in modo più certo, ben più di Sedley, che incideva il piombo con il coltello.

Sotto la coppia nella tomba, come un bambino sul piano inferiore del letto a castello, giaceva uno scheletro di pietra. Safi guardò di nuovo l'opuscolo e le prese un colpo. Anche se quel *memento mori* era quasi tutto di pietra, c'era scritto che uno dei femori era "di origini umane".

«Che coppia malefica», disse una voce dietro di lei. Il vecchietto aveva interrotto la raccolta dei messali. «Hanno perseguitato il paese per anni».

«Davvero?», chiese Safi. Questa doveva raccontarla ad Alex.

«Sì. Erano feroci con i loro vassalli. Lady Tanfield disse che avrebbe voluto ridurre in polvere gli abitanti di Burford sotto le ruote della carrozza. La gente li ha sentiti guidare la diligenza fantasma sui tetti del paese per anni dopo la loro morte. Alla fine un prete ha imbottigliato il suo fantasma e l'ha nascosto sotto un'arcata del ponte di Burford».

«E ha funzionato?», chiese Safi con una risatina, perché non aveva capito se l'uomo era serio come sembrava.

«Sì. Ma la bottiglia deve restare bagnata. Con queste lunghe estati aride, ho paura che possa liberarsi. Non bisogna disturbare i fantasmi, sa? Se gli arriva un po' d'aria ritornano a causare problemi di ogni tipo». Lo sconosciuto ammiccò. «Anche se confido che il tizio che c'è qui tenga d'occhio le ossa».

Safi seguì il suo sguardo. Uno dei mensoloni in cima alla colonna era scolpito a forma di uomo con i capelli e la barba lunga, che guardava di sbieco la chiesa.

«Ha l'aria preoccupata», mormorò Safi. Ma il suo informatore si era già allontanato.

18

velleità, s. f. [dal lat. mediev. della scolastica *velleĭtas -atis*]
Aspirazione, desiderio o proponimento che non ha effettive possibilità di realizzazione, in quanto non sussistono perlopiù capacità adeguate o la volontà e l'impegno necessari

Non sarebbe dovuta venire. Martha se ne rese conto un microsecondo dopo aver premuto il campanello. Troppo tardi. Rimpianto immediato per un gesto già compiuto: probabilmente esisteva una di quelle lunghissime parole tedesche per definirlo. Sarebbe stato bello se avesse potuto chiederlo a Sabine. Al solo pensiero sentì una fitta familiare, un rimorso. L'amica non aveva mai capito perché lei avesse così tanta fretta di andarsene da Berlino. Martha si immaginò il suo viso, comprensivo ma nello stesso tempo perplesso, ed ebbe un fremito.

«Chi è?».

La porta si aprì e Olivia Overton apparve sulla soglia. I capelli dorati le ricadevano in onde morbide intorno al viso e aveva un trucco impeccabile come sempre. Il suo aspetto strideva con quello che indossava: un pesante accappatoio bianco di spugna.

«Scusa se ti disturbo, dovrei parlare con Jonathan. È in casa?».

Olivia non dissimulò la propria irritazione. Non si prese nemmeno la briga di risponderle, ma si girò gridando: «Jonathan! È Martha!».

Lui comparve da una stanza sul retro, con in braccio un bambino dalle guance rosee. Tutti e due stavano ridendo. Olivia si accigliò ancora di più.

«Porca miseria! Ti avevo chiesto di non farlo agitare. Adesso farà impazzire la babysitter. Ricordati che fra venti minuti dobbiamo uscire».

Jonathan annuì. «Hai sentito la mamma? Devi fare il bravo con Maggie, va bene, Eddie?».

Il bambino fece un mezzo sì con la testa e si nascose nel collo del padre, improvvisamente intimidito.

«Maggie è già arrivata, Liv?»

«Sì, è su in cameretta con Miranda».

Jonathan mise giù il figlio e gli diede una pacchetta sul sedere. «Vai a cercare la tua sorellina».

Edgar corse su per le scale e Olivia scosse la testa.

«Venti minuti, mi raccomando!», ripeté al marito, prima di salire in fretta le scale dietro al figlio. Persino con un accappatoio di spugna riusciva a essere incredibilmente aggraziata.

«Dai, vieni dentro».

Martha varcò la soglia chiudendosi la porta alle spalle. La casa era elegante quanto coloro che la abitavano: grandi spazi aperti illuminati dalla luce naturale dove il passaggio da una stanza all'altra era progettato alla perfezione. L'ingresso sembrava più la lobby di un hotel e si estendeva oltre una scala che conduceva al piano superiore. Le porte erano ampie e si aprivano a destra su una sala da pranzo e un salotto, mentre in fondo portavano a una cucina e a un soggiorno. Alle pareti c'erano enormi dipinti astratti e una grande fotografia della famiglia in posa, genitori e figli tutti presi a esaminare dei fiori nella campagna dell'Oxfordshire. Su una credenza di marmo troneggiava un assortimento molto curato di liquori, con tanto di vassoio d'argento, accanto a un vaso con fiori secchi collocato su un piedistallo. Martha notò subito l'eleganza della composizione, l'ocra e l'avorio del bouquet che si intonavano con le tonalità del legno e delle tele, eppure tutto le sembrava privo di vita. Troppo perfetto. Senza anima.

Non era mai stata lì. Quando la sua famiglia aveva conosciuto Jonathan, lui viveva in affitto nel centro della città. Adesso, mentre lo seguiva nel corridoio, le veniva da chiedersi quanto di quel lusso provenisse dalle vendite dei libri e quanto dai soldi della moglie. Di certo aveva avuto molto successo, ma non era abbastanza per quel tenore di vita.

La cucina e la sala da pranzo, che si trovavano in fondo alla casa, erano un unico grande ambiente. Delle porte scorrevoli a vetri si affacciavano su un vasto prato, incorniciato da faggi rossi e querce secolari.

Jonathan si avvicinò alla credenza di marmo. «Posso offrirti qualcosa da bere? Sei sempre una da gin tonic?». La sua mano si mosse istintivamente verso un bicchiere.

«Sì, volentieri, se hai tempo».

Jonathan fece un sorrisetto tirato. «Sono sicuro che Olivia ci metterà più di venti minuti. Mentre io devo solo infilarmi la giacca. Uno dei tanti vantaggi dell'essere uomo». Diede un'occhiata all'orologio. «Anche se stasera non voglio arrivare in ritardo. I miei editori hanno organizzato una cena con critici e giornalisti. Ufficialmente è per ringraziarli del loro appoggio, ma in realtà è per spingerli a parlare del nuovo libro».

Sul vassoio c'erano un secchiello per il ghiaccio, delle pinze in argento, delle bottiglie e un decanter. Una scatola da tè di antiquariato era stata riadattata come porta lattine di acqua tonica. Non c'era neanche bisogno di andare a prenderle in frigo.

Martha si avvicinò a una porta a vetri e si mise a osservare il giardino. Sembrava di essere in piena campagna. Eppure, tutto quel vetro... Non sapeva se la casa sembrasse più un luogo sacro o un acquario.

«Ecco qua».

Martha prese il bicchiere, facendo attenzione a non sfiorare le dita di lui.

«Grazie».

«Allora, di cosa volevi parlarmi?».

Lei fece un respiro profondo, pentendosi di non aver provato prima il discorso dentro di sé. «Ti ricordi quella strana lettera che ti abbiamo fatto vedere alla presentazione?».

Jonathan bevve un sorso lentamente, inclinando la testa con un'espressione attenta. Martha non riusciva a guardarlo negli occhi, così si concentrò sulla luce crepuscolare che addolciva i contorni del giardino e cominciò a raccontare. Prima, la scoperta all'interno della lettera dell'indizio che riconduceva all'anno di scomparsa di Charlie. Poi, l'arrivo delle cartoline e la segnalazione alla polizia. Infine, la seconda lettera e Brin.

Gli diede un'occhiata, temendo che si fosse distratto, ma vide che anche lui stava guardando verso il giardino, concentrato nei suoi pensieri.

«Avresti dovuto dirmelo prima», disse secco non appena lei smise di parlare. «La seconda lettera è arrivata oggi? Prima della nostra riunione?»

«Sì, ma...».

Lui la interruppe. «Voglio dire, so bene che non sono più lì tutti i giorni, però avresti dovuto parlarne con me, o almeno con qualcuno della direzione, prima di correre dalla polizia».

Martha si sentì punta sul vivo. «Charlie era mia sorella. E non sono "corsa dalla polizia", non sono una bambina. Ho segnalato delle lettere inquietanti alle autorità competenti».

Lui rilassò le spalle. «Certo. Scusa, ho detto una sciocchezza». Le rivolse un sorriso in cui si combinavano in maniera bilanciata scuse e tristezza. *Contristarsi*, pensò Martha, elaborando le emozioni nell'unico modo in cui era capace.

«Non sopporto l'idea che tu debba affrontare tutto questo da sola», dichiarò Jonathan. «Soprattutto perché avrei potuto in qualche modo aiutarti».

Mentre parlava, le posò una mano sul braccio: un tocco caldo, sicuro, a cui Martha fu tentata di abbandonarsi. Non era quello il momento di irritarsi con lui. Si ricordò di quanto si fosse dato da fare nelle settimane successive alla scomparsa di Charlie: a parlare coi suoi genitori, ad attaccare locandine in giro per la città. Era stato lui a spronarla a tornare all'università e, probabilmente, a spingere anche i suoi perché insistessero con lei.

«Quindi Caldwell ti ha detto che dovresti ricominciare a fare domande su Charlie?»

«Sì, è quello che suggeriva, anche se non ha insistito più di tanto. D'altra parte, non è che ho proprio una gran voglia. Dopo tutto questo tempo, cosa ci sarà mai da scoprire?»

«Eppure sembra che questo Coro sappia qualcosa che noi non sappiamo», osservò Jonathan. «Chi diavolo potrebbe essere?».

Martha strinse il bicchiere, il vetro le gelava le dita. «Non ne ho la più pallida idea. Dev'essere qualcuno legato in qualche modo al dizionario, o magari qualcuno che vuole farcelo credere. Quelle frasi criptiche sulla fonte avvelenata sono assurde».

Jonathan abbozzò un sorriso, questa volta più sprezzante.

«Ogni associazione ha i suoi scandaletti. Noi finora ce la siamo cavata con alcuni tweet infelici o definizioni per le quali qualcuno si è offeso: perché troppo woke oppure troppo poco». Fece una pausa. «Mi spiace, Marth. Probabilmente questa faccenda ti provoca ricordi di un periodo orribile».

Non l'aveva mai chiamata Marth. Era sempre stato un privilegio esclusivo di sua sorella. Sembrava il segnale di una variazione in quel loro dialogo. Scosse la testa.

«Quei ricordi non se ne sono mai andati. La vedo ovunque», confessò. «Sei stato molto carino coi miei. Non ho ancora trovato il coraggio di parlarne con mio padre. Prima o poi dovrò farlo».

La mano di Jonathan era ancora poggiata sul suo braccio. «Posso capire il motivo per cui stai rimandando. Come sta Gabriel?».

«Jonathan?». Olivia era sulla soglia, pantaloni di seta e camicia con motivi floreali, i capelli raccolti in un mezzo chignon, la cui informalità era compensata dallo spesso filo di perle che aveva al collo.

Jonathan tolse la mano dal braccio di Martha. «Tesoro, sei splendida. Martha mi stava raccontando alcune cose curiose che sono successe al dizionario. Te lo dico in macchina. Noi non abbiamo ricevuto cartoline strane, vero?»

«Cartoline?», ripeté Olivia, senza staccare gli occhi da Martha. «Non mi pare».

Jonathan annuì, afferrò la giacca dallo schienale di una sedia e se la mise sulle spalle. «Grazie per essere venuta a parlarmene. Ci aggiorniamo in settimana». Martha posò il gin tonic sul tavolo, i cubetti di ghiaccio ormai ridotti a piccoli frammenti. «Intanto puoi mandarmi via mail le scansioni delle lettere? Potrebbe essere utile. Ti accompagno».

«Buona serata, Olivia», disse Martha mentre Jonathan le posava una mano sulla schiena per guidarla verso l'ingresso. Olivia le fece giusto un cenno del capo mentre le passava davanti.

«Uscire di casa quando hai dei bambini piccoli è sempre un'impresa», disse Jonathan aprendo la porta. «Fatti coraggio, Martha».

Lei si fermò sulla soglia e si voltò. «Ma *tu* cosa pensi che sia successo a Charlie?».

Jonathan fu preso in contropiede, stava già chiudendo la porta. «Io... io spero davvero che se ne sia andata da Oxford e si sia rifatta una vita da qualche parte. Non la conoscevo molto. L'avevo solo vista qualche volta al dizionario. Come sai, era interessata al mio lavoro».

Le rivolse un altro di quei sorrisi indecifrabili.

«Io credevo che fosse innamorata di te», replicò Martha. «Direi quasi ossessionata. Me l'avevi detto proprio tu, all'epoca».

Jonathan non riuscì a nascondere lo stupore. «No! Non era...». Si interruppe e abbassò lo sguardo; un lieve rossore gli colorò il collo. «Lei... be', sì, mi era venuto da pensare che forse il suo interesse per quello che facevo non fosse solo intellettuale».

«No, infatti, era qualcosa di più».

Era strano vederlo tanto insicuro. Nel corso della loro frequentazione, se così si poteva definire, era stata quasi sempre lei quella incline a balbettare. «Per un po' mi sono chiesto se ci fosse qualcosa di più e se, in qualche modo, il fatto che io fossi già impegnato avesse a che vedere con la sua fuga. Sono stato uno stronzo arrogante, lo ammetto».

«Quindi, il fatto che sei venuto dai miei dopo la sua scomparsa... era senso di colpa?».

Jonathan sembrava essersi ricomposto e stava appoggiato con disinvoltura allo stipite. Negli occhi, però, aveva un'espressione triste e affaticata.

«Il senso di colpa è una grossa spinta, non trovi? A volte invidio i sociopatici per la loro capacità di non avere rimorsi».

«Jonathan!», lo chiamò Olivia da dentro casa.

All'improvviso lui scattò. «Scusami, Martha. Il dovere mi chiama: è il momento del teatrino promozionale».

Le chiuse la porta in faccia. Martha tornò verso la bicicletta, mentre il freddo pungente le si infilava sotto la giacca. Ecco un ricordo: Charlie che la aiutava ad allacciare il caschetto e la prendeva in giro perché aveva ingarbugliato di nuovo le cinghie. Poi, se si accorgeva di avere esagerato, le dava una lieve carezza sulla guancia in segno di scusa. Quando aveva deciso di chiudere a chiave il suo cuore?

A metà strada si fermò, tirò fuori il telefono dalla borsa e chiamò Caldwell. Scattò subito la segreteria. Così decise di lasciare un messaggio.

19

xènia, s. m.
L'antica denominazione dei doni all'ospite in genere o più specificamente degli alimenti inviati agli ospiti nelle stanze messe loro a disposizione dal signore della casa

Alex trascorse un paio d'ore al computer mentre Rags sonnecchiava sulla poltrona dietro di lei. Non riuscì a scrivere niente di creativo perché aveva troppo casino in testa, così si limitò a raccogliere appunti su una possibile nuova voce di cui avevano discusso in mattinata. Controllò e ricontrollò le note a piè di pagina prima di passare il fascicolo al gruppo che si occupava della fase finale. La voce riguardava un'antica parola del dialetto del Cumberland, *rackups*, che Alex aveva definito in modo generico come "le conseguenze delle proprie malefatte". Una delle citazioni che aveva scelto diceva proprio: "Ognuno deve affrontare le conseguenze delle proprie malefatte". L'ironia della cosa certo non le sfuggiva.

Quando guardò l'ora, si accorse che erano già passate le sette. Andò in cucina, uno spazio minuscolo ricavato sul retro, per preparare la cena. I suoi figli sostenevano che quando cucinava sprigionava tutti i suoi poteri stregoneschi. In realtà amava la ritualità del cibo, lo considerava un modo per sentirsi collegati alle generazioni passate. *C'è qualcosa di magico nel trasformare delle materie prime in un pasto*, pensò, aggiungendo un pizzico di sale. *Che lusso il nostro: vivere in un'epoca in cui questo ingrediente, che un tempo aveva tenuto in piedi l'Impero Romano, si può comprare in piccole confezioni per pochi centesimi.* Salario, insalata, salsiccia, salsa... le parole legate a "sale" le giravano in testa mentre abbassava al minimo la fiamma dello stufato. La storia aveva dei risvolti ancora più affascinanti. In passato si credeva che il sale proteggesse dal malocchio, curasse chi era rimasto vittima di un incantesimo delle fate e tenesse lontani stregoneria, demoni e spiritelli malvagi, dal momento che le streghe – e gli animali sotto il loro incantesimo – erano allergiche al sale. Be', allora io sono salva, pensò sorridendo.

Prese il telefono e scrisse a Safi e Simon.

Tornando a casa siamo passati dall'ex di Charlie. È sposato con una vecchia amica di lei. Ho preso qualche appunto, ma più che altro mi è dispiaciuto per loro: quando Charlie è sparita, la polizia gli ha reso la vita un inferno. Lui sospettava che Charlie potesse avere una relazione, dato che faceva dei misteriosi viaggi a Londra.

I tre puntini lampeggianti apparvero quasi subito. Safi stava rispondendo.

:-(Riusciamo a vederci stasera? Avrei bisogno di parlarti.

Alex guardò la pentola sul fuoco.

Perché non vieni a cena?

Quando Martha rientrò a casa, la luce nello studio del padre era accesa e proiettava un alone giallo sull'erba del giardino. Il piatto nel lavandino le fece capire che lui aveva già cenato, così salì direttamente nella stanza di Charlie.

Se sua sorella aveva frequentato delle aste e rivenduto libri e cimeli ritrovati, perché lì non ce n'era alcuna traccia? Accese la luce della camera: il paralume di carta era ritagliato in modo da proiettare sulle pareti sagome di uccelli in volo. Si trattava di un ricordo della loro infanzia. Ma adesso quelle ombre le sembravano minacciose. *Murder of crows*, gruppo di corvacci: nome collettivo medievale caduto in disuso per secoli, finché gli anglofoni, affascinati da suggestioni gotiche, non si erano avventati come rapaci su quell'espressione cupa, e l'avevano riportata in auge.

Si avvicinò all'armadio a muro. Nessun libro antico, solo le solite scatole di scarpe. Aprì di nuovo il coperchio di quella datata 2010 e prese in mano la cartolina. Un'abitudine compulsiva da archivista, aveva detto Alex. La avvicinò per leggere la scritta del copyright nell'angolo: "British Library".

Cazzo. E se il mittente fosse stato il marito di Alex? Non poteva essere, si corresse subito. Quelle cartoline si trovavano ovunque. Certo, lui poteva aver conosciuto Charlie tramite Alex. E sì, lavorava a Londra. Tom aveva detto di averla vista prendere il treno proprio per Londra. Però, magari stava andando a rivendere a qualche antiquario dei libri che aveva trovato. Era molto più probabile.

Per qualche minuto rimase in bilico fra le diverse spiegazioni. Le domande si accumulavano una sull'altra come onde che si sollevano sulla riva, si infrangono sul nulla della spiaggia, quindi ricominciano di nuovo a montare.

Alla fine si mise in tasca la cartolina. Era meglio chiedere direttamente ad Alex se riconosceva la scrittura, era meglio rischiare di fare la figura della stupida, piuttosto che rimuginare sulla cosa.

Osservò i volumi più antichi sulla scrivania di Charlie. Era possibile che alcuni provenissero da aste private? Perché aveva detto a Brin che non voleva più lavorare per lui? Forse il dottorato la assorbiva troppo. Simon doveva essersi confuso sulle parole della relatrice di Charlie. Martha ricordava perfettamente quanto fosse concentrata Charlie quell'estate. Era come se fosse circondata da un alone vibrante di intelletto, quell'energia che emanano le persone quando si stanno impegnando al massimo delle loro capacità. Qualcosa l'aveva entusiasmata e la stava assorbendo, su questo non c'erano dubbi. Martha si ricordava ancora l'eccitazione improvvisa che aveva provato l'anno prima, quando si era imbattuta in un libro molto raro in una caotica libreria di Berlino. In realtà si era solo rifugiata sotto la tettoia per sfuggire a un rovescio improvviso, ma dopo un'ora d'attesa aveva deciso di entrare. Sotto una pila di vecchie mappe, aveva notato una copertina di tela verdeazzurra sbiadita, con le lettere dorate. Aveva capito subito di essersi imbattuta in qualcosa di speciale. Si trattava della prima edizione inglese di *Madame Bo-*

vary. Si era sentita un po' in colpa per non aver rivelato al libraio il suo vero valore, ma il senso di colpa era sparito non appena aveva mostrato il libro a Sabine. L'aveva tirato fuori dalla sciarpa come se fosse il più prezioso dei talismani. Le due avevano parlato di quanto amavano quella storia e del fatto che la traduttrice di quell'edizione – Eleanor Marx, la figlia di Karl – si era tolta la vita nello stesso modo della protagonista: ingerendo dell'arsenico.

Si sedette sul bordo del letto e fissò la foto della sorella.

«Charlie, cosa stavi combinando?».

All'inizio avevano pensato di usare proprio quella foto per le locandine della scomparsa, ma la polizia aveva fatto notare che Charlie stava strizzando gli occhi per il sole e aveva consigliato un'immagine in cui il volto fosse più riconoscibile. Alla fine ne avevano scelta una scattata da Martha, in giardino, quella primavera: Charlie sorrideva con l'espressione di chi nasconde un segreto speciale e non ha la minima intenzione di rivelarlo.

Martha prese la foto scartata e per la prima volta in dieci anni la osservò in maniera attenta. La polizia aveva ragione, strizzava gli occhi. Era strano però che, tra le tante foto che le erano state scattate, Charlie avesse scelto proprio quella da incorniciare. Aveva mai messo delle foto di Tom? O di lei e dei loro genitori? Le sembrava di no. Charlie sosteneva che non le importava del proprio aspetto, e in effetti non era mai stata una che passava le ore davanti a uno specchio. Ma un minimo di vanità ce l'hanno tutti. Ogni volta che andavano a stampare delle foto, Charlie le passava in rassegna a una a una, strappando quelle che non le piacevano; poi era passata alla cancellazione immediata delle immagini poco riuscite dalla loro prima macchina fotografica digitale.

Quindi perché aveva conservato proprio quella?

Martha allargò lo sguardo al paesaggio sullo sfondo: un muretto basso, il timpano di una grande casa in mattoni pitturati di bianco. Erba. Una gitarella fuori porta con Tom? L'aveva lasciato, era difficile che volesse poi tenersi lì davanti un ricordo del genere. Quindi, se non c'era un motivo sentimentale, magari ce n'era uno professionale. Charlie batteva le case di campagna per cercare cose antiche. Forse quel giorno aveva trovato qualcosa d'interessante. Martha scattò una foto della foto con il telefono, facendo attenzione che le ombre sinistre dei corvi non si sovrapponessero, e la inviò a Brin.

Ti dice qualcosa questo posto? Può essere un'asta a cui Charlie era stata?

La risposta arrivò subito.

No, mi spiace.

«Non ci hai dovuto pensare molto, eh?», disse Martha guardando lo schermo.

Forse Charlie aveva scritto qualcosa sul retro della foto. La madre lo faceva sempre, annotando nomi, date e luoghi. "Per gli storici del futuro", diceva sempre.

Girò la cornice e piegò all'indietro i fermagli di metallo, poi rimosse il pannello posteriore forzando un po'. Qualcosa nascosto dietro la foto scivolò a terra. Una tessera bancaria.

«È chiaro che devi raccontarlo a Martha», disse Alex, prendendo il piatto di Safi per metterlo nel lavello. Avevano cenato in cucina e Alex aveva osservato con soddisfazione l'espressione appagata della collega. Le piaceva preparare da mangiare per gli altri, ma da quando i figli erano cresciuti le capitava di rado. Non che da bambini l'avessero mai particolarmente apprezzato. Così, adesso, quando le facevano qualche complimento sul cibo, la sua soddisfazione era sempre stemperata da una punta di risentimento. Sembrava che i loro ricordi d'infanzia si fossero ricalibrati in maniera autonoma, tanto che erano davvero convinti di aver sempre adorato le cene che lei preparava… prima, ovviamente, di mettersi a fare un gioco da tavolo o uscire per una passeggiata. Alex non voleva certo disilluderli, ma ricordava bene le porte sbattute, i musi lunghi e i devastanti sbalzi d'umore dell'adolescenza.

«Dici sul serio? Potrei semplicemente chiedere a Simon, no? Buttare lì un "A proposito, sembrava che stessi litigando con Brin, per cosa?"».

Mentre rifletteva, Alex sciacquò i piatti, li infilò nella lavastoviglie e la fece partire. Quanta modernità. Così, certo, il legame con le generazioni passate andava a farsi benedire.

«Non sono sicura che servirebbe a qualcosa. Probabilmente negherebbe tutto. Però è interessante».

Safi riempì i bicchieri con l'acqua della caraffa. «Ho come la sensazione che ci siano delle cose che non mi state raccontando: Charlie, Brin, Simon...».

Alex fece una smorfia e si rimise a sedere, prendendo il bicchiere di vino invece dell'acqua. «Detto così sembra tutto chiaro e preciso, eppure in realtà non lo è affatto. Ho il sospetto che quell'estate sia successo qualcosa al dizionario, ma che la direzione abbia preferito far passare tutto sotto silenzio».

Safi la guardò perplessa.

«Cavoli, lo so che detto così non ha molto senso, ma ricordo che a un certo punto Mike, Jonathan e alcuni degli altri avevano delle facce depresse e preoccupate, a tratti quasi arrabbiate. Spesso, quando arrivavo nel bel mezzo di una conversazione, smettevano di parlare all'improvviso. Persino l'ufficio del personale si era fatto vivo con domande riguardo alla nostra soddisfazione sul lavoro e cose del genere. Sinceramente credevo che il dizionario fosse sul punto di chiudere. Poi Charlie è scomparsa, e per un po' si è parlato solo di quello».

«E poi?»

«E poi più niente. Il tempo è passato, e ci siamo ritrovati sommersi dagli aggiornamenti di fine anno. C'erano un sacco di nuove voci con il prefisso *bio-*, quindi serviva il parere di specialisti. "Bioelettrochimica" mi ha portato via un'eternità. Qualunque cosa avesse turbato i piani alti, sembrava finita, e così siamo tornati ai nostri tranquilli pascoli culturali».

Safi si guardò intorno. «È da molto che lavori al dizionario, vero?»

«Quindici anni. E nel caso te lo stessi chiedendo: sì, mi piace ancora moltissimo. Ho i miei ambiti di interesse, ma amo anche variare, scovare vecchie parole, farne venire fuori di nuove». Fece una pausa. «Comunque ieri ho chiamato Mike».

Dirlo ad alta voce le fece uno strano effetto.

«Il nostro vecchio capo? Davvero?».

Alex annuì. «Coro è convinto che ci sia qualcosa di marcio. Se è vero, dev'essere successo quando c'era Mike. Continuo a pensare a quelle riunioni che si interrompevano al mio arrivo. Così l'ho chiamato e gli ho detto che dovrebbe spiegarci cos'è successo».

«Accidenti! E lui?».

Alex fece girare il bicchiere tra le dita. Il vino era di un'ottima annata, ricco di note autunnali fruttate. Ci avrebbe rimesso il tappo e lo avrebbe dato a Safi; era un peccato lasciarlo lì a diventare aceto.

«Mi ha detto che ha prenotato l'Eurostar per giovedì prossimo».

20

sardonico, agg. [dal gr. *sardánios, amaro, convulso*]
Di scherno crudele e provocatorio

La mattina seguente si ritrovarono in ufficio. Il caldo soffocante, almeno per un giorno, aveva lasciato il posto a una raffica di acquazzoni. Prima di accendere i computer e iniziare la giornata lavorativa, scrollarono gli ombrelli, appesero gli impermeabili ad asciugare e si prepararono il caffè. Alex arrivò, impeccabile, con la sua borsa Chanel a tracolla. Sembrava che avesse attraversato una città baciata dal sole, invece che marciapiedi scivolosi per la pioggia. Sul suo impermeabile Burberry si potevano notare solo un paio di gocce d'acqua, mentre i capelli, come sempre, erano perfetti. Martha istintivamente sfiorò i propri, che con l'umidità diventavano ingestibili. Alex si sedette alla scrivania.

«Quindi», disse senza perdere troppo tempo, «hai raccontato tutto a Jonathan».

«Sì. Ieri sera, appena uscita da casa tua». Martha corrugò la fronte. «Come fai a saperlo?»

«Mi ha mandato un messaggio piuttosto secco, chiedendomi perché non gliene avessi parlato io».

Simon si stiracchiò, incrociando le mani dietro la testa. «Ha scritto anche a me. Gli ho risposto che spettava a Martha dirglielo, visto che a) è la nostra capa e b) Charlie è sua sorella».

Alex gli sorrise. «Perfetto. È esattamente quello che gli ho detto io. Mi ha scritto dopo le dieci. Mi è venuto da pensare che avesse bevuto un bicchierino di troppo per agitarsi così».

«Mi spiace», si scusò Martha. «Non pensavo che se la sarebbe presa anche con voi due».

«Non è tutto», aggiunse Safi. «A me ha scritto di fargli avere le scansioni delle lettere. Probabilmente sono qui da troppo poco tempo per beccarmi la sua rabbia».

«Non preoccuparti, arriverà anche il tuo turno», commentò Alex sarcastica, quindi inforcò gli occhiali e iniziò a scorrere le email. «Sento che oggi farò molta fatica a concentrarmi su altro che non riguardi Charlie. Martha, Jonathan ha detto qualcosa che ci può essere utile?»

«No. Lui e Olivia stavano per uscire, quindi abbiamo avuto poco tempo. Lei non ha visto nessuna cartolina strana».

«E a proposito di quella famosa sera della presentazione del primo libro?», chiese Alex. «Sono sicura che Jonathan fosse troppo impegnato a godersi il proprio successo per accorgersi di qualcosa, ma Olivia deve aver tenuto sott'occhio tutto e tutti».

Simon sembrava perplesso. «Davvero? Non sapevo che all'epoca stessero già insieme».

«No, infatti», rispose Alex in modo pacato. «Lei era solo una studentessa entusiasta con tanta voglia di darsi da fare. Voglio dire, aveva messo gli occhi addosso a Jonathan fin da subito... e a tutti gli altri riservava uno sguardo vigile».

Martha fece una smorfia. «C'era anche Olivia alla presentazione?».

Alex annuì.

«Jonathan non me ne ha parlato, ma come vi ho detto non abbiamo avuto modo di entrare nei dettagli».

Alex si tolse gli occhiali e iniziò a rigirarseli tra le dita, fissando il soffitto. «A giudicare dai messaggi, sembra che Jonathan adesso voglia essere coinvolto, quindi possiamo chiederglielo. È evidente che Coro ci ha spinto verso Brin perché scoprissimo qualcosa, e mi pare che ci siamo riusciti: abbiamo scoperto che Charlie, in effetti, non si era comportata bene con lui. Ma non vedo come questo faccia diventare un bugiardo qualcuno qui al dizionario o spieghi la scomparsa di Charlie».

Tutti si voltarono verso Martha. «Non so. In camera, Charlie teneva una sola foto: sullo sfondo si vede un particolare di una casa di campagna. Ho pensato che Brin potesse aiutarmi, così gli ho mandato uno screenshot. Ha detto che non l'ha mai vista. Ma dietro la cornice ho trovato qualcos'altro: una carta di credito».

«Una carta di credito?», ripeté Safi in maniera retorica, prendendo appunti. «Una di emergenza, magari? Io ne ho una, la tengo nel freezer, per evitare di comprare online delle cose senza senso quando sono un po' brilla. Lo chiamo *pregret*: sapere già che ti pentirai di qualcosa, ma non preoccuparsi e andare comunque fino in fondo. Forse Charlie voleva fare lo stesso».

Martha fece un piccolo sorriso, osservando il minuscolo pompon sulla matita di Safi che si muoveva a ritmo con la scrittura. Era diventata il loro angelo registratore. «Era un bancomat. Intestato a lei, e in ogni caso di una banca diversa da quella che abbiamo in famiglia».

«Charlie aveva un conto segreto?», chiese Simon.

«Non so se fosse segreto o meno», rispose Martha. «Ho inviato i dettagli a Caldwell per fare un confronto con i dati che ha lui».

Esitò. Doveva dosare le informazioni o condividerle tutte subito? L'ipotesi di tenere traccia di chi sapeva cosa sembrava davvero impraticabile. A chi chiedere cosa? Di chi fidarsi e di chi no? Pensò a sua madre, che aveva sempre vissuto con le mani spalancate.

Tirò fuori la cartolina dalla borsa e la porse ad Alex. «Il modo in cui tu scrivi le date. Mi ha ricordato questa. L'ho trovata fra le cose di Charlie».

Alex le diede un'occhiata, poi la girò per leggere il messaggio. La sua espressione non cambiò, ma parve bloccarsi per un attimo.

«Non capisco. Cos'è? È la scrittura di mio marito».

«Di tuo marito? Cosa dice?», chiese Safi.

«Dice: "Mi abbagli"». La voce di Alex suonava stranamente cupa.

Safi arrossì, il pompon prese a muoversi a scatti.

Simon sbatté la mano sul tavolo. «L'aveva detto Tom che Charlie aveva una relazione! L'hai scritto nel tuo messaggio! Quindi usciva con l'ex di Alex?».

«Oh, Simon, stai zitto!», sbottò Alex inviperita. «Mio Dio, l'hai mai visto George?».

Simon sbuffò. «Non c'è bisogno che usi quel tono. Si possono fare le peggiori ipotesi su Charlie, ma appena la cosa riguarda te diventa un problema?»

«Simon, lasciala respirare», lo interruppe Martha in tono brusco. «Alex, mi spiace. Non pensavo che potesse essere lui, avrei dovuto chiedertelo in privato».

«Certo, avresti proprio dovuto». Alex si coprì il viso con le mani. «Va be', spiace anche a me. Simon ha ragione. Abbiamo fatto mille congetture su Charlie, e seguito gli indizi di Coro, e ci siamo comportati come se stessimo facendo un favore a te. Forse dovrei imparare a essere più empatica».

«Sei sicura che sia la sua scrittura?», chiese Safi titubante.

«Certo che sono sicura». Alex restituì la cartolina a Martha. «Dovresti raccontare a Caldwell anche questo». Si alzò in piedi. «Scusatemi, devo chiamare subito George».

Uscì nel corridoio con il telefono in mano. Martha tornò a sedersi.

«Cazzo!», esclamò Simon non appena la porta si chiuse. «Quindi George si scopava Charlie? Non credevo che potesse arrivare così in alto. Già con Alex, pensavo che fosse fuori dalla sua portata, figuriamoci Charlie! Questo cambia un po' le cose, no?».

«Non c'è bisogno che fai quella faccia tutta soddisfatta», ribatté Safi, prima di accorgersi che il sorriso di Simon, in realtà, più che soddisfatto era sardonico.

Si ricordò la storia del termine: la definizione di quell'espressione derivava dal legame con una pianta della Sardegna, la cui ingestione – almeno così si pensava – provocava convulsioni facciali che somigliavano a una risata raccapricciante. E portava alla morte.

«Sono appena riuscito ricevere delle scuse da Alex Monroe», replicò Simon. «Me la sto godendo».

«Guarda che ha solo detto a Martha che le dispiaceva e che tu avevi ragione, il che *non* è proprio la stessa cosa di "scusarsi"», obiettò Safi seccamente. «In ogni caso non credo che dovremmo saltare a conclusioni affrettate. Voglio dire, anche se George avesse avuto una storia con lei, e anche se lui sapesse qualcosa sulla sua scomparsa, questo comunque non ha nulla a che fare col dizionario né con Brin. A proposito, già che ci siamo: Simon, che cosa puoi dirci su Brin? Mi è parso di capire che eravate piuttosto legati».

«Brin? Lo conosco appena», ribatté Simon in fretta, tornando poi a fissare il computer.

Martha guardò entrambi, cogliendo in quell'ultimo scambio qualcosa di simile a un affondo e una parata. Lei non aveva mai avuto l'impressione che Simon e Brin fossero legati, ma Safi si era fermata in libreria quel pomeriggio, quindi poteva saperne di più. In ogni caso, Safi preferì non approfondire, abbassando lo sguardo sul monitor.

Quando Alex rientrò, si sedette evitando di incrociare i loro sguardi.

«Non ha risposto. Gli ho lasciato un messaggio chiedendogli di richiamarmi».

Martha ripose la cartolina nella borsa, provando a immaginare come avesse fatto Charlie a finire invischiata in una relazione con un archivista di mezza età, che si trovava nel bel mezzo di un divorzio complicatissimo, mandando all'aria la storia con il suo affascinante medico per stare con lui. Sembrava uno scenario improbabile, impensabile quasi, eppure era evidente che tutti stavano pensando la stessa cosa.

Perché aveva tirato fuori quella cartolina davanti ad Alex, davanti a tutti, in mezzo all'ufficio? Sentì un moto di rabbia per essere stata così superficiale. Mentre scorreva le email, le venne in mente una sfilza di termini desunti dal lessico dell'autoflagellazione. A quel punto, pensò, persino una cosa come *humicubation* (prostrarsi a terra in segno di penitenza) sarebbe stata appropriata.

L'atmosfera in ufficio si fece pesante. Simon faceva l'offeso, Safi sembrava a disagio, mentre il volto di Alex era impassibile. Martha si rese conto che non aveva memorizzato neanche mezza riga delle email che aveva letto, così ricominciò a riguardarle tutte da capo. Mancava solo un mese all'aggiornamento trimestrale del dizionario, e la lista delle voci da aggiungere continuava a crescere di continuo, riempiendosi di nuovi termini o accezioni legati alle criptovalute o all'intelligenza artificiale. Persino il cricket sembrava tornato di moda, grazie al successo del neologismo *bazball*. Qualunque cosa stesse succedendo, bisognava comunque occuparsi del dizionario: all'interno delle sue copertine virtuali, si dava una parvenza d'ordine al caos della lingua.

Attraverso Teams arrivò un messaggio di Safi:

Che data c'era su quella cartolina di George?

Martha rispose. Dall'altro lato della stanza, Safi prese il suo taccuino e ne sfogliò alcune pagine prima di scrivere un nuovo messaggio:

Tre giorni prima che lei comunicasse a Brin che non avrebbe più lavorato per lui. Ricordi? Ha detto che era il weekend di Pasqua. Lo dico anche agli altri? Magari potrebbe aiutare Alex a ricordarsi meglio.

Martha esitò.

Certo.

Il telefono di Martha vibrò. Un nuovo messaggio. Caldwell voleva incontrarla in centro per pranzo.

21

incalmare, v. tr.
Insinuare (un pensiero, un dubbio, ecc.)

Martha si chinò per entrare fra i cancelli di ferro del Mercato Coperto di Oxford, sfuggendo agli schizzi che le auto sollevavano percorrendo High Street sotto la pioggia. Il mercato era stato progettato nel Settecento per alloggiare i commercianti che una volta avevano occupato i posteggi di Fish Street, ora St. Aldates, prima di essere costretti senza mezze misure dall'Oxford Mileways Act[33] a sgomberare le loro "bancarelle disordinate, sporche e sgradevoli" perché si potessero costruire delle nuove strade. Le merci principali che vendevano erano verdure, ortaggi, pesce e soprattutto carne, e all'apertura della nuova sede si contavano più di quaranta macellerie. Ormai ne rimanevano solo alcune, e le bancarelle andavano, in modo eclettico, dai barbieri ai formaggiai, dai venditori di torte ai calzolai, dai peluche all'abbigliamento troppo costoso da uomo.

Il mercato aveva quattro viali che andavano da nord a sud, attraversati da tre lunghe corsie di negozi. Lungo i muri laterali c'erano bancarelle aperte che vendevano frutta e verdura. Durante le visite a casa, Martha aveva notato che il numero dei visitatori era diminuito, ma a Natale quel luogo antico dava di nuovo piena prova di sé, con le travi del tetto poligonale decorate con lucine intermittenti e *piñatas* di colori vivaci. Diventava

[33] Editto del 1771 che era stato introdotto per migliorare la sicurezza stradale e lasciare più spazio al traffico.

anche un posto infernale per i vegetariani. I macellai che erano rimasti avevano la tradizione di esporre cosciotti di selvaggina e teste di maiali, il cui sguardo vitreo sembrava diretto alle file intere di fagiani e conigli appesi, tutti a un'altezza pericolosamente bassa. Era un teatrino che mettevano in scena per vendere.

Ora il mercato si stava preparando per la stagione estiva e gli stessi macellai orientavano il proprio assortimento verso i clienti che volevano riempire cestini da picnic per pranzare vicino al fiume. I banconi in vetrina traboccavano di uova alla scozzese e torte salate, taglieri di formaggio e prosciutto, pane a lievitazione naturale, mezze bottiglie di rosé e liquori costosi, acqua frizzante, cocktail in lattina e torte in miniatura.

Martha adorava vagare da sola nei labirinti del mercato. Ogni volta che le sue camminate tortuose per Oxford la portavano in quella direzione, per un po' si infilava in uno spazio all'ingresso e osservava le persone che passavano tra le facciate in legno dei negozi. Si arrendeva alla fantasia e si immaginava ogni aspetto delle loro vite: la famiglia, gli amici e le ossessioni, il cibo e i film preferiti, i loro sogni e i loro incubi. Era la sua versione del concetto di *sonder*: accorgersi che le altre persone hanno vite piene e complicate che noi non arriveremo mai a conoscere.

Ora, camminando tra le bancarelle per andare a incontrare Caldwell, Martha stava pensando alla vita di Alex. La collega si muoveva nel mondo con una sicurezza di sé totale, ma dopo che lei le aveva fatto quella stupida imboscata con la cartolina, aveva passato tutta la mattina a guardare fisso lo schermo del computer, andando di tanto in tanto a sbirciare il telefono cercando di non farsi vedere. Sembrava il modello della donna di mezza età di successo, che aveva spedito i figli nel mondo ed era riuscita a ricavare nuove energie e la libertà di impiegarle come le pareva. Ma Martha temeva che, passandole quella cartolina, avesse fatto esplodere una qualche carica sotto le fondamenta della vita di Alex e modificato la storia del suo matrimonio e del suo divorzio, destabilizzandola insieme a tutto quello che ci aveva costruito sopra.

Guardò una madre dell'aria tormentata ascoltare la figlia adolescente dalla pelle di seta che le gridava e imprecava contro. La donna sembrava intrappolata, impotente, incapace di capire come la bimba che una volta aveva stretto fra le braccia si fosse trasformata in una sconosciuta sboccata. Incrociò lo sguardo di Martha e glielo restituì con aria supplice e gli occhi dalle palpebre pesanti. Martha non riuscì a offrirle altro che un cenno di comprensione mentre le passava accanto. Lei aveva mai insultato sua madre? Altamente probabile. Ma il tempo aveva appianato le asperità e scartavetrato le crepe, quindi ora i suoi ricordi avevano solo una consistenza liscia.

Oltrepassò un bancone dall'angolo stretto alla fine di un corridoio, dove vendevano i migliori biscotti del mondo, e inalò profondamente i profumi di cioccolato. Li aveva comprati per sua madre negli ultimi mesi della malattia. La chemioterapia aveva tolto l'appetito a Rebecca, ma quei biscotti le facevano sempre piacere, e comprarli per Martha era diventato un altro rito consolante. Le piaceva sceglierli con calma, osservando le decisioni delle persone che aveva davanti e soppesando le loro preferenze rispetto alle proprie. L'ultima volta aveva scelto due biscotti al cioccolato bianco appena usciti dal forno, il cui aroma dolce e vellutato per un attimo aveva sovrastato tutti gli altri. A sua madre erano piaciuti i pochi bocconi che ne aveva assaggiato, e insieme si erano ricordate che Charlie da bambina si lanciava sui biscotti ogni volta che Rebecca li portava a casa, con la coda di cavallo bionda e folta che saltava su e giù mentre lei li addentava, chiudendo gli occhi e ciondolando il capo per la felicità.

Qualcuno tossì. Martha si rese conto che si era fermata di colpo, bloccando una delle uscite. Si scusò e si girò per immergersi di nuovo nel mercato. Caldwell le aveva chiesto di incontrarsi al Brown's café, un posto squallido le cui quattro mura erano fedeli al suo nome, ma che serviva uno dei migliori piatti di uova, salsicce e patate fritte della città.

Lo trovò che era già a metà di uno dei loro tipici English breakfast, e con sorpresa si accorse che era molto contenta di vederlo. Appena la notò, lui si pulì in fretta la bocca e si alzò con una cortesia antiquata, un po' autoironica. Il suo completo grigio chiaro era stirato alla perfezione.

Le chiese cosa voleva ordinare, e appena si fu sistemata nella sedia di fronte a lui una cameriera le stava già posando davanti una teiera. Sembrava che Caldwell conoscesse il personale, dato che l'aveva chiamata per nome.

«È sicura che non vuole mangiare?», insistette. «Mi dispiace, io ho quasi finito».

«Sono a posto, grazie. Ma per favore non si affretti per me».

«Grazie, se cerco di mangiare mentre parlo sporco il taccuino di uova».

Il cibo che aveva nel piatto diminuì quasi per magia, scomparendo a grandi forchettate. Poi posò coltello e forchetta e si rilassò sullo schienale.

«Mi sono sporcato la cravatta di fagioli?».

Lei sorrise e fece cenno di no. «Anzi, è molto elegante», aggiunse, posando la bustina del tè sul piattino e prendendosi a calci mentalmente per aver detto una tale insulsaggine.

Parve che lui non avesse notato il suo disagio. «Oggi devo andare in tribunale», le spiegò. «Ci addestrano su cosa metterci, sa? Elegante ma non vistoso. Antiquato ma non troppo. E tutto questo prima ancora di poter dire qualcosa a voce alta». Martha si ricordò della madre che le raccontava dei requisiti obbligatori di abbigliamento nella sua ex scuola, dove chiedevano alle ragazze di vestirsi in modo "attraente ma non provocatorio". L'aveva ascoltata con un misto di ilarità e orrore.

Caldwell si pulì le dita, spinse da parte il piatto vuoto e tirò fuori il taccuino. «Ho richiesto i dati sul conto per cui era stato emesso quel bancomat. Non l'abbiamo trovato nei nostri archivi e ci vorrà qualche giorno per ricevere quelle informazioni, ma mi racconti di quest'ultima lettera. Mi ha detto che vi ha portati in una libreria dove lavorava sua sorella?».

Lei spiegò meglio che poteva: l'arrivo della lettera, la risoluzione dell'indizio e la decisione di andare subito da Brin. Caldwell l'interruppe solo ogni tanto per chiarire qualche punto specifico, prima di chiederle di continuare. Lei guardò i suoi appunti: la confusione e le conclusioni dei suoi colleghi, gli indizi e i misteri di Coro, tutti ridotti a una serie di elenchi puntati in ordine perfetto. Aveva una bella scrittura. Chiara, fluida e precisa. «Safi ha stenografato gli appunti della nostra conversazione con Brin», concluse.

«Davvero? Sembra veramente una ragazza molto in gamba».

«Proprio così», rispose Martha, sentendosi fiera per interposta persona.

«C'è dell'altro?».

Martha beve il tè per qualche secondo, poi gli raccontò della visita a Tom e Tanya, e della cartolina spedita a Charlie dall'ex marito di Alex.

Lo sguardo gli si fece serio mentre aggiungeva quei punti al suo elenco. «È il caso che mi dia tutti i recapiti delle persone coinvolte finora».

Martha guardò la rubrica e gli lesse i nomi e i numeri di tutti personaggi su quel palcoscenico sempre più affollato, dopodiché Caldwell chiuse il taccuino e se lo rimise nella tasca della giacca.

«Stamattina ho parlato con il mio superiore», disse. «Ci siamo trovati in un bel ginepraio. Le lettere e le cartoline non contengono minacce perseguibili, anche se, nel caso scoprissimo chi le sta inviando, vorremmo sentirlo, per metterlo in guardia dai pericoli che si corrono molestando qualcuno, cercare di farlo smettere con questi giochetti e farci dire quello che crede di sapere su sua sorella. Il mio capo è favorevole ad aggiungere al dossier tutto il materiale che ricevete, ma al momento non c'è molto su cui lavorare». Si grattò il naso lentigginoso, soprappensiero. «Anche se chissà cosa verrà fuori dagli estratti conto della banca, e il fatto che Charlie vendeva libri antichi è interessante. Forse è stato un po' disonesto farlo dietro le spalle di quel Brin Edwards, ma di sicuro non illegale».

«No. E nemmeno così insolito», rispose Martha. Si sorprese di trovare tanto rilassante parlare con lui.

«Voglio solo ribadirle, Martha, che abbiamo fatto una revisione accurata del caso quando sua madre è venuta a trovarci. Abbiamo controllato di non aver tralasciato nulla in quel primo flusso di indagini, e di avere esaminato tutte le prove concrete prese in casa vostra…».

«Avete perquisito la casa?».

Lui annuì. «Sì. È la prassi abituale. Facciamo una perquisizione immediata della casa e delle pertinenze, e se non emerge nulla torniamo per svolgere una ricerca più accurata delle impronte digitali. Nel caso si trattasse di un omicidio. Nessuna delle due perquisizioni ha fatto emergere particolari rilevanti».

Martha non si era mai permessa di immaginare che la casa dei suoi potesse essere una scena del crimine. Quell'idea la scosse e le provocò un breve senso di vertigine, come se avesse saltato per sbaglio il gradino di una scala. Provò l'impulso sconsiderato di afferrargli la mano per stabilizzarsi.

«È molto interessante che anche il signor Edwards abbia ricevuto una cartolina. Comincio a pensare che il vostro Coro abbia la sua squadra di sospettati».

«Sospettati di cosa?», chiese Martha, che stava ancora cercando di riacquistare l'equilibrio. «Charlie si è uccisa, o è fuggita e ha subito un incidente, o sta vivendo sotto falso nome. Perché abbia fatto una cosa del genere, quali sono gli eventi che l'hanno spinta, non ne ho la minima idea. Non è quello che sta cercando di scoprire Coro?». Si ricordò l'ultima riga della prima lettera. Ma no, quella era solo una citazione, non implicava niente in senso letterale.

Lui non le rispose direttamente. «L'alibi dell'ex ragazzo era valido. Mi dispiace che si sia sentito trattato ingiustamente, ma abbiamo i nostri buoni motivi per pensare prima di tutto ai partner intimi».

«So che i delitti passionali sono comuni...».

«Adesso non descriviamo più così la violenza domestica».

Questo la fece fermare per la sorpresa. Annuì, dandogli ragione. «Ma se non le ha fatto del male Tom, nessun altro aveva dei motivi per farlo!». Le sembrava di essere la ragazzina che aveva visto prima: esaltata, sorda alla ragione e alla logica.

Lui non le rispose subito, si limitò a guardarla con quegli occhi grigi empatici e un sorrisino comprensivo.

«Secondo lei sono ingenua», disse Martha demoralizzata.

«Forse un pochino», convenne lui, distogliendo lo sguardo e raddrizzandosi la cravatta. «Ma il mondo in cui vivo io è più fosco di quello della maggioranza delle persone».

L'interpretazione a molti mondi, pensò Martha. *Gli universi paralleli. Viviamo tutti in realtà diverse, ma occupiamo lo stesso spazio allo stesso tempo. Un medico vede malattie dappertutto, io vedo parole. E Caldwell cosa vede? Il marciume?*

«L'omicidio è un delitto così terribile che tutti cerchiamo di controllarlo imponendogli una qualche forma di logica», continuò lui, «o di renderlo un enigma da risolvere. Capire chi e perché, riordinarlo come se farlo ci desse il permesso di passare oltre. E quando non riusciamo a racchiuderlo in qualcosa di comprensibile, cominciamo a parlare di follia o malvagità. Io ho imparato che l'omicidio può avere un senso per l'assassino in quel momento preciso, ma persino lui potrebbe non essere in grado di capirlo più avanti. E il resto di noi probabilmente non riesce nemmeno a scorgere quel barlume di logica né a imporgli un movente o uno scopo più ampio».

«Mi scusi, ma sta cercando di dirmi che secondo lei Charlie è stata uccisa e che Coro ne sa qualcosa?»

«Comincio a pensare che sia una possibilità concreta, Martha, anche se Tom non ci ha avuto niente a che fare. Non lo avrei detto quando era appena scomparsa: l'omicidio non è così comune, e un mistero come questo ancora meno, ma tutto il tempo che è passato senza avere traccia di lei? Nessuna indicazione che fosse depressa prima di scomparire? E adesso arriva questo Coro con i suoi indizi astrusi...». Buttò fuori l'aria dai polmoni con un'espirazione rapida e secca. «Non abbiamo ancora gli estremi per riaprire un'indagine per omicidio, senza qualcos'altro oltre alle insinuazioni di Coro e al mio istinto. Però sì, Martha, sto cominciando a pensare che Charlie sia morta nel 2010. Mi dispiace infinitamente doverglielo dire».

Le risate degli sconosciuti nel bar, il sibilo della macchina del caffè, tutti i suoni furono soffocati dal ronzio nelle sue orecchie. Martha si aggrappò ai bordi consunti del tavolo, concentrandosi sul vago calore che emanava ancora la sua tazza di porcellana. «È per questo che ha voluto incontrarmi? Per dirmelo di persona?».

Lui annuì. «Ma non solo quello. Quando ci siamo parlati l'ultima volta le ho suggerito di fare domande alle persone su Charlie e sulla sua scomparsa. Non voglio rimangiarmi quel suggerimento, però voglio aggiungere un consiglio. Se è vero che qualcuno ha ucciso Charlie, e l'ha fatta franca per più di un decennio, deve essere una persona molto intelligente. Fare una cosa del genere suggerisce un livello di autocontrollo, di strategia, di cui non sono capaci in tanti. Forse è solo stata fortuna, naturalmente... Ma è il caso che lei stia attenta».

Martha scosse il capo. «Sinceramente non so proprio che fare».

«È una situazione davvero insolita», disse lui in tono dolce. «Cerchi di essere più sincera che può. Non tenga segreti, per quanto scomodi possano essere».

Che strano, pensò Martha, ritirandosi al sicuro nella propria testa. *Io passo la vita a svelare segreti.* Il suo lavoro era smontare con attenzione la lingua come se fosse una matrioska, fino a rivelare quello che stava al centro, e poi rimontarla per conservarne il mistero. Le parole erano definite da quello che nascondevano. A volte sotto gli occhi di tutti, come *breakfast*, l'interruzione di un digiuno, o *freelance*, un cavaliere libero di usare la sua lancia per chiunque lo pagasse. Ma le etimologie che adorava di più emergevano da un punto molto lontano dalla superficie, come le scoperte inaspettate di uno scavo archeologico, e le loro storie erano stratificate sotto secoli di sedimenti. I lessicografi cercavano l'emozione dell'inseguimento proprio come gli investigatori. Si ricordò quanto fosse piena di entusiasmo linguistico quando da studentessa aveva scoperto che proprio la parola inglese per emozione, *thrill*, nel medioevo significava trafiggere qualcuno con una spada; solo in seguito la trafittura era diventata esaltazione.

Ma al di là della sicurezza del dizionario, i segreti erano tutta un'altra cosa. Martha li temeva. "Noi danziamo in cerchio coi nostri chissà, ma il segreto sta fermo al centro, e sa". Era di Robert Frost, le sembrava. *E adesso quale segreto sta fermo al centro tra di noi?*

«È meglio che torni in ufficio», disse infine e si allungò per prendere la borsa. Lui la fermò con un cenno.

«Offro io. Grazie di essere venuta e per favore mi chiami se succede qualcosa, e anche se non succede, mi chiami lo stesso».

La sua gentilezza era graditissima e insopportabile al tempo stesso. Lei riuscì a sorridere per un attimo, poi lo lasciò lì e se ne andò.

Suonò il telefono in ufficio. Simon era andato a "prendere un po' d'aria", Martha era ancora fuori e Safi, che di solito rispondeva, stava mangiando un boccone di panino. Alex alzò il ricevitore e premette la lucina rossa lampeggiante.

«Pronto, Alex Monroe».

Il chiamante si schiarì la gola. «Pronto, buongiorno, chiamo dall'"Oxford Daily", ci hanno riferito che il dizionario sta ricevendo delle strane lettere che contengono...». Alex sentì frusciare della carta. «...definizioni di cruciverba? Accuse di condotte equivoche? Chiamo per avere informazioni».

«E da chi l'avrebbe sentito?», domandò Alex dopo una pausa, in preda allo shock.

L'uomo dall'altro capo del filo rise. «Non posso rivelare le mie fonti! Allora è vero?»

«Aspetti un attimo, vedo se c'è qualcuno che può esserle d'aiuto», disse Alex con voce dolce, poi silenziò la chiamata. «È l'"Oxford Daily" che chiede delle lettere», riferì a Safi.

«Cazzo!». Si pulì la bocca con un tovagliolino accartocciato. «Cosa vuoi dirgli?»

«Non ne ho idea! Dico una bugia?».

Safi scosse il capo brusca. «No, guadagna tempo».

Alex riprese la linea. «Mi scuso, al momento non c'è nessuno che può aiutarla. Vuole lasciare un nome e il numero di telefono?»

«È vero che hanno a che fare con una donna scomparsa? E cosa ne pensa Jonathan Overton?»

«Questo dovreste chiederlo a lui», rispose secca Alex. «E forse fareste meglio a usare l'email». Riagganciò e fissò il telefono come se fosse velenoso. «Maledizione. Non avrei dovuto dire quella cosa su Jonathan. Adesso gli scrivo subito una mail».

«Meglio mandargli un messaggino», suggerì Safi. «Hai presente come è fatto Jonathan. Se gli telefona un giornale, risponde sovrappensiero e magari lo prendono alla sprovvista».

Naturalmente aveva ragione. Alex scrisse un messaggio velocissimo, poi si tolse gli occhiali da lettura e si sfregò gli occhi. «Ho davvero paura, Safi. Quella cartolina di stamattina... Sinceramente, non ho pensato neanche per un attimo che George avesse una storia con Charlie. Ma sono molto spaventata».

«Perché avete divorziato?».

Una pausa. «A volte sei molto schietta, Safi».

Safi fece spallucce e diede un altro morso al panino, mentre la domanda svolazzava nell'aria tra di loro. «Anche tu».

Era vero.

Non c'era una risposta facile.

Il matrimonio era durato quindici anni, e Alex di solito diceva a chiunque glielo chiedesse – uomini che volevano uscire con lei, donne che volevano giustificare il fatto che restavano sposate nonostante fossero infelici – che si erano semplicemente allontanati. Era stato più di quello, naturalmente. Era sempre più insofferente per la mancanza di ambizione di George, per esempio. Non per quanto riguardava la sua carriera, e Alex non si preoccupava tanto del suo stipendio – anche se crescere due figli piccoli a Oxford significava di sicuro che non le avrebbe fatto schifo un reddito più alto – ma era il distacco che lui provava verso la vita che aveva eroso il loro matrimonio. Aveva smesso di voler viaggiare, di imparare, di esplorare. Da quando aveva raggiunto i quarant'anni si era tenuto alla larga da nuovi cibi, aveva cominciato a deridere la musica, le mode e persino l'arte più nuove. La diffidenza verso tutto ciò che non era collaudato, o che poneva difficoltà, era diventata un atteggiamento predefinito per George, e lei si era sentita soffocare. Quando aveva cercato di spiegarglielo, lui era diventato diffidente e risentito anche nei suoi confronti.

«Un'assenza totale di gioia», disse in risposta alla domanda di Safi, poi sospirò vedendo lo sguardo perplesso della sua collega più giovane. «Abbiamo solo una vita, e quindi io voglio celebrare l'esistenza finché posso. Credo che invece George volesse stare al sicuro. Sembra una stupidaggine, ma ha contribuito a dividerci. Lui ci è rimasto malissimo, e quindi è stato un divorzio molto spiacevole».

«E adesso sei più contenta?», le chiese Safi.

«Oh, sì», rispose Alex d'istinto, prima di ricordarsi la confusione degli ultimi giorni, il fatto terribile della scomparsa di Charlie che si spandeva come una macchia d'inchiostro sulla sua vita, in modo inesorabile. «O almeno per la maggior parte del tempo. Dio, è meglio che avvisi Martha. Appena capiranno che è la sorella di Charlie, cominceranno a tormentare anche a lei».

22

addurare, v. trans. [dal lat. volg. **abdurare*]
Farsi diventare insensibile, crudele il cuore

Martha decise di dire a suo padre quella sera delle lettere e della sua conversazione con Caldwell. L'informazione che i giornali locali avevano raccolto voci sulla faccenda la costringeva ad agire. Mentre chiudeva con il lucchetto la bici davanti a casa, un venticello le scompigliò i capelli e fece frusciare le foglie primaverili dell'alloro vicino al porticato. "Raccogliere voci" era una bella metafora: voci sparpagliate in giro che venivano raccolte a una a una.

Gabriel stava togliendo le erbacce dalle aiuole dietro casa, usando il vecchio inginocchiatoio di sua moglie. Martha si fermò a guardarlo per un attimo prima di avvicinarsi e a farsi consolare dal fruscio delle betulle bianche e dal grattare della paletta mentre suo padre rigirava la terra scura.

«Papà? Devo parlarti di una cosa». Lui si girò a guardarla e si riparò gli occhi, come se lì per lì non riuscisse a capire chi era, poi si alzò lentamente.

«Benissimo. Beviamo un tè?».

Entrarono in casa dalla portafinestra e lui andò al lavello per riempire il bollitore. Non era la prima volta, da quando era tornata da Berlino, che Martha trovava opprimente il silenzio di quella casa. Sua madre lo adorava: "Che pace", diceva, quasi facendo le fusa. Per Martha la tranquillità era come accostarsi all'orecchio una conchiglia. I suoi pensieri, abituati a saltare rapidamente tra i rumori della strada trafficata fuori da casa sua in Germania, con i suoi brusii di dialoghi e movimenti, nel silenzio di Oxford si sentivano intrappolati. Martha faticava a concentrarsi oltre lo stridio del suo sangue che scorreva.

Suo padre accese il bollitore e prese la teiera e le tazze.

«La settimana scorsa al dizionario abbiamo ricevuto una strana lettera», esordì lei rivolta alla sua schiena. «Era una specie di enigma, sembrava che parlasse di Charlie».

Ci fu una momentanea interruzione dei movimenti, poi il padre prese la teiera.

«Continua».

E lei obbedì, descrivendogli entrambe le lettere mentre Gabriel preparava il tè. Non si voltò finché non ebbe finito di raccontargli tutta la storia: le cartoline, la visita a Brin, il bancomat, la cartolina del marito di Alex, persino gli incontri con Caldwell, anche se evitò di condividere i sospetti del poliziotto sul destino di Charlie: l'ironia della sorte era che le mancavano proprio le parole.

Finalmente suo padre prese il vassoio e lo portò fuori nel patio, dove lo posò sul tavolo. Non disse nulla fino a quando le diede la tazza. Era la sua tazza. Un regalo di Natale di Charlie, per combinazione, ingombrante e poco pratica da tenere in mano, con stampata la parola "procaffeinare". "Vuol dire rimandare qualsiasi cosa a dopo che hai bevuto abbastanza caffè, Marth", aveva dichiarato Charlie, divertita, mentre sua sorella la tirava fuori dalla carta da regalo.

«Che cosa stava succedendo fra te e Charlie quando è scomparsa, Martha?».

Martha sentì un brivido freddo nello stomaco: alzò lo sguardo e scoprì che lui la stava guardando.

«In che senso?»

«Voglio dire, stai facendo domande agli altri, ma anche tu hai ricevuto una cartolina. Che cosa stava succedendo fra te e Charlie?»

«Niente. Cioè... quell'estate a stento ci siamo viste».

«Ricordo che te ne eri lamentata», disse lui, mentre sorseggiava il tè. «Brontolavi che non aveva tempo per te e non era interessata al tuo corso di studi».

«Ci ero rimasta malissimo, papà», protestò Martha. «Ero orgogliosa dei miei risultati ed entusiasta dell'università, e sembrava che non importasse a nessuno».

«A quel punto eravamo tutti passati oltre alla questione degli *A-levels*».

«Ma io no! Ho preso gli stessi voti di Charlie agli esami. E a lei avevate organizzato una festa».

Lui alzò un sopracciglio. «E abbiamo portato te fuori a cena».

«E avete passato tutta la serata a parlare con Charlie», sbottò Martha. Sentì le guance in fiamme. *Ho trentadue anni*, si disse, *questo non dovrebbe farmi ancora così male, giusto?* Erano anni che non ripensava a quella cena maledetta: alla silenziosa umiliazione di piluccare la sua fetta di torta nella seconda sede di Brown's, quella più elegante a Jericho, mentre i suoi genitori pendevano dalle labbra di Charlie. All'improvviso l'ingiustizia le sembrò fresca e importante come quella sera. E lei li aveva anche ringraziati, se lo ricordava. Li aveva ringraziati della cena e poi aveva pianto fino ad addormentarsi.

«Dunque ce l'avevi con lei? Lo immaginavo».

«Eccome! Un po'. Ma questo non mi impediva di volerle anche un sacco di bene. Perché stiamo parlando di questo? Ti ho appena raccontato che un pazzo ci sta mandando delle lettere sulla scomparsa di Charlie, e tu mi chiedi se ce l'avevo con lei. Che cosa c'entra?»

«Potrebbe entrarci molto», disse lui con la voce densa di gelo. Quel tipo di brina che spezza i rami secchi nel bosco, lanciando echi simili a colpi di pistola.

Martha si zittì di nuovo per il trauma. *È a questo che ci siamo ridotti? Non è rimasto nient'altro?* Sabine a Berlino aveva cercato di insegnarle le tecniche di visualizzazione. I modi per raffigurare i sentimenti e dividerli in parti, mettendoli su una foglia immaginaria sul letto di un fiume che poi scorreva verso valle. Inspirò, cercando di immaginare quella strana esplosione di emozioni che si ripiegava su se stessa come una scatola di origami, fino a quando non era del tutto racchiusa lì dentro. Qualcosa da mettere su uno scaffale e scartare, con cautela, un'altra volta.

«Che cosa ti ricordi, papà, del giorno in cui è scomparsa?».

Lui accavallò le gambe e bevve un po' di tè, guardando il giardino.

«Io e tua madre stavamo uscendo. Lei voleva andare al vivaio e poi pensavamo di pranzare al Plough. Quando siamo partiti Charlie era a casa. L'ultima volta che l'ho vista era seduta alla scrivania, che lavorava al portatile, e c'erano libri dappertutto. Ho detto che stavamo uscendo e le ho chiesto se volesse qualcosa. Ha risposto che sarebbe andata fuori a pranzo e poi in biblioteca, e che ci saremmo visti quella sera alla presentazione». La sua espressione cambiò impercettibilmente, come se la luce della sera la stesse modellando da un momento all'altro per farle assumere una forma diversa. L'asprezza e la rabbia si stavano gradualmente trasformando in una coltre morbida di dolore profondo e duraturo. «Era una conversazione così insignificante, di quelle che capitano dieci volte al giorno».

«La mamma aveva passato del tempo con lei quella mattina?»

«Le aveva portato una tazza di tè poco prima», rispose lui. «Sono felice che sia andata così. Non avevamo litigato, non c'era tensione o turbamento. Erano solo momenti molto banali, gli ultimi che abbiamo potuto goderci con nostra figlia». La voce si abbassò a un mormorio, come se si fosse dimenticato della presenza di Martha e stesse parlando solo tra sé e sé. «Io e tua madre ci siamo sforzati di non parlare di quello che sarebbe potuto succedere se fossimo rimasti a casa, ma naturalmente non facevamo altro che pensarci. Era stato un giorno del tutto normale, pieno delle concessioni reciproche tipiche di un matrimonio di lunga data. Il pranzo era una mia idea, andare al vivaio era sua. Ci dividevamo la colpa in parti uguali. E se io le avessi detto che non avevamo bisogno di altre piante? O se lei avesse detto che aveva già fatto scongelare qualcosa per pranzo? Quei "se" sono la cosa più insopportabile. Continuano a esistere anche se non ne parli. Alla fine sono stati loro a uccidere tua madre. Non voglio che succeda anche a te».

Si tolse il cappellino e si ravviò i capelli superstiti con la mano. Anno dopo anno il viso si scavava sempre di più, le guance si ritraevano, le orbite si facevano più profonde.

«Quando siamo tornati la casa era chiusa a chiave, e la sua bici e il suo portatile erano spariti. Abbiamo pensato che fosse andata alla Biblioteca Bodleiana e ci siamo preparati per la festa. Il resto lo sai».

«Secondo te chi è Coro, papà?», gli chiese Martha dopo un lungo silenzio.

«"Sin qui con penna rozza e inadeguata, piegando sotto il peso del suo compito, il nostro autore ha continuato la sua storia"[34]», rispose, citando il Coro dell'*Enrico* v. «Un fissato, con un malcelato senso del dovere e un cuore in preda ai sensi di colpa, suppongo».

«Ma a cosa allude?».

La dolcezza sparì di nuovo e Gabriel appoggiò la tazza sul tavolo di metallo con un rumore forte. «Non lo so, Martha, e alla fine non importa. Non mi interessa. Charlie non c'è più: il come e il perché non mi sono di nessun aiuto. Ma forse potrebbero esserlo per te. Non puoi continuare in eterno a scappare. E un'altra cosa: non dobbiamo mai dimenticarla, non intendo tollerarlo. So che tu vuoi che io vada via da questa casa, Martha. Vuoi che la metta in vendita e mi compri qualcosa di più piccolo, ma la sua stanza e i suoi oggetti sono l'unica traccia che Charlie sia mai esistita. Non posso rinunciarci. Dovrai aspettare fino a quando sarò morto anch'io, o troppo rimbambito per oppormi all'essere ricoverato in una casa di riposo. Non preoccuparti, arriverà quel momento. E a quel punto potrai finalmente dare un colpo di spugna a tutti e due».

L'ingiustizia bruciante che conosceva bene. «Perché dici così, papà? Perché dovrei voler fare una cosa del genere?»

«Dici sul serio? Sei sicura che a volte in segreto non sei stata felice che Charlie si togliesse di torno?».

Martha si alzò. La scatola di origami ordinata si era aperta di colpo e stava rovesciando il suo contenuto su entrambi.

«Non si era tolta di torno! Era qui ancora più di prima. Non potevo competere con Charlie quando era qui, e ho avuto ancora meno possibilità quando non c'era più. È ancora sempre presente, come lo Spirito Santo, cazzo!».

Gabriel la guardò freddo. «Deve essere molto difficile per te», disse in tono inespressivo. «Spero che Coro ti spinga a trovare

[34] William Shakespeare, *Tutte le opere*, a cura di M. Praz, Sansoni, Firenze 1980, p. 586.

delle risposte, per te stessa. Adesso lasciami finire di togliere le erbacce prima che faccia buio».

Martha lo guardò mentre tornava all'inginocchiatoio e si abbassava lentamente verso la terra. Ricominciò il grattare ripetitivo della paletta.

23

puncicare, v. trans. [XIV sec., dal lat. *pungere*]
Ferire con uno strumento appuntito

«Salute!».

Safi brindò con la bottiglia di birra contro quella di Josh e bevve una lunga sorsata. Il giardino della casa che condividevano non era enorme, ma Paula aveva fatto tutto quello che poteva per tenerlo in ordine, e Josh aveva piazzato alcune delle sue sculture astratte e colorate tra la vegetazione sporadica. Il padre di Safi aveva regalato loro i suoi vecchi mobili da giardino, oltre a un po' di punch al rum, un bottiglione pieno. Rabbrividiva ancora ricordandosi i postumi di quella sbronza.

Josh aveva sulle ginocchia una copia del quotidiano gratuito di Oxford: leggerlo faceva parte della sua campagna per passare meno tempo incollato a uno schermo. Safi non era sicura che la sua soglia di attenzione fosse ancora allenata a dovere: in qualche modo lui riusciva comunque a mandare infiniti meme anticapitalisti alla chat dei coinquilini, persino mentre stava leggendo.

«Sul giornale c'è il tuo capo assoluto», disse, e Safi alzò gli occhi dal telefono. L'«Oxford Daily» aveva già pubblicato qualcosa sulle lettere? Lui le stava mostrando una foto di Jonathan e sua moglie a qualche cerimonia la sera prima. Lei la guardò da vicino.

«"Celebre scrittore festeggia il successo del suo nuovo libro"», lesse Josh. «Oddio, sua moglie ha un po' esagerato con il look da sposa devota, non trovi? Voglio dire, non siamo più negli anni Cinquanta».

«Sì, l'ho notato».

«È davvero il pervertito che mi dà l'impressione di essere?», chiese Josh. Non aveva trovato altro di interessante sul giornale, quindi lo gettò sul tavolo.

Safi posò un gomito sul tavolo per riflettere. «Jonathan? No, non direi. Cioè, è un po' untuoso e patriarcale, però no. Loda il mio lavoro senza dare l'impressione del perverso».

«E allora deve essersi dato una regolata», rispose Josh con uno sbadiglio, e riprese la sua birra. «Ho sentito dire che aveva la fama di scegliere una studentessa prediletta ogni anno. È così che ha conosciuto l'ereditiera».

Safi sorrise. «Da quando sei al corrente dei pettegolezzi sul Dipartimento di Inglese?»

«Ah, è incredibile quello che riescono a dirsi i boomer snob davanti a me nella galleria. È come se mi scambiassero per un pezzo di mobilio, tipo. I genitori di sua moglie fanno parte del giro di collezionisti d'arte dell'Oxfordshire. Anzi, di lui si parla con una certa regolarità: almeno quando andava di moda tutta la faccenda del #MeToo. Ho sentito molti commenti su quanto è stato fortunato che non sia successo dieci anni fa». Cominciò a spellare l'etichetta dalla bottiglia. «So per certo che un paio d'anni fa si è preso una cotta per una ragazza, e sua moglie ha reso la vita un inferno a lei, invece che a lui».

«E ne hanno parlato davanti a te?»

«No, quella ragazza era una mia amica. Overton le ha procurato un lavoro da grafica in uno dei suoi programmi TV, poi la mia amica ha scoperto che Olivia stava diffondendo pettegolezzi orribili su di lei».

«E cosa ha fatto?»

«La sua fidanzata è avvocato. Hanno scritto una lettera di fuoco e i pettegolezzi non si sono più sentiti. Ma Jonathan non le ha più rivolto la parola». Josh lisciò l'etichetta di birra sulla superficie del tavolo di plastica. «Dovremmo coprirlo tutto con le etichette. Rivalorizzarlo un po'. Sei ancora disponibile ad aiutarmi per quella cosa la settimana prossima?».

"Quella cosa" era una festa con vendita di stampe che Josh e un paio di amici stavano organizzando tra le festività del primo maggio e dell'Incoronazione. Si doveva tenere nei loro studi, un gruppo di stanze disordinate trovate a buon mercato in un capannone di industria leggera in disuso. In giro per la casa c'erano attaccati i volantini, che erano stati infilati sotto le porte di mezza Oxford.

«Certo, mi sono presa tutta la settimana di ferie».

«Invita i tuoi colleghi. Persino Jonathan, se pensi che verrebbe. Abbiamo bisogno di qualcuno che può permettersi di comprare qualcosa».

Safi rifletté. Non si immaginava che a Martha piacessero le stampe pop-art chiassose e politiche di alcuni degli artisti, ma probabilmente ad Alex sarebbero piaciute alcune delle opere astratte e vagamente sognanti di Josh. E forse anche Simon avrebbe gradito un po' di colore sulle sue pareti: da come si vestiva, si capiva che di sicuro non era allergico ai pigmenti. «Certo. Anche se non credo che sia il tipo di cosa adatta a Jonathan. È un tipo più da champagne e cravatta nera, che da birra e jeans». Ci rifletté per qualche secondo. «E quindi secondo te è un tipo losco?»

«Sono solo pettegolezzi, Saf. Io non ho opinioni. Però, i maschi bianchi quarantenni belli convinti di potersi scopare chiunque per diritto divino non sono certo una novità, ti pare?».

I sorrisi stampati di Jonathan e Olivia cominciavano a distorcersi in modo piuttosto grottesco mentre assorbivano l'acqua dal tavolo. Da quello che Safi aveva sentito dire di Charlie, se avesse avuto intenzione di farsi una storia con qualcuno, non sarebbe stata più propensa a scegliere il carismatico e rampante Jonathan al posto del povero e triste George, come ora considerava l'ex marito di Alex? Prese il telefono. Poteva mandare un messaggio ad Alex e a Martha. Con il dito galleggiava sullo schermo. Doveva mandarlo anche a Simon? Forse, probabilmente, ma quel giorno le aveva dato sui nervi, e poi l'aveva liquidata sulla faccenda di Brin. Che Simon si fottesse. *Teniamocelo fra ragazze per ora.*

Ho dei pettegolezzi su Jonathan.

Schiacciò Invio e aspettò. Nessuna delle due colleghe rispose.

24

abbragiato, agg. [XIII sec.]
Fig. acceso d'ira o d'altro sentimento forte

Il giorno dopo Alex non disse nulla di George o della cartolina, e Martha non insistette. Raccontò quello che aveva detto suo padre sui movimenti di Charlie il giorno della sua scomparsa, e si fermò lì. Cominciò a leggere un articolo scritto da Alex sulle radici linguistiche di vari festeggiamenti del Primo Maggio. Era eccellente: erudito e preciso senza sovraccaricare il lettore di paroloni incomprensibili. Via email suggerì alla collega di inoltrarlo all'ufficio stampa, nel caso in cui volessero condividerlo sui social durante le festività. Alex accettò e la mise in copia in un appunto per Pippa, a capo di quell'ufficio piccolo ma a quanto pareva molto influente. Martha aveva la sensazione sgradevole di dover avvisare Pippa di quelle lettere e anche della telefonata del giornale. Sapeva che era una strategia fallimentare limitarsi a sperare che un giornalista si dimenticasse di qualcosa. Iniziò a scrivere un'email che fosse veritiera, chiara e professionale. Non occorreva nominare Tom né la visita fatta a Brin. La spedì e poi silenziò le notifiche in modo da potersi dedicare alla revisione dell'aggettivo *parasocial*, che era il compito successivo nella sua lista.

Non trovava quella parola particolarmente memorabile o amichevole, ma doveva ammettere che era utile. Era stata coniata nel 1956 da due sociologi americani: con *parasocial* si descriveva la falsa intimità che la gente a volte prova per i personaggi famosi. Esprimeva la sensazione di conoscere effettivamente la persona che si vedeva sui propri schermi, di poterla persino considerare un'amica, oppure – all'estremo opposto – credere che fosse il personaggio immaginario che interpretava.

A Martha piaceva lavorarci per un altro motivo. Quella era una delle rare occasioni nelle quali si conosceva il momento preciso della comparsa di un termine. Nella maggior parte dei casi un lessicografo aveva una stima approssimativa della cronologia di una parola, costruita mettendo insieme le occorrenze datate che erano state raccolte nel tempo. Di solito qualsiasi linea del tempo era approssimata a un anno o a un decennio, che in futuro poteva essere retrodatato via via che venivano raccolte nuove prove. In quel gruppo stava una ristretta minoranza di parole ed espressioni il cui conio era talmente ben documentato che si poteva registrare il momento preciso della loro creazione. Tra quelle, la preferita di sempre per Martha era *stealing someone's thunder* (rovinare l'effetto, la sorpresa a qualcuno), il cui luogo e data di nascita erano tangibili come la rilegatura in pelle del suo primo dizionario. Il 5 febbraio 1709, un critico di nome John Dennis andò a vedere il debutto della sua pièce al teatro di Drury Lane a Londra. Quella tragedia piuttosto ampollosa aveva una sorpresa: Dennis aveva inventato una macchina che riproduceva il rumore dei tuoni, da tenere sul palco. Ma, nonostante gli effetti sonori degni di nota, lo spettacolo fu un fiasco e chiuse dopo pochissimo. Dennis, che non era un uomo rancoroso, decise di andare alla prima della produzione successiva alla sua, *Macbeth*. Quando iniziò la scena delle streghe, l'auditorium si riempì del rumore di un tuono: quegli echi rombanti, come si accorse presto Dennis, provenivano dalla sua macchina sonora. I resoconti da parte di persone che erano tra il pubblico quella sera riferivano che Dennis si era alzato, scuro in viso come il palcoscenico buio, gridando: "Siano maledetti! Non vogliono rappresentare la mia tragedia, ma mi rubano il tuono!".

Era di sicuro una leggenda metropolitana, diceva la gente a Martha ogni volta che si divertiva a raccontarlo: era impossibile che esistesse qualcosa di così letterale. Lei aveva una risposta talmente collaudata che le sembrava di conoscere John Dennis e di condividere il suo dolore. *Forse ho un rapporto parasociale con lui*, osservò beffarda.

Continuò in quello stato perfetto e transitorio di dedizione al lavoro, con la mente che si espandeva tra i compiti che aveva davanti. Prima ancora che si rendesse conto che il tempo era passato, le notifiche si riaccesero in automatico. Pippa aveva già preparato un comunicato stampa. "I redattori del CED hanno ricevuto una serie di messaggi anonimi", esordiva. Quelle comunicazioni riguardavano la scomparsa di Charlie Thornhill, una redattrice part-time del dizionario che era sparita nel 2010. Le informazioni erano state trasmesse alla polizia. Chiunque avesse dettagli utili avrebbe dovuto contattare il sergente Caldwell al commissariato di St. Aldates. La famiglia Thornhill per il momento aveva chiesto il massimo riserbo.

Pippa aveva aggiunto:

Va bene? E hai tutta la mia solidarietà, Martha. Deve essere una grande rottura di palle.

Martha fu sopraffatta dal sollievo.

È perfetto. Ti ringrazio. Ed è davvero una rottura, sì.

La lettera successiva arrivò il giorno dopo, il venerdì prima del ponte di maggio.

«Porca miseria», disse Safi. Martha alzò lo sguardo mentre l'adrenalina per l'attesa le invadeva di nuovo il corpo. «Ne è arrivata un'altra».

Martha deglutì per la tensione. «Mando subito un messaggio a Jonathan».

Safi aprì la busta e spianò le pieghe della lettera. «Okay, ci sono degli strani a capo».

Cominciò a leggere:

Cari Redattori,
cercate quel tesoro perduto. Non sono un poeta in rima, ma nella rima
sta la verità.
Ecco il viaggio in cui vi ho imbarcati. Sarò forse un freudiano,
per quanto ora pochi ritengano la sua opera degna di intonare un
Salmo in sua lode.

Forse questa cosa vi addolora tanto quanto me? Secondo lui lo
schema della lingua applicato

alla mente è importante. Chi può dire una verità, dopotutto
Senza aver capito la storia viva delle parole
– il tempo che abbiamo in bocca.
Perché la risposta appaia dobbiamo guardare indietro.
Confido in voi per sciogliere i fili putrescenti

della memoria. Cercate tra il gruppo dei primi studiosi
che hanno tracciato strade nell'universo dell'inglese e
hanno riportato dei tesori. Trovate qualcosa di straordinario nei
loro brandelli di bottino linguistico.
Tracce di passi sconosciuti sopra la terra appena rivoltata.

Siate entusiasti, sappiate che persona troppo assetata di gloria è pericolo
per se stessa e per gli altri.
Anche se può essere quella povera creatura lo studioso, e sia l'inchiostro
sia la reputazione sbiadiscono alla luce del sole.
Vostro,
Coro

Alex emise un suono che stava tra l'ammirazione e l'esasperazione. Dopodiché ci fu il silenzio, che si protrasse fino a quando il cellulare di Martha vibrò e lei guardò lo schermo.

«Jonathan è qui vicino, arriva fra dieci minuti».

«Che fortuna», ringhiò Simon, tirandosi la barba.

«Che facciamo, aspettiamo?», chiese Safi.

Martha fece un cenno di diniego e si alzò. «No. Safi, puoi ricopiarla sulla lavagna, per favore? Io vado a preparare il caffè».

«Se la risolviamo prima che arrivi, immagino che potremmo fingere di essere confusi finché lui non giunge alla soluzione e ce la spiega», suggerì Simon, quasi allegro.

«Ottima idea. Potrebbe risparmiarci di ricevere altri messaggini sarcastici», disse Alex.

Martha prese alcune tazze e si accinse a preparare il caffè per gli altri, con la mente annebbiata come le finestre ricoperte di polvere nel cucinino dell'ufficio. Ora che il sollievo per il lavoro svolto era svanito e che Coro era tornato in scena, cominciavano a tornarle a ondate le conversazioni avute di recente con Caldwell e con suo padre, e tutte e due la facevano fremere. Una frase dopo l'altra, i pensieri le si schiarirono pian piano fino a diventare aghi. Schegge di metallo luccicante che trafiggevano la nebbia ed erano impossibili da schivare.

«Accidenti!».

Aveva rovesciato il caffè, naturalmente. Il liquido caldo le ustionò la pelle e lei sentì gli occhi che le si riempivano di lacrime. Eccolo di nuovo, il balenare del tempo. Le domande di suo padre le ritornarono addosso con un tonfo. *Che cosa stava succedendo fra te e Charlie quando è scomparsa, Martha?* Avrebbe dato qualsiasi cosa per non dover rispondere a quella domanda. E non sapeva neanche qual era la risposta, in realtà. Che Charlie – anche nella sua versione distante e indaffarata, quella che, come suo padre, era passata oltre alla questione degli *A-levels* – aveva esercitato ancora un fascino magnetico su di lei quell'estate? Che lei, per una volta, avrebbe voluto avere qualcosa per prima, qualcosa che anche Charlie voleva? Che era andata a prendersela e provava un senso di trionfo acuto e pungente? Poi Charlie era scomparsa e il trionfo insieme a lei, lasciando a Martha solo un senso di colpa doloroso che le faceva compagnia ormai da più di un decennio. Il suo ultimo ricordo di Charlie non era banale come quello dei suoi genitori. Era decisivo, era la linea di demarcazione tra il prima e il poi di Martha. E ora, grazie a Coro, avrebbe dovuto seguire di nuovo quel sentiero. Cosa aveva detto Tanya? *Maledetta Charlie, è ancora qui a mandare a puttane le cose.* C'era qualcosa di vero in quella frase.

Asciugò il pasticcio con i tovagliolini di carta, ma il caffè color inchiostro sgocciolò lungo i mobili e si raccolse a terra.

«Che stupida, che razza di stupida...».

«Tutto bene, Martha?». Era Safi, che sbirciava dalla porta del cucinino. «Mi chiedevo se avessi bisogno d'aiuto».

«Ho rovesciato il caffè», le disse Martha a mo' di spiegazione.

Safi sorrise. «Hai il tono di una che ha appena cancellato il database, o roba del genere». Porse la mano. «Su, dalli a me e finisco io di asciugare. Il capo è arrivato».

Jonathan si era comprato un cappuccino. Lo reggeva in una

mano mentre prendeva una sedia lungo una parete della stanza e la piazzava al centro del ferro di cavallo formato dalle loro scrivanie. Ora era seduto esattamente di fronte alla lavagna, una gamba accavallata sull'altra con aria sicura di sé.

«Ciao, Martha!», esclamò disinvolto mentre lei entrava con il vassoio e distribuiva i caffè. «Stavo giusto dicendo al gruppo che ho passato un po' di tempo a guardare le prime due lettere. Sono un bel guazzabuglio, ma ho capito come vi hanno portati a Charlie e a Brin. Vi manderò per email un elenco delle parole che ha usato e sono state attribuite in passato a Shakespeare, e un gruppo di quelle che sono ritenute ancora sue. Brin aveva qualcosa di interessante da dirvi?».

Safi girava il cucchiaino nervosamente nella tazza, facendolo tintinnare. Martha scoprì che, anche stavolta, non voleva guardarlo, quindi lasciò ad Alex il compito di spiegare l'attività parallela di Charlie nella vendita di libri antichi rari. Martha notò che non fece menzione della loro visita a Tom. E nemmeno Simon e Safi, e provò un impeto di gratitudine per tutti e tre.

Jonathan si sporse in avanti, con la mano sotto il mento, e fissò la lavagna con ostentata nonchalance. Seguirono tutti il suo sguardo e rilessero la lettera. Al confronto di questi, gli strani a capo della prima lettera non erano niente. Qui sembrava che le righe fossero tagliate loro malgrado, le frasi erano interrotte in un modo che infastidiva tanto quanto incuriosiva. Mentre rileggevano il testo, inciamparono tutti nelle sue stranezze.

Il silenzio fu interrotto da Jonathan, che sbuffò con un'aria di disagio. «Freudiano? Sono perplesso».

«Tu hai ricevuto una cartolina, Jonathan?», gli chiese Safi. Il suo taccuino era aperto, pronto.

Lui la guardò all'improvviso negli occhi. «Ah, sì, a quanto pare sì. L'ho trovata ieri tra le lettere dei miei ammiratori».

«Ecco perché è finita sommersa, allora», osservò Alex, in equilibrio sul filo tra gentilezza credibile e sarcasmo. «Che citazione c'era?».

«Ha importanza?», ribatté lui assente, continuando a guardare la lavagna.

«Non si sa mai».

I suoi lineamenti assunsero la consueta affabilità. «C'era scritto: "Tu sei uomo di lettere, parlagli!"[35]».

L'*Amleto*. Nella mente di Martha si materializzò l'immagine di un bastione avvolto dalla nebbia, e un gruppo di uomini spaventati che cercavano di trovare il coraggio per comunicare con un fantasma.

Jonathan cambiò direzione con agilità e indicò la lavagna. «In questo messaggio non c'è niente di Shakespeare. Le prime due lettere erano piene di citazioni. A proposito, avete visto il comunicato stampa di Pippa? Molto ben fatto, secondo me. Mentre venivo qui ho parlato anche col giornalista».

A nessuno sembrò necessario dare una risposta.

«Hai notato niente di strano il giorno della tua presentazione, Jonathan?», chiese Simon, poi si appoggiò allo schienale e prosciugò la tazza di caffè.

Jonathan distolse di nuovo lo sguardo dalla lavagna.

«La settimana scorsa, dici?»

«No», specificò Simon. «Il giorno in cui Charlie sparì. O avevi notato qualcosa su di lei nei giorni precedenti?».

Jonathan aveva l'aria confusa. «Sono venuto a parlare della lettera».

Simon emise un sospiro teatrale. «Lo sappiamo bene, ma anche tu hai ricevuto una cartolina. Proprio come noi. Per via di tutti i commenti meschini di Coro sui segreti e le bugie e gli insabbiamenti, abbiamo cercato di ricostruire una specie di linea del tempo».

Guardò Safi, che tornò indietro fra le pagine del taccuino.

«La mamma e il papà di Martha hanno visto Charlie che lavorava a casa la mattina del 23 settembre. L'informazione successiva che abbiamo è che Gemma, la tua agente, ha ricevuto un messaggino da Charlie che la avvertiva di non riuscire ad andare a pranzo da lei. A quanto pare sono stati i suoi genitori gli ultimi a vederla; quella sera non è tornata a casa».

«Questo lascerebbe intendere che l'arco di tempo più importante era la tarda mattinata, non la sera», disse Jonathan.

[35] William Shakespeare, *Tutte le opere*, a cura di M. Praz, Sansoni, Firenze 1980, p. 682.

«Forse. O il pomeriggio. Ma a quanto pare Coro ha mandato cartoline a molta gente che era presente alla tua presentazione. E quindi potrebbe avere la sua importanza».

«Io sono stato qui tutto il giorno», disse Simon, «e così Alex, e siamo andati insieme alla tua presentazione. Io sono tornato a casa prima perché Chloe stava mettendo i dentini. Alex è rimasta fino alla fine e poi è andata a fare una passeggiata a Jericho. Martha era via, all'università, e Safi era a casa a Peckham, a sognare gli S Club 7 o qualcuno di simile».

«Quelli sono molto più antichi», mormorò Safi.

«Ero alla presentazione, chiaro», disse Jonathan, irritato, «poi abbiamo finito e sono andato a casa. Ero esausto».

«Sei andato a casa da solo?», chiese Alex.

«Cristo, non sono affari vostri!», esclamò Jonathan, alzandosi e girandosi a guardarli ora, il viso che aveva smesso di sforzarsi di essere educato.

«È ovvio che non sono affari nostri», osservò Martha, sorpresa dal proprio tono brusco, «ma Coro ci sta spingendo a parlare di faccende che tutti preferiremmo non rivangare».

Jonathan incrociò il suo sguardo, gli occhi ancora di bragia, poi prese la giacca. «Olivia è tornata a casa con me per bere qualcosa, e l'ho messa su un taxi a tarda notte», disse con tono incerto. Martha aveva gli occhi sbarrati. «Il giorno dopo avevo un paio di interviste alla radio. Sono andato allo studio della BBC Oxford, e poi a fare dei firmacopie in città. Dopodiché sono stato più che altro a casa dei tuoi, cercando di rendermi utile, oppure sono andato ad attaccare quelle cavolo di locandine».

Il pompon saltellava su e giù. Sembrava che Jonathan si fosse esercitato bene a dare quelle risposte, pensò Safi, ma d'altra parte questo valeva per tutti. Senza dubbio era il risultato degli interrogatori infiniti da parte della polizia.

«E quindi anche tu hai ricevuto una cartolina?», chiese Jonathan a Safi. «È impossibile che tu ci abbia avuto qualcosa a che fare, il che significa che Coro non sta spedendo cartoline solo a persone che sospetta abbiano commesso qualche strano peccato».

«Forse non voleva che io mi sentissi esclusa», rispose Safi.

Jonathan fece una smorfia, poi guardò di nuovo la lavagna.

«Be', se in questa non ci sono riferimenti shakespeariani, non so bene come posso esservi d'aiuto. Tenetemi aggiornato sui vostri progressi».

Al che se ne uscì dall'ufficio con passo altero, tirando fuori il cellulare.

«Il cappuccino non ha nemmeno avuto tempo di raffreddarsi», notò Alex.

«Sì, era molto sulla difensiva», aggiunse Simon.

Safi fece il giro dei colleghi con lo sguardo. «Abbiamo fatto male a non dire niente sul numero dei versi? Però... è uno studioso di Shakespeare! E uno dei migliori, a quanto dicono. Deve essersi almeno accorto che sono quattordici».

25

conférma, s. f. [der. di *confermare*]
Con sign. astratto, prova certa di un fatto, di una supposizione

L'atmosfera si era notevolmente rilassata ora che Jonathan se n'era andato.

«Ti senti bene, Martha?», le chiese Alex, poi continuò esitante: «Ci troviamo di fronte al solito dilemma: proviamo a risolverlo, o lasciamo che Coro vada a farsi fottere, inoltriamo la lettera alla polizia e ci rimettiamo a lavorare».

Martha uscì dalla scrivania e prese un pennarello.

«Sinceramente non so più cosa voglio, Alex. Ma siamo qui».

«Non mi ha richiamata», disse in fretta Alex, e Martha notò una nuova tristezza nella sua voce. «George, intendo. Ci ho riprovato ieri sera».

«Ti ringrazio», mormorò Martha, e irrigidì gli addominali in attesa di essere ancora trafitta dal senso di colpa. Almeno stavolta Simon ebbe il buonsenso di tenere la bocca chiusa. Si girò di nuovo verso la lavagna e picchiettò il pennarello sul palmo della mano. «Mi chiedo se potrebbe essere utile scriverci accanto un sonetto di Shakespeare. Non mi sembra che Coro ce ne abbia indicato uno in particolare, però. Qualcuno di voi ne ha uno preferito?»

«Il 116», rispose subito Safi. «È il preferito di mio padre. Lo cita a mia madre ogni volta che è nei guai. Funziona sempre».

Martha sorrise e lo scrisse nell'altra parte della lavagna:

Nulla, a nozze di veri sentimenti
sia d'ostacolo: amore non è amore

Se muta quando scopre mutamenti,
tende a morire se nell'altro muore.
Oh no, l'amore è un faro costante
Che guarda alla tempesta e non si spezza;
È la stella per ogni nave errante,
di pregio ignoto e nota elevatezza.
Il Tempo falcia guance rosee, e labbra,
ma l'amore del Tempo non ha paura;
un'ora o un giorno breve non lo cambia,
e fino al giorno del Giudizio dura.
Se questo è errore, e mi sia provato,
non scrissi mai, né mai alcun uomo ha amato.[36]

Esaminò le parole. Un poeta che descriveva la sua speranza di immortalità, e dell'immortalità dell'amore. Una supplica e una preghiera adatta a ogni matrimonio.

Ci fu una lunga pausa mentre tutti leggevano i versi sconnessi di Coro lì a fianco.

«Ebbene, Coro non è certo Shakespeare», disse infine Simon.

Safi emise un verso di disprezzo. «No. I suoi versi non hanno alcuna scansione metrica. Non ha cercato di metterli in pentametri giambici».

Quando Martha si era imbattuta nei pentametri giambici per la prima volta, sua madre glieli aveva spiegati come la forma poetica del battito del cuore: tu-tum, tu-tum, tu-tum. Si poteva rimarcare il ritmo leggendo uno dei versi di Shakespeare, sentendolo così faticoso e pesante, oppure leggere il verso con naturalezza e lasciarlo diventare la cornice su cui si poteva appendere la poesia: l'ossatura elegante e invisibile dei versi, come quella di un'ala d'uccello, leggera e delicata, che consentiva alle parole di librarsi in volo.

«Ammette lui per primo di non essere un poeta in rima», disse. «Ma sostiene che in quella rima sta la verità. A me sembra che la chiave di tutto sia questo, no?»

«Martha, attieniti allo schema ritmico», suggerì Alex.

[36] William Shakespeare, *Shakespeare in amore*, a cura di D. Bramati e G. Galzio, Salani Milano 2000.

E così fece. Sentimenti/mutamenti, amore/muore, costante/errante. La classica forma shakespeariana a cui si era attenuto per tutti i suoi sonetti editi. Abab, cdcd, efef, gg. Tre quartine e un distico.

Poi arretrò e continuò a spostare lo sguardo dallo scritto di Coro a quello di Shakespeare.

«Secondo voi dobbiamo cercare un altro messaggio nascosto sotto il testo?», chiese.

«Dio, spero proprio che ci sia un senso nascosto in quell'assurdità», biascicò Alex. «Però credo che ci siano anche altri indizi. Vuole che cerchiamo tra le opere di studiosi precedenti. Il che può voler dire solo una cosa, no? Le schede lessicografiche. Le schedine».

La "scheda lessicografica" ha un significato specifico nella lessicografia, un altro codice tribale che Martha aveva imparato a usare rapidamente.

Secondo Mike, il suo predecessore, il *crowdsourcing* era iniziato con i dizionari. Martha ricordava che gliene aveva parlato quando le aveva fatto la visita guidata, poco prima che iniziasse a lavorare al CED. Faceva parte del passaggio di consegne. Qualsiasi vocabolario accademico o storico, aveva continuato, si basa sulle prove della personalità di una parola in natura: come si comporta, quali amici frequenta, l'ambiente in cui prospera e, se si è fortunati, chi è stato a crearla per primo. I lessicografi raccolgono queste informazioni in vari modi. Alcuni si affidano ai dati alla base dei dizionari esistenti, dove il lavoro è già stato fatto, ma altri cominciano la caccia da zero.

Il *Clarendon English Dictionary* apparteneva senz'altro a quest'ultima categoria, era il risultato continuativo di una mastodontica operazione logistica che coinvolgeva le prove inviate da migliaia di lettori volontari. Astronomi, romanzieri, parroci, suffragisti e casalinghe, filosofi e paleontologi, e persino alcuni pregiudicati, avevano costruito collettivamente la struttura portante di quella che era diventata la più autorevole fonte lessicografica del mondo.

Gli indizi accumulati da quell'esercito di lettori curiosi ed entusiasti venivano presentati su strisce di carta – che loro chiamavano "schedine" – che comprendevano testimonianze biografiche sulla lingua in formato 10 x 15 cm. Erano migliaia, e dopo un appello pubblico da parte dei redattori del dizionario ne erano arrivate così tante che i lessicografi non riuscivano a trovare spazio sufficiente per ospitarle. Erano state create apposite biblioteche di schedine, o *scriptoria*. In realtà, spesso non erano altro che l'anticamera dell'ufficio di un redattore. Martha aveva sempre trovato divertente che una parte rilevante delle schedine delle lettere M-ME fosse caduta dietro un vecchio pianoforte, e fosse stata rosicchiata sugli angoli da topi a cui importava poco del valore di quelle preziose testimonianze storiche. Oggi, quelle stesse schedine malconce erano conservate in custodie di legno di quercia sopra armadietti di acciaio, dove restavano a disposizione dell'équipe del dizionario a mano a mano che le vecchie voci venivano riviste e ne venivano redatte di nuove.

«Ho capito!», gridò Simon, così forte che le donne ebbero un soprassalto.

26

alloggiare, v. tr. e intr. [der. di *loggia*]
2. intr. [aus. *avere*] Dimorare temporaneamente in casa altrui o in albergo

«È diabolico: la chiave è lo schema delle rime!».

«Spiegaci, Simon», disse Alex.

Simon saltellava per l'entusiasmo sulla sedia ergonomica. «Allora, nelle ultime lettere abbiamo dovuto individuare le parole significative nel testo. La prima lettera ci ha fatti entrare facilmente, usando solo la prima parola in ogni paragrafo. La seconda era molto più complicata, usava le indicazioni di tempo musicali per indicare le parole giuste in ogni paragrafo. Stavolta nessuna delle due funzionerebbe e, come abbiamo detto, questa non ha un suo schema di rime, e nemmeno un ritmo. Anzi, semmai il contrario. Ma c'è una chiave, ed è disposta in forma di sonetto. Lo schema delle rime di un sonetto shakespeariano è la chiave».

«Quindi l'ultima parola o sillaba di ogni verso?». Safi scosse il capo. «Ma è assurdo!».

Simon agitò le mani per aria, ebbro di rivelazioni come un predicatore neoconvertito. «No! Usiamo il codice di sostituzione numerica più facile: a equivale a uno, o viceversa, e b è due… Quindi la prima parola del primo verso, la seconda del secondo, la prima del terzo…».

Martha cerchiò le parole della prima quartina. «Cercate il salmo questa… no, dopo non funziona più».

Simon scosse il capo. «No, ricordati la forma: abab, cdcd, efef, gg. Quelle rime sono la c e la d nello schema del sonetto, quindi nella seconda quartina devi alternare la terza e la quarta parola».

«È... la... risposta... per...».

Safi applaudì. «Simon! L'hai risolto!».

Lui sorrise, e sopra la barba comparve un lieve rossore d'orgoglio. «Nella quartina dopo, la quinta e la sesta parola...».

Martha le lesse ad alta voce mentre continuava. «..."l'universo trovate la", e poi la settima di ciascun verso nel distico finale: "assetata creatura"».

"Cercate il salmo. Questa è la risposta per l'universo. Trovate l'assetata creatura".

Ci fu un mormorio collettivo di congratulazioni mentre ciascuno di loro assimilava il risultato finale. «Ma quale salmo?», chiese Alex. «C'è qualcosa nella lettera che lo suggerisce?».

Simon fece cenno di no. «Io non lo capisco. Cazzo».

Safi si sporse sopra la scrivania per battergli il cinque. «Però sei arrivato fin qui, vecchio. Meglio di Jonathan!».

Alla fine distolsero gli occhi dalla lavagna, ma con il passare della giornata di tanto in tanto le lanciavano uno sguardo, mentre l'enigma ribolliva senza sosta nelle loro teste. Safi vedeva spasmi di irritazione e confusione sul viso di tutti i colleghi. Per due volte, quando alzò gli occhi, trovò Martha che fissava la lavagna, giocando con la collana. Ogni volta alla fine si mordeva il labbro e tornava al suo monitor. Simon continuava a guardare fuori dalla finestra e ad aggrottare le sopracciglia, come se potesse trovare la soluzione incisa nel cielo primaverile. Nel tardo pomeriggio Martha ricevette una telefonata da Caldwell.

«Il conto in banca segreto», spiegò agli altri, che la guardavano in attesa, appena ebbe riagganciato. «Dentro c'erano quasi cinquemila sterline. Caldwell sta ricostruendo le transazioni, ma gran parte degli introiti a quanto pare arriva da librai antiquari di Londra, e i prelievi erano in contanti».

«E così ci servirebbe la data dell'ultimo», disse Safi, ignorando Simon che in automatico la criticava per la sua abitudine di cominciare le frasi con "E così".

«L'ultimo prelievo è stato appena prima di Pasqua, anche se

alcuni pagamenti sono entrati fino al momento in cui è scomparsa».

«Questo dimostra che usava il suo conto per fare acquisti alle aste, e poi rivendeva la merce, ma non ne comprava altra». Safi picchiettò la matita sul taccuino. «Ti ha detto qualcos'altro?»

«Ci ha fatto in bocca al lupo per l'indizio», rispose Martha, e tutti guardarono la lavagna.

Verso fine giornata, il loro sguardo cambiò dallo sconcerto a qualcosa che si avvicinava al risentimento. Quando ormai erano le cinque passate, erano tutti delusi. Simon se ne andò per primo, poi Alex, augurando buone vacanze a tutti, e così nel buio che avanzava restarono solo Martha e Safi, che guardavano ancora la lavagna.

«Fai gli straordinari, Martha?»

«No, fra un minuto vado a cena con Gemma», rispose. «Passa delle vacanze fantastiche, Safi».

Safi si sforzò di darle la buonanotte con allegria, ma andandosene dall'ufficio si sentiva spiazzata, stanca e ansiosa. Era sicura che se ora fosse andata a casa avrebbe litigato con qualcuno dei suoi coinquilini. Sembrava impossibile trasferirsi dallo spazio chiuso dell'ufficio ai quattro muri della sua stanza, così andò in bagno, indossò la tenuta da corsa, prese la sua bici luccicante e pedalò fino al Folly Bridge per andare sul sentiero lungo l'argine del Tamigi. Doveva per forza correre fino a recuperare il buonumore; o, se non altro, a cambiare umore.

Oxford era un paradiso per i corridori e i ciclisti, con chilometri di piste e di alzaie che conducevano fuori dalle strade trafficatissime della città. Safi passò tra chiatte dipinte a colori vivaci sull'acqua, alcune impavesate per l'Incoronazione imminente, e seguì l'alzaia lungo argini folti di trifogli e code di volpe. I canottieri attraversavano il fiume vogando come notonette e irradiando silenziosamente piccole onde intorno a sé sulla superficie dell'acqua ancora arrossata dal sole. Safi corse piano per un paio di minuti, poi cominciò a darci sotto, contando le falcate in modo da mantenere una respirazione regolare e saltellando leggera sulle dita dei piedi. Aveva letto degli articoli sui benefici di correre in silenzio, e ogni volta che sentiva gli altri corridori che le passavano a fianco con un rumore sordo per le strade di

Oxford trasaliva di dolore pensando alle loro ginocchia, ma ora era da sola nel tramonto, e il suo ritmo era interrotto solo di tanto in tanto da qualcuno che portava a passeggio il cane.

Ascoltò i suoi muscoli e i polmoni, controllando e migliorando la postura mentre correva, occupando la sua mente consapevole con le meccaniche del corpo e lasciando che il subconscio facesse affiorare frammenti di ricordi, musica, istantanee di vita casuali. Libri che aveva letto da bambina, le sue passioni politiche, i suoi timori per il futuro: le vorticavano tutti in testa come le foglie sul fiume. *Cosa voglio fare della mia vita? Mi basta così? Qual è la risposta dell'universo, Coro? Un salmo disperso?* Pensò a una delle sue zie che sceglieva un versetto della Bibbia a caso e lo usava come una specie di oracolo personale. "Nostro Signore mi dirà cosa fare".

Ebbene, Nostro Signore, hai qualche indizio?

Ora aveva trovato la cadenza giusta e correva con una falcata facile, se voleva avrebbe potuto proseguire per chilometri. La sua mente tornò all'ultimo enigma, continuando a spostare lo sguardo lontano. Funzionava meglio se si concentrava su qualcos'altro e lasciava che quello che doveva risolvere frullasse in sottofondo come un'app che si aggiorna sul cellulare. Come erano strane quelle lettere. Martha aveva voluto bene a sua sorella? Secondo Safi sì, ma stava cominciando ad avere l'impressione che il loro amore fosse complesso. Sorelle... Enigmi. Da piccola c'era un libro che aveva adorato, l'aveva scovato nella biblioteca di Peckham che era diventata la sua seconda casa. Amava la solidità di quell'edificio: era vistoso ed enorme, una gigantesca fetta di vetro che sembrava una giocosa L capovolta. Come si intitolava quel libro? Aveva davanti agli occhi la copertina. Ah, ecco: *Minnow on the Say* di Philippa Pearce.

L'illustrazione di copertina raffigurava due bambini in barca, una cosa che non aveva mai visto a Londra. Avrebbe potuto benissimo essere Oxford: uno dei canali navigabili in barchino, di acqua marrone che scorre lentamente, sovrastata dal verde. La bibliotecaria, una signora gentile che aveva le braccia piene di braccialetti d'argento e non si spazzolava mai i capelli, gliel'aveva consigliato perché Safi aveva divorato *Il giardino di mezzanotte* della stessa autrice. Anche il suo enigma era una poesia, anche se, a differenza di quella di Coro, questa era in rima. E la soluzione era nascosta sotto gli occhi di tutti… su cui tutti erano concentrati…

Si fermò, sentendo la risposta che le arrivava stando in bilico sui confini della chiarezza.

La virgola.

In quel libro la soluzione si basava su dove si trovava la virgola nella poesia. Aveva cambiato il senso del verso e li aveva condotti al nascondiglio del tesoro.

«"Cercate il salmo. Questa è la risposta per l'universo…"», ripeté ad alta voce. Ed ecco che tornava il ricordo della bibliotecaria, che quella volta le aveva dato un libro per adulti con una bella copertina fluorescente. "Nella vita esiste anche il divertimento, Safiya", le aveva detto. Era *Guida galattica per autostoppisti* di Douglas Adams.

Prese il telefono e chiamò Alex.

«Quarantadue!», esclamò appena le rispose.

«Cosa dici?»

«L'indizio. Abbiamo sbagliato a mettere i punti. E se leggessimo: "Cercate il salmo, questa è la risposta per l'universo"? Il salmo che stiamo cercando è quello "che è la risposta per l'universo"».

Un attimo di pausa. «Quarantadue! Ma certo! Resta in linea, Safi, lo cerco subito».

«Allora hai capito a cosa mi riferisco?», chiese Safi, rabbrividendo un po' mentre la pelle sudaticcia si raffreddava.

«Ma certo, alla *Guida galattica*. Gli esseri più avanzati della galassia creano un supercomputer con un compito da risolvere, trovare la risposta alla vita, all'universo e a tutto quanto, e dopo un milione di anni o qualcosa del genere, annunciano che la risposta è quarantadue. Comunque, secondo me ha più senso della maggior parte delle religioni ufficiali».

«E quindi nel Salmo 42 c'è un animale assetato?».

Safi sentì una piccola inspirazione dall'altro capo del telefono. «Ebbene sì. È la prima riga: "Come la cerva anela ai corsi d'acqua, così l'anima mia anela a te, o Dio"».

«Una cerva? E adesso che facciamo, Alex?»

«Propongo di andare in ufficio a cercare tra le schedine alla voce "cerva". Immagino che possiamo aspettare fino a martedì...».

«No!», protestò Safi. «Ora!».

«Va bene. Chiamo Simon e Martha. Ci vediamo lì».

Safi batté il proprio record personale nella corsa di ritorno.

27

émpito, s. m. [lat. *ĭmpĕtus -us*: v. impeto]
Slancio violento e incontrollabile; entusiasmo disordinato

La casa di Gemma era sulla curva accennata di Holywell Street, un vicolo medievale stretto e lungo nel cuore della città, vicino alla vasta arteria che era Broad Street e al vicoletto tortuoso della Turf. Era un'alta casa lussuosa di tre piani con la facciata in stile georgiano, e le finestre a doppio telaio con le colonnine a fianco di lampioni vittoriani che sembravano perfettamente a loro agio nel tramonto che si addensava. Come la maggior parte degli edifici sul lato nord, la casa apparteneva al Merton College, al quale Gemma era più che contenta di pagare un affitto salato in cambio di uno dei codici postali più fighi di tutta Oxford. Il college le permetteva di riarredare tutto a intervalli regolari, e Martha ora la stava vedendo nella sua ultima incarnazione, in stile Mid-century modern.

«La torta alle noci pecan!», esclamò Gemma con entusiasmo eccessivo, mentre faceva entrare Martha nell'atrio. «Che idea fantastica. Mi sa che qui non si trovano i dolci tedeschi, non come a New York. È vero che sono fantastici? Quand'ero giovane adoravo la torta *Schwarzwaldkuchen*». La pronunciò così male che Martha ci mise qualche secondo per capire di cosa parlava.

«Non sono niente male». Martha sorrise e le passò il sacchetto di Nash, nel Mercato Coperto. «A Neukölln c'era un panettiere fenomenale e ci andavo tutti i weekend».

«E poi probabilmente non mangiavi altro per tutto il giorno. Ah, a proposito, ho preparato il pollo arrosto, spero che tu abbia fame. C'è del vino bianco in fresco sul tavolo».

Chiacchierarono del più e del meno per qualche minuto, finché Gemma la fece accomodare in salotto. C'erano fiori freschi – gladioli – in un grande vaso cinese su un tavolo dietro il divano, e la mensola sopra il camino era tappezzata di inviti multicolori a varie presentazioni di libri. Sul tavolo c'era una ciotola di olive. Martha si ricordò di una cosa che aveva detto un deputato in Parlamento, sulle olive e sugli snob. L'aveva visto su Twitter e aveva riso, Sabine le aveva chiesto spiegazioni, e a quel punto Martha si era ritrovata impantanata a spiegarle le complessità del sistema delle classi sociali inglesi per oltre venti minuti.

«Gemma, perché quando mi hai telefonato hai detto che sono uno spasso?».

Gemma si sistemò su una delle poltrone vicino al fuoco e posò il bicchiere di vino, imperlato di umidità, su un sottobicchiere di vetro. Era dello stesso verde della collana che indossava, intagliata nel vetro marino e avvolta in intricate catene d'argento, che evocavano una regina degli abissi intrappolata in una rete magica.

«Perché mi hai mandato quella cartolina, naturalmente. Sei sempre stata una ragazza dolce e strana».

Martha scosse la testa. «Non ti ho mandato nessuna cartolina. Era del CED? Con una citazione di Shakespeare sul retro?»

«Shakespeare? Conosco solo ciò che Jonathan cita nei suoi libri, e la metà di quelle citazioni mi entra da un orecchio e mi esce dall'altro. "La figura della verità, della fede, della lealtà"[37]. Vuoi dire che non l'hai mandata tu?»

«No».

Martha prese il vino e ne bevve un sorso; era un Gewürztraminer, e per un momento si ritrovò a Lipsia, a bere lo stesso vino da un bicchiere con un gambo verde attorcigliato in un bar appena fuori dalla cattedrale. Riusciva quasi a sentire quel caldo sapore affumicato e la risata di Sabine.

«Ma ne ho ricevuta uno anch'io. E molte altre persone».

Gemma non disse nulla, inclinò semplicemente la testa di lato e aspettò che continuasse.

[37] William Shakespeare, *Tutte le opere*, a cura di M. Praz, Sansoni, Firenze 1980, p. 1112.

«Riguarda Charlie».

«Riguarda *Charlie*», ripeté Gemma. «Oh, cielo. Non di nuovo. Prima c'è stato il decimo anniversario, poi la spinta di tua madre per riaprire tutto. E ho già dovuto scacciare una folla di opportunisti».

«Opportunisti?»

«Ah, c'è stato un giornalista che voleva scrivere un libro qualche anno fa, e un altro che ha letto il necrologio di tua madre e ha pensato che la storia sarebbe stata perfetta per un podcast. Gente morbosa».

«Come sei riuscita a fermarli?»

«Martha, tesoro, sarò anche solo una vecchia amica di tua madre, ma ho una certa influenza nel settore. Soprattutto dopo il successo di Jonathan. Gli ho trovato dei contratti per altri progetti».

Martha fissò il suo bicchiere, sentendosi immediatamente in imbarazzo. Com'era possibile che non sapesse nulla di tutto questo? «E perché li hai fermati?»

«Perché erano avvoltoi», rispose la donna con fermezza. «I peggiori tra i curiosoni del *true crime*. Avrei potuto reagire in modo diverso se fossero state persone serie. Ma non lo erano». Martha ricordò le parole di Caldwell sull'ascesa del *true crime*, sulle famiglie che venivano perseguitate. «Ero anche abbastanza sicura che a te e tuo padre avrebbe dato molto fastidio. Mi sbagliavo?»

«No. No, certo che no».

«Bene». Gemma bevve e poi appoggiò il bicchiere sul sottobicchiere con un tintinnio. Martha notò un quadretto con una natura morta sulla parete dietro la sua sedia, che ritraeva una brocca a righe tenui davanti a una tenda di velluto scuro. Sembrava molto simile a un Ben Nicholson. Ma perché comprare qualcosa di così raffinato e metterlo dietro la sedia, dove lei non poteva vederlo? Poi capì: era perché la persona seduta sull'altra sedia potesse vedere lei e l'oggetto insieme. Faceva parte della coreografia, della composizione che Gemma aveva creato per sé, come i fiori e la collana.

«Probabilmente queste cartoline sono la prova generale di qualcuno che vuole ritentare», continuò Gemma. «Dio sa che hanno scritto un libro di *true crime* su ogni omicidio nel Paese negli ultimi cento anni, quindi continueranno a dare la caccia a Charlie, temo. È un mercato enorme». Allungò la mano per prendere un'oliva e se la mise in bocca, assaporandola per qualche secondo. «In realtà, le cartoline sono un'idea piuttosto furba». Spinse la ciotola verso Martha. «L'hai già detto a tuo padre?»

«Mercoledì sera».

Gemma fece una pausa, aspettando che lei spiegasse di più, e Martha prese un'oliva per segnalare che non aveva intenzione di farlo. «Non è stata una conversazione divertente, immagino. Non ti giudico, tesoro. Voglio bene a tuo padre, ma lo ammetto: la cosa che mi piaceva di più di lui era quanto amasse tua madre. L'ha apprezzata dal giorno in cui si sono sposati fino al giorno della sua morte, e questa è una cosa straordinaria e rara. In entrambi i miei matrimoni eravamo ossessionati l'una dai difetti dell'altro più che dalle nostre virtù. Com'è che dicono gli psicologi? La salienza degli stimoli negativi. Ma suppongo che tutti abbiano i loro difetti».

Le olive erano buone. Sapevano di timo e sole e di lunghe giornate passate a leggere con un bicchiere di vino e la vista dell'Adriatico. «Per quale motivo Charlie doveva venire a trovarti il giorno in cui è scomparsa?»

«Cosa ti fa pensare che fosse per qualcosa in particolare?»

«C'era sempre qualcosa in particolare con Charlie». Le sembrava strano dirlo ad alta voce, un tradimento, ma stranamente la faceva anche sentire più forte.

Gemma rimase in silenzio per un po'. «Non me l'ha detto. Ma ho sempre pensato che, se qualcuno mi propone all'improvviso di pranzare insieme, probabilmente vuole scrivere un libro».

«Non gliel'hai chiesto?».

Gemma corrugò la fronte. «L'ho vista in città. Era seduta fuori dal bar della tipografia con un'amica e ho avuto la sensazione che si stesse un po' mettendo in mostra davanti a lei. Passavo di lì e mi ha chiamata. Ha detto che aveva "qualcosa di esaltante" di cui parlarmi. Stavo passando una brutta giornata, ero molto agitata per il libro di Jonathan, quindi senza dubbio ho detto qualcosa di stupido come: "Oddio, non avrai mica scritto un romanzo, vero?". La sua amica ha riso e questo l'ha fatta un po' arrabbiare. Ha detto di no, che non era un romanzo, ma era qualcosa di speciale e voleva darmi la possibilità di rifiutarlo per prima, dato che ero un'amica di famiglia». Scosse la testa e il vetro marino intorno al collo le proiettò ombre acquose sulla pelle. «Ricordo di aver pensato a quanto possano essere pesanti i giovani. Ho immaginato che forse voleva propormi di trasformare in un libro la sua tesi di dottorato, e non è proprio il mio genere. Se un libro non ha la possibilità di finire da Waterstones, non sono la persona adatta per quel lavoro. Ma Charlie è stata insistente. Abbiamo tirato fuori i cellulari per fissare un appuntamento. Così le ho detto di venire a pranzo quel giovedì».

«Cosa hai pensato quando ha annullato l'appuntamento?»

«Ero seccata. Avevo una giornata impegnativa. Sospetto che avesse capito che si sarebbe solo resa ridicola se fosse venuta. Era... be', a casa tua c'era sempre il Charlie Thornhill Show, no? Le piaceva fare teatro, suscitare reazioni nelle persone. Quando non si è presentata, ho pensato che la questione della sua reputazione fosse più seria di quanto credevo. Era così abituata a essere la numero uno. È pericoloso costruire la propria autostima sull'adorazione degli altri».

Martha si sentì disorientata. Bramò la quiete del suo vecchio appartamento, i suoi angoli accoglienti e il vago odore di tabacco, la cera che si era formata sotto i candelieri sul tavolo segnato. E, soprattutto, la sua lontananza da lì. In tutti gli anni trascorsi dalla partenza di Charlie, a Martha non era mai venuto in mente che gli altri vedessero sua sorella come la vedeva lei. Aveva pensato che Charlie sarebbe rimasta per sempre immortalata in uno stato di perfezione: quella che brillava, che compiaceva le persone, che correva incontro alla vita con uno sguardo incrollabile azzurro chiaro e viveva come se avesse una telecamera invisibile puntata su di lei ogni minuto. Era tutta la proiezione di una mente gelosa? Quella scoperta non portò alcun sollievo; al contrario, Martha sentì un bisogno immediato e illogico di difendere la sorella.

«Ma ci rendeva la vita più luminosa», disse piano.

Il pollo era squisito e Martha si lasciò rinvigorire mangiandolo. Gemma era molto brava a far sentire interessante la persona con cui parlava, almeno quando ci provava, e ora lo stava facendo. Martha le era grata. Si ritrovò a parlare di Berlino, di Sabine, del suo vecchio appartamento e del nuovo lavoro. Per un momento Coro e Charlie si ritirarono nell'ombra e lei provò la strana sensazione di essere accudita, ma notò anche un disagio incipiente nel parlare solo di sé.

«Come sta andando il nuovo libro di Jonathan?»

«Abbastanza bene, davvero». Gemma spinse via il piatto. «È un periodo dell'anno difficile per i libri cartonati, quindi non mi ha sorpresa che stavolta non sia entrato nella top ten. E, siccome è un'edizione collegata al suo programma, i giornali tendono a non recensirla in modo approfondito. Sulla "Literary Review" è uscito un paragrafo piuttosto critico: ho dovuto dire a Jonathan di contenersi. Niente identità fittizia stavolta, l'ho avvertito».

«Identità fittizia?»

«Sì. Non hai sentito parlare di quell'episodio specifico, allora? Bene. Vuol dire che ho lavorato come si deve. È successo tre anni fa. Jonathan si è arrabbiato per una recensione sul "Telegraph", è andato su Amazon e ha dato una stella e una recensione negativa al libro del recensore. Con un nome falso».

«Mamma, che imprudenza».

Lei stessa in Germania aveva consigliato parecchie volte agli autori di evitare di fare cose del genere. Però uno si era rifiutato di ascoltarla ed era rimasto invischiato in una lotta di recensioni e contro-recensioni su Goodreads.

«Sì. Comprensibile a livello umano, ma totalmente stupido, cavolo», disse Gemma, riempiendo di nuovo i bicchieri. «Per fortuna l'agente del recensore è una mia amica. Mi ha chiamata e io ho fatto una gran lavata di capo a Jonathan. Siamo riusciti a far togliere la recensione senza troppo rumore e Jonathan ha scritto una lettera di scuse, attribuendo la colpa a una brutta giornata e a un whisky di troppo. Ma ne ho trovate altre».

«Altre?»

«Recensioni su Amazon di libri dei suoi contemporanei. Molto immature e potenzialmente molto dannose per la sua carriera. Per fortuna, solo il recensore del "Telegraph" aveva fatto due più due, quindi sono state tolte tutte senza che nessuno smascherasse la cosa sui social media».

A Martha era ben chiaro che, se non fosse stato per il vino, Gemma non le avrebbe raccontato quasi niente di tutto ciò. Ma indubbiamente le era utile saperlo. Ricordò il sorrisino tirato di Jonathan mentre riceveva la notizia di un altro neologismo shakespeariano rimosso.

«"Riposa a disagio una testa che cinge una corona"[38]», mormorò.

«Proprio così. Allora, hai in programma qualcosa per il ponte? E che mi dici dell'Incoronazione?».

Martha stava per ammettere che i suoi programmi erano solo di leggere e fare passeggiate, con la possibile eccezione della mattina del Primo Maggio, quando le squillò il cellulare. Era Alex.

[38] William Shakespeare, *Tutte le opere*, a cura di M. Praz, Sansoni, Firenze 1980, p. 499.

28

invischiare, v. tr. e intr. [ant. inveschiare]
Fig. intrattenere in futilità e sciocchezze

Tornare in ufficio il venerdì sera tardi aveva un sapore stranamente illegale. Martha fece entrare Alex e Safi con il suo badge.

«Non riesco a credere che non ce ne siamo accorti», disse, mentre apriva la porta con una spinta e le luci automatiche si accendevano. «Simon viene?»

«Non mi ha richiamata», rispose Alex con uno sguardo al telefono. «Aspettate un attimo, ha scritto un messaggio. Sta arrivando».

Attraversarono la zona della reception, superarono la mensa deserta e girarono in un corridoio laterale fino alla porta ben nota, dall'aria qualunque, dell'ufficio con la scritta "Schedine".

Safi si ricordò la delusione che aveva provato quando era entrata per la prima volta nella "sala delle schedine". Si era aspettata la stessa regalità che aveva trovato nel *sancta sanctorum* degli archivi del dizionario, il ricettacolo delle occorrenze più antiche raccolte per la Prima Edizione, insieme ad altri cimeli, tra i quali foto color seppia del personale, le cui barbe assurdamente lunghe e canute quasi nascondevano i casellari traboccanti alle loro spalle. Per contrasto, l'ufficio contemporaneo delle schedine era del tutto privo di carisma, uno spazio curiosamente morto dove stavano decine di archivi in metallo sotto un mare ronzante di neon. Negli stretti intervalli fra gli schedari erano state infilate alcune scrivanie con sedie, ma non era un posto in cui veniva voglia di restare.

Eppure, come Safi sapeva bene, all'interno delle sue mura

c'era la meraviglia. Ognuna delle schedine arricciate e ingiallite testimoniava ben più della parola che illustrava. Per esempio quella per *supper*, estesa all'inizio del Novecento, Alex raccontò agli altri, una volta cadde per strada (forse dopo una rievocazione molto alcolica del suo significato) e fu restituita al dizionario da un passante scrupoloso. Un altro gruppo era stato scambiato per materiale di accensione della stufa e gettato tra le fiamme, lasciando solo i resti carbonizzati dell'inizio della voce di *put*.

Le schedine per "cerva" erano state organizzate in gruppi e tenute insieme con uno spago. Un pacchetto conteneva le proposte originali di esempi da utilizzare nell'edizione attuale, un altro raccoglieva quelle incluse nelle edizioni precedenti. Il mazzo di gran lunga più grande comprendeva citazioni aggiuntive inviate dai lettori ma mai utilizzate.

Martha le dispose sul più grande dei tavoli di formica ai margini della stanza. «Direi di mettere subito da parte tutti i significati obsoleti, non trovate?».

Safi si sedette all'estremità della scrivania, con il mento tra le mani.

«Sì, credo di sì», rispose Alex. «Il salmo parla dell'animale, quindi credo che dovremmo iniziare da lì».

«Cosa stiamo cercando?». Simon era apparso sulla soglia, con il viso arrossato e la borsa da postino in spalla.

«Simon!», esclamò Martha. «Grazie di essere venuto».

«Dovere: non ho le ragazze fino a domani». Rabbrividì leggermente nel freddo della stanza e posò la borsa sul pavimento. «Sei stata brava a scovare la punteggiatura, Safi. Ma Douglas Adams è un po' un cambiamento per Coro, no?»

«È vero. Adoravo quei libri da piccola», disse Martha, ancora accigliata davanti alle schedine con le citazioni. «Papà ce li leggeva sempre».

«All'università avevo la versione radiofonica su cassetta». Alex prese un altro mazzo e cominciò a sfogliarlo. «Credo che all'epoca metà delle nostre conversazioni si svolgesse con citazioni dalla *Guida galattica* o dei Monty Python».

«La mia introduzione alla fantascienza», aggiunse Safi. «È sicuramente un cambio di marcia, però, sono d'accordo. E "cerva", "*hart*", non può avere nulla a che fare con le retrodatazioni o con Shakespeare, vero? È inglese antico».

Martha slegò un fascio di schedine e si sedette prima di iniziare a sfogliarle allo stesso modo di Alex. «Credo che stiamo cercando qualcosa che non sia un'espressione tipica. Potrebbe esserci un riferimento di Shakespeare a una cerva?».

Simon stava guardando il telefono. «Si trova un paio di volte». Girò il telefono verso di loro. «Sto guardando la concordanza online del *First Folio*. Soprattutto in metafore di caccia». Alzò le sopracciglia. «C'è un riferimento a una locanda, il White Hart a Southwark. Forse dovremmo andare lì e chiedere di Charlie».

Alzò lo sguardo, aspettando la risposta, ma colse invece Alex che gli diede un'occhiataccia e indicò Martha con un cenno.

«Scusa, Martha».

Safi rigirò ogni schedina del mazzo che le era stato dato, leggendole tutte lentamente. Quella calligrafie ottocentesche: i corsivi in picchiata, la distribuzione irregolare dell'inchiostro, un po' di fuliggine sul bordo della schedina. Ogni schedina la trasportava in qualche altro studio anonimo, con un'altra mano intenta a scrivere.

Sentì il battito cardiaco aumentare prima di capire consciamente cosa aveva davanti agli occhi.

«Oh. Qui c'è un schedina che non è affatto per "cerva". È per "lorda"[39]».

«Cosa?».

Safi la teneva fra le mani. Non era ingiallita dal tempo, era una schedina moderna, scritta con una penna a sfera e una matita, non con l'inchiostro sfuso. «È più un brano o una bozza che una schedina vera», disse. La citazione era stata cancellata e riscritta un paio di volte. Le ci volle un attimo per metabolizzare l'intensità delle espressioni sui visi che la guardavano.

«"Lorda" come verbo?», chiese Alex con un tono pressante. Safi annuì. «Quella sì che è una parola coniata da Shakespeare. Leggi, Safi».

[39] William Shakespeare, *Tutte le opere*, a cura di M. Praz, Sansoni, Firenze 1980, p. 686.

«“La mia reputazion che quel gaglioffo lorda”. *Ballata della filatrice*, Anon. ante 1599».

«Al momento qual è la prima attestazione di “lordare”?», chiese Martha, poi prese uno dei volumi rilegati del dizionario che c’erano nella sala per rispondersi da sola. Spostarono con attenzione i fasci di schedine per fare spazio, e lei lo posò sul tavolo e girò le pagine, poi scorse con il dito lungo la colonna.

«Nell’*Amleto*, 1604».

Simon si sedette a fianco di Safi, le prese di mano la schedina e la tenne col braccio teso. Aveva l’alito di birra, ma d’altra parte Safi sapeva che dopo la corsa nemmeno lei doveva essere profumata.

«Allora questo risale a cinque anni prima», disse.

«Qual è il resto della citazione?», chiese Martha, alzando gli occhi dalla pagina.

Safi riprese la schedina da Simon mentre lui cercava gli occhiali da lettura dando manate sulla giacca, poi imprecò sottovoce prima di rispondere. «È a matita, cancellata e poi riscritta. Okay. “Attestato nello *Zibaldone di J.H., una donna di provincia*, a cura di Charlotte Thornhill”». Guardò meglio. «Aspettate un attimo, ma Charlie ha pubblicato un libro?»

«No, mai». Martha allungò la mano e Safi, docile, le passò la schedina. Martha la tenne con delicatezza, mentre gli altri trattenevano il respiro.

«È la sua scrittura», sussurrò infine, posando la scheda sul tavolo. Il neon tremolò. «Di Charlie, voglio dire». Poi si mise la mano sulla fronte. «Ma allora… dove ci porta tutto questo?»

«Martha, siediti prima di cadere», le suggerì Alex. «Hai cenato stasera?».

Martha si sedette piano, con gli occhi ancora fissi sulla scheda. «Sì, è solo che… cosa diavolo significa?»

«Una nuova retrodatazione», disse piano Safi, «che cita un libro che non esiste, curato da una donna che non ne ha mai pubblicati…».

«E cita anche una ballata che non ho mai sentito nominare», aggiunse Alex. «Secondo voi è uno scherzo? È il tipo di cosa che Charlie avrebbe fatto?»

«Non lo so», rispose Martha. «Forse, ma se è solo uno scherzo, perché la citazione è stata scritta e riscritta? È come se stesse cercando di decidere come chiamare il suo libro».

«Dio mio», mormorò Simon. «Può essere che Charlie si sia imbattuta in uno zibaldone con poesie e canzoni dell'epoca di Shakespeare? È il sacro Graal! Cristo, dov'è?».

«Forse il tesoro perduto di cui parlava Coro non era Charlie, dopotutto», sussurrò Safi. «Se esiste davvero, se contiene materiale del genere… allora forse parlava di questo manoscritto».

29

intaglio, s. m.
Ricavare in un determinato materiale una figura in incavo o in rilievo

Domenica sera: per la maggior parte delle persone è il momento più cupo della settimana, quando il lavoro si profila all'orizzonte e l'ansia e l'insonnia tornano a farsi sentire. Anche se la prospettiva di un giorno festivo in più diminuiva il fastidio, Martha non li aveva mai capiti. Per lei la domenica era un momento di respiro e raccoglimento, per passeggiare, guardare, mangiare dolci e fare tutte quelle cose che in qualsiasi altro giorno della settimana sarebbero sembrate da viziati. Ricordava le domeniche mattina trascorse con Jack, il suo fidanzato dell'università, a mangiare croissant e leggere i giornali a fianco a fianco sul suo lettino da studentessa. Dopo guardavano un film o facevano finta di studiare, con i portatili aperti sulle ginocchia e le mani strette intorno alle tazze di tè. Ricordava un senso di aspettativa per la settimana che si avvicinava.

Invece Charlie non sopportava la domenica, si attaccava alla parola *mubble-fubbles* (gergo seicentesco per indicare la tristezza pesante che ti prende alla vigilia di qualcosa di sgradevole) come prova che a nessuna persona sana di mente erano mai piaciute le sere domenicali. Di conseguenza faceva tutto il possibile per sfidarle, organizzando cene o aperitivi con l'attenzione che di solito si dedicava al sabato sera. Un'altra delle sue ribellioni elettrizzanti, pensava Martha.

Quel fine settimana non era stato riposante e nemmeno aveva

potuto viziarsi. Martha l'aveva passato a setacciare ogni scatola nella scarpiera di Charlie e ogni volume sui suoi scaffali. Attenta a non farsi scoprire da suo padre, era stata metodica e scrupolosa, e aveva rimesso a posto ogni cosa appena finito di esaminarla, prima di passare alla scatola o al libro successivi. Niente. Anzi, peggio di niente: un torrente di Charlie e, specialmente quel giorno, ricordi di curiosità e risate condivise. Gli episodi che si ricordava somigliavano a film, con due personaggi che percorrevano strade ben note, impegnate in conversazioni appassionate che lo spettatore non sentiva, o sdraiate a fianco a fianco sul pavimento, facendo dondolare le gambe in alto, mentre leggevano assorte un libro. Martha si chiedeva se il suo subconscio si stava scusando per la negatività che aveva accompagnato sua sorella nelle ultime settimane. Se ne prese una parte di colpa. Aveva bisogno di ricordarsi che aveva voluto bene a sua sorella con un'intensità che lasciava spazio alle realtà dell'imperfezione.

Ma non trovò alcun manoscritto del XVI secolo. Tutti i libri antichi che aveva comprato Charlie erano testi a stampa.

Forse l'aveva messo in una cassetta di sicurezza da qualche parte. Forse era collegata al bancomat? Il sabato aveva telefonato a Caldwell e gli aveva parlato un attimo, ma la linea era disturbata. Sembrava che fosse a una partita di calcio o a seguirne la telecronaca in un pub rumoroso.

Nel tardo pomeriggio telefonò Alex.

«Finalmente George mi ha risposto», esordì, andando subito al sodo. «E sembrava piuttosto impacciato. Mi ha proposto di andare a Londra domani per fare due chiacchiere».

«Alex, io...».

«Non è colpa tua, Martha, davvero, quindi non scusarti, per favore. Ti chiamo domani quando torno. Buon Primo Maggio».

Martha guardò il telefono che aveva in mano e si chiese se doveva chiamare Sabine. No, avrebbe dovuto spiegarle tutta la storia e non pensava di averne l'energia. Non ancora. L'ultima volta che era stata ai festeggiamenti del Primo Maggio era con sua madre. Sarebbe andata l'indomani, avrebbe ascoltato il coro che salutava il mattino con madrigali celestiali, e mentre sorgeva l'alba avrebbe cercato di capire cosa diavolo avrebbe fatto dopo. Le ombre dei corvi della lampada svolazzavano sui muri. Le vennero in mente dei versetti del Cantico dei Cantici.

L'inverno è passato, il tempo del cantare è giunto[40].

[40] Cantico dei Cantici, 2:11-14.

30

sospirare, v. intr. e tr. [dal lat. *suspirare*]
Desiderare ardentemente (q.no), vagheggiare (il raggiungimento di q.sa); aspirare a q.sa

Lo vide prima che lui vedesse lei, a cinque metri di distanza tra la folla, mentre le preghiere finivano e cominciava lo scampanio simultaneo, e sembrava che il suono delle campane si facesse strada a forza nelle pietre della strada sotto i suoi piedi. Caldwell, un po' più alto degli uomini che aveva intorno, guardava in alto nel mattino di maggio, riparandosi gli occhi con la mano, quasi, chissà come, potesse vedere le vibrazioni nell'aria. Poi, in quel modo misterioso, sembrò che sentisse il suo sguardo su di sé, che lo spingeva a girarsi e sorridere, per poi dirigersi subito verso di lei.

«Buongiorno!», le disse quando la raggiunse. Non portava il completo, solo i jeans e un giubbotto di lana per ripararsi dal freddo del mattino. «È da sola?».

Lei annuì. «Sì, e lei?»

«Nessuno di mia conoscenza si alza così presto per sentire gli inni». Sorrise. Intorno a loro la folla cominciava a muoversi, e in mezzo alla strada iniziò a suonare una fisarmonica. I Morris Men si stavano preparando alla danza. «Ha un minuto? Vorrei che mi spiegasse cosa potrebbe significare quella schedina che avete trovato. Le offro un caffè».

«Tocca a me stavolta», disse Martha, e si incamminò dietro di lui.

Zigzagarono tra la folla che, come loro, si era radunata all'alba per "festeggiare Maggio" e ascoltare l'*Hymnus Eucharistus* dai coristi del Magdalen College, come facevano i loro antenati da più di cinque secoli. Martha aveva partecipato da sempre a quella cerimonia di rinascita e resurrezione. Era una delle poche occasioni a cui la famiglia non aveva mai mancato, partendo in bicicletta da casa al sorgere del sole, con Martha che già pregustava la ricca colazione che l'attendeva in seguito. Non si era mai lamentata con Gabriel, che svegliava le due figlie scrollandole piano per la spalla: a volte lei e Charlie si infilavano nello stesso letto la sera prima, sussurrando cospiratorie fino a notte fonda, sapendo che dopo poche ore il padre sarebbe andato a chiamarle.

Martha si aggiustò la sciarpa intorno al collo. Qualche giorno prima aveva chiesto a Gabriel se voleva andare con lei quella mattina, ma lui aveva fatto cenno di no e aveva assunto un'espressione assente. Quando era tornata a casa la sera precedente, lui era già a letto, e quella mattina la porta della sua stanza era rimasta saldamente chiusa. Lei aveva esitato lì di fronte, esaminando la vernice scrostata e chiedendosi se doveva bussare, poi aveva deciso che era più facile fare quel pellegrinaggio da sola, e tenersi il ricordo dell'uomo che una volta l'aveva sollevata verso le campane.

La loro madre faceva da istruttrice. Ogni anno sotto la Magdalen Tower, mentre sfilava loro i caschi da bici e li sostituiva con ghirlande di fiori, Rebecca rispiegava il significato del May Morning, la vittoria dell'estate sull'inverno, della nascita sulla morte. Raccontava loro che il governo puritano aveva vietato le danze dell'albero di maggio, liquidandole come "pagane e futili, in cui si faceva uso smodato di superstizione e malvagità". Gli stessi scettici, spiegava Rebecca, vedevano i ballerini di Morris Dance come seguaci di Satana. Martha e Charlie si guardavano mentre la madre parlava, recitando in playback le sue battute che conoscevano a memoria.

Forse lo svago avrà sempre un lato oscuro, pensò Martha, mentre osservava i costumi e i visi dipinti di colori vivaci intorno a lei. Esibirsi in uno spettacolo pubblico era il marchio dell'emarginato che, fin dai tempi del buffone shakespeariano, era considerato un pazzo o un indovino: e non a caso la parola *funny* include entrambe le accezioni.

Ora Martha si guardava intorno mentre avanzavano lentamente lungo i marciapiedi a fianco dei Giardini Botanici. Tra la folla molti erano vestiti di verde, in onore della fertilità e di Floralia, la dea romana dei fiori. Questi festaioli erano fortunati rispetto ai loro predecessori di qualche secolo prima, per i quali la mattina del Primo Maggio era stata più un baccanale che una celebrazione solenne, e che rischiavano di prendersi addosso delle uova, invece che note musicali. Non che fossero scomparse tutte le monellerie: Martha osservò le decine di steward in fila sul Magdalen Bridge per impedire che qualcuno si arrampicasse pericolosamente sulla balaustra e si tuffasse nel fiume di sotto, una tradizione che ogni anno minacciava di sfuggire di mano.

Lei e Caldwell svoltarono a sinistra da High Street per godersi la relativa tranquillità di Magpie Lane. Martha sapeva che quello stretto passaggio un tempo si chiamava *Gropecuntlane*[41], perché alla sua ombra le prostitute esercitavano la professione. Nessuno si faceva scrupoli su quella parola nel medioevo, quando il tabù più grande non erano le funzioni corporali, ma essere blasfemi. Si trattenne dal raccontarlo a Caldwell, perché non la credesse ancora più pazza di quanto probabilmente già la reputava.

Si fermarono in un caffè pop-up in Oriel Square e presero dei cappuccini da asporto e un paio di cinnamon rolls appiccicosi. Finalmente c'era spazio per parlare.

«E quindi, uno zibaldone? Che cos'era di preciso?», chiese lui.

«Buona domanda. Era un diario, una specie di archivio personale, nel periodo dell'età moderna; be', diciamo dal XV al XVIII secolo».

Lui soffiò sul caffè. «E quindi nell'epoca di Shakespeare».

«Sissignore, e un paio di secoli prima e dopo. Scrivere uno zibaldone era come crearti il tuo disco rigido portatile di citazioni, in un certo senso. Ma non solo citazioni: pensieri, filosofia, notizie, qualsiasi cosa attirasse l'attenzione dell'autore. O gli arrivasse all'orecchio».

41 "Vicolo tastafiche".

«Mi rinfreschi la memoria, allora cosa succedeva dal punto di vista culturale?»

«Be', cose come queste». Martha sorrise, indicando le orde del Primo Maggio. «Ma, grosso modo, il Rinascimento si era diffuso a partire da quella che oggi è l'Italia. Era stata inventata la stampa, che accelerò enormemente la condivisione del sapere. I libri erano ancora oggetti di lusso, però non dovevano più essere copiati a mano, quindi un numero maggiore di persone vi aveva accesso. Sempre più persone imparavano a leggere e a scrivere. Le scuole secondarie, come quella che frequentava Shakespeare, insegnavano ai loro studenti come tenere zibaldoni, prendendo appunti di citazioni e passaggi di grandi autori, raggruppati per argomento in modo da poterli consultare. Un bel po' sono sopravvissuti fino ai giorni nostri e sono una miniera d'oro per chi compila i dizionari».

Erano tornati su High Street ora, in piedi sul bordo del marciapiede a guardare la sfilata del Green Man che si dirigeva verso Radcliffe Square. Una bambina, seduta sulle spalle del padre, applaudiva entusiasta con le manine inguantate.

«Credevo che uno zibaldone fosse solo un ammasso confuso di cose, come dei luoghi comuni».

«Be', lo è diventato in parte, perché tenere uno zibaldone era diventato un fenomeno molto diffuso, e la gente copiava le stesse citazioni, sotto gli stessi titoli. Alla fine ne avevano preparati di prestampati, così uno non doveva nemmeno leggere davvero i testi da annotare. È un po' come alcuni libri di auto-aiuto di adesso, che sono raccolte di citazioni di filosofi famosi».

«Come quelle frasi ispiratrici che si vedono su Instagram?», chiese lui, poi sorrise per qualcosa che aveva notato tra la folla. Lei seguì il suo sguardo fino a una coppia di adolescenti, uno dei quali portava una maglietta con la scritta "Anche i ragazzi possono essere tristi". Ricontrollò. No, il sorriso di Caldwell non era beffardo: sembrava di approvazione, o commozione, persino.

«Sì, proprio come quelle. Ma gli zibaldoni più antichi contengono miniere di informazioni utili. A volte le persone che li scrivevano annotavano canzoni o storie che avevano sentito, riassunti di opere teatrali, frammenti di poesie. E quelli sono davvero preziosi. Abbiamo così pochi documenti di quel periodo». Lui alzò un sopracciglio. «Okay», continuò Martha, «lo so che se a scuola uno legge Shakespeare ha l'impressione che ne abbiamo in abbondanza, ma anche le sue opere teatrali furono raccolte solo dopo la sua morte. Pensi a tutti gli attori che viaggiavano per il Paese mettendo in scena spettacoli, o ai misteri che le corporazioni organizzavano nelle città. Abbiamo solo qualche accenno del tipo di rappresentazioni, delle canzoni che cantavano. Uno zibaldone può colmare le lacune. Ce n'è uno di un mercante londinese di nome Richard Hill, per esempio. Abbiamo il testo di *The Boar's Head Carol* solo perché lui l'ha annotato».

«Ma, mi perdoni, mi sembrava che fosse molto affascinata dall'idea che in questo zibaldone potrebbe esserci una nuova canzone...».

«Ammesso che il libro esista davvero...».

«Certo», ammise lui, «se esiste, ma sarebbe davvero così importante?».

Martha lo guardò in modo diretto. «Ci manca davvero la voce della gente comune. Ci sono grandi lacune anche in quello che sappiamo sulle persone più famose, come Shakespeare. Questo è uno dei motivi per cui si discute della paternità delle opere a lui attribuite. Al dizionario continuiamo a ricevere lettere su questo argomento». Strinse il caffè tra le mani, cercando di capire come spiegarlo bene. «Ma le canzoni e le poesie ci possono dire molto sull'epoca in cui sono nate. E il fatto che si tratti di una canzone di filatura, come parrebbe, significa che quasi certamente è stata cantata da donne. Potrebbe dirci qualcosa sul loro atteggiamento verso molte cose: il sesso e il matrimonio, la religione e la famiglia. Si costruiscono intere carriere trovando e mettendo insieme indizi frammentari come questo».

«Va bene, quindi cosa ha concluso?».

Lei si passò una mano tra i capelli. Il sergente sembrava genuinamente interessato, con un'espressione seria e partecipe. «Potrebbe essere uno scherzo, ma è possibile, in via ipotetica, che Charlie abbia trovato uno zibaldone durante una delle sue visite alle aste nelle case di campagna e che esso contenesse alcune righe di canzoni e ballate di cui non abbiamo altri riferimenti».

«E potrebbe essere...».

«Una scoperta di proporzioni enormi. Se contenesse diversi elementi del genere, sarebbe, che ne so, l'equivalente della tomba di Tutankhamon per la letteratura inglese».

Martha osservò l'interesse e lo scetticismo che gli balenavano sul viso. «È roba grossa».

Lei rise, improvvisamente stordita al pensiero che la scoperta potesse essere vera. «Sì. E non solo la canzone di filatura potrebbe appartenere a delle donne, ma secondo Charlie quello zibaldone era di una donna. Sarebbe una miniera per storici e linguisti».

Lui rifletté, guardando i Morris Men che sgombravano uno spazio e si mettevano a ballare. Il Cavalluccio si esibiva in buffonate vicino al pubblico, facendo ridere a crepapelle un gruppo di bambini con le faccine appiccicose di mele candite.

«Era contrassegnato come antecedente al 1599?», chiese infine.

«Proprio così».

«E Charlie come faceva a saperlo?»

«Da riscontri interni, probabilmente. Forse l'autrice aveva datato i passaggi, anche se è prassi poco diffusa. Ma a volte capitano i colpi di fortuna. Magari scrivono di un avvenimento di cui abbiamo una documentazione storica. Immagino che Charlie abbia datato così questa poesiola. Se il passaggio subito sotto dice "il Sindaco è venuto in visita oggi e ha conferito a Fred la cittadinanza onoraria" si possono incrociare i dati e concludere che, dato che Fred ha ricevuto l'onorificenza nel 1599, la poesiola deve essere stata scritta prima».

«Una bomba?»

«Una scoperta inestimabile». Martha rabbrividì.

«Su, muoviamoci prima che lei muoia congelata».

Si avviarono lungo High Street, facendosi strada fra gruppi rumorosi carburati dalla caffeina, i cui schiamazzi impedivano qualsiasi ulteriore conversazione. Martha inspirava profondamente mentre camminava. Oxford sembrava viva quella mattina, con la sua miscela di giovinezza e storia in bella mostra. Raggiunsero l'ampia arteria di St. Giles, la cui innegabile magniloquenza era mitigata da una certa sciatteria di contorno, come gran parte di Oxford. All'estremità sud si ergeva il Martyrs' Memorial, un monumento gotico eretto in memoria di tre vescovi protestanti, condannati per eresia e bruciati vivi nella vicina Broad Street. C'è della nobiltà in quegli improvvisi scorci del passato, pensò. Quella città non si sarebbe mai potuta capire con un'unica valutazione generica: anzi, provocava una serie lenta di epifanie, svelate nel tempo.

Caldwell riprese la conversazione come se non si fosse mai interrotta. «Allora perché tenerlo nascosto? Ammesso che questo libro esista e che lei l'abbia trovato».

Martha restò in silenzio molto a lungo. I suoni della sfilata erano ormai lontani e all'odore delle cipolle fritte delle bancarelle di hamburger e al sentore caramellato delle noci tostate si erano sostituiti i profumi più delicati della terra e del verde. Pensò a suo padre, con la paletta che raschiava l'aiuola. «Ovviamente avrebbe avuto intenzione di pubblicarlo alla fine, ma forse stava proteggendo il suo tesoro. Immagino che volesse fare da sola il maggior numero possibile di lavori (datarlo, trascriverlo, seguire i riferimenti) prima di diffonderlo».

«È il tipo di cosa che avrebbe fatto?».

Martha rifletté. «Forse. Le piaceva tenersi le cose per sé e poi fare annunci solenni. Così otteneva il massimo impatto. Cosa sarebbe successo se si fosse presentata al dizionario, per esempio, o al suo college, e avesse detto: "Ehi, ragazzi, guardate cosa ho trovato!"? Ne avrebbe perso il controllo».

«Quindi anche lei l'avrebbe tenuto segreto, al suo posto?».

Martha scosse la testa. «No. Avrei chiesto una consulenza legale prima di svelarlo, avrei trovato un modo per stabilire la proprietà intellettuale. Magari l'avrei messo in una cassetta di sicurezza in banca per controllare chi vi aveva accesso». Sospirò con un breve sussulto esasperato. «No, lasci stare. Charlie aveva poco più di vent'anni, era una dottoranda, per l'amor del cielo. Spero che al suo posto avrei avuto l'umiltà di non rinchiuderlo, se era così importante! Dio solo sa cos'altro c'è lì dentro. Una scoperta del genere ha bisogno di un'équipe di studiosi, specialisti nella letteratura volgare dell'epoca. E anche di storici. Non aveva il diritto di cercare di mantenere il controllo editoriale completo, se era questo che stava facendo. E in realtà, alla fine non credo che l'avrebbe fatto. Forse in preda alla prima ondata di esaltazione...».

Ripensò a quella riga scritta ordinatamente a matita. "A cura di Charlotte Thornhill". Che rivelazione grandiosa sarebbe stata.

«E ora è perduto?».

Martha annuì. «Credo di sì. A meno che... A meno che Charlie non si sia inventata tutto».

Lui si fermò di scatto e la guardò dall'alto. Aveva quell'espressione a cui lei aveva cominciato ad abituarsi: di preoccupazione empatica. «Ma possederlo... poteva essere il movente di un omicidio, no?».

Lei distolse lo sguardo, fingendo di bere il fondo del suo caffè ormai freddo. «Lo sapeva che tutta la faccenda della maledizione di Tutankhamon probabilmente è stata inventata di sana pianta? Gran parte delle persone coinvolte nello scavo è morta nel proprio letto».

Lui non insistette. «Però ci piace punire chi è fortunato, no?»

«Quelli che non condividono la propria fortuna, sì. Il folklore è pieno di storie del genere». Si girò di nuovo verso di lui. «*Il racconto dell'indulgenziere!* Coro ci ha detto di leggere proprio quel racconto».

«Di cosa parla?».

Martha fu presa alla sprovvista dalle sue stesse parole. «Di amici che finiscono per ammazzarsi a vicenda per colpa dell'oro».

31

attacére, v. trans. [1369-73]
Tacere, passare sotto silenzio

«Vuoi un gin tonic?», le chiese Alex dalla cucina.

«Sì, grazie», rispose Martha, e si chinò ad accarezzare la gatta nera che si era insinuata in silenzio nella stanza. Le strofinò la testa contro le dita e lei le passò la mano sul dorso lucido, finché la gatta non saltò sulla scrivania sotto la finestra e iniziò a leccarsi le zampe. Martha guardò gli scaffali della libreria. C'era una fila di romanzi contemporanei accanto alla poltrona, ma il resto dello spazio sembrava dedicato alla saggistica: folklore, magia, la pratica religiosa nel medioevo. Una raccolta accademica in quattro volumi di racconti popolari inglesi era accostata a volumi sul gotico nella letteratura contemporanea e a una raccolta di horror con dorsi sgargianti.

«Ecco a te», disse Alex, rientrando nella stanza e porgendole un bicchiere. «Accomodati». Tirò fuori il telefono dalla tasca posteriore e si sedette su un'altra poltrona ben imbottita dall'altra parte del camino vuoto. «Safi arriva tra un attimo. Simon ha le figlie questo weekend, te lo ricordavi?»

«Come si chiama la tua gatta?», chiese Martha. A quanto pareva, c'era il tacito accordo di non parlare della visita di Alex al suo ex marito prima dell'arrivo di Safi.

«Rags. È il diminutivo di Lady Raglan. Come la studiosa di folklore».

Martha posò il telefono sul tavolino, e lo guardò.

«Hai una casa fenomenale», mormorò. Si accorse che aveva tratto diverse conclusioni su Alex: i pranzi fuori, gli abiti firmati. Era caduta nello stereotipo del marito ricco che le aveva lasciato un sacco di soldi dopo il divorzio, ma sapeva che uno studioso della British Library non guadagnava a sufficienza da pagare vestiti di seta alla ex moglie. E Alex non aveva detto che aveva dovuto mettere soldi da parte per quella casa? Martha non sapeva molto di arredamento d'interni, ma aveva visto abbastanza riviste patinate da saper riconoscere la qualità del mobilio. Era semplice e solido al tempo stesso, dal legno degli scaffali al tessuto delle poltrone, e sapeva che per avere quella qualità bisognava sborsare soldi. «Dove sei cresciuta?», chiese, e Alex sorrise.

«Ti sei allenata a parlare del più e del meno, vedo! Sono nata a Newcastle. Mio padre era avvocato e mia madre insegnante».

«Però non hai alcun accento».

«Anche nel nordest esiste gente medio borghese, sai», rispose sardonica Alex. «Ed era un'altra epoca. Mio padre aveva frequentato una scuola privata, e mia madre aveva preso lezioni di dizione, ci credi? Mentre crescevo la mia colonna sonora era la BBC, Radio 4. Se volessi potrei parlarti con un accento del nordest, ma a casa mi hanno insegnato a parlare "come si deve". La maggior parte di noi è piuttosto brava ad alternare i codici linguistici».

E allora non era ricca di famiglia.

Bussarono alla porta ed ebbero un soprassalto. Alex fece entrare Safi e le portò una birra, poi si accomodarono di nuovo in salotto, permettendosi un preambolo di convenevoli vari.

«Dunque». Alex aveva deciso che fosse giunto il momento di passare a questioni più serie. «Ho visto George, naturalmente. Safi, so che non vedi l'ora di tirar fuori il taccuino. Non mi dispiace se prendi appunti. Preferisco così, è più facile, altrimenti dovrei rivivere di nuovo tutta la situazione». Safi tirò fuori dalla borsa il libriccino e la matita ben noti a tutte. Alex aspettò che fosse pronta. «Cominciamo dalle cose più importanti: nonostante Tom sospetti che Charlie avesse un altro, non credo che George e Charlie avessero una storia. Tanto per dirne una, lei non l'avrebbe degnato di uno sguardo, e poi lui è negato a dire bugie. Ha conosciuto la sua attuale moglie a una conferenza durante l'ultimo anno in cui eravamo sposati, e lo sono venuta a sapere nel giro di un paio di settimane. È impossibile che avesse una storia con Charlie».

Martha annuì e bevve un sorso di vino. Non commentò dicendo che persino le persone più improbabili avevano dei segreti.

«E lui l'ha negato?», chiese Safi.

«Sì».

Nella testa di Martha i pensieri vagavano come falene alla ricerca di una luce. Era possibile che Alex mentisse? Quell'amica e collega dalla ricchezza misteriosa? Se Alex nel bel mezzo del suo divorzio avesse scoperto che Charlie aveva una storia con suo marito, sino a dove si sarebbe spinta? A chiedere spiegazioni a Charlie prima di andare alla presentazione di Jonathan? Oppure aveva trovato il manoscritto, aveva ucciso Charlie e poi l'aveva rivenduto a un collezionista privato? Venivano da lì tutti i capi in seta e le borsette costose?

I sospetti di Caldwell stavano cominciando a contagiarla. Era una specie di morbo di Morgellons intellettuale, in cui ti immagini qualcosa che ti striscia sulla pelle. L'idea che Charlie potesse essere stata uccisa per lei era ancora intollerabile, ma le implicazioni erano ben peggiori: che chiunque l'aveva uccisa avesse continuato la propria vita come se niente fosse. Che lei potesse conoscerlo.

«Comincio dall'inizio», disse Alex. «Oggi George era a disagio quando l'ho incontrato. All'inizio ha sostenuto di non aver scritto quella cartolina». Si sporse in avanti, improvvisamente sincera. «Sentite, dico davvero quando affermo che secondo me non avevano una storia, ma questo non significa che George non ci sperasse, o che Charlie non l'abbia illuso».

«Quando si sono conosciuti?», chiese Safi.

«A uno dei simposi del dizionario. A volte Charlie ci andava con i genitori», rispose Alex. «Avevano parlato per un po': George era specializzato nelle collezioni di manoscritti dell'età moderna, e gliel'aveva detto. Lei gli ha telefonato un paio di mesi dopo. Subito prima di Pasqua».

«Torna fuori di nuovo la storia di Pasqua...», disse Safi, con la matita che andava su e giù.

«Proprio così. Gli aveva detto che voleva chiedere una consulenza su qualcosa che aveva trovato, un manoscritto della fine del XVI secolo di cui voleva controllare l'autenticità. Naturalmente lui aveva accettato e lei era andata a incontrarlo alla British Library. Si era portata dietro un'unica pagina del manoscritto, e gli aveva detto che aveva trovato una specie di album dei ricordi ottocentesco, con le pagine di questo manoscritto più antico incollate all'interno». Notò le loro espressioni di malessere. «L'avevano incollato solo agli angoli. Il vittoriano che aveva creato quell'album non era un vandalo. E comunque la pagina che gli aveva portato era una ricetta scritta a mano per una cura contro il raffreddore. A prima vista sembrava un esempio perfetto di tardo Cinquecento o inizio Seicento: la carta, l'inchiostro, l'ortografia. Le ha chiesto di lasciarglielo per poterlo esaminare con più attenzione, ma lei ha rifiutato, quindi sono andati insieme in laboratorio e l'hanno esaminato con il microscopio. Corrispondeva tutto».

«Ha detto qualcosa sulla scrittura? O altri particolari ?», chiese Martha. Si era quasi convinta che la citazione nella schedina fosse uno scherzo, ma ora era sempre più ansiosa di credere nell'esistenza del manoscritto, e questo metteva in ombra tutte le altre considerazioni.

«Non era una grafia da studioso, ma non riusciva ad aggiungere altro. E tutto quello che ha letto era in inglese. Niente latino o greco, ma volgare puro. Ha caricato Charlie di testi da consultare e lei è tornata a Oxford. La settimana dopo gli ha mandato un'email con la fotografia di un'altra pagina. Quella sembrava contenere appunti su uno spettacolo teatrale che aveva visto l'autore, una versione di *Edoardo II* (nel salone di una chiesa, a occhio) e Charlie gli aveva mandato una trascrizione da controllare. Era molto buona, mi aveva detto. È stato allora che le ha spedito la cartolina. Ha cercato la foto che lei gli aveva spedito, ma purtroppo non l'ha trovata. È passato tanto tempo».

«E dopo?».

Alex si appoggiò allo schienale con un'espressione improvvisamente stanca e la pelle giallastra alla luce della lampada a stelo dietro di lei. «Le ha mandato un paio di email, ha detto, chiedendole come procedeva il lavoro e proponendole di incontrarsi di nuovo. Lei l'ha ignorato e lui si è sentito un cretino. Credo che sia per quello che quando è scomparsa non ha detto niente.

E comunque pensava che tutte quelle scoperte riguardassero la sua tesi di dottorato. Non aveva visto niente che gli facesse credere che fossero particolarmente rare o insolite».

«Ma ora sospettiamo il contrario», disse Safi. «Porco cane, potrebbe esistere davvero!».

Alex annuì.

«Immagino sia possibile che Tom si sbagliasse del tutto sul fatto che Charlie avesse una storia con un altro», continuò piano Safi. «Aveva trovato quel manoscritto e stava lavorando su quello invece che alla tesi. Ed era andata a Londra per farlo autenticare».

«Aveva detto a Gemma che voleva pubblicare un libro: in teoria doveva essere quello il motivo per cui avrebbero dovuto pranzare insieme quel giorno», spiegò Martha, e un altro pezzo del puzzle andava a posto. «Charlie le aveva detto che era una cosa importante, ma secondo Gemma si stava solo dando delle arie». La matita rientrò in azione mentre Martha raccontava quello che si ricordava di come Gemma aveva descritto l'organizzazione del loro incontro, e tutto il dialogo al riguardo.

«E Jonathan?», chiese piano Safi, guardando entrambe a turno. «Io... ho sentito delle dicerie su di lui, sapete. Che prima di sposarsi aveva una certa predilezione per le studentesse universitarie».

«Ed era esperto proprio di quel periodo», disse Alex, dopo aver riflettuto. «Capisco cosa intendi, un predatore sessuale che ha informazioni utili...».

«Però sembra che Charlie fosse molto gelosa del manoscritto, quindi forse lui era l'ultima persona con cui l'avrebbe condiviso», continuò Safi. «Ma se aveva una storia, non è Jonathan il candidato più probabile?».

Martha si sentì nelle orecchie quel ronzio da conchiglia marina, la pressione pulsante del sangue.

«Non aveva una storia con Jonathan», dichiarò. Per tutti quei giorni se l'era aspettato. Aveva saputo che era inevitabile sin dal momento in cui aveva capito il significato della prima lettera?

Sento il vetro fra le dita. Vedo i motivi a zigzag del tappeto persiano di Alex. Odo il mio respiro.

«Come fai a esserne sicura, Martha?», chiese Safi. «Cioè, so che era un amico di famiglia, ma ha partecipato con grande impegno alla ricerca, no? Avrebbe ancora più senso se fosse stato molto più affezionato a Charlie di quanto ne sapevate voi. Come facciamo a sapere che tua sorella non andava a letto con lui?».

Martha deglutì. A quanto pareva, quelle parole erano sempre state pronte a uscire. «Perché ero io che ci andavo».

32

ràngola s. f. [tosc. 1268]
Sensazione di ansia, preoccupazione o paura derivante da una carenza o da un rischio; pensiero opprimente e ossessivo

Quelle parole erano così dirette che sembravano quasi fisiche, come se fossero stampate a lettere maiuscole su un foglio di carta. Alex e Safi all'inizio non dissero niente, ma per loro parlava l'espressione del viso, una combinazione di compassione e vago disprezzo.

Martha non sopportava quel silenzio. A bassa voce spiegò che Jonathan era stato gentile con lei durante una festa a casa dei suoi all'inizio dell'estate. Le aveva fatto domande entusiaste sugli esami di *A-levels* che aveva appena terminato e sul corso che stava per iniziare all'università. Le era sembrato così diverso dagli altri amici dei suoi: molto più giovane e più carismatico. E si era accorta che Charlie li guardava.

«Il fatto è che a quanto pareva Jonathan non si accorgeva di Charlie, e non so dirvi quanto ciò lo rendesse attraente ai miei occhi in quel periodo».

«Capisco», pronunciò infine Safi. Aveva posato il taccuino ed era accoccolata in una delle poltrone di Alex, con la birra in mano. «A quell'età è facile farsi trascinare. Innamorarsi sembra così semplice. Poi quella capacità di buttarsi sparisce senza che una se ne accorga, e non è più lo stesso. A volte desidero ardentemente l'espressione che vedo sulla faccia dei ragazzini, di aspettativa e splendore».

Rags saltò in braccio ad Alex e si mise comoda, una chiazza di buio pesto nella stanza in ombra. «È un pensiero malinconico,

Safi. Mi piacerebbe pensare che non sia vero. Per non parlare del fatto che a me sembri ancora giovanissima».

Safi le sorrise.

Martha sapeva che le stavano dando tempo, e ne era grata. Portò le dita alla collana e fece scorrere i cuori avanti e indietro, come se un rituale immutabile potesse aiutarla a mettere in ordine i suoi pensieri. Nel corso degli anni si era sforzata molto di non ripensare a quel periodo, e ora tutte le piccole umiliazioni e le vittorie apparenti di quell'estate riaffioravano e la irridevano mostrandole la sua ingenuità e la sua dipendenza affettiva. Una parola in particolare fece a spintoni per arrivare davanti a tutte. Rimorso, dal latino *remordere*: ricambiare un morso. Li sentiva proprio quei denti, ora.

«Charlie sapeva che uscivi con Jonathan?», le chiese finalmente Safi.

«All'inizio no. Lui mi aveva detto che dovevamo essere discreti, che Charlie aveva dimostrato molto interesse per lui e che sapere che ci stavamo avvicinando l'avrebbe ferita. Disse che probabilmente si era cercata il lavoro al dizionario per passare più tempo vicino a lui».

«Mentre invece quasi certamente voleva solo passare più tempo con le schedine e i materiali di ricerca», disse Safi, inclinando la bottiglia di birra ed esaminando la luce distorta attraverso il vetro.

Alex si spostò rapida nella poltrona, abbastanza da far sì che Rags alzasse lo sguardo con un'espressione di sorpresa e leggero rimprovero. «Scusatemi. Vediamo di fare il punto. Jonathan, quando aveva circa trent'anni, aveva una storia con te: una ragazzina, diciamo le cose come stanno, un po' vulnerabile. Ti ha imposto di non dire niente perché in teoria pensava ai sentimenti di Charlie, e nel giro di una settimana dalla tua partenza da Oxford per andare all'università si era portato *un'altra* studentessa adolescente in camera fino a notte fonda? Cristo».

Martha trasalì. Quelle parole erano come spine che le graffiavano la pelle, in cerca di un punto dove fare presa.

«Per quello avevi l'aria tanto sorpresa quando Jonathan disse che Olivia era andata a casa sua dopo la presentazione», osservò Safi, spalancando gli occhi nel rendersene conto. Martha annuì, ammettendo che aveva ragione. «Non te ne aveva mai parlato?»

«No».

«Okay», riprese Safi. «Allora capisco che, dato quello che hai detto, probabilmente Charlie non aveva una storia con Jonathan, ma spero vivamente che lui non abbia mai bisogno di te come testimone della sua buona reputazione, Martha».

«Dio, sì», disse Alex. «Probabilmente Charlie era troppo vecchia per lui».

Le spine riuscirono a trovare una strada per pungerla e Martha alzò la mano, continuando a guardare il motivo del tappeto davanti al focolare di Alex.

«No, non dipingetemi come una vittima qui. Sì, probabilmente ero vulnerabile. Non lo siamo tutti, persino adesso, a un po' di adulazione e affetto? Lui mi dedicava delle attenzioni, e per la prima volta nella vita credevo di essere riuscita a vincere un premio che Charlie non aveva vinto». Sentiva di avere la loro attenzione su di sé, ma non voleva guardare nessuna delle due. «Sono sicura che lei lo ammirasse molto, anche se aveva Tom. Mi ero detta che non sopportava che Jonathan la stesse ignorando. Io non mi sono mai innamorata di lui, andavo a letto con lui perché volevo metterlo in quel posto a Charlie. Non mi sono mai sentita tradita e nemmeno usata. Era solo una cotta. Volevo sentirmi adulta, e finché è continuata mi consideravo una dea: sexy e potente e geniale. Come se all'improvviso stessi lasciando Charlie a mangiare polvere. Poi lei è scomparsa, e ho pensato che fosse perché vedere me e lui insieme l'avesse fatta crollare».

«Cristo, Martha», sussurrò Safi. «Ne sei stata convinta per tutti questi anni?».

Martha si passò la mano sugli occhi con dita tremanti. «Sì, mi sa di sì. All'inizio sembrava ovvio. E poi sostanzialmente si è calcificato fino a diventare una verità».

«Lei aveva scoperto che tu e lui avevate una storia?», la incalzò Alex.

Martha annuì. «Sì. Il giorno prima che io tornassi all'università, mi ha vista uscire di nascosto da casa sua la mattina presto. Era il weekend prima che scomparisse. Non ci siamo parlate. L'ho solo vista dall'altra parte della strada».

«E non c'è stata alcuna reazione?».

Martha aveva quella scena marchiata a fuoco nel cervello. Negli anni l'aveva rivissuta di frequente: brutti flash ripetitivi dotati di un'elettricità propria. Il salotto di Alex sparì e la testa le si riempì della luce liminale del primo mattino, del profumo della rugiada sulla pietra, il canto degli uccellini che si levava dal giardino nella piazza e che presto sarebbe stato sommerso dai rumori del traffico. Lei era nel suo corpo adolescente, ancora calda del letto, e si stava passando la mano tra i capelli scompigliati quando il fremito di un movimento dall'altra parte della via aveva attirato la sua attenzione. Aveva alzato lo sguardo e visto Charlie. Aveva fermato la bicicletta in mezzo alla strada per fissarla.

«Sembrava esterrefatta. Immagino che mi aspettassi di sentirmi trionfante, ma non era così. Mi sentivo solo colpevole. Poi me ne sono andata e non ne abbiamo nemmeno mai parlato. Ma lei sapeva, e io sapevo che lei sapeva».

«Anche Jonathan pensava che lei se ne fosse andata per quello?», chiese Alex.

Martha cercò di ricordarsi il dialogo che aveva avuto con lui sulla porta un paio di giorni prima. «Per il primo paio di settimane ho pensato di sì. Ha passato molto tempo a casa nostra».

«E avete...?», chiese Alex.

«Oddio, no!», rispose svelta Martha. «Non ci siamo più trovati da soli dopo la scomparsa di Charlie, credo. Forse è uno dei motivi per cui mi sono convinta che entrambi pensassimo che era colpa nostra. Uno sguardo di empatia, una stretta alla spalla di soppiatto, tutto lì. Ma ero molto felice che lui ci fosse, e anche i miei genitori. L'altra sera quando abbiamo parlato sono rimasta sorpresa che non ricordasse nemmeno la cotta che aveva Charlie per lui».

«Non se lo ricordava?», chiese Alex.

Martha pensò a quel momento sulla soglia, con il rossore dell'imbarazzo che le ombreggiava la gola. «Sembrava confuso, poi ha detto che forse era stato troppo arrogante. Che Charlie non era ossessionata da lui così come aveva lasciato intendere».

«Martha», disse Safi, guardando prima lei e poi Alex. «Capisco perché non ti sentivi una vittima e perché non vuoi sentirti così nemmeno ora, ma qualsiasi cosa tu abbia provato allora, che cosa penseresti di un collega sulla trentina che oggi avesse una storia con qualcuno che non ha ancora compiuto vent'anni?»

«Niente di bello», ammise infine Martha.

33

zugzwang, n. [XX sec.]
Essere costretti a fare una mossa pur sapendo
che ogni mossa è dannosa

Il martedì, quando vide Simon in ufficio, provò un senso di colpa inaspettato. Alex e Safi sapevano della sua breve storia con Jonathan, ma lui no. Era come se in qualche modo si fossero ingiustamente coalizzate contro di lui, e non le piaceva l'idea che potesse sentirsi escluso.

Lui le sorrise mentre passava davanti alla sua scrivania e appendeva il giubbotto jeans sulla spalliera della sedia. Ma per una volta non sembrava propenso a chiacchierare.

«Sei arrivato presto, Simon. Come hai passato il weekend?»

«Sì. Avevo alcune cose su cui volevo lavorare, e ho passato un bel weekend». Stava ancora leggendo un'email sullo schermo. «Ho portato le ragazze alla cosa del Primo Maggio. Adesso sono adolescenti e quindi hanno l'obbligo di avere l'aria annoiata di professione, ma alla fine Chloe ha preso molti *like* per le sue foto della Magdalen Tower ed era felicissima».

«Ci sono andata anch'io. È stato bello».

«Davvero?». Distolse lo sguardo dallo schermo. «Ho scoperto che mi era mancato negli anni della pandemia. Non che mi alzassi spesso abbastanza presto da poter assistere, ma mi piaceva l'idea che la cerimonia si svolgesse».

«Anche a me. Ho incontrato il sergente Caldwell lì», disse. «Gli ho spiegato perché un nuovo zibaldone sarebbe una scoperta così interessante. E mi ha aperto gli occhi su tutto, sull'esaltazione che ne deriverebbe. Però mi ha messa in guardia su un aspetto piuttosto sinistro».

«Quale?»

«Che avrebbe potuto essere il movente perché qualcuno facesse del male a Charlie. Non so se sono pronta a crederlo. Ma se qualcuno davvero le fosse stato appresso per via del libro? Caldwell voleva dire che chiunque sia così disperato potrebbe essere anche molto pericoloso».

Simon rifletté su quell'ipotesi, con la mano che accarezzava riflessiva la barba. Ce l'aveva tutta in disordine, notò Martha. Ma d'altro canto Simon non era mai stato un tipo particolarmente curato.

«Hai detto che non eri sicura di voler sapere la verità», le chiese. «La pensi ancora così?»

«No... Non lo so. È come se adesso la questione non fosse più nelle mie mani. Perché?»

«Credo che tu sia una fatalista». Sembrava che volesse aggiungere qualcosa, poi cambiò idea. Guardò a terra. «La paura potrebbe spiegare perché Coro è così criptico. Ma di sicuro, se qualcuno avesse davvero preso il libro quando Charlie è morta, non l'avrebbe pubblicato ormai? D'altro canto forse aveva troppa paura per farlo, pensando che avrebbe potuto rivelare il suo legame con Charlie e il senso di colpa che andava di pari passo».

Martha cercò di valutare il panorama in modo obiettivo. Il libro perduto che veniva letto da uno studioso che lo riteneva abbastanza prezioso da uccidere per averlo, ma aveva troppa paura per condividerlo. «Una colpa del genere non farebbe impazzire una persona?»

«C'è gente che è capace di conviverci. Pensa a tutte le storie che stanno riemergendo adesso: nuovi mezzi scientifici che risolvono vecchi omicidi, e una quantità infinita di persone che scaricano il proprio DNA sui siti di genealogia e, senza volerlo, denunciano i loro secondi cugini omicidi. Persino i serial killer, a volte, se riescono a tenere un basso profilo, hanno una vita normale».

Martha rabbrividì. «Ho bisogno di un caffè. Tu ne vuoi?».

Lui le rispose mostrandole la tazza da asporto, e tornò a lavorare sul suo schermo mentre lei andava nel cucinino ad accendere il bollitore.

Forse si poteva uccidere qualcuno e impacchettare quell'azione per metterla via, ficcarne il ricordo in fondo all'armadio come un vestito che non si metteva più. Aveva fatto qualcosa del genere dopo la sua storia con Jonathan, ma quel vestito purtroppo stava riemergendo alla vista. Riempì il serbatoio dell'acqua e con il cucchiaino mise la polvere di caffè in un filtro pulito, fortemente consapevole dei propri movimenti delicati, del bianco terso della carta, dell'aroma intenso del caffè, del freddo del metallo mentre rimetteva il coperchio sulla latta. I frammenti miracolosi dell'esistenza: aveva pensato che anche Charlie se li stesse godendo, da qualche parte. Come aveva fatto a crederci fino ad allora? Forse l'aveva fatto per il bene della madre, oltre che per il proprio.

Mentre il caffè sgocciolava nella brocca, rifletté sul da farsi. Doveva dire a Simon della sua storia con Jonathan prima che lo facesse qualcun altro, anche se il modo in cui aveva reagito alla cartolina che George aveva mandato a Charlie le dava da pensare. Quella mattina, quando si era svegliata nell'atmosfera inquietante e piena di panico che precede l'alba, si era resa conto che Simon poteva credere che avesse usato il suo rapporto con Jonathan per ottenere quel lavoro. Peggio ancora, avrebbe avuto gli estremi legali per delle rimostranze. Dopotutto lui avrebbe voluto per sé quell'incarico, come le aveva detto Mike senza il minimo scrupolo durante il periodo di passaggio delle consegne. Lavorava al CED da più di un decennio, e lei sapeva che aveva lavorato bene. Un osservatore razionale non avrebbe pensato che fosse perfettamente legittimo preoccuparsi che Jonathan promuovesse l'assunzione di una sua ex amante? La gente avrebbe potuto persino sospettare che lei lo avesse ricattato per farsi assumere, minacciandolo di far sapere in giro che aveva avuto una storia con una diciottenne mentre insegnava all'università. Si era illusa che Jonathan non avesse messo bocca nella sua assunzione: era ovvio che invece l'aveva fatto. In quello stesso momento di lucidità prima dell'alba aveva capito che lui non avrebbe mai fatto cenno ad alcun interesse personale a parte l'amicizia con la famiglia, un legame che aveva tramite Gemma. Il suo momento di sincerità della sera precedente poteva far crollare quel castello di carte?

Martha ripercorse la storia nella testa, un'inquadratura dopo l'altra, e alla fine alzò il volume per sentire i sussurri subliminali del passato. Era fuggita da Berlino dopo aver oltrepassato i confini di un comportamento professionale, per poi venire piazzata in un posto comodo e prestigioso da un ex amante. Quei fatti puzzavano persino a lei. Era il tipo di storia (un po' oscura, inebriante per via del sesso illecito) che si appiccicava a una persona per tutta la sua carriera. Nella fretta di andarsene da Berlino non aveva nemmeno preso in considerazione tutti quei fattori. Ebbene, ora doveva farlo. E fare la cosa giusta, anche se poteva costarle cara.

Tornò in ufficio con la tazza del caffè in mano. «Ho letto il tuo libro nel fine settimana, Simon. È davvero valido. Spero che tu ne scriva un altro».

Sembrava soddisfatto come un ragazzino. «Ma grazie! Vorrei farlo... Dovrei. Ho anche un'idea accettabile, il problema è solo riuscire a trovare il tempo».

«E quale sarebbe l'argomento?»

«Il linguaggio dell'influenza, e credo di avere un nuovo punto di vista al riguardo». Fece un sorriso un po' storto. «Quello che ci vuole per convincere la gente, soprattutto sui social network. Ma devo trovare un titolo vivace. *Putting on the Rizz* (sfoggiando il carisma), forse?». *Rizz* era una parola che stavano tenendo d'occhio. Probabilmente era un'abbreviazione di *charisma*, ed era il sex appeal in grande stile, il successore dell'*It* degli anni Venti del Novecento, e la chiave per avere buoni risultati negli appuntamenti romantici e in tutto il resto. Un altro dei casi in cui la semantica inglese distorceva la percezione del tempo.

Martha sorrise. «Mi piace. Ma quanto del successo di quegli influencer si può attribuire alla fortuna?»

«Abbastanza, ed essere un po' psicopatici è d'aiuto», aggiunse lui. «Anche se naturalmente nessuno di loro accetterebbe mai questo discorso. Devono credere di meritarsi la loro fortuna, altrimenti gli esploderebbe il cervello. La fiducia in noi stessi ci può far ottenere pressoché qualsiasi cosa. O almeno ci può aiutare a superare i nostri fallimenti».

«Ma se uno non si mette in dubbio, come fa a imparare?».

Simon sorrise, e Martha provò un impeto improvviso di affinità con lui. «Proprio così. E perciò noi studiosi della mente intelligenti ed empatici finiamo ad abitare in appartamenti condivisi e a preoccuparci di come pagare il riscaldamento, mentre i narcisisti ci comandano dai loro yacht! *Vive la révolution*».

«"Da un legno così storto come quello di cui è fatto l'uomo, non si può costruire nulla di perfettamente dritto"», citò Martha. «Non potresti prenderti un anno sabbatico dal dizionario per lavorarci?».

Lui fece una smorfia addolorata. «Potrei, ma con un terzo dello stipendio, che non mi basta per sopravvivere. Non in questo periodo. Nel frattempo hai avuto aggiornamenti dal marito di Alex?».

Lei gli raccontò della pagina e degli esami che avevano condotto a Londra.

Simon strinse le mani a pugno. «Dio, allora potrebbe esistere davvero! Non sembra più uno scherzo, no? Uno zibaldone del XVI secolo? E dov'è adesso?». Gli rilucevano gli occhi. «Coro lo sa? Dobbiamo scoprirlo. Pensa...». Ma si accigliò all'istante. «Anche se, essendo di quel periodo, vorranno tutti che ne parli solo Jonathan».

«"Vorranno"?», chiese Martha con una smorfia.

«La radio, la TV. Cioè, lui ha fatto in modo che quel periodo diventasse il suo dominio esclusivo, no?»

«È un grosso "se", Simon, e se riscopriamo il manoscritto, qualsiasi cosa contenga, è e sarà sempre una scoperta di Charlie, non nostra. E men che meno di Jonathan».

Lui fece spallucce. Forse la sua espressione indicava che era d'accordo, ma non ne era sicura.

«Senti, Simon, c'è un'altra cosa. È personale, ma credo che tu debba saperla». Se avesse esitato ora, avrebbe rovinato tutto. Le parole le uscirono di getto mentre guardava dritto davanti a sé, fiduciosa che lui avrebbe capito, dopo quei brevi momenti di comunanza. Ma appena ebbe spiattellato i fatti nudi e crudi, capì che lo aveva perso. Lui si ritrasse nella sedia come se fosse contagiosa.

«E allora tu...». La fissò, con una piega di disgusto che gli tirava l'angolo della bocca. «Quando hai ottenuto il lavoro qui...».

Le venne la nausea. Simon era andato dritto alla questione dell'assunzione.

«Non ci ho pensato neanche per un attimo quando ho fatto domanda! Non sapevo nemmeno che Jonathan fosse ancora così coinvolto nel dizionario. Non mi è mai venuto in mente…».

«Dice che lavora qui in tutte le interviste che rilascia, cazzo!», sibilò Simon. «Sei davvero così ingenua?».

Lei balzò indietro. L'ufficio, che da molto tempo era la sua oasi, si era ristretto a una versione pallida e fredda di se stesso, come una casa chiusa con le assi per l'inverno. Cercò di concentrarsi sulle strisce di colori vivaci sulla sciarpa di Simon appesa ai divisori della scrivania, ma cominciarono a sovrapporsi a scatti nel suo campo visivo.

Simon si alzò, si mise le mani in tasca e andò fino alla finestra, come se anche lui stesse cercando di aggrapparsi alle cose banali. Fuori dai cancelli si stava radunando il primo gruppo di turisti della giornata.

Lui le parlò dandole ancora le spalle, con voce tranquilla e strascicata. «Senti, Martha. Hai lavorato alla perfezione da quando sei arrivata. È ovvio che hai i titoli per farlo». Mise le dita sulla finestra e la fissò, concentrando il punto focale sul vetro davanti a sé, invece che sul panorama. «Però, Cristo santo! Perché io non riesco mai…».

Alex arrivò e si tolse il giaccone in silenzio, guardandoli alternativamente. Ignorò la tensione serpeggiante senza commentare e si mise alla scrivania.

«Niente Safi? Ah, è in ferie, giusto?».

«Torno a lavorare su "avatar"», disse Martha, cercando di infilare tutta la normalità che poteva nella propria voce, nonostante la mortificazione che le si accumulava dentro. A giudicare dal tic sul sopracciglio di Alex, non era stata per niente convincente.

«Verso la fine della settimana Mike viene in città. Propone di pranzare insieme domenica al Trout Inn. Alle 12:30. Riuscireste a farcela tutti e due? Adesso avviso Safi».

Martha annuì. «Al Trout? Ah! Una volta credevo che fosse un posto così romantico. I punti di vista cambiano con l'età, no?».

«E tu vieni o no, Simon?», chiese Alex.

«Non me lo perderei per nessun motivo al mondo», rispose Simon, con qualcosa di malizioso e velenoso nella voce. Finse di sbadigliare, poi tornò alla scrivania. Martha non riusciva a guardarlo; sentiva quasi i fili che si strappavano intorno a sé.

34

risaldato, agg. [XIV sec.]
Composto nuovamente in modo da ripristinare un'unità; aggiustato dopo un danno

Safi non aveva progetti particolari per i suoi giorni di ferie. Voleva leggere, correre, aiutare Josh ad allestire la mostra e poco altro. Aveva evitato di dire ai genitori che non era al lavoro. Per quanto bene volesse a loro e ai suoi due fratelli più piccoli, immaginò che la madre fosse tutta su di giri per l'Incoronazione, e lei non sapeva quanto monarchismo acritico fosse in grado di sopportare.

Si alzò lentamente, poi si fece la doccia e indossò i pantaloni della tuta e la maglietta che usava nei momenti di relax: i suoi *hufflebuffs*, come li chiamavano lei e alcuni scozzesi dell'Ottocento. Spalancò la finestra a ghigliottina in camera sua per far entrare l'aria primaverile, e si stupì di nuovo della decisione di andarsene da Londra per venire a Oxford, un posto che sembrava al tempo stesso oltre lo spazio e il tempo normale, e fortemente radicato in entrambi. Ma persino quel paradiso dorato aveva la sua parte di povertà: dietro alle guglie illuminate dal sole e dalla luce artificiale degli interni si celavano ombre di disonore e ribellione, di pensiero e dissenso. Qualsiasi causa del mondo poteva trovare un difensore a Oxford, e a lei la città piaceva ancora di più proprio per quello.

Aprì il portatile e scorse le notizie, ricordandosi quello che aveva detto Martha la sera prima. Josh e i suoi boomer pettegoli avevano ragione: Jonathan era un pervertito. Googlò il suo nome. Non c'era niente di interessante, foto di lui alla Waterstones di Piccadilly che firmava il primo libro il giorno dell'uscita. Un programma televisivo sulle case delle persone famose collegato a una delle serie TV che aveva realizzato quando i suoi figli erano piccoli.

Subito dopo digitò "Charlotte Thornhill". Uscirono vecchi articoli di giornale, dedicati soprattutto all'anniversario della sua scomparsa, mentre un altro sull'«Oxford Mail» si concentrava sulle lettere ricevute dal *CED*. Era solo un breve riassunto, soffocato da servizi su come Oxford fosse legata ai Reali e su dove guardare l'Incoronazione in città. In sostanza il giornalista aveva riprodotto pari pari il comunicato stampa dell'ufficio preposto, chiuso da una citazione di Jonathan: "Charlotte era un membro apprezzato della famiglia del *CED*. Chiediamo a chiunque abbia informazioni sulla sua scomparsa di contattare direttamente la polizia". Safi si chiese dove era cominciata, quella brutta abitudine delle società di descrivere una ditta come una "famiglia". Perché lo facevano? Perché si aspettavano che uno fosse disponibile a qualsiasi ora per amore e fedeltà, forse. Eppure non riusciva a fare a meno di pensare che, di recente, l'équipe del dizionario era diventata proprio quello: una cerchia di persone senza le quali non sarebbe voluta stare.

Si alzò dalla sedia e mise in ordine la propria stanza, infilando tra gli scaffali i libri che le aveva regalato Brin. E poi? Al momento i programmi che aveva per i giorni liberi non le sembravano più tanto soddisfacenti e continuava ostinatamente a pensare a Martha e agli altri. Cercò di scrollarsi di dosso quei pensieri, ma quando il suo telefono vibrò e ricevette la notizia del pranzo con Mike nel fine settimana, l'ondata di adrenalina che sentì confermò che era una causa persa. E allora cosa avrebbe potuto fare? Inquadrare le poesie sulla filatura da un punto di vista storico? Forse. Leggere gli appunti che le aveva inviato Jonathan sulle citazioni e le parole coniate? No, per quel giorno non voleva più pensare a quel cretino.

Mandò un messaggio a Martha:

Hai una copia della foto di Charlie sulla sua scrivania?

Ricevette rapidamente la foto e la risposta:

Brin ha detto che non la riconosceva. E tu in teoria sei in ferie.

Picchiettò sul tavolo con le dita.

Non è lavoro. Sono curiosa. Lascia fare a me.

Martha le mandò un pollice in su.
Poi Safi telefonò a Brin.

Quello scambio di messaggi trascinò Martha fuori dal suo imbarazzo, almeno abbastanza a lungo da mandare un'email alla relatrice di Charlie chiedendole un incontro. Quando ricevette una risposta che proponeva un orario alla fine del giorno feriale successivo, lo disse agli altri.

«Volete venire anche voi?», chiese a entrambi. «Può essere che sapesse qualcosa su quello a cui stava lavorando Charlie».

Simon era rimasto concentrato sullo schermo del suo computer dopo il loro dialogo di prima.

«Forse l'avrebbe detto all'epoca se Charlie le avesse fatto sapere di aver trovato qualcosa di importante, non credi?»

«È probabile», rispose Martha, notando agghiacciata il tono di supplica nella propria voce. «Però magari Charlie ha accennato a qualcosa che all'epoca non era sembrato importante. Capisco che non ci sono molte probabilità, ma di sicuro vale la pena di provare, no?»

«Che senso ha?», sbottò Simon, e ora aveva un tono amareggiato. «La mia teoria è che Charlie l'ha venduto a qualche collezionista privato per una cifra assurda, e poi è scappata con il bottino. Ha trovato il momento giusto, ha tentato la sorte e se l'è svignata».

«Stamattina dicevi che...», iniziò Martha.

«Quello era allora», replicò lui. «Da quel momento ho avuto una doccia fredda e sono tornato a un po' di realismo».

Alex sospirò. «Oh, Simon, smettila di tenere il broncio! Immagino che Martha ti abbia raccontato della sua storiella con Jonathan? Hai deciso che è per quello che ha avuto lei il lavoro, e non tu?»

«Che strana conclusione da trarre, vero?», ribatté lui.

«Non credi di essere stato scavalcato perché ti lasciavi invischiare in stupide risse sui social media? E non credi che potesse entrarci il fatto che nel periodo in cui stavi divorziando da Nancy ti presentavi in ufficio dopo pranzo ubriaco? E non credi, forse, che aver aggiornato la voce per "stronza" con la definizione di "un'ex moglie" possa aver avuto un ruolo nella faccenda?».

Lui arrossì e poi sbiancò. «Quello era uno scherzo, e non avrebbe mai dovuto essere caricato nel sistema!».

«Che è quello che ho detto a Mike quando stava per licenziarti!».

«Come sei gentile, Alex! Cristo, sei così superiore, maledizione, ogni volta arrivi tutta rilassata in ufficio con i tuoi sacchetti di negozi costosi!», esplose lui. «Immagino che la vita sembri molto facile quando vieni in ufficio solo tra una mini-pausa e l'altra. Non hai mai avuto alcuna comprensione per la pressione che si trova addosso un uomo che prende uno stipendio merdoso e viene scavalcato. Voi donne vi coalizzate sempre. Le sorelle non sbagliano mai».

«Ti ho appena detto che sono andata a insistere perché tu non venissi licenziato, e come spendo i miei soldi non sono affari tuoi».

«Però sei molto riservata sulla loro provenienza, no? Non riesco a immaginare che il povero vecchio George ti mantenga in grande stile. E allora, gestisci un circolo di poker illegale o ti sei scopata uno dei capi e ricatti anche lui? Forse Charlie aveva scoperto quello!».

Martha prese il suo taccuino e lo sbatté sul tavolo, facendoli sobbalzare entrambi. Si girarono a guardarla: un guizzo di nervosismo passò loro sul viso mentre si accorgevano dello sguardo gelido dei suoi occhi cerchiati.

«Basta così», disse piano. «Avrei dovuto vietare qualsiasi discussione su Coro e le sue lettere in questo ufficio sin dall'inizio. Guardate come ci ha ridotti». Simon e Alex cominciarono entrambi a parlare all'unisono, ma lei alzò la mano. «Questo è un posto di lavoro, e finché Alex lavora le ore previste dal contratto, cosa fa nel resto della sua vita non è certo affar nostro. Simon, se pensi che la mia assunzione abbia qualcosa di irregolare, vai all'ufficio personale a fare un esposto. Tutti e due dovete consegnare delle bozze all'inizio della settimana prossima. E anch'io. Non è il caso che ci mettiamo al lavoro?».

Nessuno dei due rispose, anche se Alex aprì la bocca come per obiettare, fece una pausa e poi decise che non era il caso. Entrambi si rimisero a guardare lo schermo. Si ricominciarono a sentire i suoni che provenivano dal marciapiede: il traffico, le risate dei passanti.

«Romanzi horror», disse Alex qualche minuto dopo.

Martha posò gli occhiali. «Cosa?»

«È così che guadagno soldi extra. Scrivo romanzi dell'orrore soprannaturale e mi promuovo come un incrocio tra M. R. James e H. P. Lovecraft. Lo sa solo la mia vicina di casa, perché mi aiuta con il marketing, e poi c'è il mio agente a Londra. Ma non posso raccontarlo ai miei figli. Jacob guadagna pochissimo dai suoi libri e ci resterebbe malissimo. E anche Ethan, che va tanto fiero del suo lavoro così assennato».

«Dio mio», disse Simon. «Romanzi dell'orrore?». Rise e si coprì la bocca. «Sono davvero colpito». Fece una pausa. «Vendi più copie di Jonathan?».

Lei emise uno sbuffo di disprezzo. «Ah, eccome. È ovvio».

«Ah! Se lo scoprisse morirebbe di dolore!». Simon alzò la mano. «Non preoccuparti, non glielo dirò. Scusami per...». Alex scosse il capo rapidamente. Martha non sapeva se intendesse dire che non servivano delle scuse o che non le interessava sentirle in quel momento.

«Complimenti», disse Martha con prudenza. «È una bella soddisfazione».

Alex sorrise per un attimo, ma non alzò lo sguardo. Martha non l'aveva mai vista vulnerabile prima di allora: le ammorbidiva i lineamenti.

«Allora i tuoi figli da dove sono convinti che vengano i soldi?», chiese Simon. «È l'ultima domanda, poi ti lascio in pace, promesso».

«Alla fine ho dovuto inventarmi un'eredità», ammise Alex. «Un cugino in Canada. Per fortuna non hanno mai indagato a fondo. E può anche essere che abbiano un'idea irrealistica di quanto sia ben pagato fare il redattore qui».

A quella battuta tutti e tre sorrisero. Dopo aver ristabilito una specie di tregua, tornarono al lavoro.

Safi telefonò a Brin appena ebbe l'approvazione di Martha. Quando le disse che non riusciva a ricordarsi le varie aste a cui aveva partecipato Charlie nel 2010 prima che smettesse di lavorare per lui, insistette.

«Di sicuro hai delle agende, Brin», lo incalzò, cercando di mantenere un tono amichevole. «Cioè, non tornava mai a mani vuote da quelle aste, no? Anche se si teneva il pezzo più pregiato. Di sicuro da qualche parte hai i dati di quello che hai acquisito».

«È stato più di dieci anni fa!», protestò lui.

Safi guardo l'orologio: erano le dieci del mattino. Brin aveva ore di tempo prima della folla di gente che usciva da scuola. «Ma di sicuro hai preso appunti sul tuo database, no? La data dell'acquisizione, eccetera? Voglio dire, sono certa che tieni in modo meticoloso tuoi registri». Prima la spintarella, e ora lo spintone. Se Brin a volte lavorava in una situazione poco chiara, pagando Charlie sottobanco, per non parlare di quello che combinava con Simon, allora forse avrebbe voluto dedicare un po' di tempo a sistemare le sue carte. «Abbiamo ricevuto un'altra lettera, e il sergente Caldwell è d'accordo con noi che le visite di Charlie a quelle aste potrebbero essere importanti per l'indagine. Se fossi così gentile da cercarmele, forse posso fare il lavoro pesante e passargli io gli appunti. Senza che lui debba venire a esaminare tutto lì da te».

Sperava tanto di essere riuscita a metterla giù bene, senza rischiare troppo per quello che aveva davvero in mano.

Lui sospirò. «Sì, okay. Però avrò solo una lista di indirizzi».

«Sarebbe fantastico. E grazie ancora dei libri. Sei stato davvero gentile».

Lui riagganciò senza rispondere.

Ora che aveva aperto quella pista, Safi si godette il resto della mattina. Sul comodino aveva una pila di romanzi da leggere, ma decise che una pausa dalla carta stampata poteva farle bene. Cominciò ad ascoltare un nuovo audiolibro, standosene nella poltrona di vimini vicino alla finestra a lavorare a un kit da ricamo che le aveva regalato sua madre per il compleanno. Era gradevole lavorare con le mani. I piccoli piaceri fisici di tirare i fili colorati attraverso il tessuto e vedere un motivo che si formava. La vita non era male, pensò: fili di un rosso e un azzurro vivace che le vibravano tra le dita, e un attore che leggeva per lei mentre lavorava. Si godette un momento lento di concentrazione e tatto, mentre sentiva la brezza dalla finestra aperta, tiepida e setosa, tipica della primavera.

Poco dopo sul telefono le arrivò un'email di Brin, proprio quando la sua attenzione stava cominciando a calare. La aprì insieme al documento allegato. Non c'erano carinerie, e nemmeno i soliti saluti di apertura e chiusura: era il suo modo di dimostrare irritazione. Fu felice di rendersi conto che non le dava fastidio. La lista che aveva mandato era lunga: di sicuro Charlie si era data un gran daffare. Forse il 2010 era stato un anno eccezionale per le aste, con i patrimoni che continuavano a vacillare in seguito alla crisi economica. Mise da parte il cucito e in pausa l'audiolibro, spostandosi su una delle sue playlist per correre. Poi scrocchiò le dita e fece una circonduzione delle spalle. Era il momento di passare dal manuale al digitale, pensò, godendosi il fatto di sapere che le radici di entrambe le parole erano stranamente vicine: "manuale" dal latino per "mano", e "digitale" perché la gente contava usando le dita. Sorrise, trovando un altro motivo per apprezzare i suoi colleghi della redazione. Facevano di continuo osservazioni come quella, era un gergo tribale che li legava tra loro nella ricerca del senso e dell'avventura. Non riuscivano mai a guardare una frase senza vedere le storie che aveva dietro.

Setacciare la rete per cercare le case sull'elenco di Brin, provando a vedere se corrispondevano alla foto sulla scrivania di Charlie, era estremamente laborioso. Ogni fotografia sul telefono di Safi aveva delle coordinate GPS nei suoi metadati: ogni momento era associato alla sua collocazione geografica. Qui invece non aveva la stessa fortuna.

Mise il panino che si era preparata in equilibrio sul portatile e se li portò entrambi in salotto, per cambiare panorama mentre finiva di esaminare il resto dei dati. Cominciò lentamente, con metodo, a eliminare ogni asta che a quanto pareva non corrispondeva a nessuna delle foto disponibili in rete.

Il suo telefono vibrò di nuovo. Un'inondazione di messaggi, tutti insieme.

Il primo era di Alex.

Tragedia. Simon si è incazzato per la faccenda Jonathan/Martha. Situazione spiacevole.

Cazzo.

Adesso è a posto. Martha ci ha fatto una lavata di capo e ci siamo dati una regolata.

I tre puntini lampeggiarono di nuovo sullo schermo di Safi.

Vuoi sapere da dove vengono i miei soldi?

Sì! Se non è un problema.

Scrivo romanzi horror. Mantieni il segreto. I miei figli non lo sanno.

Safi si lasciò sfuggire una risata forte per la sorpresa, spaventando gli uccelli che piluccavano briciole di pane tostato sul patio. Li salutò con la mano a mo' di scusa. «Bel colpo, Alex».

Che figata!

Ricevette un emoji con un cuoricino come risposta. L'altro messaggio era di Martha.

Incontro la relatrice di Charlie domani alle sei. Mi farebbe piacere se volessi venire con me.

I messaggi di Martha erano sempre frasi complete.

Sì, grazie. Mandami l'indirizzo.

Arrivò quasi subito.

Safi finì il panino e tornò allo schermo. Venti minuti dopo trovò la casa della fotografia. Forse. Un maniero duecentesco con annessi, che ora era un museo agricolo con un bar e una fattoria con vendita al pubblico. La muratura in pietra che si vedeva in lontananza nella foto di Charlie sembrava quella giusta, e l'asta si era tenuta due settimane prima di Pasqua. Poteva funzionare. Telefonò al numero sul sito web. Sì, la famiglia che aveva tenuto l'asta era ancora proprietaria di quel complesso; sì, nell'asta c'erano un sacco di cianfrusaglie e di carte. Se voleva fare un salto per discuterne era la benvenuta.

35

tacévole, agg. [venez. 1250]
Che non proferisce o tende a non proferire parola; che rimane in silenzio. Che omette di dire o esprimere qualcosa. In partic.: che tiene nascosto, represso o riservato qualcosa

Con il passare della giornata la tensione in ufficio si stemperò lentamente. Più tardi nel pomeriggio Martha vide un'email di Safi che accennava ad aver forse trovato una casa legata alle aste, e per un attimo si sentì colpevole del fatto che la collega passasse le sue giornate di ferie a lavorare sulla scomparsa di Charlie e i misteri che la riguardavano. Completò la bozza di "parasociale" e la girò ad Alex, felice di togliersela di torno: quel lemma si era rivelato più sgradevole del previsto. Ma fare la lessicografa implicava per forza lavorare con parole che irritavano i nervi, oltre a quelle che ti calmavano e ti soddisfacevano. Erano tutte vene preziose della miniera in cui scavavano ogni giorno.

Notò che la sua posta in arrivo cominciava a contenere varie richieste sulle lettere e su Charlie. Doveva essere uscito l'articolo. Pensò che poteva ignorarne la gran parte, almeno per ora. Molte erano offerte esitanti di aiuto da vecchie conoscenze, professionali e personali. Ce n'era una di Gemma: *Preparerò le fortificazioni contro gli avvoltoi!* La fece sorridere, e il ricordo delle olive, del vino e della collana di vetro marino della sua madrina era consolante.

Probabilmente suo padre ne stava ricevendo di simili.

Simon se ne andò alle cinque e mezzo spaccate, con un grugnito di saluto, e Alex cominciò a sgomberare la scrivania qualche minuto dopo. Esitò mentre si infilava il cappotto, e Martha si chiese se stava per suggerirle di andare al pub. Lei non ne aveva la minima voglia, ma non avrebbe osato rifiutare, e Alex doveva avere colto la sua indecisione perché se ne andò, con molto tatto, limitandosi a un sorriso cordiale. Martha cominciò a riordinare il suo lavoro e passò mezz'ora a mandare mail anodine di ringraziamento, che sperava avrebbero fermato ulteriori messaggi senza dare l'impressione di essere scortese.

Uscì dall'ufficio subito dopo le sei, poi rimase sul marciapiede, perché non voleva tornare a casa, ma nemmeno restare lì. Magari poteva lasciare lì la bicicletta e fare una passeggiata al tramonto, e vedere se così avrebbe fatto ritirare almeno un po' quella risacca accanita di pensieri. La strada sembrava stranamente silenziosa, solo un numero esiguo di passanti con facce stanche e malinconiche. Forse molta gente aveva fatto come Safi e si era presa ferie nelle giornate tra le due festività. Quel vuoto era snervante.

«Martha?».

Si girò ed ebbe un soprassalto vedendo Olivia, la moglie di Jonathan, che era poco più indietro di lei sul marciapiede.

«Olivia! Ciao». Si sforzò di sorridere con gentilezza. Olivia era più elegante che mai, con una sciarpa celeste avvolta ad arte intorno al collo sotto un giacchetto di pelle chiara, in un mix convincente di sobrietà ed eleganza.

Olivia si avvicinò con un passo rapido e sicuro.

«So cosa stai facendo, e devi smetterla».

«Di cosa stai parlando?», ribatté Martha, muovendo un passo indietro. Un uomo in bicicletta con la giacca di tweed passò loro accanto e Martha lo vide che le guardava, perché il tono e la postura vagamente aggressivi di Olivia avevano attirato la sua attenzione.

«Jonathan è mio marito. Il padre dei miei figli. Come osi pensare di poterti presentare e cercare di riguadagnarti il suo affetto con le lusinghe? E di usare tua sorella per farlo? È disgustoso».

Martha si detestò per il dolore che le pervase il corpo come bile. «Ma cosa diavolo...? Non ho il minimo interesse per Jonathan».

«Davvero?». L'altra fece una smorfia sprezzante. «Presentarti a casa nostra facendo l'ingenua? Convocarlo per giocare alla vostra caccia al tesoro? Stai facendo una figuraccia».

Martha era così scioccata che non riusciva a parlare.

«Ti sei giocata la tua occasione con lui, quindi togliti dai piedi».

Si girò dall'altra parte e Martha si riprese a sufficienza da protestare di nuovo.

«Olivia, sei fuori pista, davvero».

Quando Olivia si girò aveva un'espressione brutta, deformata. «Non sei l'unica troietta che gli scodinzola dietro. Siete delle spudorate, tutte quante».

Olivia, quella perfetta e aggraziata. Che non era più così aggraziata e così perfetta, la sua personificazione di compostezza ridotta a brandelli.

«Se credi che me ne freghi un cazzo di qualcosa che non sia mia sorella, ti sbagli di grosso», sibilò Martha. «Non so che problemi hai, Olivia. Ma sono problemi tuoi, non miei. Lasciami in pace».

Il viso di Olivia di colpo sembrò inanimato. «Basta che lo lasci stare», pronunciò con voce flebile, mentre agitava le chiavi della macchina in direzione di Martha. Aprì la portiera. «Tua sorella era una stronza che si credeva migliore degli altri. E tu sei uguale».

Martha non disse nulla, si limitò a guardare Olivia che entrava di fretta in auto, poi se ne andava accelerando fino alla fine della strada.

Il giorno seguente Safi prese l'autobus per il centro di Witney, pensando di percorrere il resto della strada a piedi fino al maniero. Dalla foto di Charlie aveva pensato che fosse in campagna, ma Witney Place si trovava vicino alla periferia della più grande cittadina dove si teneva il mercato dei Cotswolds. Come Burford, Witney era stata celebre per la sua industria della lana e per alcuni importanti birrifici. Entrambi i settori le avevano dato una floridezza che si rispecchiava ampiamente nelle grandiose facciate di High Street. Ma c'erano molte altre vicende storiche da raccontare. Safi aveva letto da qualche parte che, nell'Ottocento, Witney era stata usata da diversi college di

Oxford come rifugio per scappare dalle epidemie. Attualmente era una cittadina in balia di un clima mutevole, coronata dal fiume Windrush, che a volte la inondava.

Safi girò per Church Lane, il cui stretto viale era fiancheggiato dai fiori del cerfoglio selvatico. Lei amava quel fiore, che cresceva in folti banchi spontanei nei parchi londinesi che aveva frequentato da bambina. In inglese aveva preso il nome dalla povera e dimenticata regina Anna, ultima dei monarchi Stuart e in seguito, a causa delle sue diciotto gravidanze fallite, associata alla perdita dei figli. Una storia malinconica per un fiore di tanta delicata esuberanza, pensò Safi, mentre scostava alcune fronde ribelli.

La strada costeggiava un muro di pietra chiara, sopra il quale si ergevano i tetti di paglia di alcuni annessi appartenenti al maniero. Pareva tutto molto Oxfordshire, anche se nella foto di Charlie non c'era traccia di paglia. L'aspettativa che Safi aveva provato guardando le foto online all'improvviso sembrava insensato; eccola lì, ancora una volta un'estranea in mezzo alle famiglie splendenti dentro i SUV, e molto probabilmente impegnata in un'impresa inutile. Si riscosse. Aveva diritto di stare lì tanto quanto gli altri.

Il parcheggio era pieno e le auto appena arrivate venivano indirizzate in un campo vicino da una persona con un giubbotto catarifrangente. Il vialetto si apriva su un ampio cortile pieno di tavoli da picnic addobbati con tovaglie dell'Incoronazione, radunati sotto i festoni con l'Union Jack appesi tra un gruppo di fienili ristrutturati. L'edificio più grande aveva un'insegna che recitava RIVENDITA PRODOTTI AGRICOLI E BAR, ma anche altre piccole strutture intorno al cortile sembravano attività commerciali, e tutta la scena aveva l'atmosfera vivace di un mercatino. Safi notò un fabbricante di candele, un formaggiaio artigianale e un produttore di miele locale. Qualcuno vendeva toast con il formaggio fuso da una bancarella mobile; si sentiva il profumo di mela dolce del sidro. Oltre il cancello dall'altra parte del cortile notò delle aree di pascolo recintate. Le capre si radunavano lungo il sentiero e i bambini piccoli, appiccicosi di gelato, allungavano le mani attraverso la recinzione di legno per accarezzare loro il muso, mentre gli animali cercavano di rubare ciò che era rimasto dei coni.

Safi guardò l'ora: aveva ancora qualche minuto, quindi si diresse verso la casa padronale e ammirò il panorama. Emise un silenzioso "aah" di sollievo: niente paglia. Notò invece muri di pietra bianca dipinta e un tetto di ardesia, proprio come nella foto di Charlie. Seguì il sentiero a est della casa e all'improvviso lo riconobbe. Era quello, il tetto a doppia falda logoro della casa padronale, cosparsa di finestrelle dalla forma irregolare. Safi attraversò il sentiero per trovare l'angolazione giusta, poi tirò fuori il telefono per confrontare la foto di Charlie che Martha le aveva inviato con lo scorcio che stava guardando ora.

Corrispondeva alla perfezione. Doveva trovarsi quasi nello stesso identico luogo in cui si trovava il fotografo, in un cortiletto di ghiaia con un muretto un po' in disparte. Abbassò il telefono, aspettandosi di trovare Charlie in piedi di fronte a lei, che strizzava gli occhi per il sole con quel sorriso stravagante. Il senso del tempo che si fondeva insieme in quell'unico luogo diede a Safi una vertigine improvvisa. La presenza di Charlie era quasi tangibile nella luce del sole primaverile: un impulso di connessione. Le tornarono in mente le parole dell'anziano nella chiesa di Burford, che metteva in guardia dai fantasmi che si svegliano.

Si raddrizzò e scattò una foto da inviare agli altri. «Dipende da quale fantasma», mormorò, e tornò al negozio di tè.

Lo individuò subito. L'uomo era solo, con un bicchierone di qualcosa di frizzante davanti a sé. Era il modo in cui sorvegliava la stanza, con un misto di sconcerto e di orgoglio sociale, a rendere sicura Safi che si trattava della persona che era venuta a incontrare. Il vecchio fienile aveva un tetto alto con pesanti travi a vista, e metà dello spazio era occupato da bassi scaffali illuminati da lampade e pieni di libri colorati, e da tavoli ricoperti di merci di lusso: scialli di lana, scatole di biscotti e cioccolatini, gioielli e ceramiche. C'era un profumo forte di vernice e legno di pino.

Safi si fece strada fra i tavoli affollati. Ognuno di loro aveva un vasetto con un mazzo di fiori primaverili.

«Sir Walter?».

Lui si alzò e le porse la mano. «Signorina Idowu! La prego, mi chiami Walter».

«E io sono Safiya». Lei si accomodò.

Walter era un tipo magro, un po' più basso di Safi e con una testa di folti capelli bianchi come la neve. Indossava quella che Safi aveva imparato a considerare l'uniforme delle classi alte di campagna: una giacca Barbour spiegazzata verde muschio su una camicia a scacchi e calzoni di velluto color fulvo. Safi abbassò lo sguardo sul proprio outfit: un abito a portafoglio rosso cremisi, decorato con file di rose color rubino. Sopra ci aveva messo un lungo scialle di lana, nel tentativo di nascondere una traccia di rossetto che in qualche modo era riuscita a sbavare su una manica, un *cover-slut*, ricordava che le aveva detto Simon: un indumento indossato sopra un altro per nascondere una macchia sgradevole.

«Grazie di avermi ricevuta», disse.

«È un piacere». Aveva una stretta di mano salda e asciutta. «Posso offrirle qualcosa? La limonata è molto buona. Fatta da noi, sa».

«Sarebbe fantastico, grazie».

Walter alzò la mano e incrociò lo sguardo di una delle ragazze dietro il bancone, agitando la bottiglia vuota e alzando due dita.

«Uno dei privilegi di essere il proprietario», pronunciò con una risatina. «Non devo fare la coda».

«Questo posto è incantevole», replicò Safi, mentre la cameriera, una ragazza adolescente con la coda di cavallo che sobbalzava, portava i drink e li guardava con curiosità.

«Beth ha detto di portarvi anche questo!», esclamò, e posò un piatto di plumcake.

«Grazie, Jess», rispose Walter e spinse il piatto verso Safi. «Tutto questo è merito di Beth, mia nuora. Lei è l'imprenditrice della famiglia. Io e mio figlio siamo agricoltori, ma la tenuta era in rovina quando mio padre morì. Le imposte di successione. Credevamo di dover vendere tutto. È stata Beth a incoraggiarci a fare lo sgombero e a utilizzare parte del capitale ricavato dalla vendita per costruire il negozio e il granaio per il tè. Non è un'esagerazione dire che ha salvato questo posto».

«Mi fa piacere che stia andando così bene».

«Anche a me», concordò lui con emozione, mentre prendeva un boccone di plumcake. «Guardarla ora mi ricorda quanto queste case fossero centri industriali in passato. Quando i miei antenati costruirono la struttura originaria nel 1400, dovevano esserci un birrificio e un panificio in loco, entrambi riforniti dal Corn Exchange della zona. Fino alla fine del XVIII secolo, avrebbero prodotto formaggio per i mercati locali, stagionato la loro carne e tinto i loro tessuti. Stiamo solo reinventando queste vecchie tradizioni». Bevve un sorso di limonata. «Era dell'asta che voleva parlarmi, vero?»

«Esatto, in particolare dei libri e dei documenti che dovreste aver venduto».

Walter si sfregò le mani, togliendo le briciole di torta, poi cercò nella tasca della giacca. «Ho trovato una copia del catalogo da farle vedere».

Lo appiattì sul tavolo tra loro due. Era lucido, con una grande immagine della casa sul davanti. Lo aprì e iniziò a sfogliare le pagine. C'erano immagini di vari mobili imponenti e una serie di dipinti a olio e oggetti artistici. Forse era la luce che filtrava dai lucernari del fienile, ma ogni foto sembrava soffusa di una calda nebbia di antichità e opulenza. «Avevamo alcuni pezzi molto belli che hanno fruttato la maggior parte del denaro», disse. «Abbiamo scoperto che avevamo uno schizzo di Humphry Repton appeso in uno dei corridoi sul retro e un paio di originali di Beardsley in soffitta». Esitò e Safi non era sicura se si trattasse di un gesto di pudicizia, vista la predilezione di Beardsley per l'erotismo dark, o perché pensava che lei non avrebbe riconosciuto il nome di nessuno dei due artisti. Entrambi scrupoli inutili.

Continuò a parlare. «Mia madre odiava quei disegni, li riteneva troppo volgari, però hanno pagato il mutuo e finanziato la riconversione del fienile. Ma lei mi ha chiesto dei libri e dei documenti…». Trovò una pagina e la premette con la base del palmo. «Ecco qui! Dio, la biblioteca era in condizioni tremende. Mio padre aveva praticamente chiuso la porta a chiave dopo la morte di sua madre e non l'aveva mai usata. Mia nonna era la lettrice della famiglia, vede, e anche sua madre. Donne molto intelligenti. Mio padre era piuttosto anti-intellettuale, mi dispiace dirlo, e ha sposato una donna come lui». Scosse la testa. «La nonna aveva delle belle prime edizioni autografate, e *sua* madre era una specie di storica. Avevamo scatole e scatole piene dei suoi appunti e delle sue "ricerche", ma persino noi ne capivamo a malapena la metà».

«C'era qualcosa di palesemente antico?». Safi non sapeva bene come spiegare cosa stava cercando, o a quali criteri avrebbe dovuto accennare, dato quanto ci era andato giù pesante nei confronti di quel lotto di materiale. «Abbiamo la teoria che la sorella di una mia amica, Charlie Thornhill, sia venuta a questa vendita e abbia comprato qualcosa». Quando lo disse ad alta voce le sembrò debolissimo.

Lui si fermò di nuovo. «Era la ragazza che è scomparsa nello stesso anno? La sua ricerca ha a che fare con lei? Questa poi!».

Safi sbarrò gli occhi per la sorpresa e smise momentaneamente di masticare la torta. «Sì, è lei! Quindi si ricorda di Charlie?»

«Era una persona memorabile», dichiarò Walter con un sorriso mesto. «Ho visto le notizie sul giornale alla fine dell'anno. Non è più tornata?».

Safi fece cenno di no con la testa.

«Povera la sua famiglia. Mi dispiace molto. Sì, spiccava come un colibrì tra i corvi. Per la maggior parte, le persone che sono venute alla vendita erano commercianti professionisti, uomini di mezza età che guardavano con disappunto e disapprovavano tutto, e poi c'era quella ragazza molto vivace, così impaziente ed entusiasta». Sospirò. «Ricordo che comprò alcuni lotti singoli e un paio di casse da tè di "carte varie". Perlopiù vecchi album di foto e cartoline che non avevamo il tempo di sistemare. O non potevamo sopportare di farlo». Sospirò. «Sono contento che abbiamo fatto l'asta e sono sollevato perché abbiamo ridato un futuro a questo posto, ma è stato difficile separarsi da tutte quelle cose e sapere che probabilmente sarebbero finite in un negozio di rigattiere. Un incontro troppo ravvicinato con il tempo e la mortalità, per me».

Arricciò il naso e rivolse la sua attenzione alle consolazioni del plumcake per un po', mentre Safi cercava di capire cosa chiedere dopo.

«Credo che potrebbe aver comprato qualcosa di molto antico», disse infine. «Più delle cartoline e degli album fotografici. Andava a molte aste, ma teneva una foto di questa casa sulla scrivania, quindi abbiamo pensato che forse qui aveva comprato qualcosa di veramente significativo. Un manoscritto. Poteva trattarsi di un fascio di carte o sembrare un documento legale. Quelle casse da tè potevano contenere qualcosa del genere?».

Lui scosse adagio la testa. «Ne dubito. Non ricordo nulla di simile. E quando dico che non abbiamo fatto una cernita, intendo dire non nei dettagli. Tutto quello che ci sembrava particolarmente interessante lo abbiamo messo da parte».

«Immagino che potessero essere pagine sciolte».

«Ah, be', sì... La mia bisnonna conservava alcuni cimeli passati in una serie di album. È facile che ci sia sfuggito qualcosa se avesse messo l'articolo di cui parla in uno di quelli. E potrebbe averlo conservato in quel modo se secondo lei era interessante». Fece una smorfia. «Spero che non stia per dirmi che abbiamo venduto un Codice di Leonardo da Vinci mancante per pochi centesimi, o qualcosa del genere?»

«Non ne ho idea, Walter. Potrebbe essere importante, ma se questa cosa esiste, e se Charlie l'ha comprata qui, è ancora dispersa. Quegli album potrebbero essere stati fra i documenti vari?»

«Ah, di sicuro. Ho aiutato la signora Thornhill – Charlie – a mettere le casse da tè nel bagagliaio dell'auto, credo che fosse un Maggiolino vecchio stile. Aveva caricato una cassa e stava seduta mezza dentro e mezza fuori dal sedile posteriore, guardando il contenuto dell'altra». Fece una pausa, perso nei ricordi. «Come ho detto, è stato difficile guardare tutto quel materiale che veniva portato via. Ma vederla lì, così assorta in ciò che aveva appena pescato dalla cassa, mi ha fatto sentire un po' meglio. La mia bisnonna aveva raccolto così tante cianfrusaglie».

«Non le ha detto cosa aveva attirato la sua attenzione?»

«No. L'ha rimesso subito nella scatola. Abbiamo chiacchierato un po' mentre l'aiutavo a sistemare la cassa nel bagagliaio dell'auto. Era una conversazione sul nulla in realtà, ma, come le ho detto, ha alleviato un po' il peso della giornata. Mi ha detto che stava facendo il dottorato di ricerca, e anche quello è stato di consolazione. La mia bisnonna era una studiosa mancata e le avrebbe fatto piacere portare avanti la sua ricerca. In realtà, ricordo che mio padre mi disse che rimpiangeva di non essere stata addestrata a leggere la Secretary Hand[42], il che suggerisce che aveva alcuni materiali piuttosto vecchi. Ho sempre creduto, semmai, che si trattasse solo di documenti relativi alla casa».

«Le tracce di quello che ha trovato Charlie...».

«Tutto sparso ai quattro venti ora, purtroppo».

Safi finì la torta, poi raccolse le briciole sparse con la punta delle dita. «C'è qualcos'altro che si ricorda?».

Lui fece cenno di no. «Però Charlie sembrava molto felice. Ho detto qualcosa sul fatto che c'erano un sacco di schifezze e lei ha detto che era molto contenta di essere venuta. Poi mi ha chiesto di scattarle una foto. Aveva una di quelle macchine fotografiche digitali».

«Deve essere la foto che ha tenuto sulla scrivania tutta l'estate».

«Davvero?». Lui sembrava contento e un po' confuso. «Mi perdoni se sono ottuso, ma secondo lei quello che ha comprato qui potrebbe essere collegato alla sua scomparsa?»

«A essere sincera non lo so, Walter».

Lui si accigliò, e sul viso aveva uno sguardo di profonda concentrazione. «Spero di no. Darò un'occhiata. Vedo se riesco a scoprire qualcos'altro su quello che combinava la mia bisnonna. Ha qualche idea su quello che dovrei cercare? Qualcosa che possa aiutarmi a trovare un riferimento?».

Safi esitò. «Pensiamo che potesse essere uno zibaldone, anche se a prima vista poteva sembrare una serie di lettere o di ricette. Probabilmente furono raccolte in un lungo periodo di tempo, per cui si vedono inchiostri diversi sulle pagine».

«Arthur Conan Doyle aveva uno zibaldone, vero?», osservò. «Ho letto che nel suo raccoglieva le teorie criminologiche, e poi ne aveva affidato uno a Sherlock Holmes. So che Charlie ha esaminato gli archivi che avevamo qui. In realtà, chiamarli "archivi" fa sembrare tutto molto pomposo: erano più che altro bauli di documenti che risalivano a secoli fa. La mia bisnonna ovviamente li aveva organizzati tutti, ah, sarà stato a metà Ottocento, li aveva legati con dei nastri e li aveva impilati di nuovo

[42] Scrittura corsiva inglese, evolutasi per necessità di una scrittura più semplice e comprensibile.

nelle scatole. Quei documenti però erano tutti attinenti a questioni della casa. Forse avrebbe conservato altrove quello che lei descrive? Beth ha esaminato gli oggetti con un affascinante storico della zona. Lui era entusiasta di tutto, ma lei era delusa: c'è una leggenda di famiglia secondo la quale a un certo punto Shakespeare faceva parte della cerchia dei loro conoscenti, e sperava di trovare qualcosa che lo confermasse. Tuttavia, che io sappia, non è emerso nulla».

«Si ricorda il nome dello storico?»

«Non ne ho la più pallida idea. Ma lo chiederò a Beth, lei se lo ricorderà. Ho la sua email, le invierò i loro contatti».

Safi gli strinse la mano con gratitudine e si congedarono. Mentre attraversava il cortile si fermò ad accarezzare le capre, che accettarono di farsi grattare le orecchie in cambio di una manciata di avena dalla rivendita di prodotti agricoli sgranocchiata dal suo palmo teso. La giornata era un po' fredda e un po' grigia; i boccioli degli alberi che costeggiavano il sentiero erano ancora accartocciati stretti, con un leggero accenno alla prorompente stagione della fioritura in arrivo. Safi non era del tutto sicura di cosa aveva appreso, ammesso che lo avesse fatto. Che quella casa un tempo aveva ospitato studiose frustrate e bauli pieni di carte assortite. Che i materiali appartenevano a quella famiglia da secoli. Che loro non avevano avuto né il tempo né la volontà di controllare tutto, specialmente quando erano stati distratti da reperti più ovvi. Se un manoscritto dell'età moderna poteva sopravvivere, non riconosciuto e intatto, quelle erano, doveva ammetterlo, le circostanze ideali perché succedesse.

36

fernweh, n. [XIX sec., ted.]
Il desiderio umano di lasciare le circostanze conosciute (della quotidianità) e aprirsi al vasto mondo esterno

Martha non riusciva a ricordare l'ultima volta che aveva visitato uno dei college e aveva provato l'emozione di camminare sotto un arco di arenaria consumato dalle intemperie per entrare in una delle corti quadrangolari interne. Gli studenti le giravano intorno, dirigendosi a lezione o tornando nelle loro stanze attraverso pesanti portoni di quercia color whisky. Era in anticipo, così si sedette su una delle panchine e li guardò per un po', questa sfilata di gioventù e di potenziali futuri. La maggior parte di loro era vestita come adolescenti qualunque: magliette larghe che pubblicizzavano gruppi musicali degli anni Settanta, zaini a tracolla e AirPod nei timpani come lobi delle orecchie alieni. Di tanto in tanto vedeva qualcuno che aveva deciso di fare Oxford "come si deve", almeno secondo gli esterni all'università: in giacca e cravatta. Quelli che appendevano schizzi delle "guglie sognanti" alle pareti e si mettevano un orsacchiotto souvenir sul letto. Ma si trattava di eccezioni, che spiccavano per la loro rarità. Ora gli studenti erano molto più diversificati di quelli che ricordava dalla sua infanzia. C'erano più etnie, per fortuna, e meno effetto gregge. Quando era piccola lei, tutte le ragazze avevano i capelli lunghi e lisci che si facevano ricadere dietro le spalle; i ragazzi ti fissavano con visi rosa lucidi che sembravano troppo giovani per le camicie a righe e i pantaloni chino.

«Ehi!». Safi attraversò la corte con passo leggero e lo scialle che le si gonfiava un po' intorno. «Non sono in ritardo, vero?».

Martha gettò la tazza di caffè in un cestino per la differenziata; ai suoi tempi non c'erano nemmeno quelli. «No, ero io in anticipo. Com'è andata la visita?».

Safi si sedette sulla panca al suo fianco.

«Interessante...». Le raccontò la sua conversazione con Walter. «Mi ha spedito il nome dello storico quando ero ancora sull'autobus per tornare a casa. Ho mandato una mail per vedere se negli archivi che lui ha consultato ci sono tracce di una J. H.».

«Grazie», disse Martha.

Safi sorrise, triste. «Non ringraziarmi, Martha. È esaltante, a volte fin troppo. Quando stavo cercando la casa mi ero quasi dimenticata di Charlie, di te e dei tuoi genitori. Solo quando sono arrivata lì ho avuto la sensazione netta che... che lei era scomparsa». Martha non era sicura se quella sincerità le faceva piacere o la feriva un pochino. «Non voglio che tu ti senta in debito», continuò Safi, che aveva percepito il disagio della collega, e poi si rallegrò all'improvviso. «Però, se vuoi, compra qualcosa dal mio compagno di appartamento alla vendita di venerdì sera! Avere Josh felice significa anche una casa felice».

«Ma certo». Martha rise, suo malgrado. «Ci sarò. È stato lui quello che ti ha raccontato di Jonathan, vero?»

«Certo. Perché?»

«Ieri sera ho avuto un incontro molto strano con Olivia. Dopo ti racconto. Adesso forse è il caso di andare a parlare con la relatrice di Charlie». Imboccarono le scale alle loro spalle, chinando il capo sotto un'arcata sulla quale era inciso il motto dell'università: *Dominus Illuminatio Mea*, il Signore è mia luce. Martha si ricordò che sua madre aveva completato il versetto della Bibbia: *Dominus illuminatio mea, et salus mea, quem timebo?* Il Signore è mia luce e mia salvezza, di chi avrò paura? *Eh, giusto: di chi?*, si chiese.

Le due entrarono in un atrio antico con pareti imbiancate a calce e il pavimento lastricato. Sul muro era avvitata una bacheca di sughero, piena di volantini di conferenze e spettacoli teatrali degli studenti; di fronte c'era una scatola in legno con pannelli scorrevoli con i nomi, progettata per segnalare quali professori di quella sede erano presenti al momento. Lo studio della dottoressa Catherine Carmichael era al primo piano, dopo una stretta scala a chiocciola.

«Ho solo venti minuti», esordì con un sospiro di scuse dopo che si erano presentate. «Credevo di avere un'ora, ma stamattina una mia collega è caduta dalla bicicletta e si è rotta il polso, quindi devo tenere il suo seminario serale».

«Spero che non si sia fatta troppo male», disse Safi, mentre pescava il taccuino e la matita nello zaino.

«È un tipico rischio professionale per i docenti di Oxford». La dottoressa Carmichael era sulla quarantina, portava un completo pantalone di buon taglio e capelli biondi a caschetto che si stavano ingrigendo alle tempie. «Alla fine prima o poi tutti ci dimentichiamo di stare attenti e un qualche pilastrino ce la fa pagare. Ma accomodatevi, per favore. E allora, volevate parlare di Charlie? Sul giornale ho visto qualcosa a proposito di strane lettere che stanno arrivando al CED».

«Sì», rispose Martha, seduta in punta su una sedia dall'altra parte della scrivania della dottoressa Carmichael. «Mi dispiace, non so neanche bene cosa chiederle. Solo, io mi ricordo che Charlie quell'estate aveva lavorato tantissimo, eppure Simon, il mio collega, mi ha raccontato che vi eravate incontrati dopo la scomparsa di mia sorella...».

«E io avevo detto che aveva rallentato il ritmo di lavoro? Eh, sì, proprio così».

La dottoressa Carmichael si sporse in avanti sulla scrivania, con il mento posato sulla mano. Il suo studio era atipico per una professoressa, pensò Martha. Il muro più largo era occupato da uno scaffale, ma il resto della stanza era piuttosto sgombro dal solito armamentario legato all'insegnamento. La scrivania, un oggetto pesante dall'aria edoardiana, era vuota a parte un portatile e una tastiera, e sulle altre superfici non c'erano i soliti volumi dal dorso crepato e le pile di compiti, e invece troneggiavano delle piante in vaso dall'aria sana e un orologio dorato di piccole dimensioni che scintillava sotto un cerchio di luce ambrata che veniva da una piantana molto semplice. In quello spazio non c'erano gli scricchiolii e i sibili dei soliti studi universitari con l'impianto idraulico di epoca vittoriana: era come se l'edificio intorno a loro dormisse. Martha si rilassò di più sulla sedia.

«Noi crediamo che stesse lavorando a qualcos'altro», dichiarò Safi. «Secondo lei potrebbe avere un senso? Forse su uno zibaldone che aveva trovato a un'asta in campagna».

La dottoressa Carmichael annuì. «Wow, capisco. Sì... Potrebbe proprio essere. Subito prima che scomparisse abbiamo avuto un incontro, sapete? Ed era... Cribbio, non so nemmeno come descriverla. Nervosa? Esaurita? Mi sono sempre colpevolizzata per non avere detto o fatto niente dopo quell'incontro. Continuava a saltare da un argomento all'altro, quando di solito era così concentrata». Sorrise a Martha. «Per me era un vero piacere essere la sua insegnante. Era una delle prime teste davvero eccezionali che avevo trovato dopo essere arrivata qui. Aveva ottime conoscenze e la capacità di assimilare elementi molto tecnici della nostra materia, lavorarci e usarli per costruire idee nuove. Ero entusiasta della sua tesi di dottorato, quindi ammetto di esserci rimasta male quando mi è sembrato che avesse smesso di occuparsene. La ritenevo un'amica, oltre che una studentessa».

«A volte mi preoccupo che non avesse molti amici», ammise Martha. «I miei colleghi mi hanno detto che era capace di essere spietata. Persino crudele».

La dottoressa Carmichael sospirò. «Lo siamo tutti, di tanto in tanto. È vero che a volte l'ho vista spazientirsi con le persone o trattarle dall'alto in basso. Però aveva degli amici. E sapeva essere molto gentile. Mi ricordo che nel suo primo anno di dottorato abbiamo fatto una seduta prolungata: molto affascinante, anche se ci aveva lasciate sfinite. Lei aveva detto qualcosa a proposito delle famiglie, e mia madre era morta all'inizio dell'anno: mi sono un po' commossa. Anzi, sono proprio scoppiata in lacrime, cosa molto poco professionale. La volta dopo che ci siamo viste, mi ha portato quello». Indicò l'orologino.

Martha provò un improvviso impeto di gratitudine. Era un tale sollievo sentire che sua sorella veniva ricordata con affetto.

«Quando è stata l'ultima volta che l'ha vista?», chiese Safi. «È stato in prossimità della sua scomparsa?».

La donna abbassò lo sguardo sulla scrivania, si ricompose, e quando parlò aveva una voce molto accorata. «Fu il lunedì di quella settimana. Il sabato mattina ero fuori a fare compere quando mi telefonò la polizia per chiedermi di lei e scoprii che era sparita. Mi ricordo il senso di colpa: l'ultima volta che ci eravamo incontrate sembrava sconvolta e io non avevo fatto nulla».

«Ci può raccontare cosa ricorda di quello che aveva detto?», chiese Martha. «Perché poco fa ha ammesso che era possibile che stesse lavorando a qualcos'altro, quando Safi gliel'ha ventilato?».

La professoressa si appoggiò allo schienale e socchiuse gli occhi, congiungendo le punte delle dita.

«Ci incontrammo nel mio studio. Allora ero al Somerville, ma fuori c'era un cantiere stradale, quindi andammo a fare una passeggiata. Restammo sedute per un'ora su una panchina al St. Sepulchre. A lei piaceva quel posto. Poi andammo a bere una cosa».

Charlie al St. Sepulchre. Martha sentì ricostruirsi il filo di affinità che la legava a sua sorella, che le era sembrato così sottile e in pericolo. «Non ne avevo idea. Credevo di avere scoperto io il St. Sepulchre».

Catherine la guardò e sorrise. «Ci creiamo tutti la nostra Oxford personale, no? Gli idioletti geografici. C'è gente che non vi include per niente l'università; per altri invece, tutto si trasforma in *Hic sunt leones* nell'attimo stesso in cui escono dalle mura dei college».

Martha apprezzò quella citazione: le mappe medievali l'avevano sempre affascinata. Da bambina adorava guardare quei draghi e mostri marini colorati, che mettevano in guardia dai pericoli dei territori inesplorati.

Catherine continuò: «Stavamo discutendo della cultura orale, in termini molto generici. Emerse quasi subito che non era progredita con il lavoro per la tesi e capivo che questo la tormentava. Le chiesi se stava succedendo qualcosa nella sua vita personale, se stava facendo fatica. Reagì in modo piuttosto impetuoso. Spergiurò che prima della fine dell'anno avrebbe ricominciato a occuparsi della tesi di dottorato. Le dissi di stare attenta. Poi capii chiaramente che stava lavorando su un libro di qualche tipo».

Safi e Martha si scambiarono un'occhiata. «E così le ha detto che stava lavorando su un libro?»

«No, l'ho capito da una conversazione che ha avuto davanti a me. Si era fermata una signora di una certa età a parlare con lei».

Martha pensò alla sua conversazione con Gemma, ma Safi la precedette. «Eravate sedute fuori dal bar della tipografia?».

La dottoressa Carmichael aveva l'aria sorpresa e un po' colpita. «Sì, stavamo cercando di approfittare del sole di settembre. La donna si è fermata al nostro tavolo. Ha ricordato a Charlie che nel corso della settimana dovevano vedersi per pranzo».

Martha cercò sul telefono una foto di Gemma, e ne tirò fuori una di un articolo del «Guardian» di qualche anno prima. Era seduta in salotto, con il quadro di Nicholson alle sue spalle.

«È lei?».

La dottoressa Carmichael si accigliò leggendo il titolo. «Gemma Waldegrave. È passato tanto tempo, ma sì, credo di sì».

«E stava *ricordando* a Charlie il pranzo?».

La dottoressa Carmichael annuì. «Ha detto: "Ricordati che giovedì pranzi con noi a casa mia"».

«Solo che Gemma mi ha riferito proprio l'altro giorno che lei e Charlie si sono date appuntamento a pranzo in quel momento. Che Charlie si stava mettendo in mostra con lei, lasciando intendere che aveva qualche grande progetto da discutere».

«No. Cioè, quella è stata l'ultima volta che ho visto Charlie, quindi credo che il mio ricordo sia piuttosto chiaro. Questa donna, Gemma». Indicò il telefono di Martha. «...era dall'altra parte della strada e ha attraversato per parlare con noi. Ed era piuttosto insistente. Ha detto: "So che stai lavorando a un libro"».

Safi girò pagina. «E poi?»

«Credo che Charlie fosse in imbarazzo», affermò la dottoressa Carmichael con un'alzata di spalle. «Non mi aveva detto che stava lavorando a un libro. Solo che aveva bisogno di prendersi una pausa dalle letture per il dottorato per un po'. È stata piuttosto brusca con Gemma. Poi si è alzata e si sono spostate un po' più avanti per parlare».

«Quindi non si stava mettendo in mostra davanti a lei?», chiese Martha.

«No. Tutto il contrario, semmai! Aveva l'aria di vergognarsi quando è tornata. Le ho chiesto perché non poteva prima finire il dottorato e poi dedicarsi al progetto del libro».

«E cosa ha risposto?». Martha si sporse in avanti.

«Che avrei capito quando l'avessi visto. E che non poteva aspettare. No, in realtà ha detto: "Non aspetterò loro"».

«Non capisco». Martha si mordicchiò il labbro. «Gemma, la donna nella fotografia, è un'agente letteraria, un'amica di famiglia. Se Charlie avesse avuto un libro da pubblicare, sicuramente sarebbe andata da Gemma per trovare un editore, o per avere un consiglio, no?».

La dottoressa Carmichael guardò l'orologio, poi prese la borsa. «Mi dispiace, ma devo proprio andare e non ho idea del perché Charlie non sia andata da questa donna. Ma aveva già un editore: un mio amico della OUP, Giles Baldwin. Allora non lo sapevo, ma mi ha contattato durante la prima ondata di pubblicità quando Charlie è scomparsa».

«E non le ha detto di cosa parlava il suo libro?», domandò Safi.

«No, ma mi chiese con chi avrebbe dovuto parlarne in famiglia. Io avevo solo il cellulare di Charlie, così gli ho dato il numero di telefono che ho trovato sul giornale».

Martha era rimasta intrappolata nella nebbia una volta, durante una passeggiata in campagna con il suo fidanzato dell'università. Una densa nebbia si era avvolta intorno a Port Meadow come una gigantesca benda, e loro barcollavano da una sacca di aria momentaneamente limpida all'altra prima che il biancore li inghiottisse di nuovo, con le voci che passavano dall'allegria al panico. Quella stanza greve all'improvviso non sembrava diversa: l'aria era diventata opprimente e lei non aveva idea di dove fossero dirette.

«È ancora in contatto con lui?», continuò Safi, con la matita che sobbalzava. «Sa come possiamo trovarlo?». Lei scosse la testa. «Non lo vedo da anni. Ma lo trovate con una ricerca su Google. Ha avuto una carriera incredibile: credo che ora sia direttore editoriale di una importante casa editrice».

37

baccato, agg. [XIV sec., tosc.-ven.]
Ubriaco, avvinato. Estens. invasato o in preda alla furia

La mostra si svolgeva in un gruppo di studi di artisti vicino a Magdalen Road, a est della città. Martha aveva rifiutato l'offerta di un passaggio da parte di Alex e aveva scelto di andare in bicicletta. La incatenò vicino al Pegasus Theatre, un'elegante struttura rivestita di pannelli di bronzo adiacente al Magdalen Arms, uno dei pub più quotati di Oxford e sede di un mercato delle pulci il primo sabato di ogni mese. A Charlie piaceva trascinarci una Martha assonnata, ansiosa di accaparrarsi cianfrusaglie o vestiti vintage adatti al suo stile e al suo portafoglio. Le sue scoperte erano poi ricomparse in molte delle cacce al tesoro che aveva organizzato per sua sorella.

Safi aveva inviato ad Alex gli appunti della conversazione con la dottoressa Carmichael, ma non ne avevano discusso in ufficio il giorno prima. L'atmosfera era sembrata troppo precaria, troppo piena di respiri trattenuti. Simon era rimasto perlopiù in silenzio, ogni giorno era arrivato e uscito per primo, ed era stato sempre gentile con Martha e Alex, ma non aveva chiesto nulla su Charlie né aveva fatto altre domande sul misterioso zibaldone.

Martha aveva provato un sussulto d'ansia ogni volta che aveva ricevuto un'email, nel timore che provenisse dall'ufficio del personale. Ma fino a quel momento, nulla. E Simon aveva detto che aveva in programma di venire all'evento d'arte quella sera. Stava cominciando a sperare che forse la settimana successiva, dopo aver pranzato con Mike e dopo la tempistica ideale della giornata di festa, forse sarebbero stati in grado di gettarsi dietro le spalle quella scena spiacevole. Sarebbe stato certamente d'aiuto riavere in ufficio Safi, intelligente, cordiale e impavida. Li avrebbe fatti tornare una squadra, pronta ad affrontare qualsiasi cosa Coro avrebbe messo loro davanti in futuro. Era tutta la settimana che non avevano sue notizie. Forse anche lui si stava prendendo qualche giorno di ferie.

Martha seguì un cartello dipinto a mano fino a un vicoletto di fronte a una fila ordinata di case a schiera. Non che ci fosse davvero bisogno del cartello: il party degli artisti aveva attirato un bel po' di pubblico. Il vicoletto, affiancato dai garage, si apriva su un vasto cortile racchiuso da costruzioni industriali basse, dove un tipo con i capelli fosforescenti le sorrise e le mise un volantino tra le mani.

«La mappa degli studi!», disse entusiasta. «Buon divertimento».

Erano solo le sei, ma il cortile era già pieno. All'inizio Martha ebbe l'impressione di essere la persona più vecchia, ma presto scorse alcuni visi più maturi tra la folla: uomini e donne dal sorriso facile che portavano jeans e camicie a fiori sotto maglioni di lana pesante. Quant'era diversa questa parte della città da quella appena uscita da parrucchieri e manicure che era andata alla presentazione di Jonathan! Lei preferiva di gran lunga persone come queste. Le piaceva l'abbigliamento eclettico, la scintilla in mezzo alla banalità, la corrente densa e calda dell'amicizia. Le ricordava Berlino. Forse dopotutto a Oxford c'era una tribù di persone adatte a lei.

Notò Alex quasi subito. Stava parlando con qualcuno, ma appena scorse Martha si sganciò dalla conversazione e le andò incontro, tenendo in equilibrio con fare esperto una bottiglia di vino bianco e un paio di bicchieri di plastica in una mano. «Vuoi bere qualcosa? Mi sono accaparrata questa per noi due. Temevo che avessero solo vinaccio da due soldi e invece ci sono casse intere di un Pinot quasi potabile. Anche se a questo punto berrei qualsiasi cosa per cancellare i sogni del manoscritto perduto. Mi sta perseguitando! Da quello che dice la dottoressa Carmichael, non credo che quella schedina sia uno scherzo». Riempì un bicchiere e Martha lo prese con gratitudine. Fuori dall'ufficio, e tra loro due, quello era ancora il primo e unico argomento di conversazione. Era un sollievo.

«Quel direttore editoriale che aveva nominato ti ha risposto?», continuò Alex.

«Aveva la risposta automatica. È via e non consulterà l'email fino alla fine della settimana prossima». Martha bevve un sorso di vino e si guardò intorno. In un angolo c'era un caravan riadattato dove servivano cibo caldo, e su un tavolo a cavalletti erano schierati bicchieri di vino e di birra, insieme a una specie di cocktail di un rosa fiammeggiante. Da un paio di casse stereo all'interno sentì partire *Anarchy in the UK*. Un modo per festeggiare l'Incoronazione.

«Pensi che forse Simon avesse ragione, che Charlie abbia venduto il manoscritto e poi sia scappata con i soldi?».

Alex la studiò per un po', con quel sorrisino affettuoso ma sardonico. «No. Ma se Coro non si fa più vivo, e noi non scopriamo nient'altro, possiamo scegliere tutti di crederlo, se ti fa piacere».

Martha bevve una sorsata più abbondante di vino. «Magari possiamo chiamarlo piano B.».

Alex, colta di sorpresa, scoppiò a ridere. «Hai già parlato con Gemma? L'hai messa davanti alla versione del loro incontro data dalla dottoressa Carmichael?»

«Sì». Non era stata una conversazione piacevole. La sua madrina era stata molto aggressiva e aveva negato, prima di confessare a malincuore. «Mi ha detto che aveva sentito una voce secondo cui Charlie aveva un contratto per un libro sulla sua tesi di dottorato, con alcune nuove scoperte, e ci era rimasta male che non le avesse chiesto un consiglio». Dall'altra parte del cortile un ragazzo e una ragazza con grembiuli a righe vendevano fette di pizza dal caravan. Il profumo di pane caldo e formaggio fuso si mescolava a quelli più antichi di foglie e di benzina. La coppia scherzava con i clienti in attesa, brandiva coltelli, salse, pale: trasformavano tutto in uno spettacolo. Quell'effervescenza attraversava il cortile come un'onda sonora.

«Si è scusata per avere "creato alcuni falsi ricordi"», aggiunse Martha.

Alex si accigliò, guardando gli astanti. «Spero che non ti

spiaccia se parlo con freddezza di queste cose, Martha, però mi ero chiesta se il messaggio per Gemma, che annullava il pranzo, poteva essere stato spedito da qualcuno che aveva fatto del male a Charlie. Ma se Charlie non aveva mai voluto andarci…».

Martha sentì uno scoppio di risate e girò la testa. Charlie, la giovane Charlie, in mezzo a quel pubblico? Ma no, era stato un altro scherzo del tempo, era solo una ragazza sulla ventina con i capelli ribelli, in posa per un selfie con una coppia vestita da Carlo e Camilla con le maschere di gomma e i vestiti stracciati. L'arte come festival del caos: quegli impulsi umani di prendersi gioco dell'autorità, e nel farlo di celebrarla in modo impercettibile, trovavano sempre una forma per esprimersi, nei vari periodi storici.

«In effetti aveva detto a mio padre che andava a pranzo fuori con qualcuno…».

«Ehi. Grazie di essere venute!».

Safi apparve al loro fianco, con una bottiglia di birra in mano e gli occhi entusiasti.

«È fantastico, Safi», disse subito Alex. «I tuoi amici devono essere molto contenti».

«Sì, Josh è al settimo cielo. Non era sicuro che una cosa del genere potesse funzionare a Oxford, invece c'è un fottio di gente». Bevve un sorso di birra, muovendosi istintivamente a ritmo delle chitarre punk scatenate che venivano dall'interno. «E quindi ho passato la mattinata a spulciare il sito di British History Online per vedere se scoprivo qualcosa sulla casa e sulla famiglia di Sir Walter nel XV e XVI secolo. Alla ricerca di candidati possibili per l'autrice dello zibaldone».

«E com'è andata?», chiese Alex, riempiendo impaziente i bicchieri di vino.

«Niente. Cioè, ho trovato alcune Jane e Jean, ma nessuna J. H., e ho parlato anche con quello storico. Non è riuscito a ricostruire nessuno con quelle iniziali che fosse legato al maniero».

«Forse era una governante, è possibile? O una parente?», chiese Martha.

Safi si strinse nelle spalle. «Una parente è possibile. E poi ho fatto varie letture sugli zibaldoni in generale. Ne sono rimasti migliaia, anche dell'antichità, ma pochissimi scritti da donne.

La gente li usava come miscellanee. Ci sono ricette per la preparazione dell'inchiostro e del veleno per topi, istruzioni per fare magie con le carte da gioco, piccoli estratti biografici, come fare conversazione in francese... La cosa buffa, però, è che sono proprio quelle informazioni insolite sparpagliate a renderli così preziosi ora. Non le citazioni. Credo che da questo si debba imparare una lezione, però non so bene quale».

Alex sorrise. «"Segui la tua strada", forse?».

«Sì, ci sta», rispose Safi. «Poi ci sono molti riferimenti alle persone che lasciavano in eredità i propri zibaldoni a parenti più giovani o amici, come cronaca della loro vita. E la famiglia di Sir Walter è abbastanza antica da essere profondamente radicata nella comunità, a un centinaio di chilometri in tutte le direzioni intorno alla villa. C'era un cugino seppellito a St. Aldates e un altro a Stratford, quindi probabilmente aveva un raggio di influenza piuttosto esteso».

«Ma tu non dovevi essere in ferie questa settimana?», gemette Martha, quando Safi finalmente si fermò a prendere fiato.

«Te l'ho detto, Martha, mi sto divertendo. Andare in visita all'azienda agricola è stato fantastico», disse entusiasta, poi salutò con la mano qualcuno tra il pubblico. «Ricordatevi di andare a vedere un po' di opere d'arte. Simon è lì dentro da qualche parte».

Martha e Alex cominciarono insieme il giro degli studi aperti al pubblico, ma presto furono separate dalla folla. Martha si permise di sospendere ogni pensiero per un'ora, adagiandosi sull'affabilità dei presenti, e risollevata dal piacere creativo che si notava nelle opere esposte. In uno studio vide ritratti realistici in modo meticoloso, in un altro quadri astratti sgargianti, poi stampe sovrapposte di paesaggi cittadini vagamente fantastici, ed esplosioni vegetali, affiancate. Tutte ricostruivano la realtà in modo molto personale. Proprio come faceva la lingua.

Le fece molto piacere scoprire che Josh, il coinquilino di Safi, creava arte che corrispondeva alla perfezione al suo gusto. Audaci raffigurazioni di Oxford in giallo e rosa; luci al neon che schizzavano sui marciapiedi riflesse dalla pioggia. Il tipo di arte intorno alla quale si sarebbe potuta costruire tutta un'estetica, persino una casa. Avrebbero potuto funzionare in camera sua a casa dei suoi? No. Si rifiutò di chiedersi cosa significava questo, e comprò un paio di stampe in formato A3. Josh le sorrise da un orecchio all'altro prima di rivolgersi al cliente successivo: non era il momento giusto per fargli domande sui pettegolezzi che aveva sentito su Jonathan.

Quando ebbe finito l'acquisto, ormai aveva del tutto perso di vista Alex. Con un tubo di cartone che conteneva le stampe ficcato malamente nella borsetta, seguì la folla oltre le altre porte aperte, fino al cortile all'improvviso buio.

«Martha!». Simon era giusto di fronte alla porta illuminata da cui lei era appena uscita e fissava il telefono. Se lo ficcò in tasca e proprio in quel momento la vide. «Ti sei comprata qualcosa».

Sembrava malfermo, inciampò leggermente mentre si staccava dal muro.

«Sì, e tu hai comprato qualcosa?».

Lui fece cenno di no, mentre beveva dalla bottiglia. Per un attimo sulla barba gli luccicarono goccioline di birra, che riflettevano i festoni di lucine colorate sulle porte e i garage, poi se le asciugò. «Sai, Martha, penso che tu abbia ragione».

«Su che cosa?»

«I fantasmi fastidiosi. Lasciamoli in pace. Guardiamo avanti!». Muoveva la mano avanti e indietro dinanzi ai propri occhi. «Non sono così sicuro che dissotterrare il passato sia una buona idea».

«Dissotterrare il passato però sarebbe il nostro mestiere, no? E non sono stata io a dirlo, ma quell'uomo che ha incontrato Safi in chiesa».

Simon fece spallucce, barcollando un pochino. Martha arretrò. Non le piaceva l'ubriachezza totale. Anche quand'era studentessa le aveva sempre fatto una certa paura. Era vero che le piaceva la terminologia associata: sulla carta la divertiva. *Cherubimical*, per esempio, una volta descriveva il tipo di ubriaco felice che va in giro ad abbracciare tutti; ma per ognuno di quelli c'erano decine di *lick-spigots* (osti della malora) e *tosspots* (ubriaconi). Gli ubriachi potevano cambiare umore all'improvviso. Simon aveva l'aria di essere molto ubriaco.

«Non sono cattivo, sai», disse lui. «Ho solo avuto sfortuna. Non ho mai avuto quelle botte di culo, come Jonathan che è diventato uno scrittore di successo, o Charlie che ha trovato quel libro. Voglio dire, che probabilità c'erano che lei ci mettesse le mani sopra? E se l'è tenuto per sé, ha cercato di tenerselo stretto. Ha fatto proprio così».

«Parrebbe, sì», rispose Martha, con la massima attenzione. «Però era ovvio che voleva pubblicarlo. Ma probabilmente le è costato la vita, Simon. Così pensa Caldwell».

Lui contorse la bocca in una piccola smorfia. «Ti piace, vero? Caldwell? Abbassi sempre gli occhi quando lo nomini. La piccola Martha, così pudica». Lui finì la birra e cercò di appoggiare la bottiglia per terra a fianco del muro, ma si rovesciò e rotolò di lato. Lui la fissò, come se quella piccola dimostrazione della forza di gravità e della fisica fosse di un fascino unico. «Lei. Io... E comunque... lei ha colto la sua occasione».

«Simon, ti senti bene?». Era ovvio che non era così, ma forse chiederglielo l'avrebbe distolto dalla depressione. Gli avrebbe ricordato che era in compagnia. Con la sua capa. O almeno, la sua capa fino a che non fosse andato all'ufficio del personale per farla licenziare.

Non funzionò. «Sì, no». Alzò le braccia e cominciò a declamare. «"Vi è una marea nelle cose degli uomini la quale, se colta al flusso, mena al successo; se invece è negletta, tutto il viaggio della loro vita resta arenato nei bassifondi e nelle disgrazie. Su tale mare libero ora galleggiamo, e dobbiamo o seguire la corrente quando essa è propizia o perdere il nostro carico"[43]». Un paio di ragazzi li fissarono curiosi mentre passavano tra lui e Martha. Sorrisero e alzarono le mani in un applauso silenzioso, senza fermarsi. Simon fece un inchino ampio e solenne rivolto alla schiena dei due che se ne andavano.

«Simon, di cosa stai parlando?».

Lui fece una risatina. «Una falla nella matrice. Sai, quella di tutti voi, tutti quelli che sono implicati in questa maledetta faccenda. Credo che Charlie sarebbe l'unica che capirebbe davvero».

«Capirebbe cosa, Simon?».

[43] William Shakespeare, *Tutte le opere*, a cura di M. Praz, Sansoni, Firenze 1980, p. 611.

Fece un passo verso di lui, vide che negli occhi gli tornò un po' di lucidità. Sbatté le palpebre, cercò di ricomporsi. «Ignorami, Martha, sono solo un vecchio barbogio inacidito. Passerà anche questa. Scriverò un altro libro di merda, mentre i libri di merda di Jonathan gli fanno guadagnare miliardi, e io non ho neanche gli occhi per piangere. E mi dirò che alla fine moriamo tutti e devo essere grato al privilegio che ho di avere una casa del cazzo in questa città del cazzo». Appoggiò la mano al muro. «Arriviamo tutti a dei compromessi. Impariamo a convivere con noi stessi, anche se siamo un po' deludenti. Dovresti provarci anche tu, invece di andare in giro col muso lungo mentre vivi in una cavolo di reggia senza pagare l'affitto. Perché procurarti un lavoro dandola in giro se poi non ti godi nemmeno i soldi?».

Le speranze di Martha che tutto fosse stato dimenticato erano vane. «Non ho usato il mio rapporto con Jonathan per ottenere questo lavoro. Sinceramente, Simon, ti ho già detto che non ci ho nemmeno pensato. Vorrei che tu mi credessi».

«*Non ci ho nemmeno pensato*», le fece il verso lui in tono tremante. «E cos'è successo alla Martha incazzata? Alla Martha spavalda, "vai pure a protestare all'ufficio del personale"?», ribatté rabbioso, chinandosi un po' per guardarla negli occhi. «Non hai nemmeno preso in considerazione...?». Arretrò un po' e alzò le mani. «Vabbè, se lo dici tu. Allora mandami pure affanculo. Cristo, non è che io abbia nemmeno preteso molto dalla vita».

«E va bene. Vaffanculo», borbottò, tenendo il tubo di cartone davanti a sé come un'arma di difesa. «E non dire stronzate. Mi sembra che tu ti aspetti un bel po' dalla vita. Credi di meritarti qualsiasi cosa che abbiano gli altri. Jonathan, io, Alex...».

«Solo una piccola parte!». Simon tenne il pollice e l'indice proprio davanti ai suoi occhi. «Solo un'ideina!». Lei vide la rabbia che gli balenava nello sguardo per poi sparire di nuovo. «Ma non preoccuparti. Non voglio piantare un casino per te e Jonathan. Sei talmente sulle nuvole che probabilmente è vero che non ci hai nemmeno pensato, e lui si è trombato così tante studentesse che probabilmente non si ricorda nemmeno che nel mucchio c'eri anche tu». La guardò a lungo dalla testa ai piedi.

Martha arrossì. «Sei ubriaco».

Lui si girò senza rispondere, si limitò ad andarsene strascicando i piedi, con una mano alzata in segno di saluto.

«Cosa è successo?», chiese Alex, spuntando dalla porta alle sue spalle.

«Cosa credi che sia successo?», replicò Martha. «Vorrei non avergli mai detto di me e Jonathan. È incazzato come una biscia». Alex aveva sulla spalla una borsa di stoffa mai vista prima. «Anche tu hai comprato qualche opera d'arte?».

«Sì, qualcosa per mio figlio Jacob. Dio, spero tanto che diventi un uomo più felice di Simon. Mi preoccupo per lui, sta ancora cercando di avere successo con i suoi libri. Ho paura di quello che potrebbe capitargli se non ci riuscisse». Guardarono Simon che attraversava la strada e spariva tra le ombre della sera primaverile. «Mi dispiace di aver perso le staffe con Simon in ufficio. Naturalmente il fatto che Jonathan abbia assegnato il lavoro a una persona con cui ha avuto una storia è equivoco, ma Simon non sarebbe mai stato promosso! Sicuramente non al dizionario. Se avesse voluto fare carriera, sarebbe dovuto andare da qualche altra parte, dare un taglio netto. Ma sta troppo comodo qui».

«A me non sembra per niente comodo».

Alex scosse il capo. «L'autocommiserazione può essere comoda, se uno ci è abituato. Non sei stata tu a rubargli le luci della ribalta, Martha. È stato lui con le sue mani».

Martha si sorprese di quanto fosse sollevata a sentire quelle parole. Credeva di non essere in grado di sopportare un'altra mazzata alla sua coscienza.

«Inoltre, con la mezza età non si scherza», continuò Alex, sistemandosi la borsa sulla spalla. «So che sembra che mi stia calando davvero nel mio ruolo di megera del nostro ufficio, ma tu non ti rendi conto di quanto sei ancora giovane, Martha. Hai un discreto numero di possibilità davanti a te, però un certo punto le occasioni cominceranno a restringersi, e ti toccherà trovare gioia in quello che hai già realizzato, e nel presente. C'è un punto in cui il futuro può sembrare più una minaccia che una speranza».

Martha provò una nuova fitta di empatia mentre guardava Alex. Era sempre stata convinta di avere il monopolio della tristezza. Forse, a volte, per entrambe sfociava nella malinconia.

«Tu l'hai letto il suo libro?»

«Sì, ed è ottimo. Meglio della maggior parte di quelli Jonathan, e ha davvero tutte le qualità. Scorrevole, originale, dotto. Ma…».

«Ma che cosa?»

«Simon ha avuto una certa sfiga, e non è mai stato capace di accettarlo. Su, fatti offrire qualcos'altro da bere, poi possiamo dare la buonanotte a Safi e portare a casa il nostro bottino artistico».

Safi si stava godendo la serata. Era un po' brilla per la birra, al punto giusto, aveva visto Alex e Martha che compravano qualcosa, e aveva conosciuto almeno tre persone della sua età a cui aveva promesso di uscire a bere un caffè nei quindici giorni successivi. A volte era recalcitrante all'idea di spostarsi da casa all'ufficio e viceversa, lottava contro i limiti della sua vita, imprigionata nella routine. Quella sera le stava ricordando che c'erano ancora molte cose da esplorare. Tutte quelle città diverse all'interno della stessa, proprio come aveva detto la dottoressa Carmichael. Andò verso un angolo della vasta galleria al piano terra dell'annesso più grande, dove avevano invitato vari artisti privi di uno studio proprio a esporre le loro opere. Una sua coetanea con la salopette e una maglietta "Le femministe sono così" stava spiegando i suoi quadri a un gruppetto di persone. Erano soprattutto collage, da quello che vedeva Safi stando dietro. Vernice spray e immagini di occhi e labbra strappati dalle riviste.

«Sì», stava dicendo la tizia. «Volevo davvero occuparmi delle donne perdute dalla storia. I talenti che perdiamo reprimendo le donne, rifiutandoci di istruirle».

Safi provò una fitta di fastidio. Per quanto tempo ancora bisognava ripetere quel messaggio, per vedere cambiare le cose? L'effetto piacevole della birra stava svanendo e lei cominciò a sentirsi stranamente aggressiva.

«Cioè, dovete troppo leggere *Una stanza tutta per sé* di Virginia Woolf», continuò l'artista.

Safi conosceva bene quel saggio. D'altra parte questo valeva per tutte le donne che avessero ricevuto un'educazione secondaria. Parlava dei secoli di pregiudizi che avevano inibito gli avanzamenti delle donne e avevano negato loro lo spazio per realizzare il proprio potenziale. E così, ogni volta che leggevamo di una donna che in passato veniva evitata in quanto strega, una che era ritenuta posseduta dai demoni, o che in silenzio aveva partorito un uomo notevole, saremmo state sulle tracce di una poetessa perduta, di una narratrice dimenticata che a sua volta sognava, scriveva, immaginava. Se quelle donne avessero permesso alla loro creatività di correre a briglia sciolta? Invece la storia aveva deciso che sarebbero impazzite di paura e frustrazione, le loro parole anonime e ignorate.

«Come la sorella di Mozart!», aggiunse l'artista. «Anche lei era un prodigio, ma l'hanno costretta a smettere di suonare quando fu in età da marito. Nessuna delle sue opere è sopravvissuta».

Anche Shakespeare aveva avuto delle sorelle, pensò Safi, e i dubbi svanirono in fretta mentre il suo cervello cominciava a correre. Anne, che era morta giovane. E la misteriosa Joan, che aveva sposato un cappellaio di nome Hart. Nel testamento suo fratello le aveva lasciato venti sterline.

«Cazzo!».

Il gruppo si girò a guardarla.

«Scusatemi». Safi sorrise. «Sono bellissime, spero che tu ne venda una tonnellata». Poi a spintoni si fece strada tra la folla fino a tornare in cortile, dove vide Martha e Alex, con le teste vicine sopra i bicchieri di vino. Alzarono lo sguardo e le sorrisero.

«*Hart!* Perché Coro ha nascosto la schedina sotto la voce "*hart*"? Forse la "H" sta per Hart. E se J. H. fosse Joan Hart?». Parlava a velocità supersonica.

«Joan Hart?», ripeté Alex accigliata. «Questo nome l'ho già sentito da qualche parte».

«Cioè, Walter ha detto che si ventilava che la sua famiglia conoscesse Shakespeare. E avevano un parente seppellito a Stratford. Forse conoscevano sua *sorella*! J. H.! Le date coincidono alla perfezione, anche con la datazione di "lordare". Lei l'aveva sentita: lui l'aveva usata in una commedia. E se Charlie avesse trovato lo zibaldone della *sorella di Shakespeare*?».

38

pnèuma, s. m.
Filos. Soffio o spirito vitale, parte più elevata dell'anima o spirito divino, principio che informa la vita corporea

Martha guardò l'Incoronazione in salotto, seduta sul divano con le gambe piegate sotto di sé e un libro aperto in grembo.

La possibilità che lo zibaldone potesse essere opera della sorella di Shakespeare era quasi troppo grande da concepire: ogni volta che i suoi pensieri la sfioravano, correvano via di nuovo. Si disse di aspettare, di vedere cosa avrebbe detto l'indomani Mike, il suo predecessore. Mentre leggeva lasciava che le dita sfiorassero le pagine del libro, come se potesse ancorarsi alla consistenza della sua carta, dei pori e della grana. Ogni tanto lanciava un'occhiata allo schermo della TV, prendendo atto dei cambi di poltrona nelle interviste a storici e biografi dei Reali, intervallate da inquadrature degli ospiti che arrivavano all'Abbazia di Westminster e della folla che sventolava entusiasta le bandierine nonostante la pioggia.

Il fatto che avessero trovato la schedina sotto la voce "*hart*" era certo come il romanzo che aveva tra le mani. Forse anche quelle iniziali J. H. scritte a matita con grafia esitante sulle schedina indicavano qualcosa: che Charlie stessa non osava scrivere quel nome, sapendo che la sua totalità avrebbe scosso una lingua intera. *Lo zibaldone di Joan Hart.*

Gabriel uscì dallo studio proprio all'inizio della cerimonia ufficiale, e Martha si offrì di preparare il tè.

«Ci penso io», disse suo padre mentre lei faceva per alzarsi, e tornò qualche minuto dopo con un vassoio. Aveva persino trovato dei biscotti da mettere sul piatto di antiquariato a motivi di salici che sua madre usava per i dolcetti all'ora del tè.

A Rebecca era sempre piaciuto cucinare dolci. Martha si ricordò dei tentativi suoi e di Charlie di aiutarla, che erano una strategia piuttosto trasparente per poter leccare il cucchiaio alla fine. I plumcake di Rebecca erano particolarmente rinomati. "Buoni quasi come quelli della pasticceria", diceva Gabriel ogni volta che dava il primo morso, sorridendo di sottecchi alla moglie e aspettando il suo rimprovero. Ora Martha lo guardò in faccia. Aveva un viso angolare, simile a quello di un falco, con le rughe di espressione del sorriso molto fuori allenamento. Non aveva più l'aspetto di un uomo che si sarebbe divertito a stuzzicare la moglie.

Dopo la scomparsa di Charlie, la madre aveva smesso di cucinare qualsiasi cosa. Persino il compleanno di Martha passava senza essere celebrato. Forse Rebecca si era detta che avrebbe ricominciato a preparare dolci quando Charlie fosse tornata a casa, per far ricominciare la lotta tra sorelle per leccare il cucchiaio. Il dolce di Natale successivo alla scomparsa era stato comprato da Waitrose. Era un'altra tradizione che Charlie si era portata via con sé, come le cacce al tesoro che organizzava tra la casa e giardino il giorno del loro compleanno. Una di quelle che aveva organizzato per la mamma era tutta a tema dolciario, vero? Indizi pieni di ciliegine e zucchero, la storia delle spezie, vecchi nomi per i dolci. Ogni indizio portava a un altro, e il percorso era contrassegnato da cucchiai di legno nascosti nei cassetti o infilati tra i libri, con l'indizio successivo arrotolato stretto intorno al manico e legato con un nastrino. Per il padre Charlie aveva concepito anagrammi e cruciverba interi, che lui aveva adorato. Le parole erano diventate i loro giochi privati.

Martha si chiese se avrebbe dovuto comunicare i suoi pensieri al padre. Si ricordò il momento, ormai distante, nel quale avevano osato parlare di quelle cacce al tesoro. Era stato pochi mesi dopo la scomparsa di Charlie, una sera quando la luce che si diradava stava iniziando a sfumarsi ai bordi, e sentivano Rebecca che canticchiava mentre preparava la cena. Gabriel si era ricordato uno dei suoi enigmi preferiti delle cacce al tesoro, espresso sotto forma di definizione di cruciverba. ASCENDE MA NON È UN TRIO (5,5). "Era perfetto", aveva detto Gabriel con voce dolce, "degno di una professionista". Martha non aveva osato intromettersi in quel ricordo privato, che faceva parte di un linguaggio in codice tra Gabriel e Charlie che lei non avrebbe mai parlato. Ma era stata una delle ultime volte in cui parlare di sua sorella con suo padre era stato consolante. Ora, mentre sedevano insieme in silenzio, si portò la mano alla collana, come riflesso condizionato.

Lui le gettò uno sguardo. «Si romperà un giorno, se continui a giocherellarci».

Lei se la lasciò ricadere sulla clavicola.

«Abbiamo ricevuto un'altra lettera, papà», disse.

Lui non parlò, limitandosi a guardare davanti a sé l'antica cerimonia che scorreva sullo schermo.

«Mi vuoi dire cosa è successo fra te e Charlie quell'estate?».

La conversazione goffa con Alex e Safi e quello scontro sgradevole con Simon le tornarono in mente in modo così improvviso, con tale forza, da farle pungere gli occhi.

Ma comunque tenne lo sguardo fisso sullo schermo. Il re si stava sfilando la *robe of state* per prendere posto sulla sedia di re Edoardo. Intorno a lui venne collocato un paravento per l'unzione, mentre il coro si preparava a cantare *Zadok the Priest*, lo squillo di tromba della sovranità. Forse lei non aveva diritto di tenere riservate alcune cose? Come poteva essere giusto che Coro rimanesse nell'ombra mentre scagliava lei sotto quel riflettore per essere esaminata e giudicata?

«Non era niente, niente di importante», minimizzò.

Gli arpeggi crescenti dei violini stavano preparando l'ingresso solenne del coro; a Martha sembrava che strimpellassero nel suo petto. Suo padre non si mosse.

«"Niente di importante" è comunque qualcosa, Martha».

I cantori cominciarono. Sembrò che spalancassero l'aria con le loro voci, e Martha sentì stridere il proprio respiro. Dentro e poi fuori.

«*May the King live for ever*», lunga vita al re, cantavano.

«Non vuoi sapere della lettera?», chiese.

«No», rispose lui. «Se hai qualche domanda specifica da farmi, ti risponderò. A parte quello, preferisco aspettare fino a quando sarai disposta a essere sincera con me». Si alzò. «Credo che andrò a finire di ascoltarla alla radio nel mio studio».

Lei posò il tè e si ritirò nell'angolo del divano.

«Perché devi sempre dettare le condizioni di tutto, papà?».

«Perché le mie condizioni sono l'unica cosa che mi rimane ora», disse brusco. E uscì dalla stanza.

«Domani pranzo con Mike!», gli gridò dietro, sentendosi meschina e indispettita. «Devo portargli tuoi saluti?».

Lui si fermò nel corridoio. «Puoi dire a Mike di andare all'inferno», dichiarò, poi entrò nello studio sbattendo la porta. Martha ripensò a quella sera in giardino, l'ultima volta che avevano parlato liberamente. Ricordò con chiarezza la conclusione. "La risposta era SCALA ATRIO", aveva detto Gabriel. "Charlie aveva nascosto il tesoro sotto le scale".

Alex era arrivata molto in anticipo per il pranzo con Mike. Quando entrò nel parcheggio del Trout il pub doveva ancora aprire. Guardò il terreno, si esaminò le scarpe e decise che poteva arrischiarsi a fare una passeggiata sull'alzaia oltre le rovine di Godstow Abbey.

Chiuse a chiave la borsetta nel bagagliaio e, sentendosi un po' ridicola nei suoi abiti per andare fuori a pranzo, attraversò i due ponti sulla biforcazione del Tamigi. Mentre alla sua destra cominciavano a emergere i muri in rovina del monastero, vide che non era l'unica in anticipo. Martha era vicino a un cartello di informazioni e guardava le rovine, dando le spalle alle chiatte per il carbone ormeggiate lungo il bordo dell'acqua. Aveva i capelli sciolti, che le si sparpagliavano sul viso quando il vento li alzava, e portava uno dei suoi vestiti lunghi fantasia sotto un giubbino jeans corto. Quando il sole spuntò tra le nuvole lei alzò il viso, con gli occhi chiusi.

Alex si fermò a osservarla per un momento, perché non voleva disturbare. Inspirò a fondo e sentì l'acqua, il bosco, l'erba, il forte odore degli aromi, e un po' di fumo di legna. Il corso di quel fiume era rimasto sostanzialmente immutato per milioni di anni: le suore di quell'abbazia medievale erano delle occupanti piuttosto recenti della sua storia. Al di là dello scroscio fumante della diga vicino alla locanda, lì l'acqua scorreva più silenziosa e invitava i passanti a fissare le rovine oppure a girarsi dall'altra parte e fare *gongoozling*, una delle sue parole preferite da quando Safi aveva esteso il suo significato originale di "guardare pigramente quello che succede su uno specchio d'acqua" a "fissare una tazza di tè".

Martha si girò verso di lei e sorrise.

Sembrava un invito, quindi Alex proseguì sul sentiero fino a raggiungerla.

«Hai mai letto la biografia di Oxford di Jan Morris?», le chiese subito Martha. «Charlie me l'ha regalata: diceva che gli esseri umani sono negati nel sapere qualcosa sulla terra che hanno sotto i piedi. È un libro stupendo».

«Sì», convenne Alex, guardando le vestigia del portale che una volta aveva accolto il re e ora era ricoperto di ortiche. «La Morris diceva che qui c'era una strada rialzata, vero? Un sentiero che passava sopra le tombe delle suore?».

Martha si infilò una ciocca di capelli svolazzante dietro l'orecchio. Aveva letto che negli ultimi anni della Seconda Guerra Mondiale alcuni bambini che giocavano vicino al fiume avevano scoperto una bara di pietra che spuntava dall'alzaia. Non era la prima: era capitato di vedere spuntare e sparire altre bare a seconda del livello del fiume, una serie spettrale di apparizioni in quel luogo senza tempo.

«Sì. Una pletora di suore. Che strano come nome collettivo, vero? Ma alla fine credo che fosse tutta una questione di disonore familiare. Tutte quelle donne "in più", non sposate, messe da parte dalle loro famiglie».

Alex annuì. «Sei venuta in macchina?». Quando era arrivata il parcheggio era vuoto.

«A piedi», rispose Martha. «Passando per Port Meadow. Adoro quel posto. L'inverno prima che morisse, portavo mia madre a guardarlo quando si inondava, al tramonto. Lei la chiamava la luce tremolante, che stava a cavalcioni tra notte e giorno. Si intonava al modo in cui l'acqua rifletteva gli ultimi raggi di sole».

«Anche lei faceva collezione di parole strane?».

Martha sorrise. «Nella nostra famiglia non c'era modo di evitarlo. E comunque le piaceva. Era così curiosa di tutto».

Alex se le immaginava, madre e figlia in quello strano luogo liminale, mezzo acqua e mezzo terra. Anche ora Alex ci andava, quando aveva bisogno di pensare o di risolvere qualche intoppo in una trama, con gli scarponcini che facevano rumori di risucchio sulla terra zuppa, e come soli compagni mucche e cavalli al pascolo. Oxford era famosa per i suoi miasmi umidi, ma di sicuro aiutava le cose a rimanere verdi.

«Charlie mi ha raccontato delle bare delle suore prima di regalarmi il libro», disse Martha, poi indicò un punto più avanti nel fiume, al di là delle chiuse. «Quando siamo andate a nuotare lì. Ci andavamo di continuo in estate. Mi ricordo che una volta doveva trovarsi con le sue amiche e io l'ho accompagnata. E aveva finito per ignorarle e parlare con me, invece. Così dopo anche loro cominciarono a parlare con me. Avevo tredici anni, e all'improvviso mi sembrava di essere la ragazzina più raffinata del mondo».

«Eravate legate, vero?», chiese Alex. «Tu e Charlie».

«Sì, per la maggior parte delle volte. Sai, quando le ho detto che volevo studiare inglese all'università, avevo paura che si arrabbiasse, che credesse che la stavo copiando, invece mi è sembrata sinceramente contenta. Poi, quando ho detto che secondo me il corso di linguistica era meglio a Sheffield che qui, sembrava fiera di me. Ha cominiciato a inventarsi storie nelle quali diventavamo zitelle intellettuali che vivevano in un cottage in campagna, a scrivere articoli dotti e litigare per il burro e il brandy. Mi sembrava meraviglioso». Si ficcò le mani nelle tasche del giubbotto.

«E per tutto questo tempo sei stata convinta di averla cacciata via?»

«Sì».

Alex le posò la mano sulla spalla, con il desiderio di liberarla di almeno un po' di quel fardello. Martha alzò la mano e le sfiorò le dita, un atto che era un riconoscimento, ma anche un rifiuto. «Facciamo un giro tra le rovine? Abbiamo ancora venti minuti prima che arrivi Mike».

Martha percorse l'erba fino ad attraversare il portale, rallentando in modo che Alex potesse seguirla, con le sue scarpe eleganti, su quel terreno irregolare. Uno stormo di corvi, distratti dal proprio banchetto, volò via, tornando nel bosco all'estremità delle rovine. Martha non aveva mai capito perché Charlie si era decorata la stanza con le sagome di uccelli necrofori. "Sono solo uccelli, Marth", aveva detto, "e anche molto intelligenti. Smettila di essere così dark!". Sotto il tono brusco la sua voce aveva una nota dolce, che la lusingava e la convinceva che sarebbe andato tutto bene.

Qui è un po' difficile evitare di sentirsi dark, pensò Martha. Il monastero era un santuario per i romantici e i cacciatori di fantasmi. L'amante di Enrico II, "la bella Rosamund", era morta lì nel XII secolo dopo essere stata avvelenata – o almeno così si sospettava – dalla gelosa regina moglie di Enrico. La sua tomba vicino all'altare era diventata un santuario, l'iscrizione che recava un mantra: "In questa tomba giace Rosamund, la bella ma non la pura". Per onorarla, e per sfidare la moglie, il re aveva profuso molte ricchezze per il convento. Non ne era rimasto molto ora, concluse Martha mentre si guardava intorno.

«Uno dei miei libri è ambientato qui», disse Alex, e Martha si voltò e la guardò mentre passava lo sguardo sulle rovine. «Un orrore senza nome emerge dal Tamigi e fa fuori le suore. Si distrugge nell'incendio che rase al suolo l'abbazia nel 1645».

«Tutti i tuoi libri sono ambientati a Oxford?».

Alex fece cenno di no. «Non tutti. Ma questa città ha talmente tanti fantasmi e mostri da alimentare la fantasia. Mi sa che c'è qualcosa nell'acqua».

Ora che si erano fermate, faceva fresco. «Andiamo dentro?».

Alex guardò l'ora e annuì. «Sì. Era molto bello qui, no?».

Gli avvallamenti e i solchi del terreno suggerivano antiche lavorazioni agricole; le chiazze di ciottoli, seminascosti dall'erba, erano echi di pietra delle persone che li avevano calpestati. Tutto suggeriva glorie passate: le finestre vuote in alto sopra di loro erano le ultime vestigia di stanze che ora erano dissolte nel nulla, tempio per generazioni di donne che avevano lavorato, studiato e vissuto lì. *Sic transit gloria mundi.* Dovevano aver creduto che quel posto fosse eterno, fuori dal tempo.

«È speciale», convenne Martha. «Forse per via di tutte quelle preghiere. Sono penetrate nel suolo da qualche parte».

Tornarono indietro verso l'alzaia e, mentre attraversavano il

Little Godstow Bridge, scorsero Safi, seduta da sola a un tavolo sul terrazzo. Martha alzò la mano per salutarla, e il gesto fu ricambiato con entusiasmo. Safi portava degli occhialoni e beveva un drink rosa con la cannuccia.

«Secondo te ha ragione? Lo zibaldone potrebbe essere davvero stato scritto da Joan Hart?», mormorò Martha, mentre Alex prendeva la borsetta dalla macchina. «È possibile che sapesse leggere e scrivere?»

«Ah, credo di sì», rispose Alex, premendo il telecomando per richiudere l'auto. «Ne erano capaci molte più donne di quello che ci si potrebbe aspettare. Dopotutto lei veniva da una famiglia colta e in vista. Dio, sarebbe fantastico. Non oso pensare cosa ci potrebbe essere dentro. E Safi ha ragione, Coro non fa niente per caso. Deve aver messo quella schedina sotto "*hart*" per un buon motivo». Estrasse il telefono e lo guardò. «Ieri ho mandato un messaggino a Simon. Non mi ha risposto».

Martha sospirò. «Aveva detto che non si sarebbe perso questo pranzo per niente al mondo. Credi che, mentre mangiamo fish e chips, sparerà a zero su di me perché mi sono guadagnata il posto di lavoro scopando?».

Alex fece una pausa. «Non credo. Sono sicura all'ottanta per cento che si vergognerà moltissimo di se stesso. Però, nonostante la mezza età, sono riuscita a conservare una visione fin troppo ottimista della natura umana».

Martha era stata al Trout solo un paio di volte prima di allora. Nonostante la posizione che dava su un'isola al centro del Tamigi, le era sempre sembrato un po' senza anima, pieno della falsa felicità dei pranzi di lavoro, e il suo cibo da ristopub che si rivolgeva ai turisti tanto quanto alle persone della zona.

Eppure era di bellezza innegabile: a quanto pareva anche molti produttori di serie TV ambientate a Oxford la pensavano così, e cercavano di far entrare sempre una scena girata lì. E, nonostante le sovrastrutture del commercio rischiassero di far diventare banale il pub, l'acqua al suo fianco garantiva un fascino più profondo, un'integrità che nessun cocktail o piatto di patatine poteva scalfire.

Quando si avvicinarono Safi si alzò di scatto. «Sono così felice che siate in anticipo! Ho fatto tonnellate di ricerche. Mentre guardavo l'Incoronazione, ovvio. L'avete vista? Credevamo che ci avrebbe urtato e fatto diventare acidi, ma invece siamo finiti a mangiare torta sventolando bicchierini di sherry».

«A me è piaciuta», disse Alex, mentre faceva segno al cameriere. «Una svolta decisiva nella storia».

«Ma lo è davvero?», chiese Martha. «Fa davvero differenza? Di sicuro un cambio di governo avrebbe più conseguenze».

«Un'acqua frizzante, per favore», disse Alex al cameriere, e aspettò che Martha ordinasse lo stesso prima di rispondere alla domanda.

«Lo dico in senso letterale. Quando gli storici futuri scriveranno della prima metà del XXI secolo, finiranno un capitolo con la morte di Elisabetta II. Per forza».

«E allora sarà una svolta *di pagina* decisiva nella storia», disse Safi, e Martha rise. «E così», continuò Safi, con la sua solita abitudine di iniziare le frasi in quel modo, anche se non c'era Simon a rimproverarla. «Non c'è praticamente niente da scoprire su Joan. Sappiamo che era la sorella minore di Shakespeare, che aveva sposato un cappellaio che era andato in bancarotta un paio di volte, ed era rimasta vedova subito prima che Shakespeare morisse. Lui le lasciò venti sterline, i suoi abiti (un lascito piuttosto insolito per una donna, all'epoca) e il diritto di continuare ad abitare nella casa di Henley Street per un affitto nominale. Tutto qui».

«Mi chiedo quale prova interna della sua identità ci potrebbe essere nello zibaldone», disse Alex. Il suo telefono vibrò, e lei controllò lo schermo. «Mike è in ritardo di un paio di minuti. Non sono certo sorpresa: mi ricordo che era sempre convinto di avere molto tempo per arrivare alle riunioni, nonostante tutto dicesse il contrario».

«Un *tidsoptimist*, allora», disse Safi. «Svedese. Una persona ottimista sul tempo. Secondo me dobbiamo aggiungerla all'elenco delle parole da osservare».

«Mi sembra utile», ne convenne Alex.

Anche Safi guardò il telefono, poi sbirciò all'interno del bar, piuttosto buio. «Nessuna traccia di Simon. Ieri gli ho mandato un messaggio sulla faccenda di Joan Hart, ma non mi ha risposto. Ormai dovrebbe averlo visto. Credevo che avrebbe reagito, anche solo per dire che era un'assurdità. E di sicuro deve essersi ripreso dalla sbronza, ormai». Si tolse gli occhiali da sole e guardò Martha con un barlume di mortificazione. «Si è comportato come uno stronzo totale venerdì sera?».

Il cameriere mise l'acqua minerale sul tavolo. «Grazie», disse Martha, e poi: «Sì».

«Ah! I numi tutelari della lingua inglese!».

Si voltarono, insieme ad altri avventori dell'ora di pranzo. Mike era uscito dal pub sulla terrazza, con le mani sui fianchi. Sembrava abbronzato sotto la barba bianca ordinata e i capelli tagliati cortissimi, e aveva un che di calore provenzale. «È meraviglioso rivedervi. Ci sono i menu? È da una settimana che sogno un merluzzo in pastella».

Aspettarono che finisse il suo primo bicchiere di vino rosso per ordinare il cibo, ma, dato che i messaggi a Simon continuavano a non ricevere risposta, scelsero i piatti e ordinarono. Nel frattempo Mike continuava una conversazione spicciola, raccontando qualche pettegolezzo gradevole sulla comunità di expat del suo paesino nel Luberon, magnificando la qualità del formaggio di capra fatto dal contadino rozzo della casa vicina, e lodando la qualità altissima del sistema di prestito a distanza della London Library. «Ho tutte le gioie di una vita da studioso, ma con un clima molto migliore».

Safi lo incitava a raccontare, e ad Alex piaceva prenderlo in giro per il suo stile di vita da *Un anno in Provenza*. Martha stava appoggiata allo schienale, divertita dalle chiacchiere, ma senza partecipare troppo. Mentre sgomberavano i piatti e ordinavano il caffè, la conversazione ebbe un attimo di stasi. Martha incrociò lo sguardo di Alex, che le fece un cenno di assenso.

«Su, Mike», disse. «Siamo felicissimi di vederti, ma forse è ora che andiamo al sodo».

«Dobbiamo proprio? In una giornata così piacevole?». Poi alzò lo sguardo dal secondo bicchiere di vino per guardare Martha. «È ovvio che dobbiamo. Dopotutto sono venuto per questo. Sul treno da Avignone pensavo a tua madre, Martha. Era una donna fantastica».

Martha si immaginava Rebecca e Mike che andavano d'amore

e d'accordo: un'esplosione di piacere reciproco. «Alex mi ha raccontato tutto di quelle lettere. E delle cartoline. Ne è arrivata una anche a me a Ménebres, sapete?».

Prima che chiunque altro potesse intromettersi, Alex disse brusca: «Vogliamo sapere cos'erano tutte quelle conversazioni tetre quell'estate, prima che Charlie scomparisse. Niente balle, Mike».

Lui esaminò l'ultima goccia di rosso nel bicchiere, quel nettare squisito, poi alzò la mano per ordinarne un altro.

«Era una faccenda delicata allora, Alex, e lo è ancora adesso. All'epoca ho fatto quello che credevo meglio, ma a ripensarci ora...».

«Di cosa si trattava?»

«Adesso ci arrivo». Ebbe un improvviso moto di irritazione verso la sua ex collega. Alex sembrava impassibile. «Temevo che ci fossero stati dei furti nei nostri archivi. Un antiquario di Londra aveva notato un gruppetto di Fell types del Seicento che erano in vendita, ed era abbastanza sicuro che venissero dalle nostre antiche presse a mano. Naturalmente nessuna istituzione sfugge a qualche furtarello occasionale: pensate al British Museum, migliaia dei suoi manufatti sono finiti su eBay. Ma bisognava vederci chiaro. Mi sono consultato con Jonathan e abbiamo cominciato una verifica, esaminando tutti i nostri beni librari e contattando alcuni antiquari che conoscevamo. Sono emerse alcune cose, vendute da vari account diversi, la maggior parte dei quali scompariva dalla rete dopo una o due vendite».

Alex fu presa alla sprovvista. I Fell types erano custoditi nel museo del CED, donati alla tipografia della casa editrice nel Seicento. Erano alcuni dei punzoni e delle matrici più antichi rimasti in Gran Bretagna. «Come siete riusciti a farlo senza che io e Simon lo venissimo a sapere?», gli chiese.

«All'epoca eravate entrambi piuttosto nuovi. Abbiamo lavorato per molti fine settimana, e qualche volta fino a notte fonda». Si mosse sulla sedia, palesemente a disagio. «Sì, e quei punzoni erano insostituibili. Abbiamo condotto delle trattative riservate con la casa d'aste dove erano in vendita, e alla fine ce li hanno restituiti senza fare storie e senza bisogno di coinvolgere la polizia. Poi io mi sono trasformato in un investigatore privato e ho cominciato a restare sempre nell'edificio».

Gli portarono il vino e lui bevve rapido, guardando Martha sopra il bordo del bicchiere.

«E qui è il punto in cui diventa una questione spinosa. Mi ero accorto che Charlie si fermava spesso a lavorare da sola fino a tardi, ma tutti lo facevate di tanto in tanto. Poi una sera la trovai nella sala delle schedine. Non aveva alcun motivo per stare lì, almeno non per il suo lavoro, e si rifiutò di spiegarmi cosa stava facendo».

«E tu hai dedotto immediatamente che fosse lei la ladra?», chiese Martha con freddezza.

«Sì. Prima che lei cominciasse a lavorare con noi non c'erano mai stati furti, e a essere sincero quella non era la prima volta che la vedevo in qualche luogo dove non aveva ragione di essere. Naturalmente abbiamo sempre incoraggiato i nostri redattori, per quanto giovani, a seguire i propri interessi intellettuali, ma quando si è rifiutata di dirmi cosa stava combinando ho tratto la conclusione più ovvia».

«Ma non l'hai licenziata e nemmeno hai chiamato la polizia?», chiese Alex.

Lui fissò il tavolo con le labbra serrate. «Non avevo alcuna prova. Volevo bene a Rebecca e a tuo padre... Sapevo che Charlie era intelligentissima e che era molto sotto pressione per la tesi. Ho pensato che si potesse riuscire a mettere a tacere la cosa. Così ho parlato con tuo padre, Martha. Gli ho chiesto se Charlie aveva qualcosa a che fare con i furti».

Safi si morse la lingua e Alex si accigliò. Martha sapeva di avere un'espressione tutt'altro che cordiale.

«Cos'altro avrei potuto fare?»

«Avresti potuto denunciare i furti alla polizia, Mike», disse Alex. «Pubblicare un richiamo interno e spiegare chiaramente perché avevate aumentato le misure di sicurezza nel palazzo».

Lui tracannò il resto del vino con un unico sorso. «Be', insomma, non l'ho fatto. Una settimana dopo Gabriel è venuto da me, mi ha detto che aveva parlato con Charlie ed era sicurissimo che lei non avesse niente a che vedere con gli oggetti sottratti dal dizionario. Mi ha detto che se avessi mai ripetuto quei sospetti fuori dai muri di quella stanza mi avrebbe denunciato per diffamazione. Non l'ho mai visto così arrabbiato».

«Se deve difenderci sa essere piuttosto feroce», ammise Martha, piano. «Quando è successo?»

«Circa una settimana prima che lei scomparisse».

«Cavoli, Charlie se la passava proprio alla grande in quel periodo, no?», osservò Safi, spulciando il taccuino. «Si era lasciata con il fidanzato, l'avevano accusata di furto, aveva avuto un appuntamento terribile con la sua relatrice nel quale aveva dovuto confessare che non aveva preparato il nuovo capitolo, e aveva avuto uno strano incontro con Gemma». Fissò Martha, ma tralasciò la parte in cui Charlie vedeva la sorellina che sgattaiolava fuori dalla casa di Jonathan Overton all'alba.

Mike scosse la testa. «Non sapevo niente del fidanzato e nemmeno dei problemi con la tesi di dottorato. Mi sembrava una persona così resiliente. E comunque ho fatto del mio meglio per gestire quella situazione con delicatezza. Sono desolato che questo l'abbia fatta fuggire, Martha, e restare lontana così a lungo. Non avevo idea che quell'accusa avrebbe avuto delle conseguenze tanto drammatiche. Dio, non era nemmeno un'accusa vera e propria! Negli ultimi tredici anni credo che non sia passato un mese senza che mi chiedessi se avrei potuto comportarmi in modo diverso».

«Charlie non ha rubato niente dal dizionario», disse Martha scandendo le parole. «Ed era davvero resiliente».

Mike aveva l'aria addolorata. Posò il bicchiere sul tavolo davanti a sé e allargò le dita, come se il terrazzo fosse lì lì per ribaltarsi, scagliandolo dentro il fiume. «Scusami, Martha. Ma aveva rubato davvero».

«Come fai a saperlo?», lo esortò Safi.

«Poco dopo la sua scomparsa, in portineria venne consegnata una scatola». Mike parlò con voce ferma, meditando bene sulle parole da usare. «Era arrivata con un corriere, senza alcun mittente. All'inizio credevo che fossero documenti per surrogare una retrodatazione, spediti da uno dei lettori».

Dall'altra parte del fiume Martha notò una bambina che ridacchiava mentre la sollevavano per farla salire su una chiatta giallo canarino. La ragazzina si arrampicò coraggiosa sul tetto, emettendo gridolini di gioia. Persino a quella distanza Martha vedeva la conversazione muta tra madre e padre: l'allarme sul viso della madre, il piccolo cenno di diniego di lui, come per dire: "Non preoccuparti, non farla impaurire".

I suoi genitori si scambiavano occhiate del genere quando loro erano piccole? Probabilmente sì, anche se Martha sospettava che sarebbe stato suo padre quello che vigilava sulla loro incolumità; e invece la madre le avrebbe spinte ad andare più lontano, più in fretta.

«C'era un biglietto?», chiese Alex. «Perché sei convinto che c'entrasse con Charlie?»

«Nessun biglietto», rispose Mike, percorrendo con il dito la sagoma di un nodo sul legno consunto del tavolo. «All'inizio non riuscivo a capire di cosa si trattasse: c'erano una serie di stampe sulla caccia che sembravano provenire tutte dallo stesso volume, una cartellina con spartiti musicali (roba degli anni Venti, quel tipo di cimeli che si trovano nei mercatini) e un paio di belle edizioni antiche di Smollett. Perché diavolo qualcuno me le avesse spedite, non ne avevo la minima idea. Poi ho trovato una distinta di imballaggio, che aveva a che fare con la vendita di un altro libro a un antiquario di Londra. C'era scritto il nome di Charlie come venditrice e la calligrafia sul retro era la sua. E c'era una lettera di Joseph Wright a Tolkien, che naturalmente veniva dei nostri archivi».

«Fammi capire bene», disse Alex, sporgendosi in avanti. «Charlie era scomparsa, e al dizionario è arrivata una scatola piena di cose che non erano mai state nei nostri archivi, ma con un biglietto che faceva capire che tutta la scatola le apparteneva. E un'unica lettera che di sicuro era stata rubata a noi?». Pensò a Joseph Wright, un gigante nel campo della dialettologia, sulle cui spalle sedevano tutti i membri attuali del CED. E a J. R. R. Tolkien, che aveva studiato con Wright e che aveva lavorato lui stesso come lessicografo prima di abbagliare il mondo con la mitologia della Terra di Mezzo.

Annuì. «Un riepilogo perfetto come sempre, Alex».

«E che conclusioni hai tratto?», chiese Safi.

Martha si girò verso il gruppo e rispose al posto di Mike. «Hai pensato che venisse da mio padre, vero? Che dopo la scomparsa di Charlie avesse perquisito la sua stanza e ti avesse spedito quello che aveva trovato. Nel caso in cui la stessi accusando a ragione di furto».

«E la lettera che veniva dai nostri archivi dimostrava che avevo ragione: aveva rubato», rispose Mike. «Mi dispiace, Martha».

Martha scosse il capo con veemenza. «Non dispiacerti. Ti sbagli».

Lui cominciò a protestare.

«No, Mike. Capisco perché hai pensato una cosa del genere, hai deciso che il caso era chiuso e poi con la scomparsa di Charlie hai fatto passare tutto sotto silenzio. Ma ti sbagliavi. Charlie aveva trovato qualcosa a quelle aste, qualcosa di grosso, e stava lavorando su quello. Perché avrebbe dovuto prendersi la briga di rubacchiare?».

Guardò le altre due in cerca di appoggio. Safi stava sfogliando il taccuino.

«Sì, Martha ha ragione. Ha smesso di andare alle aste intorno a Pasqua, e dopo quella data non ha prelevato denaro dal suo conto per le vendite. Fra l'altro, fino a quel momento, ci aveva guadagnato moltissimo. Immagino che non fosse arrivata al dizionario per rubare, ma per fare delle ricerche in sordina sulle retrodatazioni. Fermandosi fino a tardi, passando sempre più tempo nella sala delle schedine e negli archivi per trovare quello di cui aveva bisogno».

«Proprio quello che avrebbe fatto se si fosse occupata di una ricerca», disse Alex. «Ma davvero, Mike! Perché non hai detto niente a nessuno?»

«La ragazza è scomparsa! Temevo che fosse andata via perché sapeva che stava per essere sbugiardata in pubblico».

«La polizia deve avere chiamato anche te, no?»

«Sì. Ma a cosa sarebbe servito? Lo avevo detto a Gabriel. Gabriel mi aveva mandato i materiali. Sentivo che spettava a lui dirlo alle autorità, se voleva. Non a me. E dopo la sparizione di Charlie non ci sono più stati furti. Abbiamo implementato il sistema di verifica biennale che abbiamo adesso. Mi sono chiesto mille volte se avrei potuto gestire meglio quella faccenda, ma ogni volta ho deciso che tenere la bocca chiusa era stata la cosa migliore da fare».

«E non ne hai mai parlato con mia madre?», chiese Martha.

Lui scosse la testa con forza. «Mai e poi mai». La sua veemenza li sorprese. «Era così triste, perché aggiungerle delle preoccupazioni? Ancora una volta, se Gabriel glielo voleva dire, spettava a lui farlo».

Martha si sentì punta dall'indignazione. Trovava disgustoso il modo in cui Mike aveva parlato con suo padre invece che con Charlie: uomini che sistemano le cose con discrezione passando sopra alle donne. Ma, suo malgrado, le faceva anche compassione. Dopotutto non era stata l'unica a portarsi addosso il fardello della colpa. Se entrambi avevano sbagliato a indovinare il movente per la scomparsa di Charlie, allora per conto di chi si erano portati addosso quella colpa?

Lui scosse di nuovo la testa in modo secco. «Mi dispiace ripeterlo, però deve essere stata Charlie. La lettera proveniente dall'archivio era proprio lì!».

«Lo so, Mike», disse piano Safi. «Eppure, sapendo quello che sappiamo adesso, continuo a non crederci».

«Io vorrei che la gente imparasse a parlare chiaro», disse Alex con voce fragile. «La polizia ha fatto passare le pene dell'inferno a Tom, l'ex ragazzo di Charlie, varie volte. Se tu gli avessi detto quello che sapevi, Mike, avresti potuto risparmiargliene almeno una parte. Se non altro avrebbero potuto pensare a qualche altra teoria sul caso e seguirla».

«La gente come me parla anche troppo chiaro, Alex», replicò piano Safi. «Quella a cui ti riferisci è la reticenza della media borghesia inglese».

Alex la guardò, poi annuì. «E va bene. Martha, ti toccherà chiedere a tuo padre».

Martha abbassò gli occhi sulle proprie mani. Non si era accorta che si stava piantando le unghie nei palmi. «Lo so». Si raddrizzò un po' e si costrinse a un tono più spensierato. «Non posso dire che la cosa mi faccia piacere. È un esemplare di reticenza inglese portata all'ennesima potenza».

Mike si dimenò sul sedile. «Come ho detto, non sapevo niente del fidanzato. Mi dispiace molto». Martha annuì. «Come sta tuo padre?», le chiese esitante.

«Devo rispondere sinceramente? Non lo so», ammise Martha.

«È convinto che io sia tornata per vendere la casa alle sue spalle e metterlo in ospizio».

«Ed è vero?»

«Sono tornata per fuggire da un fantasma», sussurrò Martha. «Solo per imbattermi nel fantasma di Charlie».

Safi tamburellò la matita sul taccuino, come se volesse richiamarli all'ordine. Il caffè si era raffreddato.

«Mike», riprese Martha, girandosi per guardarlo bene e parlando con tono gentile. «Non ti posso assolvere per conto di Tom, ma sono sicura che non è stata l'accusa di furto a far fuggire Charlie. E non è nemmeno quello il motivo per cui mia madre non ha potuto rivederla prima di morire. Qualsiasi cosa sia successa a mia sorella, non è stata colpa tua».

E nemmeno mia, si rese conto, e in quel momento di comprensione le si sollevò un peso dal cuore. Aveva la mente piena di immagini di Charlie: Charlie che faceva smorfie; Charlie che suonava il violino; Charlie che leggeva al tavolo della colazione; Charlie che camminava lungo l'alzaia; Charlie nell'acqua, senza fiato per il gelo; il costume da bagno bagnato di Charlie avvolto in un asciugamano, lei a piedi nudi che correva sull'erba.

Allungò la mano sul tavolo e la mise sulla sua. «Spero che sentirtelo dire sia d'aiuto».

Gli occhi di Mike si riempirono di lacrime e la sua voce, quando infine rispose, era densa di emozione.

«Molto più di quello che immagini. Varrebbe la pena di farmi altri mille chilometri in treno per questo».

Il cameriere venne a prendere le tazze del caffè.

39

entelechìa, s. f. [dal lat. tardo *entelechīa*]
Lo stato di perfetta attuazione raggiunto dalla sostanza, in contrapposizione alla sua potenzialità

«Non è possibile che abbia ancora i postumi della sbronza», annunciò Safi, facendo un cenno verso la sedia vuota di Simon il martedì mattina.

«L'ho visto venire in ufficio malconcio molte volte», rispose Alex, alzando lo sguardo da un fascio di schedine che aveva sulla scrivania, solo una frazione delle prove raccolte dai lettori per la revisione del lemma *dipstick* (idiota). «Quando è ubriaco è insopportabile, quando ha i postumi di solito sta per tornare alla normalità. Come diceva Hemingway: scrivi da ubriaco, fai redazione da sobrio». Nessuno rise. «Martha, ti ha mandato messaggi per dirti che lavorava da casa oggi?».

Martha controllò di nuovo la posta in arrivo. «No, niente». Alex e Safi la guardavano speranzose. «Adesso lo chiamo», aggiunse, prendendo il telefono; a quel punto le altre due sembravano più rilassate. Lei non si era particolarmente preoccupata quando Simon aveva saltato il pranzo con Mike: semmai, era sollevata. Si era detta di nuovo che le cose sarebbero migliorate il martedì, ma ora il martedì era arrivato e lei era lì, e l'atmosfera era distorta dalla sua assenza.

Scattò subito la segreteria, e lei fece una smorfia. Se stava ancora dormendo, il telefono avrebbe dovuto suonare per un po', anche se l'aveva silenziato. Era scarico?

«Ciao, Simon, sono Martha. Volevo solo sapere come stavi. Lavori da casa oggi? Per favore chiamami quando senti il messaggio».

Chiuse la linea ma tenne il ricevitore contro il collo. Aveva il cellulare sulla scrivania; con la forza del pensiero cercò di indurlo a vibrare, e immaginò di sentire la voce assonnata di Simon che accampava una scusa di qualche tipo. Il silenzio nella stanza sembrava innaturale. «Da quando abbiamo ricevuto l'ultima lettera di Coro è un po' fuori fase... E poi naturalmente...». Sentì uno sfrigolio di panico nella propria voce.

«Però...». Safi lasciò cadere il discorso. Pronunciavano frasi esitanti, che andavano alla deriva come simboli liquidi senza forma o permanenza. «Dovremmo preoccuparci?»

«Io sono già preoccupata», disse Alex. Ora l'aria tra loro era piena di disagio. «Sentite, quando è stato via a Capodanno sono andata a dare da mangiare al suo gatto. Ho ancora la chiave di casa sua. Volete che vada a dare un'occhiata?». Non attese una risposta. «È il caso che vada a dare un'occhiata».

Martha cercò quale contatto aveva lasciato Simon per le emergenze. «Nancy Finn è la sua ex moglie?»

«Sì, ma non possiamo chiamarla», disse Safi. «E se per caso ha fatto bisboccia tutto il weekend e gli mandiamo a casa la sua ex? Sarebbe umiliante. E finora ha perso solo un'ora di lavoro».

«Martha, per favore, lasciami andare», chiese Alex. «Siamo tutti in una situazione strana, con la storia dello zibaldone e tutto il resto. Safi ha ragione, e non vorrei mai mortificarlo con la mia reazione eccessiva. Probabilmente è a letto con l'influenza. Posso andare lì a portargli della minestra, o magari mi manda a quel paese. Comunque vada, possiamo smettere di preoccuparci».

«Ci sono un sacco di virus in giro», disse Safi, più allegra ora. «Il mese scorso Josh non riusciva nemmeno ad alzarsi dal letto».

«Probabile che sia quello, allora», affermò Alex con voce sicura.

«Probabilmente sì», convenne Martha. «Sì. È una buona idea. Digli di riposarsi».

Alex si stava già infilando il cappotto.

«Ehi, Alex?»

«Sì?»

«Chiamaci subito, per favore».

«Certo». Era già fuori dalla porta.

«Vedrai che sta bene», disse Safi decisa, premendo le mani sul taccuino. «Starà bene».

Alex si diresse verso la porta azzurra scheggiata della casa anni Sessanta, passando davanti a un bidone traboccante posato su una piccola chiazza di ghiaia; uno dei sacchetti, così a occhio, era stato bucato dai denti di una volpe. Non c'era il campanello, solo un batacchio di ottone che si era staccato da un lato e ora pendeva con un'angolazione triste. Alex preferì bussare con le nocche e si guardò intorno. Sapeva che Simon doveva mantenere l'ex moglie e le figlie, naturalmente, e il cammino per la lessicografia non era proprio lastricato d'oro. Però, un vaso di gerani o un alberino di alloro in un vaso per rallegrare la soglia di casa non sarebbero costati molto. Bussò di nuovo e attese, ascoltando se all'interno c'erano segnali di movimento, poi sbirciò nel soggiorno da una finestra sporca. La zanzariera e una tenda semichiusa le oscuravano la vista e davano alla casa un aspetto buio e malconcio. Riusciva a malapena a distinguere un divano vuoto e una poltrona sfondata con fodere spaiate sui braccioli. *Non devo giudicare*, si disse con fermezza. I suoi romanzi l'avevano resa più che benestante; ma, cosa altrettanto importante, erano diventati un baluardo contro la solitudine. Forse Simon era più depresso di quanto si fosse resa conto. Non avevano parlato molto da quando Martha era entrata nella loro équipe. E se Alex e i suoi lettori non si fossero mai incrociati? Per quanto tempo sarebbe riuscita a restare speranzosa, abbastanza ottimista da piantare gerani, senza rinforzi? Che opinione di sé avrebbe avuto senza la sua bella casa, senza poter aiutare i figli quando ne avevano bisogno? Martha aveva ragione, anche il libro di Simon avrebbe meritato dei lettori.

Sapeva che in qualsiasi successo editoriale la fortuna giocava un ruolo importante. Il libro di Jonathan era arrivato durante l'apice di un'ondata di libri per migliorare se stessi. Shakespeare aveva aggiunto sostanza e legittimità alla promessa che il genio era alla portata di tutti. Il libro di Simon, invece, non aveva mai trovato la sua nicchia, ed era stato vittima della casualità degli algoritmi delle librerie e degli elenchi di bestseller. Ora lui viveva qui, Jonathan aveva una villa e lei la sua casa, piena zeppa di bei mobili.

Silenzio. Sospirò e aprì la serratura, facendo sferragliare le chiavi.

«Simon? Sono Alex! Ci siamo preoccupati per te!».

Nessuna risposta. Temeva e bramava al tempo stesso di trovarlo da qualche parte per terra, non lavato e puzzolente di birra, tra bottiglie rovesciate e confezioni di fast-food. La casa era un casino, di sicuro. Sul soffitto una lampadina nuda illuminava un attaccapanni ricolmo di giubbotti, alcuni con sacchetti per la spesa ficcati in tasca. Un improvviso rumore metallico alle sue spalle la fece sobbalzare, ma era solo la gattaiola. Rochesther, il gatto tigrato di Simon, le girò intorno alle caviglie, facendo le fusa entusiasta. Lei si chinò ad accarezzarlo.

«Hai fame?».

Le fusa aumentarono.

Alex si avviò verso la cucina. La porta che dava sul salotto era aperta, e lei si fece forza per guardare dentro. Le tende erano tirate a malapena, il tavolino era pieno di tazze vuote, e sulla scrivania contro il muro posteriore c'erano pile di libri disposte a casaccio. Spinse anche la porta della camera da letto, strizzando gli occhi per vedere meglio nel buio.

«Attenzione, sto entrando!». Trattenne il fiato in trepidante attesa di un grugnito di risposta, una parolaccia, qualsiasi cosa. Ma non si sorprese di vedere che anche quella era vuota. Tutta la casa aveva l'aria silenziosa e morta di un posto senza inquilini. La sensazione di inquietudine che avevano provato tutte in ufficio raddoppiò. C'era qualcosa che non andava. Tutti i suoi istinti glielo dicevano.

La ciotola di Rochester sul pavimento della cucina era vuota. Mentre cercava il cibo per gatti vide una foto delle figlie di Simon sul frigo, un frammento di felicità banale e quotidiana rubata da un giardino al sole. Sul lavello un'altra tazza da caffè spiccava perché era la cosa più graziosa della stanza. Aveva una scritta dipinta a lettere grosse e irregolari, da un bambino. Componevano la parola "famiglia".

Alex riempì le ciotole del cibo per gatti e dell'acqua. Anche la finestra aveva bisogno di una pulita, ma di sicuro farlo sarebbe stato andare troppo oltre. La cucina dava su un giardinetto trascurato, con la pavimentazione crepata come quella dell'intonaco all'interno. *Oh, Simon.* Improvvisamente le sue camicie sgargianti e le battute da quattro soldi le sembravano atti di eroismo.

Ma lui dov'era? Poteva essere andato da qualche parte a lavorare su una sua nuova proposta? Martha aveva detto che le aveva parlato di una idea, che sembrava promettente. Ma non avrebbe mai abbandonato Rochester, Alex ne era sicura. Amava quel gatto. Teneva le sue foto sul telefono in mezzo alla moltitudine di quelle delle figlie. Forse aveva chiesto a qualche altro amico di guardargli il gatto, e questi si era ammalato o aveva avuto un contrattempo. Safi aveva ragione: c'erano un sacco di virus in giro. Era partito. Un'email non vista, un caricatore del telefono dimenticato, un amico malato... Tutte ipotesi più probabili di altre.

Tornò in salotto e raccolse un cartone con dentro due fette di pizza secca. Se non altro poteva buttare via quella: l'ultima cosa di cui aveva bisogno quella casa era un'infestazione di ratti. Poi come per caso si spostò vicino alla scrivania, senza ben sapere cosa cercava. Doveva esserci un qualche indizio, o le istruzioni per chi avrebbe dovuto badare alla casa, un opuscolo di una residenza per scrittori. Qualsiasi cosa che potesse tenere a bada quel senso di disagio e di inquietudine che sembrava intriso nell'aria viziata.

Si avvicinò alla scrivania. C'era il portatile di Simon, su un mucchio di carte sparse. Accidenti. Si era quasi convinta che fosse andato in una residenza per scrittori. Tirò fuori il cellulare.

«Ciao, Martha. Non c'è traccia di lui. Il gatto era digiuno e il suo computer è qui». Sospirò, raddrizzando la schiena. «Credo che sia meglio chiamare Caldwell per denunciare la scomparsa. Sì, davvero... No, fai chiamare Nancy da Caldwell».

Sentì Martha dall'altro capo del telefono che ripeteva le informazioni a Safi. Mentre ascoltava, uno dei fogli attirò la sua attenzione. Sporgeva da sotto il computer. Era un pezzo di carta per stampanti, e si vedeva una sola lettera con il tipico carattere delle vecchie macchine da scrivere.

La tirò fuori, reggendo il cellulare con il mento.

«Cazzo».

Martha tornò subito in linea con voce allarmata.

«Cosa c'è, Alex?».

Alex deglutì guardando il foglio che stava davanti a lei sulla scrivania.

Cari Redattori,

Si bloccò. *Cristo santo, Simon, che cosa hai fatto?*

«Oddio, Alex, cosa succede?».

Non riusciva a capire bene.

«Alex, tutto bene?»

«Sì, scusa, sto bene. Anzi, no. Ho appena trovato la fotocopia di una lettera di Coro sulla scrivania di Simon». Le parole le ballavano davanti agli occhi. «Martha, è una che non abbiamo ancora visto. Io... torno in ufficio ora».

Riagganciò e si guardò intorno. Cosa cavolo doveva fare? Una cosa alla volta.

Fotografò la lettera ma non la toccò più, poi prese il trasportino del gatto, che era sotto il lavello in cucina, e ci mise dentro Rochester, confuso, avvolto in una coperta.

Non voleva toccare altre carte, quindi strappò un foglio dal suo taccuino.

Rochester aveva l'aria affamata, lo porto da me! Alex

Ah, il punto esclamativo, che magnifico segno di interpunzione! Nel corso dei secoli in inglese l'avevano chiamato *boing*, *pling*, *bang*, *gasper*, *startler*, *slammer* e *Christer*. Conferiva una leggerezza forzata al tono del discorso, completamente in contrasto con il buio inquietante della casa e dei pensieri di Alex. Si chiuse la porta alle spalle e mise il trasportino sul sedile, poi fuggì come se fossero inseguiti dai segugi infernali.

40

Tristo mietitore, n.
Personificazione del Tempo e della Morte

«Hai preso il gatto?», le chiese Martha.

«Non potevo lasciarlo lì, poverino», rispose Alex, srotolandosi la sciarpa dal collo. «Per il momento ha libero accesso alla mia stanza degli ospiti, e stasera proverò a presentarlo a Rags. Cosa ha detto Caldwell?»

«Che avrebbe "fatto partire la procedura", credo significhi che prima telefonano a tutti gli ospedali. E alla ex moglie di Simon». Dalle strade di sotto si sentì arrivare il suono di una sirena della polizia. Martha chiuse gli occhi. «Abbiamo fatto bene?»

«Simon non avrebbe mai lasciato lì il gatto», disse Safi. «E se l'ha investito una macchina, tipo?». Fece una pausa, dopo aver sentito il tintinnio del telefono. «Cosa mi stai mandando con AirDrop, Alex?»

«Le foto che ho fatto alla lettera di Coro. Non so se sono venute bene: vederla mi ha un po' scombussolata».

Safi stava esaminando lo schermo. «Si può ricavarne una versione leggibile. E quindi pensiamo che Simon potrebbe essere Coro? Cioè, di sicuro ha qualche ruggine con questo posto, ma non credo di essere pronta a saperlo».

Martha alzò le mani in un gesto di disperazione e confusione. Aveva una terribile sensazione di urgenza, tuttavia non sapeva dove dirigerla.

«Questa è una teoria», disse Alex, e si sedette. «Mi dai il numero di Caldwell? È il caso che gli dica che ho preso il gatto».

«E l'altra teoria quale sarebbe?», chiese Safi, ma Alex non rispose, e invece compose il numero che Martha le aveva appena dato e si portò all'orecchio il telefono.

Safi guardò di nuovo le foto. «Devo scrivere questa alla lavagna? Chiamo Jonathan per farglielo sapere?»

«Sinceramente non so quale sia la cosa migliore», rispose Martha. «Se chiamiamo Jonathan dovremmo dirgli come ce la siamo procurata. Secondo voi possiamo aspettare? Magari Simon si fa vivo e ci può spiegare perché ce l'ha lui. In effetti ha la chiave per entrare in ufficio. Potrebbe essere venuto sabato e averla trovata nella posta...».

Safi faticava ad assumere l'aria di una che lo riteneva credibile.

«Sì, io ho la chiave», stava dicendo Alex al telefono. «Che cosa ho toccato? Alcune cose in cucina. Ho messo nella spazzatura un cartone di pizza. Non ho portato fuori i rifiuti... Sì, certo, le faccio un elenco».

Riagganciò con lo sguardo fermo, ma gli occhi spalancati e una sfumatura grigiastra sulla pelle. «Sembrava... È stato piuttosto brusco. Ci ha chiesto se possiamo restare qui fino alla fine della giornata. Ha detto che potrebbe avere bisogno di parlarci. E di non toccare niente sulla scrivania di Simon».

Safi tornò al suo schermo principale e si mise a scrivere velocemente e poi premette invio, con gli occhi che passavano in rassegna lo schermo. Martha la guardava e sentiva il sordo pulsare del mal di testa che cresceva dietro gli occhi. Udì un frammento di musica da un'auto che passava di fuori, tutto pianoforte tintinnante e chitarra slide robusta, che offriva la promessa di una realtà diversa.

«Cosa stai controllando, Safi?»

«L'hashtag Oxford su Twitter. Se ci sono notizie, compariranno lì...».

«È evidente che Caldwell ha da fare», osservò Alex. Aveva la voce stranamente fioca. «Sono sicura che ci ha detto di lasciar stare la scrivania di Simon per puro scrupolo, non significherà niente». Persino lei era consapevole di quanto fossero vuote quelle frasi.

Safi gridò e girò lo schermo verso di loro. Un pezzo di fiume dominato da un paio di auto della polizia con i lampeggianti.

Una figura con la tuta bianca della scientifica. Un uomo in piedi vicino a una delle auto. Con il telefono all'orecchio. Caldwell.

«Dice: "Spiegamento di polizia nel parco dell'università. Persona nel fiume"».

«Ma...». Ora la voce di Alex era quasi un pianto. «Questo non vuol dire che si tratti di Simon. Caldwell è impegnato con quest'altra cosa. Per quello è stato brusco. Non si tratta di Simon».

Martha rabbrividì. Cominciò a digitare sul telefono, con dita goffe e rigide:

L'avete trovato? È morto?

Ci fu una lunga pausa, poi i tre puntini lampeggiarono.

Non posso confermarlo fino a quando i parenti più stretti non sono stati avvisati. Per favore rimanga in ufficio. Anche Monroe e Idowu.

Lei fissava lo schermo, senza riuscire ancora a crederci. I puntini lampeggiarono di nuovo:

Mi dispiace tanto, Martha.

41

impatto, s. m. [dal fr. *impact*, e questo dal lat. *impactus*]
Fig. urto, considerato in relazione agli effetti
che se ne possono risentire

Caldwell arrivò agli uffici del dizionario poco dopo l'una, accompagnato da una donna della sua età dai lineamenti affilati, in un sobrio tailleur pantalone blu. Aveva un'espressione insondabile e sotto il suo sguardo Martha si sentiva piccola e inconsistente. Caldwell la presentò, tuttavia lei non capì il nome. Provava lo stesso senso di incompetenza e immobilità che si provava in un sogno: i vari componenti della percezione e della propriocezione non si inserivano più in una realtà piana, ma sembrava che invece andassero a scontrarsi sugli angoli.

Martha era consapevole che lui stava dicendo che avevano trovato Simon e che Simon era morto. Che lo aveva trovato poco prima delle nove di quella mattina un signore che portava a spasso il cane. Che l'ora della morte non era ancora stata stabilita, ma credevano che fosse rimasto in acqua per due o tre giorni. Sentì la propria voce, che raccontava di averlo visto l'ultima volta all'evento artistico. Che era ubriaco; che lo avevano aspettato al pranzo di domenica, ma non si era presentato.

«Venerdì sera come sembrava?».

Tutti avevano gli occhi fissi su di lei. «Io... Aveva un brutto aspetto. Era ubriaco perso. E invelenito. Con Jonathan, con il fatto che io avevo ottenuto questo lavoro, e Charlie che aveva trovato quel libro. Troppe cose». E poi: «Qual è la causa della morte?».

Caldwell continuava a mantenere un'espressione composta. «Gli indizi preliminari dicono che è annegato...».

«Questi indizi sono il suo cadavere trovato nel fiume, immagino?», ribatté Martha piccata, poi alzò la mano per scusarsi. «Mi perdoni. Volevo chiedere se è stato un incidente».

La compostezza di Caldwell si incrinò un pochino e si addolcì per diventare empatia. «Non abbiamo ancora reso pubblici quei particolari. In questo momento stiamo solo cercando di ricostruire una linea del tempo. Qualcun altro l'ha visto andarsene venerdì sera?»

«Io», disse Alex. «Era già a metà strada verso l'esterno, ma mi ha salutata con la mano. Io e Martha abbiamo chiacchierato per un po', poi Safi ci ha raggiunte e ce ne siamo andate poco prima delle dieci, credo».

«Non vi ha detto dove andava e nemmeno se doveva incontrarsi con qualcuno?».

Martha scosse il capo. «E allora è morto venerdì sera?»

«Sembra molto probabile».

Chinarono tutti il capo.

«La signora Thornhill mi ha detto che ha trovato un'altra lettera di Coro in casa sua, signora Monroe?», chiese la poliziotta.

«Sì, o quantomeno una fotocopia. Non l'ha ancora vista?»

«I nostri poliziotti sono andati lì a fare le prime indagini», rispose Caldwell. «Dopo avere finito qui li raggiungiamo. Ha letto la lettera? Ne ha fatto una copia?»

«Sì, ho fatto una foto», rispose Alex.

«L'avete già risolta?»

«Non l'abbiamo ancora nemmeno guardata!», esclamò sorpresa. «Vuole che lo facciamo?»

«Penso che abbiate le stesse possibilità di risolverla che abbiamo noi».

«Ma...». A Safi tremava la voce. «Abbiamo risolto le altre insieme, con Simon. È lui che è sempre stato il più bravo nelle parole crociate». Accidenti alla consecutio temporis sbagliata.

«Mi dispiace, però vi saremmo molto grati se ci provaste», disse Caldwell con voce gentile, e Safi annuì.

«Possiamo... possiamo dirlo in giro?», chiese Martha.

Caldwell si scambiò uno sguardo con la collega. «Potete dire che ne avete denunciato la scomparsa e che noi siamo convinti di averlo ritrovato. Ma vi sarei molto grato se, per il momento, non facesse parola della lettera che avete rinvenuto in casa sua a nessun altro che non sia io o la sergente Marche. Siete d'accordo con me, almeno in linea di principio?».

Ognuno di loro annuì in silenzio.

«Oggi pomeriggio manderò uno dei nostri a sgomberare la sua scrivania. Immagino che forse oggi preferireste allontanarvi da qui, ma devo chiedere a una di voi di restare per fare in modo che il mio agente sappia cosa prendere e cosa lasciare qui, e per dargli accesso alle sue email e ai suoi dati, se ne abbiamo bisogno».

«Resto io», decise Martha. «Dategli pure il mio numero».

La sergente Marche se lo appuntò senza parlare.

«Nancy lo sa?», chiese Alex. «Che è morto, voglio dire? Quando erano ancora sposati eravamo amiche. Vorrei telefonarle».

«Ha identificato il suo corpo un'ora fa».

Alex inspirò forte. «Povere ragazze. Ma di sicuro deve essere stato un incidente…».

A Martha, per assurdo, venne in mente una poesia di Emily Dickinson. *È la speranza una creatura alata / che si annida nell'anima / e canta melodie senza parole / senza smettere mai*[44].

«Mi dispiace», disse il detective guardando Martha mentre parlava. «Come dicevo, le indagini sono ancora all'inizio, ma temo proprio che non sia stato un incidente».

Martha si sentiva bloccata, come se l'aria si fosse addensata per diventare melassa.

«La copia della lettera significa che Coro era lui?», chiese Safi.

Caldwell alzò le mani. «Il mio lavoro, che ci crediate o no, è evitare di fare supposizioni. Può essersi trattato di una rapina. Può essere che Coro fosse lui. È altrettanto probabile che Coro o un'altra persona lo abbiano ucciso per evitare di essere scoperti. La prima cosa che dobbiamo fare è mettere al sicuro le prove».

Martha inspirò lentamente. «Abbiamo trovato altre piccole

[44] Emily Dickinson, *Tutte le poesie*, trad. di S. Raffo, I Meridiani, Mondadori, Milano 1997.

informazioni sulla scomparsa di Charlie e sul manoscritto che pensiamo abbia ritrovato. Se la morte di Simon è strettamente legata a questo...».

Caldwell si accigliò. «Signora Idowu, Martha mi ha accennato che lei ha preso appunti stenografando. Mi chiedo se li ha trascritti».

Safi annuì. «Ho anche preso appunti su tutto quello che mi hanno raccontato Martha e Alex».

Caldwell le sorrise. Era un sorriso buono: caldo, umano. «Le nostre priorità principali sono le azioni più di routine, ma di vitale importanza. Trovare il luogo del delitto se ci riusciamo, mettere al sicuro la casa, avviare le indagini porta a porta e la ricerca di impronte digitali sull'argine del fiume. Questo vuol dire che non avrò tempo di guardarli ora. Se me li può mandare via mail...».

«Certo». Le dita di Safi avevano già preso il volo sopra la tastiera.

La sergente Marche verificò tutti i loro contatti. Alex raccontò che percorso aveva seguito per entrare e uscire dalla casa di Simon, e concordò di presentarsi in commissariato la mattina seguente a lasciare le sue impronte digitali, in modo che venissero eliminate dalle prove. Poi i due se ne andarono, lasciandosi dietro un terribile silenzio. Martha sentiva l'aria che entrava a intermittenza dalle ventole in cima alle finestre. Se qualcuna di loro avesse parlato, non sapeva se sarebbe riuscita a fermarsi. Ma qualcuno doveva farlo, e tanto valeva che fosse lei. Era lei quella che veniva pagata qualche migliaia di sterline in più all'anno.

«Non possiamo restare qui. Non oggi. Anche se dobbiamo guardare il nuovo indizio, non possiamo farlo proprio davanti alla scrivania vuota di Simon».

«Non voglio fare la figura della fifona», disse piano Safi, «ma non vorrei davvero restare sola».

«Andiamo in sala riunioni», decise Alex, trovando non si sa come un barlume di sicurezza. «Installiamoci lì e cominciamo a fare telefonate: Jonathan e Pippa dell'ufficio stampa lo devono sapere. Cominciamo da questo, poi guardiamo la lettera».

Presero le loro cose, evitando con attenzione lo spazio che era prima appartenuto a Simon, come se attraversandolo avrebbero potuto violare qualche legge non scritta che separava i vivi dai morti.

Appena ricevuta la notizia Pippa abbandonò il suo ufficio casalingo, alla periferia della città, e si precipitò in redazione. In parte, immaginò Martha, per poter dare le versioni corrette dei fatti in quanto capo ufficio stampa, in parte per offrire a loro la consolazione della sua compagnia di persona calma e pratica. A quanto pareva esistevano dei sistemi consolidati per eventi di questo tipo: volantini con numeri di assistenza telefonica, assistenti psicosociali per elaborare il lutto, l'organizzazione di un registro per le condoglianze. Martha provò gratitudine per chi si era preso il tempo di pensare a quelle eventualità e prepararvisi. Tutto questo dava una struttura alle ore successive, alla quale tutti insieme potevano aggrapparsi.

Solo quando Pippa se ne fu andata, lasciandosi dietro caffè e ciambelle, cominciarono a parlare della lettera.

«L'ha rubata, vero? La lettera?», chiese Safi.

«Ogni giorno la settimana scorsa è arrivato in ufficio prima di me e di Alex», disse Martha. «E tu non c'eri. Quindi di sicuro ne ha avuto l'occasione. Ma perché? A cosa poteva portare rubarla?».

Alex accavallò le gambe, stringendosi il busto con un braccio. «Secondo voi credeva di poterlo trovare da solo? Lo zibaldone? E attribuirsi la scoperta?».

Safi scosse il capo. «Non poteva funzionare! Sapevamo tutti che l'aveva trovato Charlie. E se era quella l'idea, perché ha preso una copia della lettera? Dov'è l'originale?».

«La guardiamo?».

Safi si alzò dal tavolo e accese lo schermo a muro, proiettandovi l'immagine della lettera del suo telefono. «Non credo che abbiamo scelta».

42

cartellario s. m. [dal lat. *carthularius* incrociato con *cartella*]
Archivio in cui si conservano gli atti pubblici

Cari Redattori

un ritorno a casa, banale. Io non ho più paure da sussurrare, bricioline da lasciarmi dietro per voi, e così vi offro questo dono finale. Lo schema di un cervello, il tessuto condiviso delle parole degli altri, cucito con il filo, quello di lei, a formare un miracolo. Tutte quelle parole: numerate, e innumerevoli. Abbondanti, eppure infinitamente preziose. Catalogate, confinate, ma sempre mutevoli. Studiate i segni finali. Il sapere deve essere organizzato per essere compreso, anche se le forme mutano, come le persone, come i tempi. Discorsi, miscellanee, tragedie, lettere, Old English, poesia, narrativa.

Dove vi ho portati io? A un libro che è stato, e a un altro che non è stato ancora, attraversando l'oscurità, giù per sentieri tortuosi.

Ma Dio spera che i mostri tanto temuti abbiano percepito la luce delle vostre lanterne. Negate loro le ombre in cui nascondersi.

Sapienza, virtù, onore, lealtà: tutti presi a prestito, rubati, traditi e congelati. Vi ho mandati a inseguire quelle creature, senza sapere come trovarle io stesso. Reggete bene in alto le lanterne.

Addentratevi a fondo nel labirinto e poi cacciateli fuori.

Nella morsa del tempo che passa, mi accorgo di non sapere che aspetto ha la vittoria. Ci sarà un altro ritorno a casa?

In una biblioteca, un nuovo volume. Un segnalibro. Una lapide. Si colloca tra i suoi frutti. Un tesoro segreto tirato fuori in modo manifesto. Trovatelo. Sappiate che il labirinto è una prova. Nel dedalo non scopriamo solo il tesoro, ma anche noi stessi. La nostra ricompensa sarà la conoscenza. Temo per quello che troverete, ed è il caso che lo temiate anche voi. Ma io non posso più vivere in questa ignoranza.

Vostro,
Coro

Le tre donne lessero in silenzio. Alex si muoveva sulla sedia e Safi cominciò a scarabocchiare un anello sul taccuino. Martha espirò e sbatté forte le palpebre, le parole che ticchettavano tra un momento di buio e l'altro. Sentiva il profumo di qualcosa di secco e stantio, l'odore delle ombre e della polvere. In testa le si cominciò a formare un'idea fiocamente illuminata, ma la soffocò subito, come se l'oscenità dell'assenza di Simon potesse spegnere qualsiasi cosa.

Era morto per questo? L'avevano ucciso per quella ragione? Pensò a cosa aveva detto alla mostra d'arte: il suo amaro desiderio che gli toccasse il colpo di fortuna che sapeva di meritarsi. Forse rubando quel pezzo di carta finalmente aveva tentato il colpaccio.

«E allora è questo che stava facendo?», pronunciò Safi impaziente, allontanando il taccuino. «Ci ha mandati nel suo labirinto per far uscire i mostri?»

«Non so bene se stiamo facendo uscire i mostri o li stiamo creando», disse triste Alex, poi si sporse sul tavolo, la testa fra le mani. «Non riesco a connettere. Dove ci vuole portare questa lettera? Di sicuro parla dello zibaldone». Sospirò, raddrizzò la schiena e guardò di nuovo lo schermo. «"Lo schema di un cervello, il tessuto condiviso delle parole degli altri, cucito con il filo, quello di lei, a formare un miracolo"».

«Possibile che Coro abbia in mano lo zibaldone?», disse Safi a bocca aperta. «E ora ci sta dicendo dove trovarlo? È possibile che l'abbia avuto per tutto questo tempo?»

«Credo che voglia dire proprio questo», ammise Martha. «Deve essere per forza così. Un modo di organizzare il sapere, quella è la definizione di uno zibaldone, e potrebbe benissimo essere fatto di tutti quegli elementi: discorsi, poesie, saggi. E avrete notato il femminile: "cucito con il filo, quello di lei". Oddio, e se è davvero di Joan Hart?».

Un ritorno a casa, un segnalibro, una lapide.

Sapienza, virtù, onore, lealtà: tutti presi a prestito, rubati, traditi e congelati.

Simon li aveva traditi, aveva tradito lei. Di nuovo la sua mente si distolse dalla lettera.

«Simon non mi doveva alcuna lealtà», disse, «ma come ha fatto a fare una cosa del genere? A rubare? A vendere qualcosa di così enorme a qualcuno che secondo lui era coinvolto nella scomparsa di Charlie? E tutto perché il suo libro non aveva venduto bene quanto sperava?». La bocca le si distorse in un sorrisetto amaro. Alex guardava per terra, Safi invece la fissava con empatia. «O è stato perché gli ho detto di me e Jonathan?».

Il profumo delle ciambelle all'improvviso le diede la nausea. Si alzò e tornò nel loro ufficio, aprendo la porta doppia con i palmi di entrambe le mani.

A fianco della scrivania di Simon c'era un uomo in piedi. Per un lungo momento credette che fosse lui, che fosse stato tutto un terribile sbaglio.

Jonathan alzò lo sguardo quando lei entrò nella stanza, e prima che lei riuscisse ad abituarsi al buio lui era già arrivato ad abbracciarla.

Martha si concesse di appoggiarsi a lui per un attimo. Il profumo e la consistenza del suo corpo le erano familiari anche dopo tutti quegli anni, e la consolarono. Ma fu breve. Si ritrasse quasi all'istante, perché il ricordo del ringhio sgradevole di Olivia fece svanire la nostalgia di quel momento.

«Non possiamo toccare la sua scrivania», disse senza guardarlo. «La polizia sta mandando qualcuno».

Lui per un attimo ebbe l'aria ferita. Poi confusa. «La polizia? Perché? Non crederanno mica che ci sia qualcosa di sospetto? Ho sentito dire che è scivolato mentre faceva una passeggiata vicino al fiume».

«Devono indagare».

«Ma di sicuro...».

«Ti sto solo riferendo quello che hanno detto a me! E comunque, cosa stai cercando?».

Lui alzò le spalle. «Non lo so, sinceramente. Dopo che avete chiamato non sapevo bene cosa fare». Se stava cercando solidarietà, non ne trovò. «C'è qualcosa che dovrei sapere?».

Martha esitò. «La settimana scorsa Simon era di umore strano, e venerdì sera non era in sé».

Lui si sedette sul bordo della scrivania di Martha e incrociò le braccia. «Deve essere stato un incidente. Tragico, naturalmente. Niente di nuovo da Coro?».

Aveva un'espressione completamente anodina. Martha pensò che avrebbe dovuto sforzarsi un po' di più di sembrare dispiaciuto.

«Jonathan, credo che Charlie abbia trovato qualcosa prima di sparire. Uno zibaldone del tardo Cinquecento».

Lui si accigliò, la guardò di sbieco. «Okay…», disse con voce strascicata. «Cosa te lo fa pensare?».

La sua reazione aveva qualcosa di strano, e sotto la pelle di Martha cominciò ad avvolgersi un sospetto, come la voluta di fumo nero di una candela che si spegne.

«Tu… non sei sorpreso, vero? Lo sapevi? Come hai potuto…?».

Safi apparve sulla soglia. «Martha, è suonato il tuo telefono. La polizia sta salendo dalla portineria. Ah, ciao, Jonathan».

«Ciao, Safiya. Questa cosa di Simon è tremenda. Allora mi tolgo dai piedi».

Cominciò ad avviarsi verso la porta, ma Martha lo fermò con una mano protesa.

«Jonathan, sapevi che Charlie aveva trovato qualcosa?».

Lui la guardò, e per un attimo Martha immaginò di vedergli negli occhi qualcosa di simile a una supplica. «Credo che Gemma l'abbia accennato all'incirca nel periodo in cui Charlie è scomparsa».

«Cosa? E cosa aveva detto di preciso?».

Lui guardò prima una e poi l'altra.

«Gemma aveva sentito dire che Charlie stava per pubblicare un libro, che aveva a che fare con il periodo di cui mi occupo io e che l'editore era entusiasta. Una scoperta di qualche tipo.

Erano tutte voci. Dovevamo parlarne con lei. Poi è scomparsa ed è venuto fuori che l'editore in realtà non aveva visto niente! Abbiamo concluso che Charlie se lo doveva essere inventato».

«Come fai a sapere che l'editore non aveva visto niente?», chiese Safi, entrando nella stanza.

«Era una sua invenzione per coprire il fatto che stava fallendo il dottorato e rubacchiando cose dal dizionario. Poi è scappata».

Safi si fece da parte per far entrare qualcuno, un'agente in divisa con una scatola di cartone tra le mani. Jonathan sfoderò il suo sorriso professionale, poi parve ricordare l'occasione e lo abbandonò in favore di un'espressione di serio cordoglio. «Benvenuta, agente. Lei è Martha Thornhill, farà in modo di darle tutto quello che le serve». Poi, senza aspettare le loro risposte, se ne andò.

«Quello è il vostro capo, signore?», chiese la poliziotta, dirigendosi verso la scrivania di Simon per mettere la scatola di cartone sulla sedia. Martha guardò il cardigan che aveva appeso alla propria sedia, le matite colorate sparpagliate sulla scrivania di Safi, il piccolo cactus in un vasetto falsamente semplice su quella di Alex. L'agente aveva scelto la scrivania meno femminile dell'ufficio, e il fatto che la sua supposizione fosse corretta irritò Martha.

«Sissignora».

«Mi ricorda il vicecomandante. Che tipo untuoso». Aprì la scatola e tirò fuori un fascio di bustine per la raccolta delle prove. Safi la guardò inorridita.

«Scusami, Martha, non ce la faccio». Fuggì nella sala riunioni.

«Povera ragazza», disse l'agente, con empatia sincera. «So che tutto questo ha un'aria molto solenne, signora Thornhill, ma è solo una formalità. Mettiamo al sicuro tutto quello che possiamo subito, come potenziale prova. Le dispiace segnalarmi quello che è proprietà dell'azienda e quello che non lo è?».

Mentre parlava aveva tirato fuori il telefono e fotografato la scrivania di Simon. Martha si accorse che lui stava lavorando alla bozza di Safi per un nuovo significato di *prompt*, ispirato dall'intelligenza artificiale. Sul tavolo c'era la stampata. A Simon piaceva fare le modifiche su carta come prima cosa. Osservò la terribile banalità della carta, della matita lì dove lui l'aveva lasciata, degli ultimi segni che aveva fatto venerdì prima di decidere di staccare dal lavoro. All'improvviso la sua assenza esplose, con un'onda d'urto che sembrò scagliare Martha per aria nella stanza messa sottosopra.

43

sinuosità, s. f. [der. di *sinuoso*]
Fig. detto di ciò che non procede in modo lineare, che non va diritto allo scopo

Il giorno dopo Safi arrivò in ufficio per prima. Era tutto uguale, e tutto era anche tremendamente sbagliato. Non trovò alcuna consolazione nel rituale di chiudere la bici con il lucchetto, mettersi a tracolla la borsa del portapacchi e attraversare la strada. Tutte le azioni banali di una mattina normale, fatte senza pensare, ora erano state rese mostruose.

Spinse le porte e venne immediatamente fermata dalla vista di una grossa cornice su un cavalletto a fianco della portineria, avvolta da nastro nero. Dalla foto un Simon più giovane le sorrideva, e sotto di lui c'erano le date 1973-2023. *Con sommo dispiacere il* CED *annuncia la perdita del caro amico e collega, Simon Turner.*

Liz, la portinaia, guardò prima lei e poi la cornice.

«Come va, cara? Tieni botta?».

Safi distolse lo sguardo e si sistemò lo zainetto sulla spalla. «Non tanto».

La portinaia si accigliò. «Con noi era sempre cordiale, si fermava spesso a fare due chiacchiere. Ieri sera quando sono andata a casa ho fatto giurare mio marito sulla Bibbia che per tornare dal pub non sarebbe più passato sull'alzaia». Le rivolse un sorriso gentile. «Alex e Martha sono già arrivate».

Safi annuì e salì meccanicamente le scale, andando dritta alla sala riunioni. L'immagine della lettera era già sullo schermo.

Cominciò subito: «Mi è venuto un pensiero orribile. Quando

Liz ha detto che eravate di sopra, mi sono sorpresa a pensare: *Posso fidarmi di loro?* Cioè, se questo è l'indizio per trovare un manoscritto di un valore inestimabile, cosa succederebbe se una di noi lo scoprisse e andasse a prenderlo da sola?».

Mollò lo zaino e tirò fuori il taccuino.

«*Il racconto dell'indulgenziere*», disse Alex espirando piano. «Coro ci ha esortato a ricordarcelo. Io... Sì, capisco cosa intendi, Safi».

Martha aveva in mano una tazza di tè. «Ho raccontato a Caldwell quella storia, dei tre amici che si uccidono l'un l'altro per una montagna d'oro. Ma cosa possiamo fare se non avere fiducia?».

Safi guardò prima l'una poi l'altra. «Niente, e infatti mi fido di voi. E più ancora ho fiducia in me stessa. Confido che non farò quello che ha fatto Simon. Marco 8:36: "Che giova infatti all'uomo guadagnare il mondo intero, se poi perde la propria anima?". Se lo risolvo, fidatevi che ve lo dirò».

Alex annuì. «Citazione perfetta. Sì, credo che sia questo il modo di vedere la faccenda. Ma capisco che qualcuno possa smarrire la strada e dimenticarselo».

«Perso nel labirinto», riprese Safi. «E allora, avete trovato qualche filo che ci possa condurre attraverso l'ultima opera di Coro?». Conoscevano tutti l'etimologia di *clue*: in origine significava matassa, quella che la principessa Arianna aveva dato all'eroe Teseo. Srotolarla gli aveva permesso di trovare una pista nel dedalo di gallerie sotterranee che era il labirinto nella tana del Minotauro, e poi di seguirla a ritroso dopo aver ucciso il mostro. La soluzione definitiva.

«Chi sono questi mostri che stiamo cercando?», aggiunse Safi.

«E di cosa ha paura Coro?», aggiunse Martha. «Cosa teme di trovare?»

«La verità dietro la scomparsa di Charlie? Ma perché dovrebbe temerla?». Safi si premette le dita sulla fronte e guardò Martha di soppiatto. La sua capa sembrava pallida sotto la luce azzurra dello schermo. «Dobbiamo risolvere l'enigma contenuto in questa lettera», continuò Safi. «Allora, conosciamo il nocciolo della questione. C'è un indizio nascosto all'interno del testo. Finora abbiamo avuto le battute musicali e lo schema metrico di un sonetto. Qui cosa stiamo cercando?»

«Ci sono sette paragrafi», disse piano Martha, raddrizzando la schiena. «Se ha lo stesso schema delle altre, l'indizio deve contenere qualche parola di ogni paragrafo, e la chiave per scoprire quale parola o parole dobbiamo usare per ciascun paragrafo è nelle prime righe».

«"Studiate i segni finali"?», propose Alex, con la voce logorata dalla frustrazione. «Nello zibaldone? Come facciamo a sapere quali sono se non abbiamo il libro?». Safi la vide compiere uno sforzo di volontà per arrivare a un pensiero chiaro di qualche tipo. «I modi di organizzare il sapere... Lo zibaldone è uno. Un altro sono i dizionari. Potrebbe entrarci qualcosa?».

Safi fissò lo schermo. Sette, un numero mistico: i sette giorni della Creazione, le sette Meraviglie del mondo. Sette continenti. Sette domande nel Padre Nostro. Sette età dell'uomo. Sette arti liberali. Sette paragrafi qui, sette... «Sì!», gridò. «Guardate, qui alla fine del primo paragrafo sono elencati sette tipi di scrittura. Discorsi, miscellanee, tragedie, lettere, Old English, poesia, narrativa».

«Si potrebbero tradurre in numeri?», azzardò Martha, posando la tazza e sporgendosi in avanti. «"Numerate, e innumerevoli"; "Catalogate, confinate, ma sempre mutevoli"; "Studiate i segni finali. Il sapere deve essere organizzato"...».

«Numerate, catalogate, il sapere deve essere organizzato!», esclamò Alex. «A me sembra che parli di una biblioteca. Ma... Safi, puoi googlare tutti questi termini e vedere cosa esce?».

Lei copiò le parole dallo schermo e le incollò in un motore di ricerca.

La gente fa spesso domande, rispose il motore di ricerca, *su "quali sono le dieci classi della classificazione decimale Dewey"*.

«I segni!», esclamò Alex. «Le segnature! E i segni finali. Qual è la divisione della Dewey per l'Old English?».

Safi compitò con le dita la pagina Wikipedia dello schema di classificazione che decideva la posizione di ogni libro nelle biblioteche di tutto il mondo. Scese pian piano. «Old English è 829; letteratura inglese è 820. Sì: sono tutte sottocategorie! Poesia è 821, miscellanee è 828, tragedie 822...».

«E allora cosa ci danno i "segni finali", cioè i numeri?», domandò Martha, afferrando una penna dalla scrivania. «Discorsi è 825, miscellanee è 828, tragedie è 822, lettere è 82...».

«6!», continuò Safi. «E poi poesia 821 e narrativa 823». Tornò a guardare lo schermo e le lettere. «Dettatemi i numeri e io li evidenzio».

Martha guardò i propri appunti. «Comincia con il cinque».

Un ritorno a casa, ***banale****. Io non ho più paure da sussurrare, bricioline da lasciarmi dietro per voi, e così vi offro questo dono finale. Lo schema di un cervello, il tessuto condiviso delle parole degli altri, cucito con il filo, quello di lei, a formare un miracolo. Tutte quelle parole: numerate, e innumerevoli. Abbondanti, eppure infinitamente preziose. Catalogate, confinate, ma sempre mutevoli. Studiate i segni finali. Il sapere deve essere organizzato per essere compreso, anche se le forme mutano, come le persone, come i tempi.*

«La seconda è otto», disse mentre Safi evidenziava la parole in grassetto sullo schermo.

Dove vi ho portati io? A un ***libro*** *che è stato, e a un altro che non è stato ancora, attraversando l'oscurità, giù per sentieri tortuosi.*

«La terza è due», contribuì Alex. «Funziona».

Ma ***Dio*** *spera che i mostri tanto temuti abbiano percepito la luce delle vostre lanterne. Negate loro le ombre in cui nascondersi.*

«La prossima sono le lettere, numero sei», disse Martha.

Sapienza, virtù, onore, lealtà: tutti ***presi*** *a prestito, rubati, traditi e congelati. Vi ho mandati a inseguire quelle creature, senza sapere come trovarle io stesso. Reggete bene in alto le lanterne.*

«E l'Old English è il nove».

Addentratevi a fondo nel labirinto e poi cacciateli ***fuori****.*

Safi sentì le dita che scivolavano sul mouse a mano a mano

che l'indizio cominciava a brillare davanti agli occhi. «Uno per la poesia», disse Alex, poi guardò Martha.

***Nella** morsa del tempo che passa, mi accorgo di non sapere che aspetto ha la vittoria. Ci sarà un altro ritorno a casa?*

«E l'ultimo è la narrativa, tre!», concluse Martha.

*In una **biblioteca**, un nuovo volume. Un segnalibro. Una lapide. Si colloca tra i suoi frutti. Un tesoro segreto tirato fuori in modo manifesto. Trovatelo. Sappiate che il labirinto è una prova. Nel dedalo non scopriamo solo il tesoro, ma anche noi stessi. La nostra ricompensa sarà la conoscenza. Temo per quello che troverete, ed è il caso che lo temiate anche voi. Ma io non posso più vivere in questa ignoranza.*

«Banale libro, Dio, presi fuori nella biblioteca», disse Safi, mentre batteva sulla tastiera. «Ha senso: cioè, sembra un indizio, ma non è proprio chiaro come la x sulla mappa del tesoro, giusto?».

Il telefono sul tavolo della sala riunioni squillò e Alex si sporse a rispondere.

«Alex». Una pausa. «Sì, certo, Liz. Portala su in ufficio. La accogliamo lì». Riagganciò e le guardò. «Martha, scusa, è appena arrivata Nancy. L'ex moglie di Simon».

Era una donna alta sulla quarantina, con i jeans e una giacca di pelle vintage. Per qualche motivo Martha non se l'era aspettata così bella. Aveva capelli scuri lucidi lunghi fino alle spalle, e gli occhi di un azzurro intenso circondati da rughe di espressione.

«Nancy!», disse Alex, e si alzò subito per andarla salutare. «Come va? Come stanno le ragazze?». Le posò la mano sul braccio e la accompagnò a una sedia vicino alla sua scrivania. «Scusami. Che domande stupide».

Nancy scosse il capo, costringendo la bocca in una parvenza di sorriso.

«Sono con mio marito. La situazione è pessima, Alex. Chloe

continua a dire che l'ultima volta che lei e Simon hanno passato una giornata insieme è stata sgarbata con lui, e non smette di piangere. Non so come fare a cancellarle quel ricordo». Si passò un fazzoletto di carta sotto il naso. «Come diavolo faranno a superare questa cosa? Perdere il padre quando sono così piccole, e in questo modo!».

«Posso portarti un tè, un caffè?», chiese Safi, in procinto di alzarsi e sperando che Nancy le desse qualcosa da fare.

Ma la donna fece cenno di no con una forza sorprendente. «Dio mio, no. Credo di avere bevuto una piscina piena di tè nelle ultime ventiquattr'ore. Tu devi essere Safi?». Si girò. «Tu sei Martha. Simon mi ha raccontato di tutte e due. Safi, credo che tu abbia conosciuto le mie figlie?»

«Sì, un weekend in centro», rispose Safi, tornando sedersi. «Erano tutti appoggiati a un muro in fila, a mangiare mele candite. Ho fatto loro una foto».

«Ne abbiamo una copia a casa». Nancy sorrise, stavolta era un sorriso vero. «Chloe dice che sei molto figa. Simon diceva che Chloe aveva dimostrato interesse solo per due cose della sua vita, te e il gatto». Spalancò improvvisamente gli occhi. «Oh, cazzo, mi sa che adesso abbiamo un gatto!». Si passò la mano tra i capelli. «Oddio, sono le cose che ti vengono in mente all'improvviso, scusate. Mio marito è allergico, però le ragazze non mi perdoneranno mai se non...».

«Per il momento sono felicissima di tenere Rochester da me», disse Alex. «Le ragazze possono venire a trovarlo tutte le volte che vogliono».

«Mi dispiace così tanto per Simon», disse Martha. Avrebbe dovuto trovare delle parole migliori, pensò, proprio lei per giunta. Ma le parole le piacevano come entità distinta. Conosceva le loro radici, i loro ritmi, i loro scheletri, le forme e le storie. Assemblarle per creare qualcosa che avesse un significato richiedeva un'abilità del tutto diversa.

«Credevo che stessimo quasi arrivando a una fase in cui potevamo tornare a essere almeno amici», seguitò Nancy senza fermarsi. Martha non era sicura che avesse sentito le sue condoglianze: la donna davanti a lei sembrava concentrata solo nel far uscire le parole, nel continuare a muovere la penna su un foglio di carta invisibile. «A Natale dell'anno scorso è venuto da noi; è stata un'esperienza strana, ma ha funzionato. Sapete, i suoi genitori sono morti tutti e due. Grazie al cielo gli viene risparmiato questo orrore. Vi immaginate cosa vuol dire perdere un figlio?». Smise di parlare, si morse il labbro e irrigidì il corpo, compiendo uno sforzo fisico per interrompere il flusso delle parole. «Martha, scusami, l'ho detto senza pensarci. Mi dispiace. Sto cercando di essere forte per le mie figlie, così ogni volta che non ci sono mi lascio andare troppo».

Alex le toccò il braccio. «Qui puoi dire quello che ti pare, Nancy. Ne sono sicura».

«Ma certo!», aggiunse Martha. Nancy le scoccò un rapido sorriso di riconoscenza.

«Devo andare a casa di Simon. Ieri sono stata al commissariato a parlare con il sergente Caldwell, poi ci sono tornata di nuovo stamattina. Non volevo che mi facesse domande in casa davanti alle mie figlie, ma non volevo nemmeno mandarle al parco. Al commissariato hanno una stanzetta per le famiglie, con i divani, per quegli interrogatori dove non hanno bisogno di spaventarti a morte. E dopo pensavo che sarei andata a casa sua. Quelli dell'impresa funebre hanno bisogno di un vestito con cui seppellire Simon, perché naturalmente tutto quello che aveva addosso serve come prova. Ma non ci sono riuscita, e non riesco ancora a tornare a casa mia. Ho vagato per la città, cercando di avviarmi verso casa sua senza riuscirci. E poi mi sono ritrovata in questo posto. Preferisco ricordarmelo qui, più che in ogni altro. Secondo voi è una cosa stupida?».

Le terribili scosse di assestamento della morte, pensò Martha. Amplificate dalla violenza e rese più devastanti dalla morte improvvisa. Non ci si può mai preparare per una cosa del genere, per le umiliazioni e i traumi, per le trappole invisibili. La terra intorno a tutti loro era crollata. Pensò a Charlie, scalza, che camminava davanti a lei sul sentiero di Port Meadow.

«Proprio per niente», disse Martha. «Fermati quanto vuoi. Siamo tutte troppo sconvolte per lavorare. Siamo venute in ufficio solo per stare insieme».

«Che cosa carina», mormorò Nancy, guardando il fazzolettino

a brandelli tra le proprie mani, per poi asciugarsi l'occhio sul polsino.

«L'hanno... l'hanno trovato al parco dell'università, vero?», chiese Safi.

Nancy annuì. «"C'è un salice che cresce di traverso sul ruscello"[45]... Sì, è annegato. Avevo pensato che forse era ubriaco ed era caduto in acqua... Ma oggi... l'hanno definita una morte sospetta. L'anatomopatologo dice che la ferita alla testa è troppo profonda, e poi hanno trovato un punto sull'argine dove ci sono tracce di una colluttazione». Martha alzò lo sguardo e vide la propria angoscia rispecchiata sui volti di Safi e di Alex. «Non vi dico cosa continuano a chiedermi! Cose di anni e anni fa. Insisto nel dirmi: cerca di superare la prossima ora, ma la testa prende sempre il sopravvento». Aveva uno sguardo quasi folle.

«C'è qualcosa che possiamo fare per aiutarti?», chiese Martha, perché il suo dolore le trasmetteva il bisogno profondo di offrire un sostegno pratico. «Pippa ha scritto un necrologio per il sito web, e noi possiamo telefonare ai suoi contatti di lavoro».

«Oddio, sì, grazie. Potreste? Mi farebbe un piacere infinito. Ci sono così tante cose. Continuano a venirmene in mente di nuove. Cosa diavolo faremo con tutte le sue carte?»

«Possiamo aiutarti anche con quello», disse piano Safi, e poi, quasi tra sé e sé: «Fa parte del *sadmin*».

«Del *sadmin*?»

«Sì, tutti i compiti amministrativi legati alla morte di qualcuno».

«A Simon sarebbe piaciuta quella parola», osservò Nancy con altrettanta dolcezza. Si alzò di colpo. «Devo andare delle mie figlie. Alex, te le posso portare più tardi per vedere il gatto? Lo so che è un disturbo tremendo...».

«No!», esclamò Alex. «Proprio per niente». Prese una chiave Yale dal portachiavi di Tiffany e gliela diede. «Entra quando ti pare se io non ci sono. Possono stare con Rochester e Raglan, o mangiare cibo spazzatura e ignorarmi se sono in casa. Prendete quello che volete. Puoi berti un bicchierone di qualcosa e piazzarti sul divano, e parlare o stare zitta, come credi».

[45] William Shakespeare, *Tutte le opere*, a cura di M. Praz, Sansoni, Firenze 1980, p. 716.

Nancy annuì con un altro breve respiro. «Grazie. Per favore, non accompagnatemi all'uscita, non occorre. Siete già state gentilissime». Mosse un passo verso la porta, poi esitò. «Le cose del passato di cui mi stavano chiedendo, Martha, erano sul periodo in cui tua sorella è scomparsa. Charlie? Si chiamava così, vero?»

«Giusto», rispose Martha, serrando le mani sui bordi della scrivania.

«Mi hanno rivolto domande sulla notte della presentazione del libro di Jonathan Overton». Si toccò la fronte con le dita. «Io volevo andare alla festa, e mia madre doveva farci da babysitter, ma Chloe aveva una laringite terribile. Poveretta, non si calmava se non la tenevo in braccio, o non dondolavo la carrozzina, quindi me la sono persa. Simon è tornato piuttosto presto. Era di buonumore. Pensava che il libro a cui stava lavorando fosse molto migliore di quello di Jonathan, quindi era sicuro che sarebbe stato un grande successo. Stava già spendendo l'anticipo, promettendoci vacanze e tutto il resto». Aveva un sorriso affettuoso, frustrato, un mosaico complesso di emozioni che faceva parte dell'intimità con l'anima di un'altra persona. «Tornò a casa e mi trovò mezza morta di stanchezza, con Chloe che faceva i capricci, così me la prese dalle braccia. Mi disse che l'avrebbe portata a fare un giro in macchina e una passeggiata, e di andare a letto a riposarmi. Credo di non averlo mai amato tanto come in quel momento».

«E così uscì di nuovo? Dopo la presentazione?», chiese Safi.

«Sì. Non lo sentii rientrare. La portava sempre a fare dei giri lunghissimi, e mi riempiva tutto il passeggino di fango. Faceva parte del rituale di essere un bravo padre. Non so per quanto tempo restò fuori». Guardò di nuovo Alex, con la chiave in mano. «Grazie infinite, Alex. Naturalmente ti mando un messaggio prima di portare le ragazze. Siete state tutte così gentili».

Appena Nancy se ne fu andata Alex guardò la scrivania di Simon. «Non riesco a restare qui. Mi dispiace, ma mi sembra di non riuscire a respirare. Possiamo andarcene? Ho bisogno di stare in qualche altro posto».

«Io lo so dove», disse Martha.

44

trasacrato, agg. [superl. di sacrato]
Oltremodo sacro, inviolabile

Era la prima visita di Safi al St. Sepulchre. Le tre donne passarono sotto l'arco di pietra e Safi e Alex seguirono Martha sino a una panchina curva al bordo di un giardinetto commemorativo. Alcune campanule residue facevano capolino tra l'erba vicino alle tombe.

«Dio, che posto adorabile», sussurrò Safi mentre si sedeva. Poi, inspirando l'odore scuro di resina, scoppiò in lacrime. Nel giro di un attimo Martha la circondò con il braccio. «Non so perché piango. Scusate. Non riesco a smettere».

«È lo shock», sentì che le diceva Alex. «E non cercare di smettere. Dopo è peggio. Perché non dovresti piangere?»

«Qualcuno l'ha ucciso!», si lamentò Safi con voce soffocata. «Cioè, quando sono andata a casa ieri sera sapevo che Caldwell aveva detto la stessa cosa, però, vedendo Nancy...». Per un attimo le lacrime cessarono, scacciate dalla paura e dall'incomprensione, ma poi ne arrivò un altro fiume, dal nulla. Non si era mai sentita così priva di controllo sul proprio corpo. «Cristo! Chi è stato?».

Martha si strinse nelle spalle. «Quella sera alla mostra d'arte ha parlato di una falla nella matrice. E di cogliere le occasioni».

«Forse stava ricattando qualcuno. O rivendendo la lettera di Coro», azzardò Alex. «Forse ha visto qualcosa quella notte quando ha portato fuori Chloe».

Safi cercò di rallentare il respiro mentre il fiume si esauriva, anche se aveva gli occhi ancora pesanti e il corpo le bruciava come se le avessero scuoiato uno strato intero di pelle.

«Ma cosa? Charlie era già scomparsa, la presentazione era già finita...».

«Non ne ho idea», ammise Alex.

Safi inspirò. «Stavo pensando a quella conversazione di Simon con Brin. Mi chiedo se era lui quello che rubacchiava dal dizionario. E poi Brin vendeva i pezzi».

Alex sospirò. «Me l'ero chiesto anch'io. Mi ricordo che all'epoca parlava di quanto fossero care le cose per i neonati. Mi ricordo anche che aveva raccontato di Chloe che era capricciosa e che lui la portava a fare passeggiate. Aveva i suoi posti preferiti. E lei già da neonata adorava guardare le chiatte con le finestre tutte accese». Si fermò di colpo. Safi si girò a guardarla. Fissava il sentiero, le file di tombe vittoriane sgretolate che avevano davanti.

«Alex?», la chiamò Martha.

Lei alzò la mano e tiro fuori il cellulare. «Solo un attimo. Ecco cosa stava facendo la sera della presentazione, aveva portato Chloe a fare una passeggiata per calmarla. E vi ricordate come ha reagito quando abbiamo detto che dovevamo vederci con Mike al Trout. Ha detto che con il tempo si cambia modo di vedere rispetto ai luoghi». Al telefono: «Nancy? No, non ho novità... Scusami se te lo chiedo, ma mi è appena tornata in mente una cosa che ha detto Simon su quelle passeggiate notturne con Chloe, e volevo controllare con te. Per caso uno dei posti dove la portava era il sentiero vicino a Godstow Abbey?». Una pausa. «Okay, grazie. Sì, certo, andate pure a casa mia quando volete».

Safi sentì le dita di Martha che si irrigidivano per il disagio intorno alla sua spalla.

«Be'?»

«Sì, andava a Godstow. E questo spiega anche il fango sulle ruote del passeggino».

Safi pensò alle rovine, al bosco lì dietro, alle siepi alte.

«Quella sera ha visto qualcuno. Qualcuno che non avrebbe dovuto essere lì. E che cosa stava facendo?».

Posò lo sguardo sulle tombe che avevano intorno.

Alex prese di nuovo il telefono e con le dita allenate scorse rapidamente i contatti. Con gli occhi spalancati guardò le colleghe mentre premeva l'icona verde di chiamata. Aspettarono due squilli e poi una voce lontana rispose. «Sergente Caldwell? Parla Alex Monroe... No, non l'abbiamo ancora decifrata. Ma è possibile che Simon abbia visto qualcosa a Godstow Abbey la sera della presentazione del libro di Jonathan? Sappiamo che andava lì molto spesso». Un'altra pausa. L'aria era tesa e compressa.

Alex mormorò un saluto e riagganciò.

«Alex?», la incalzò Martha.

«La polizia è già lì».

Martha si alzò in piedi di scatto.

«Martha...», sussurrò Alex. «Non lo possono sapere per certo».

«Io sì». Martha la fissava. «Charlie è lì. Lo so».

«Guido io allora», decise Alex.

Mentre uscivano dal cimitero, Safi toccò l'angolo freddo di una lapide. Una specie di supplica, una preghiera privata.

Lasciarono l'auto alla locanda. Martha a malapena aspettò che si fermasse prima di aprire la portiera e correre verso il ponte.

«Vai con lei», disse Alex a Safi mentre cambiava marcia per entrare in retro in un parcheggio. Safi uscì arrancando dal sedile posteriore e partì all'inseguimento di Martha.

Aveva svoltato nel campo, sull'erba, per dirigersi verso l'apertura nel muro a nord, attraversare il rudere del vecchio edificio e poi uscire dall'altra parte. Aveva un passo lungo e deciso, e Safi correva per tenerle dietro. Mentre giravano l'angolo ai confini delle rovine, scorsero un gruppo di furgoni e auto senza contrassegni parcheggiati sul campo, visibili a malapena tra il lussureggiante fogliame primaverile degli alberi dietro l'abbazia. Safi riusciva a distinguere lampi di bianco.

Una donna in divisa da poliziotta emerse dai veicoli mentre si avvicinavano, con un fascio di paletti di legno sotto il braccio e un rotolo di nastro della polizia tenuto al polso come un braccialetto. Conficcò il primo spuntone nel terreno soffice a dieci metri dal limitare degli alberi, vi avvolse intorno il nastro, poi lo srotolò con decisione mentre faceva passi lenti, muovendo le labbra mentre contava. Piantò un altro paletto. Il nastro svolazzava come un festone.

Sul tappeto erboso avevano parcheggiato un furgone, un po' più vicino alle rovine rispetto agli altri. Due uomini in tuta arancione si rilassavano appoggiati al portabagagli aperto, svapando e bevendo tè da un thermos, circondati da attrezzature dall'aspetto pesante. Safi ne riconobbe una da uno scavo che aveva fatto quando era all'università: un georadar. Perfetto per individuare aree di terra smossa. *Oh, Cristo.*

I due uomini guardavano con interesse la poliziotta che metteva il nastro.

«Avevamo ragione?», le gridò uno dei due. «Era più recente?»

«Così pare», disse la donna, alzando il rotolo di nastro adesivo. «Ma aspetta la conferma del sergente».

«Non c'è fretta», replicò l'uomo in tuta, facendole un brindisi con il thermos.

La poliziotta sorrise, poi notò Martha che piombava su di lei.

«Scusi, signora, dove va?».

«È lei?». La voce di Martha si incrinò. «È Charlie?».

Safi la afferrò per il braccio. «Martha, aspetta!».

Martha se la scrollò di dosso. «Me lo dica e basta, cazzo!».

La poliziotta sbatteva forte le palpebre, ma sembrava che capisse. Alzò la mano e, lo sguardo fisso su Martha, parlò alla radio. «Sergente Caldwell? Qui c'è la signora...». Alzò le sopracciglia in tono interrogativo.

«Martha Thornhill».

«Martha Thornhill ai confini della zona perimetrata».

Nella ricetrasmittente rimbombò una risposta disturbatissima, il cui suono forte e meccanico disturbò il silenzio.

«È lei?», chiese di nuovo Martha.

La poliziotta non la guardò negli occhi, ma addolcì improvvisamente il tono. «Le chiedo di aspettare il sergente Caldwell, signora».

La luce cominciava a sfumare. Safi arretrò di mezzo passo e fissò il terreno. Terra antica, generazioni di morti. Alzò gli occhi verso l'intrico di alberi e siepi. Attraverso le fessure si scorgeva dell'altro bianco, e pian piano la sua mente diede un senso a quello che vedeva. Stavano montando una tenda.

Sentì qualcosa alle sue spalle. Alex che andava verso di loro con il suo lungo cappotto nero, la sciarpa scarlatta stretta intorno al collo. Prese posto in silenzio accanto a Safi, che si chinò leggermente fino a far sfiorare le loro spalle.

Un altro furgone si stava avvicinando con fatica sul terreno irregolare del campo e si fermò accanto agli altri veicoli. Ne discesero altri uomini in tuta da lavoro e il pannello laterale del mezzo si aprì. Il tonfo fece alzare in volo nell'aria pallida i corvi, che gracchiarono per l'affronto subito. Gli uomini scaricarono pali e lampade; piazzarono un piccolo generatore su un carrello, che spinsero in direzione del vecchio sentiero che portava nel bosco. Un poliziotto era fermò nel punto in cui scompariva tra gli alberi, come il guardiano del bosco. Prendeva appunti mentre gli passavano accanto.

Avevano l'aria di dover scavare tutta la notte.

Alla fine una figura alta, vestita di bianco dalla testa ai piedi, sbucò da dietro gli alberi. Si tolse la maschera e gli occhiali mentre parlava con il guardiano. Caldwell. «Oliver?», gridò Martha con una voce irriconoscibile. «È lei?».

Lui accelerò il passo per andare verso di loro e si chinò sotto il nastro della polizia che segnava il confine tra il suo mondo e il loro.

«Martha, non lo sappiamo», disse mentre le raggiungeva. «Non possiamo saperlo ancora».

Lei barcollò e lui la afferrò per gli avambracci. Le parlò in tono calmo, ma in fretta, guardandola in viso per controllare se capiva quello che le stava dicendo.

«Ci sono elementi che indicano che il corpo è stato sepolto tra dieci e quindici anni fa ed è lo scheletro di una donna. Per il momento non sappiamo altro. La prego, vada a casa, Martha. Verrò a dirglielo appena lo sappiamo».

«No, non ci vado. Non voglio. Non posso abbandonarla un'altra volta».

Caldwell sembrava affranto. «Martha, per favore. Qui non posso prendermi cura di lei».

«Possiamo farlo noi». Safi sfiorò il braccio di Martha, e lei si girò a guardarla con occhi che non capivano.

«Martha? Noi non ce ne andiamo. Aspettiamo insieme nella macchina di Alex».

Martha fece un minuscolo cenno di assenso e per un attimo sembrò che si riprendesse. «Sì, va bene».

Safi guardò Caldwell, e lui annuì. «Va bene. Ci vorrà un bel po'». Con molta delicatezza sciolse la presa dalle braccia di Martha.

«Aspetteremo», decise Safi.

Il tramonto si addensò verso la notte e le ore si amalgamavano a quelle successive. Safi andò a prendere dei whisky al pub, e poi caffè e panini, cercando di fare del suo meglio per evitare le congetture gentili ma curiose nel locale. Nessuna di loro parlò molto. Martha era seduta dietro mentre Alex e Safi erano nei sedili davanti, per lasciarle spazio, ma al contempo restarle vicine. Safi vide un'email di Caldwell che rispondeva alla sua della sera prima e la ringraziava per i suoi appunti. Poi notò una figura sul ponte. «Sta arrivando».

Martha si riscosse e aprì di colpo la portiera; le luci dell'abitacolo si accesero, rendendo ancora più completo il buio al di fuori.

Caldwell si era tolto la tuta protettiva bianca, e il viso ombreggiato baluginava sotto la luce traballante.

«Novità?», chiese Alex a nome di tutte, mentre si girava a guardarlo.

Lui si prese un attimo per ricomporsi. «Non saremo sicuri fino a quando non avremo il test del DNA, ma tutte le indicazioni sono a favore del fatto che abbiamo ritrovato lo scheletro di una giovane donna tra i venti e i trent'anni». Guardò il telefono che aveva in mano, e poi Martha. «Gli abiti sono quasi del tutto marciti, ma abbiamo trovato una collana che a quanto pare coincide con la descrizione di quella che aveva sua sorella. Le posso mostrare la foto?»

«Sì, grazie», rispose Martha. Ora sembrava molto calma.

Lui sbloccò il telefono e lo voltò verso di lei. Safi vide una collanina d'argento su uno sfondo neutro. A fianco aveva un righello bianco e nero. Pensò allo schema cromatico che appoggiavano a fianco delle pagine dei manoscritti durante la scansione, per conservare una documentazione relativa autentica. La catenina era sporca, e nelle maglie delicate era rimasta intrappolata della terra, ma il ciondolo si vedeva con chiarezza brutale nel bagliore gelido del telefono. Una coppia di cuoricini d'argento.

«Sì, è di Charlie». Martha aprì la sciarpa e alzò il mento, incontrando a viso aperto lo sguardo di Caldwell. Portò la mano al collo e con delicatezza sporse una catenina esile e serpeggiante, due cuori come ciondolo, lucidati da anni di manipolazione. «Ne aveva comprata una per ciascuna».

Caldwell annuì piano. «Posso accompagnarla io a casa. Dobbiamo dirlo a suo padre».

Alex tornò a casa a Jericho poco dopo mezzanotte, e trovò un uomo sconosciuto sul divano. Non è che non se lo aspettasse. Aveva notato la luce dell'atrio accesa mentre entrava. L'uomo in questione era bloccato al suo posto da Nancy che dormiva, e da due ragazze addormentate, apparentemente ignare dei gatti stravaccati fra di loro.

Le sorrise a mo' di scuse e sussurrò: «Mi perdoni tanto, davvero».

«Non si preoccupi», disse lei piano, posando le chiavi sul tavolo. «Piacere, Alex».

«Marcus», rispose. Era più giovane di Simon. Magro, coi capelli neri mossi e gli occhiali di tartaruga. «Ci siamo seduti solo un minuto dopo che avevano giocato con Rochester, e loro sono cadute come tramortite. Non avevano chiuso occhio da quando è successo: non ho avuto cuore di svegliarle».

«Può liberarsi una mano per tenere un bicchiere senza disturbarle?», gli domandò Alex, mentre andava verso il decanter. La famiglia era accoccolata in un mucchio di coperte di lana che di solito stavano piegate con ordine sopra lo schienale del divano. Vederle usate le faceva piacere. Le ragazze sembravano tranquille, a parte i segni rossi sotto gli occhi. Alex ricordò la foto di loro che teneva Simon, con la pelle chiara e ricoperta di lentiggini, e una sfumatura dorata nei capelli. Entrambe avevano la stessa forma degli occhi del padre.

«Credo che in questo momento non le sveglierei nemmeno se ballassi il tango, e se mi stava offrendo da bere, sì, grazie».

Alex versò due bicchieroni di whisky per entrambi e ne passò uno a Marcus. Mentre lo prendeva fece una smorfia, e lei sospettò che fosse rimasto immobile per un bel po'. Si tolse il cappotto e si mise nella poltrona di fronte a lui. «Come va con le allergie?»

«Prima di venire qui ho preso una manciata di antistaminici. Tra quelli e il whisky, probabilmente tra poco crollerò anch'io».

«Non sarebbe un problema. Sa che cosa sta succedendo?»

«A parte l'omicidio di Simon? Ho letto l'articolo sul giornale che parlava delle lettere, e Nancy mi ha raccontato delle domande che le ha fatto la polizia. C'è dell'altro...?»

«La polizia ha trovato il cadavere di Charlie Thornhill. Vengo da casa di suo padre. Abbiamo accompagnato lì Martha per annunciarglielo, insieme al sergente Caldwell, naturalmente».

Lui d'istinto guardò le ragazze. «Dio mio! Dopo tutti questi anni! Come l'ha presa?».

Alex beve un sorso di whisky. Rochester, che ora era accoccolato tra Chloe e la sorella, stirò una zampina, sbadigliò e si risistemò a dormire. «Era... era davvero sollevato, credo».

Alex aveva accompagnato Martha e Safi a casa, e Caldwell le seguiva, e Gabriel era comparso sulla soglia quando le auto avevano fatto scricchiolare la ghiaia del vialetto. Martha era scesa per andare da lui, mentre Alex e Safi avevano aspettato vicino alla macchina. Quali parole avesse scelto Martha per dire a Gabriel che avevano trovato il cadavere della figlia maggiore, Alex non l'avrebbe mai saputo. Ne vide solo l'effetto, mentre lui si chinava per avvolgere Martha tra le braccia e stringerla, cullandola piano da una parte all'altra, accarezzandole i capelli mentre Caldwell si avvicinava a testa bassa. E poi, ancora stringendo Martha a sé, aveva sporto un braccio per dare la mano a Caldwell.

Lei e Safi, con tatto, avevano scelto di arretrare fino alla macchina e lei aveva accompagnato Safi nel suo appartamento, dove l'avevano accolta l'artista e una ragazza preoccupata, dall'aria materna, avvolta in un accappatoio.

Nonostante tutto, era molto grata di avere trovato la famiglia di Nancy nel proprio salotto.

«Come hanno fatto a capirlo?», chiese Marcus, mentre ingollava il whisky. Alex prese il decanter e gliene versò dell'altro.

«In realtà è stato grazie a Nancy: quando ha riferito alla polizia che Simon era uscito di nuovo la sera della presentazione e si era portato Chloe sull'alzaia con il passeggino. Era uno dei suoi posti preferiti».

«Ma sapete chi l'ha uccisa?». E di nuovo quello sguardo nervoso protettivo rivolto alle due ragazze. «Ti prego, fa' che non sia Simon!».

Lei scosse il capo. «Non credo proprio. Lui ha solo visto qualcuno che non avrebbe dovuto essere lì (e che faceva qualcosa di sospetto, immagino) e ha fatto due più due. Aveva visto la persona che stava scavando la fossa a Charlie, e non se n'era mai reso conto fino a quando Coro, l'autore delle lettere, non ha messo in moto tutto di nuovo. No, io ho i miei sospetti. E immagino che li abbia anche il sergente Caldwell».

Lui bevve dell'altro whisky, accigliato per la concentrazione. «Simon ha cercato di ricattare quella persona? Ed è per questo che lo hanno ucciso?»

«Sospetto che sia così».

«Come faccio a spiegarlo alle ragazze?».

Alex tacque. Non esisteva una risposta facile a quella domanda.

«E dopo cosa succederà?», chiese lui, prendendo atto del suo silenzio.

«Non lo so con precisione, ma io credo che andrò al piano di sopra a fare delle telefonate. Devo svegliare un direttore editoriale che è in vacanza».

«È molto tardi», disse perplesso lui.

«Lo so, ma faccio guadagnare un bel po' di soldi ai miei editori e non mi sono ancora giocata la carta della diva». Lui aveva l'aria confusa. «Scrivo romanzi horror, quindi ho un po' di potere contrattuale». Ultimamente le veniva più facile raccontarlo alle persone, notò. Forse, dopotutto, avrebbe potuto dirlo ai suoi figli e non sarebbe cascato il mondo. «Davvero, restate quanto volete. Anzi... Per caso sei bravo a fare i cruciverba?»

«Non bravissimo», sospirò, «ma li facevo sempre con mia madre. Perché?»

«"Banale libro, Dio, presi fuori nella biblioteca". Non riusciamo a venirne a capo».

Lui si accigliò e le chiese di ripetere. «Qui parla di un'azione, ritirare un libro in biblioteca. Ma c'è dell'altro. Un anagramma?». Poi sorrise, svelando una chiostra di denti bianchi e regolari. «Ah, ma certo. Bisogna anagrammare le parole della frase che non hanno a che fare con i libri. E questo ci darà il nome di una biblioteca!».

Alex trovò affascinante il piacere che lui all'improvviso mostrava verso quell'enigma, ma non fu in grado di rispondergli.

«"Banale Dio" è l'anagramma di "Bodleiana"», disse. «La soluzione è "Bodleiana"».

Alex scosse la testa: di colpo le sembrava così semplice.

«Grazie! Ora vado a fare le mie telefonate».

45

scire, s. f. [dal lat. *scire*]
Sapienza e saggezza

La Biblioteca Bodleiana apriva alle 9 del mattino, e alle 8.45 Alex e Safi erano sull'acciottolato, dando le spalle alla Old Library, e guardavano la Radcliffe Camera, quel maestoso edificio circolare simile a un ananas poco lontano, dentro un cerchio di erba perfettamente verde.

«Sei riuscita a procurarti il numero di quel tipo che una volta lavorava all'OUP e gli hai telefonato in piena notte?», disse Safi, con aria sia sconvolta sia colpita, notò Alex con gratificazione.

«Giles Baldwin. Sì, e gli ho detto che Caldwell gli avrebbe telefonato quasi di sicuro, e molto presto, quindi tanto valeva che parlasse con me. Comunque era ancora alzato, dato che in vacanza aveva orari spagnoli. Non posso dire che gli abbia fatto piacere sentirmi, ma sinceramente, Safi, non mi interessava. Credo che non dimenticherò mai di aver visto Martha che ci mostrava la gola nuda con la collanina uguale a quella di sua sorella».

«E allora cosa si ricordava del progetto di Charlie per il libro?».

«Non sono riuscita a cavargli molto ieri sera, ma ha promesso di scrivermi stamattina».

Safi bevve un sorso di caffè dalla tazza da asporto. «Ha ancora la proposta, dopo tutto questo tempo?»

«Lo vedremo quando mi manderà l'email, ma credo di sì. Anche lui è stato perseguitato da questa vicenda, nonostante al telefono cercasse di fare ostruzionismo». Guardò dietro di sé i muri massicci dell'antica biblioteca. «Credi davvero che possa essere qui, Safi? Lo zibaldone?»

«Sento che è così. Se Charlie e Coro volevano nascondere un libro, quale posto è più sicuro di una biblioteca? Ma ci sono più di dieci milioni di libri qui dentro! So che nella lettera deve esserci qualcosa che ci dice dove si trova precisamente, ma non riesco ancora a capirlo».

Dietro di loro un portinaio in giacca e cravatta stava aprendo il cancello di metallo che avrebbe permesso loro di passare sotto la Torre dei Cinque Ordini per entrare nella corte dell'Old Library. Alla sua sinistra comparve una sagoma ben nota.

«Martha!», disse Safi sollevata, e Alex si girò e vide la collega che si avvicinava. Pensò che avesse un'aria più sollevata, e quando Martha le raggiunse, sorrise e abbracciò prima Safi e poi Alex. Sentire la pressione del suo abbraccio era come un dono.

«Come sta tuo padre?», chiese Alex, appena si liberò dalla stretta.

«Se la cava», rispose Martha. «In casa tutto sembra già diverso. Stamattina sta telefonando agli amici di famiglia. Bravissima, Alex. Ti ringrazio di aver scoperto la risposta».

Alex scosse il capo. «Non abbiamo ancora finito. E questo si deve a Simon, non a me. Pensi di trovarlo qui, Martha? Il libro?»

«Sì». Entrarono insieme nella corte e alzarono lo sguardo sull'alto muro di arenaria sopra l'ingresso della Old Library. Le nicchie cave incise sul fronte ricordavano ad Alex dei tomi giganti, custoditi a entrambi i lati da facce di pietra aggettanti.

«Ma dove?».

Martha tirò fuori dal portafoglio la tessera della biblioteca. «Credo di sapere anche quello».

Erano le uniche persone nella Upper Reading Room e, dato che il semestre stava per finire, gli scaffali dei libri ordinati dall'archivio erano semivuoti. Era un sistema semplice. Tutti quelli che avevano una "Bod card", disponibile per gli studenti attuali, oltre agli ex studenti e ai membri di istituzioni accademiche come il CED, potevano richiedere un libro o un manoscritto dagli archivi tramite un catalogo online o un modulo da compilare. Dopo un breve periodo di "tempo di reperimento", il libro o la scatola di materiali venivano collocati sugli scaffali per il ritiro, con un pezzetto di carta rettangolare che sporgeva, con il nome del richiedente. Altre schedine, pensò Martha: in un modo o nell'altro, l'impegno intellettuale di Oxford era sostenuto da quei preziosi pezzi di carta.

«Era nell'ultimo paragrafo», spiegò mentre si avvicinavano gli scaffali. «"*Si colloca tra i suoi frutti. Un tesoro segreto tirato fuori in modo manifesto*"».

Safi sorrise. «E quindi richiamato e piazzato sugli scaffali aperti, nella stessa sezione della biblioteca della Letteratura Inglese? Bella idea».

«Ehi, sbrigati e guardiamo», disse Alex supplicante. «L'attesa mi sta uccidendo».

Un'unica studentessa, con il viso incorniciato da un hijab di chiffon azzurro intenso, entrò e si sedette in un angolo della stanza. Prese un portatile dalla cartella.

«Eccolo!», disse Martha. C'era una sola scatola per documenti, di quelle usate per accogliere i libri e i manoscritti più delicati, che saltava all'occhio tra i pochi volumi accoccolati intorno. «È stato richiesto a nome di Hart, naturalmente».

Tirò fuori la schedina dell'ordine. Sembrava molto simile a tutte le altre, ma toccandola con le dita si accorse che la carta era un po' strana e la stampa irregolare. Passò la schedina ad Alex e sollevò la scatola grigia dallo scaffale, poi la portò al tavolo più vicino.

Quella forte sensazione di irrealtà era amplificata dalla notte insonne. Lei e suo padre erano restati sul divano del salotto insieme, Martha si era accomodata nella piega del braccio di Gabriel, come faceva da bambina. Avevano parlato poco, limitandosi a prendere atto insieme di stare osservando il mondo che si modificava e si risistemava attorno a loro. Il giorno prima era appartenuto al mondo in cui Charlie era scomparsa; quel giorno era il mondo in cui era stata ritrovata. Mentre si appoggiava a lui, Martha vedeva sua madre nella poltrona a destra, che lavorava ai ferri, ascoltando la radio abbassata quasi fino a un sussurro. Charlie era accoccolata nella poltrona alla loro sinistra, con un libro in grembo, leggeva e si arrotolava i capelli biondi intorno alle dita.

E quella poteva essere la grande scoperta di Charlie, quella per cui era morta più di dieci anni prima. Quella per cui era stata uccisa, prima di essere abbandonata tra le preghiere di Godstow Abbey.

Aprì il coperchio, sentì l'espirazione brusca di Safi dietro di lei e sollevò con cautela il contenuto.

Era un vecchio album fotografico. In pelle scamosciata rossa con una rosa dorata a sbalzo sul davanti. Il mondo si stava restringendo, i soffitti rosa della stanza illuminati dalla luce primaverile svanivano. Lì dentro c'era tutto quello che stavano aspettando. Martha aprì la copertina.

Carta opaca da disegno nera, pesante. Sulla prima doppia pagina erano attaccati biglietti d'auguri e cartoline. All'incirca a metà dell'età vittoriana, immaginò, a giudicare dai vestiti nelle illustrazioni. Erano tenuti in posizione da angolini di carta incollati al foglio. Voltò un'altra pagina: altre cartoline e un grande acquerello di colline nebbiose popolate da pini sparsi un po' traballanti. Qualcosa di simile sulla seguente. Martha si morse il labbro e passò alla successiva.

Tra le pagine era infilata una busta, moderna. La aprì con cautela e tirò fuori un mucchietto di schede per catalogazione, esattamente come quella che avevano scoperto tra le schedine.

«Queste sono tutte scritte con la grafia di Charlie», disse sfogliandole.

«Retrodatazioni?», chiese Safi con voce roca e pastosa. «Ce n'è almeno una trentina!».

Martha annuì. «E arriva solo alla c».

«Dio mio», disse Alex, portando la mano al petto come se stesse per farsi il segno della croce. «Queste cambieranno tutto. Si riferiscono tutte allo zibaldone?»

«Sì. Oddio, è qui dentro?», chiese Safi.

Martha rimise la schedina nella busta e girò un'altra pagina.

Era vuota, rimanevano solo gli angolini incollati. Lo stesso sulla pagina successiva e su quella dopo.

«Non c'è più?», osservò Alex a denti stretti.

«Li ha tirati fuori», bisbigliò Safi. «I singoli fogli dello zibaldone». E poi all'improvviso: «Martha! C'è qualcos'altro».

Tra l'ultima pagina e la copertina posteriore c'era una cartellina marrone. Martha la tirò fuori, scostando delicatamente l'album prima di aprirla.

Era una pila spessa: almeno trenta, quaranta fogli. Quello in cima era scritto in una scrittura italica molto compatta, con l'inchiostro più scuro in alcuni paragrafi. In fondo alla pagina c'erano le iniziali, J. H. Martha non era un'esperta, ma ne sapeva a sufficienza da capire che era il tipo giusto di carta, inchiostro e calligrafia. Stava guardando una pagina dello zibaldone di J. H.

Alex tirò fuori la sedia al suo fianco e vi si lasciò cadere.

«Cristo, esiste davvero». Safi si sedette più piano dall'altra parte. «Riesci a leggerne delle parti, Martha?».

Martha avvicinò di più il viso alla pagina.

«"Quel che la tua memoria ritenere non può, affidalo a quei vuoti fogli...[46]"».

«È uno dei sonetti di Shakespeare», strillò Safi.

«Credo che tutta questa pagina sia sulla memoria», disse Martha mentre passava in rassegna il resto di quella calligrafia ordinata. «Qui ci sono delle citazioni. "La percezione si riferisce al presente, la speranza al futuro". Questo è Aristotele. Oddio. Questo paragrafo lungo in fondo alla pagina. Comincia con: "I miei ricordi..."». Chiuse gli occhi. «C'è troppa roba qui dentro. Non possiamo...».

«E cosa diamine ci facciamo?». Safi passò un dito lungo il bordo della cartellina, come se dubitasse della sua esistenza.

«Chiediamo all'équipe di archivisti della biblioteca di custodirlo, per il momento», disse Martha. «Qui starà al sicuro. E chiamiamo Caldwell. Non c'è modo di capire cosa ha trovato precisamente Charlie fino a che non verrà trascritto».

Il telefono di Alex vibrò e lei lo tiro fuori dalla tasca. «Forse possiamo averne un'idea. Mi ha appena mandato un'email Giles Baldwin».

[46] William Shakespeare, *Sonetti*, traduzione di A. Rossi e G. Melchiori, Einaudi, Torino 1966, p. 156.

Martha si mosse lentamente, e con attenzione rimise la cartellina nell'album, e l'album nella scatola. Sembrava che brillasse sul tavolo davanti a lei.

«Cosa dice?».

Alex scuoteva il capo mentre leggeva. «Che, dopo la scomparsa di Charlie, ha pensato che dovesse essere una bufala. Ha un tono di supplica. Aspetta un attimo, qui c'è un allegato». Posò il telefono e tirò fuori gli occhialini da lettura dalla borsa.

«Alex!», esclamò Safi.

«Sì, sto facendo più in fretta che posso! È un elenco dei titoli di capitoli di Charlie. "Prove interne della paternità del libro". "Joan Hart - biografia"». Si fermò e alzò lo sguardo su di loro. «Non riesco a crederci. Avevi ragione, Safi... Questa è la sorella di Shakespeare».

Safi lasciò passare poco meno di un minuto per assimilare la cosa. Schiumava di ansia e di adrenalina. «E poi?»

«Canzoni e poesie. Aneddoti su Stratford. Retrodatazioni di neologismi». Fece una pausa con gli occhi spalancati e febbrili. «È tutto qui. Nell'indice. Un resoconto della vita di William Shakespeare scritto da sua sorella». Posò il telefono sul tavolo e lo fissò. «Dio mio, Martha. È così pazzesco che non riesco nemmeno a rendermene conto».

Si ritirarono nel silenzio. Ognuna di loro sapeva che qualsiasi nuova descrizione di Shakespeare in un documento era un evento di grande importanza. Poter disporre di appunti biografici di sua sorella era quasi inconcepibile.

«Secondo voi, quando Walter le ha scattato quella foto, Charlie sapeva che cosa aveva scoperto?», chiese infine Safi.

«Non lo so», rispose Martha. Pensò a quell'estate, alla quantità di lavoro che stava producendo Charlie. Non c'era da stupirsi se faceva fatica a prestare attenzione alla sorella minore.

«Martha», disse Alex con delicatezza. «Sai benissimo che, se Charlie avesse pubblicato questo nel 2010 o 2011, al posto di Jonathan ci sarebbe lei».

Martha si girò e vide l'espressione triste e saggia della collega. Sentì la mano di Safi sul braccio.

E poi Charlie sembrava fatta apposta per andare in TV. Il bell'aspetto, la risata facile, la vivacità del suo cervello, e poi questa scoperta monumentale. Martha pensò ai programmi che aveva realizzato Jonathan nel corso degli anni e al posto suo vide Charlie che guardava in giro con sguardo contemplativo mentre vagava nel Globe Theatre vuoto e nel giardino dell'Anne Hathaway's Cottage. Charlie che intervistava geni creativi in stanze con gli stucchi bianchi. Martha sentì la sua voce che veniva dalla radio, vide il suo volto che la fissava dalla copertina del «Sunday Times Magazine». L'opera di Jonathan sarebbe diventata una postilla imbarazzante negli studi shakespeariani. La fredda malvagità di tutto quanto le tolse dalla testa ogni pensiero razionale.

La studentessa con l'hijab si avvicinò al loro tavolo. Martha alzò lo sguardo su di lei e con un gesto protettivo mise la mano sulla scatola con le pagine dello zibaldone. La studentessa sorrise, tirò fuori il portafoglio e mostrò il tesserino della polizia.

«Posso fare qualcosa per lei?», chiese Martha stupefatta.

«Buongiorno, sono la sergente Norah Faris», si presentò. Portava una felpa azzurra con un logo della Disney, un assurdo spruzzo di colore nella stanza dall'illuminazione soffusa. «È lo zibaldone?»

«Sì», rispose Alex al posto suo. «O comunque, le pagine di uno zibaldone. Pensavamo di non trovare nessuno qui. La manda Caldwell?»

«Mi ha spedita qui appena ricevuto il vostro messaggio stamattina, signora Monroe. Stavo cercando di arrivare prima di voi, ma non ci sono riuscita». Le sorrise con gentilezza. «Ci ho messo un po' per liberarmi dei cani da guardia senza avere una tessera della biblioteca, ma il sergente Caldwell ha detto di non disturbarvi se non in caso di necessità. Il momento è arrivato. Potete rimettere la scatola dove l'avete trovata, con la schedina? Poi, se non vi spiace, aspettate girato l'angolo. Fuori c'è del movimento».

Martha arretrò con la sedia e obbedì meccanicamente, posizionò la scatola sullo scaffale e prese da Alex la schedina per rimetterla a posto. Poi si fermò. «Oliver pensa che qualcun altro abbia scoperto l'indizio?».

Safi si mise una mano sulla bocca. «È per quello che c'è movimento? Sta arrivando qualcuno?»

«Abbiamo poco tempo, signora Thornhill», disse la sergente

Faris, e accennò allo scaffale. «Fidatevi di me, per favore, vi garantisco che non verrà danneggiato in alcun modo».

«Su, vieni». Martha sentì Safi che la prendeva per mano, e le tre donne seguirono la direzione indicata dalla sergente Faris verso la Upper Reading Room, dietro l'angolo e appena fuori dalla vista degli scaffali aperti.

Sentirsi togliere la scatola a Martha fece l'effetto di un improvviso danno fisico. Prese una sedia da uno dei tavoli e si sedette con delicatezza. C'era un tale silenzio: sembrava che i muri si rannicchiassero sopra di loro, avvicinandole ancora di più mentre aspettavano.

Martha pensò a suo padre che preparava il tè per il poliziotto addetto ai rapporti con le famiglie. All'alba che era sorta sui tetti di Oxford quella mattina, filtrando dentro casa per svelare i suoi colori sbiaditi. Avrebbe voluto dire a tutti che quella mattina aveva sentito che insieme al sole qualcos'altro veniva restituito alla casa. Non la speranza, non l'amore, non ancora. Ma con il ritrovamento del corpo di Charlie, e la consapevolezza che sua sorella aveva passato quegli anni insieme ai corvi e ai fantasmi di Godstow, Martha aveva visto nella luce di quell'alba la possibilità della speranza, di riprendersi dalla disperazione. E, guardando suo padre che preparava il tè, aveva pensato che forse anche lui aveva la stessa sensazione.

Tornò a concentrarsi sul presente, ascoltando il rumore dei respiri brevi di Safi e del tessuto del cappotto di Alex che si spostava sulla sedia di legno. Pensò alle pagine che aveva appena toccato e provò un impeto di paura. Nonostante a tutti piacesse usare le iperboli, nella vita c'erano poche cose uniche e insostituibili. La Gioconda o un gioiello della Corona di sicuro, ma nel mondo tutti sapevano che aspetto aveva la Gioconda, e il gioiello della Corona era fatto dello stesso identico materiale di una pietra preziosa in una vetrina di Bond Street. Anche se fossero andati perduti gli originali, lo splendore e il luccichio si potevano ricreare. Ma quelle pagine, invece… Nessuno sapeva che parole contenevano, quali idee e rivelazioni. La loro unicità la terrorizzava. Era per quello che Charlie era stata così riservata? Così attenta? Come diamine aveva fatto Coro a trovarlo?

Alzò lo sguardo e vide un muro di testimoni. Il fregio della stanza, dipinto un paio d'anni dopo la morte di Shakespeare, era una lunga fascia di ritratti. Studiosi dai tempi degli antichi in poi, che vegliavano su quattro secoli di studenti, ricercatori e educatori. Lì da qualche parte c'era Beda, a scrutare da una delle decine di affreschi ovali accanto a Ovidio, Chaucer e Dante. Non c'era Shakespeare, invece: quando quei notabili erano stati scelti, lui era solo un drammaturgo come tanti, e c'era solo una donna: Saffo. Joan Hart non sarebbe stata la benvenuta lì, né una qualsiasi sorella o figlia di quegli uomini dall'aspetto severo. Qualcuno di loro l'aveva mai messo in discussione?

Dei passi.

La voce del sergente Faris: «Gentilmente si fermi lì, signora».

«Mi dispiace, ma ho fretta».

Martha sentì il mondo che andava sottosopra. Si alzò dalla sedia mentre Alex e Safi avanzavano, altrettanto sconvolte quando riconobbero quella voce caratteristica. Martha girò l'angolo mentre la sergente Faris si stava identificando tra le proteste arroganti della sua interlocutrice.

«Gemma!», esclamò Martha. «Gemma?».

La sergente Faris aveva una mano sul braccio di Gemma e il cellulare nell'altra. «Sì, capo. Sono qui. Ci vediamo tra un attimo». Si rimise il telefono in tasca. «Sta arrivando il sergente Caldwell», comunicò loro. Poi si rivolse di nuovo a Gemma: «Dovremo chiederle di venire al commissariato e di rispondere ad alcune domande, signora Waldegrave».

Fu allora che lei si voltò verso di loro. Gemma. La migliore amica di sua madre, che l'aveva aiutata in quelle terribili settimane, mesi e anni dopo la scomparsa della figlia maggiore; la fonte di risate e di spensieratezza in casa loro mentre lei moriva.

Sotto il fondotinta aveva un colorito grigiastro.

«Martha! Cosa diavolo succede? Stavo giusto spiegando a questa poliziotta: uno dei miei clienti mi ha chiesto di venire a prendere qualcosa e ora mi sembra di trovarmi in mezzo a un sequestro di droga o qualcosa del genere». Fece una risatina nervosa. «Sarebbe anche emozionante, se la situazione non fosse così poco chiara».

Martha non riusciva ancora a trovare le parole.

«Non si viene a "prendere qualcosa" alla Bodleiana», disse bruscamente Alex. «Non è un supermercato Tesco».

Gemma corrugò la fronte. «Ma chi…? Ah, giusto, sei una di quelle che lavorano al dizionario».

«Gemma», disse Martha, facendo un passo avanti. «È stato Jonathan? Ti ha mandata Jonathan?».

Gemma mise la mano sullo scaffale per sostenersi. «Ho bisogno… Ho bisogno di sedermi». La Faris la guidò verso una sedia. Quando Gemma alzò la mano per scostarsi i capelli, le tremava. «Mi ha detto… Mi è stato chiesto di…».

«Signora Waldegrave», l'interrogò la Faris, «chi le ha chiesto di venire qui stamattina?».

Lei tirò fuori il telefono e lo posò sul tavolo. Sullo schermo si illuminò un messaggio di Jonathan:

Upper Library Bod. Scaffali aperti. Scatola con i documenti.

«Mi dispiace molto, ma credo che, date le circostanze, non dovrei dire altro fino a quando non avrò parlato con il mio avvocato».

Una rabbia terribile fece ribollire il sangue a Martha. Jonathan aveva letto l'ultima lettera di Coro, ne aveva decifrato le istruzioni e aveva mandato Gemma a prendere il manoscritto. Jonathan, quell'uomo di successo, affascinante, era ricattato da Simon. E poteva esserci un solo motivo. Martha ricordò che Gemma si prodigava amorevole con loro mentre sua madre si spegneva, portando un'ultima esplosione di colore alla sua amica prima che scomparisse per sempre, ma senza mai dare a Rebecca l'unica cosa di cui aveva davvero bisogno: la verità su quello che era successo a sua figlia.

In qualche punto ai confini della consapevolezza si accorse di Caldwell che entrava a grandi falcate dalla porta che dava sulle scale alle loro spalle e si fermava, con la sergente Marche alle calcagna.

«Lo sapevi», disse Martha, avanzando mentre Gemma si rattrappiva sulla sedia. «Per tutti questi anni ha saputo che Charlie non c'era più e che Jonathan aveva giocato un ruolo nella sua morte. E non ci hai detto *niente*?»

«Non ho mai saputo precisamente cosa fosse successo!», protestò Gemma. «Non mi ero nemmeno sognata... Sapevo che Charlie aveva un progetto folle per un libro, che avrebbe potuto essere una minaccia per Jonathan, poi lei è scomparsa. Non vivo in un mondo dove si pensa subito a un *omicidio*. Per l'amor del cielo, Martha! Perché avrei dovuto? Credevo che se ne fosse andata per un po'».

Faris e Caldwell si scambiarono un'occhiata. Caldwell alzò la mano, dicendole di lasciarla finire.

«E allora perché non hai detto del libro a mamma e papà?»

«Io... Per favore, non intimidirmi, Martha!». Aveva la voce rotta e querula.

«Spero che tu non voglia giocarti la carta della vecchietta, Gemma», disse Alex, implacabile. «Hai solo qualche anno più di me e sei molto forte».

Gemma le lanciò un'occhiata piena di odio.

«Martha, l'editore che aveva detto di voler contattare la famiglia, quello che stava per pubblicare il libro di Charlie...», disse Safi.

«Ha chiamato il numero che c'era sul volantino». Martha si diede una manata sulla fronte. «Cristo, mi ricordo ancora che ti eri offerta di fornire il tuo, Gemma. Volevi dare una mano, avevi detto. Risparmiare a mia madre le stupidaggini».

«Intendevo davvero essere d'aiuto!», protestò Gemma, indignata e addolorata. «Volevo molto bene a tua madre».

«Questo non è voler bene!», esplose Martha. «Stavi cercando di proteggere Jonathan! Poi ha chiamato quell'editore, chiedendo del libro e del suo destino». Cercò di rallentare il respiro. «Deve averti detto per filo e per segno quello che Charlie aveva promesso di consegnare! Come hai potuto fare una cosa del genere? Con che mezzi hai convinto l'editore a lasciar perdere? Quanto c'entri tu con la carriera brillante che ha avuto quell'uomo?»

«Sto semplicemente facendo un favore a un cliente, e non ho idea del perché stiate ingigantendo la cosa così tanto. Ha dimenticato qui per sbaglio degli appunti per una ricerca...».

«Cristo!», sbottò Safi.

Martha si diede un'altra manata sulla fronte. «Su quali altre telefonate ci hai mentito, e quali hai ignorato?»

«Ah, erano più che altro stupidaggini. Avvistata una ragazza in bicicletta! Sai che novità, a Oxford ce ne sono migliaia! Stavo cercando di proteggere Rebecca da tutta quella roba».

«Sono stata ingenua come mia madre», disse Martha. «Ma ora non più. Tutte le volte in cui ci hai "difesi" dai giornalisti o dai podcast di *true crime*...». E qui disegnò delle virgolette con le dita. «Non stavi proteggendo noi, stavi coprendo Jonathan».

«Mi prendevo cura anche di te!», esclamò Gemma. «È questo il mio lavoro. Prendermi cura delle persone. Ti ho trovato io il lavoro in Germania».

«Un posto bello lontano», osservò Alex con voce secca e permeata di disgusto, «dove Martha poteva continuare a darsi la colpa dell'accaduto, senza rischiare di incontrare qualcuno che poteva farle sorgere qualche dubbio sulla versione ufficiale della storia».

«Poi sei stata a tenere la mano alla mamma mentre moriva, e nel frattempo sapevi tutto!», sibilò Martha con violenza alla sua madrina, e Gemma rabbrividì. «Sapevi cosa era successo a sua figlia e non hai detto niente. Non ti perdonerò mai e poi mai per questo».

Gemma si torse le mani. «Non lo sapevo! Almeno non i particolari. A volte ci sono cose che decidiamo di non sapere. Che restano non dette. Sei troppo giovane per capire. Ci nascondiamo tutti da cose del genere. Infedeltà, tradimenti. Non sapevo cosa era successo e sì, lo ammetto, credo di avere scelto di non scoprirlo...».

«Un conto è chiudere un occhio sull'infedeltà. Fingere di non vedere un omicidio è tutta un'altra storia», notò Safi.

Martha rabbrividì, percorsa da ondate febbrili mentre le verità della sua vita vorticavano in un caleidoscopio, con i frammenti che cambiavano di posto e di colore come la luce che rimbalzava tra gli specchi.

«Siamo tutti colpevoli di qualcosa», protestò Gemma. «Fa parte del nostro essere umani. Tutti noi. Anzi, se la mettiamo come dici tu, siamo tutti colpevoli per definizione».

Caldwell alzò il telefono all'orecchio. «Sì. Può mandare un'auto a prendere Jonathan Overton? Voglio che venga al commissariato per interrogarlo. Stiamo arrivando con la sua agente».

Fece una pausa. «Molto interessante», disse alla voce che stava dall'altro capo del filo. Ascoltò di nuovo, e qualcosa nella sua espressione seria attirò l'attenzione di tutti. Un minuto. Due. «Capito. Grazie. Arriviamo tra mezz'ora». Riagganciò, poi si avvicinò e sfiorò il braccio a Martha. «Martha, Jonathan Overton è appena arrivato al commissariato con il suo avvocato. Ha detto al sergente di turno che si è presentato per confessare gli omicidi di Charlie Thornhill e Simon Turner». Martha sentì la pressione rassicurante delle sue dita. «E dice che vuole parlare con lei».

Lei ebbe una scarica di adrenalina in tutto il corpo. Come poteva incontrarlo ora? Come avrebbe potuto trattenersi dal prenderlo a pugni a mani nude? «Non vedo come diavolo...». Poi si ricompose. «Potrebbe essere di qualche aiuto?»

«Forse», disse Caldwell. «Ma solo se se la sente».

Lei riuscì ad annuire, quello del corpo era l'unico linguaggio che non l'aveva ancora tradita.

«Grazie. Marche, puoi portare la signora Waldegrave in commissariato?».

«Ma è ridicolo!», protestò Gemma. «Ho un appuntamento per pranzo».

«Può venire di sua spontanea volontà ed essere interrogata con la notifica dei suoi diritti», disse gelida Marche, «oppure la possiamo arrestare subito in quanto complice. Quale delle due preferisce?».

Gemma si alzò circospetta. «Non lo sapevo, Martha, davvero».

«Sapeva abbastanza», sentenziò Safi, guardando la poliziotta che la scortava verso le scale.

«Possono venire anche Safi e Alex?», chiese Martha. «Cioè, non pretendo di averle dentro la stanza, ma mi piacerebbe sapere che ci sono...».

Caldwell rifletté un attimo. «Se vogliono, possono guardare tutto da dietro lo specchio insieme a Marche».

«Certo che vogliamo», disse Safi.

La Faris prese la scatola di cartone chiaro.

«Ah, no!», esclamò Alex, facendo un passo avanti. «Quella dobbiamo tenerla noi».

«Fa parte delle prove», disse la ragazza, chiaramente confusa.

«No: è un manoscritto unico di importanza inestimabile per la storia della lingua inglese», la corresse secca Alex, mentre l'agente lo esaminava scettica. «Non vi permetto di ficcarlo in un sacchetto di plastica e metterlo in una cantina fino a quando riterrete opportuno farlo uscire. Resterà qui, alla Bodleiana, con persone che sono specializzate per custodirlo fino a quando non ne verrà stabilita la titolarità».

Si girarono tutti verso Caldwell.

«Martha», chiese lui scrupoloso, «il manoscritto è importante come credeva che fosse?»

«Molto di più».

Il sergente la guardò per un attimo, poi annuì. «Molto bene. Faris, puoi andare con la signora Monroe a parlare con i responsabili? Fai in modo che venga messo al sicuro, e sigillate ed etichettate la scatola. Possiamo portarci dietro la finta schedina come prova?».

Alex agitò la mano e rispose: «Fateci il cavolo che vi pare».

Lui fece un mezzo sorriso, si tolse di tasca una bustina e ci mise dentro la schedina.

«Vado a occuparmi del manoscritto», disse Alex. Con molta attenzione prese la scatola dallo scaffale e si avviò con la sergente Faris alle calcagna, reggendola davanti a sé con una dignità solenne che a Martha ricordava la leader della Camera dei Comuni, che solo qualche giorno prima aveva portato la spada cerimoniale all'Incoronazione, come un'Atena dei giorni nostri.

«Ha confessato?», chiese, girandosi di nuovo verso Caldwell. «Mi scusi, devo essere sicura di avere capito bene. Ha detto che Jonathan è venuto alla stazione di polizia per confessare di aver assassinato Charlie e Simon? Perché ha mandato Gemma a prendere il manoscritto e poi si è costituito?».

Caldwell tirò fuori una sedia da uno dei tavoli e si sedettero. Safi andò a sistemarsi vicino a Martha.

«Ha confessato le uccisioni, non gli assassini», disse Caldwell, e Martha sentì qualcosa che si spostava nella sua consapevolezza, con fastidio. «Il difensore che ha con sé deve essere di Londra e ha l'aria di uno che ogni ora si fa pagare l'equivalente del mio stipendio mensile. Jonathan non confesserà mai un assassinio. Io scommetto che parlerà di omicidio colposo, o persino di morte accidentale nel caso di Charlie, e legittima difesa in quello di Simon. Ma sono sicuro che il suo difensore non lo voglia far incontrare con lei. Potrebbe fare un passo falso, dire qualcosa che renderebbe un po' più difficile quella linea di difesa».

«Ma perché adesso...?»

«È possibile che abbia mandato Gemma per poter avere il manoscritto da offrirci come parte di un accordo».

Martha si coprì il viso, come se potesse fermare le parole e impedire loro di raggiungerla, come se potesse semplicemente cancellare quella versione della realtà rifiutando di farsi raggiungere gli occhi da quella luce. Safi le mise una mano sulla spalla.

«Ma perché, allora? Perché si è costituito?», chiese Safi. «Il manoscritto dimostra che aveva un movente per far del male a Charlie, e il messaggio che ha mandato a Gemma dimostra che lui aveva capito dove si trovava. Deve aver visto la lettera di Coro che ha rubato Simon. Ma è stato nel nostro ufficio dopo la morte di Simon, avrebbe potuto dire di averla vista lì. Non credo che ci fossero abbastanza prove per arrestarlo!».

Caldwell annuì. «Non si sbaglia. Purtroppo stamattina è trapelata la notizia che avevamo scoperto il cadavere di una donna a Godstow. Sono sicuro che si è deciso a farlo per quel motivo. Senza dubbio si è ricordato che probabilmente aveva lasciato qualche traccia di sé sul corpo di Charlie: capelli, fibre». Safi lo guardava imbronciata. «Otterrà uno sconto di pena per essersi fatto avanti. Avrebbe ottenuto degli sconti anche per aver ritirato il manoscritto e avercelo restituito, se vuoi tre non foste arrivate prima».

«Uno sconto di pena!», ripeté Martha sconvolta.

Caldwell aveva l'aria addolorata. «Lo so. È un brutto rospo da ingoiare, ma una confessione risparmia alla pubblica accusa e alla polizia un bel po' di tempo e di guai. Se ci viene a raccontare che la morte di Charlie è stata un incidente, e quella di Simon una legittima difesa, be', saremmo molto più inclini ad accettare che ha confessato, prima di istruire un processo contro di lui».

«Non si merita niente», dichiarò Martha con la voce risoluta. «Sono pronta. Andiamo».

46

amnesia selettiva
Ricordare solo quello che fa comodo

La fecero entrare nella stessa saletta per interrogatori del giorno in cui aveva portato la prima lettera. Sembrava che fosse passata una vita. Alzò lo sguardo verso la videocamera che stava discreta in un angolo e passò in rassegna in modo metodico la vernice grigioverde, il pavimento di linoleum segnato, e le sedie di plastica prima di trovare la forza di guardare Jonathan.

Lui era seduto a fianco dell'avvocato, un signore anziano dell'aria distinta in completo sartoriale gessato, con la catena dell'orologio d'oro sul panciotto. Persino quando stava in silenzio, emanava un'autorità dall'aria molto costosa. Lo stesso Jonathan era vestito al meglio della sua eleganza. Martha pensò a lui che si guardava allo specchio mentre si radeva quella mattina. Sapeva già che si sarebbe costituito? O solo dopo, scorrendo i siti di notizie mentre faceva colazione, bevendo il suo caffè appena macinato al bancone della cucina mentre Olivia richiamava i bambini per portarli a scuola, si era accorto che la sua vita era lì lì per cambiare per sempre?

Si alzò, come se stesse andando a salutarla a una festa.

«Martha, grazie di essere venuta», esordì.

Lei e Caldwell si accomodarono dall'altro lato del tavolo.

«Ho sconsigliato al mio cliente di accettare questo interrogatorio», disse l'avvocato. «È una decisione incauta».

«Basta, Sebastian!», brontolò Jonathan. «Ti avevo detto che questa era una *conditio sine qua non*».

Tornò a sedersi, gettando uno sguardo nervoso a Caldwell,

che si presentò al videoregistratore. Martha guardò di nuovo la videocamera. Safi e Alex avrebbero assistito a tutto quanto, e quel pensiero la consolava.

«Martha, volevo dirti che mi dispiace infinitamente», cominciò Jonathan, allargando le mani sul tavolo. «La morte di Charlie è stata un incidente tragico e terribile e non è passato giorno della mia vita in cui non ci ho pensato. Il rimorso non mi ha mai abbandonato». Martha rimase impassibile e lui si schiarì la gola. «Avevo saputo da Gemma che Charlie aveva in progetto un libro, qualcosa di straordinario che riguardava Shakespeare...».

«Caldwell mi ha già detto cosa contiene la tua dichiarazione, Jonathan», lo interruppe Martha. «Non hai bisogno di ripassarla con me. Hai parlato con Charlie al CED e ti ha raccontato abbastanza elementi di quello che aveva scoperto da farti capire che avrebbe mandato all'aria il tuo promettente nuovo libro. Le hai chiesto di aspettare, di collaborare con te. Varie volte. Hai chiesto a Gemma di aiutarti a convincerla. Poi sei venuto a casa nostra per riprovarci. Lei si è rifiutata e ti ha detto di andartene. L'hai afferrata per il braccio mentre stava salendo le scale e lei è caduta». Aveva una voce fragile e gelida.

Mentre lei parlava Jonathan aveva cominciato a guardarsi le mani.

«Sì, poi sono stato colto dal panico. Non lo so cosa mi è preso...».

«Come ha fatto la sua bicicletta a finire nella riserva naturale di C. S. Lewis?».

L'avvocato sbuffò. «Questo non è un interrogatorio, e di sicuro non lo può condurre lei, signora Thornhill. Il dottor Overton vuole rilasciare una dichiarazione spontanea, tutto qui».

«Perché?». Martha sentì un lampo di rabbia che bruciava nel vuoto. «Perché rilasciare una dichiarazione a me? Cosa potresti dire che cambierebbe le cose?»

«Perché mi importa di quello che pensi tu!», esclamò lui. «Mi è sempre importato». Lei lo fissò e rimase stupefatta nel vedere che era arrossito. «Ce l'ho portata io, prima della presentazione».

«Mentre il corpo di mia sorella era ancora nascosto nel portabagagli della tua auto?».

Lui stese la mano. «È stato… Hai mai sentito parlare di stati dissociativi? È un fenomeno mentale ben noto…».

«Risparmiami le tue cazzate intellettualoidi, Jonathan», sibilò Martha furente. «Non stai facendo il tuo podcast».

Lui si fece piccolo piccolo, punto sul vivo. «Non avrei dovuto afferrarla. Ma lei si è messa a schernirmi. Sapeva di noi e… be', aveva perso il rispetto per me. Volevo solo che mi ascoltasse un attimo. Volevo che riposasse in un posto sereno, così dopo la presentazione ho…».

Martha ora si sentì sprofondata nel labirinto, con uno stretto passaggio buio e lastricato di pietra sotto i piedi, e i muri che sussurravano verità, troppo piano perché lei riuscisse a sentire.

Alex e Safi erano nella stanza al di là dello specchio, strette strette, con Marche e Faris.

«C'è qualcosa che non quadra…», disse Safi, guardando Jonathan oltre il vetro prima di accorgersi che le altre donne guardavano lei. «Lui che va a parlare con Charlie prima di pranzo. Aspettate un attimo, ma la relatrice di Charlie non aveva detto che Gemma aveva ricordato a Charlie che doveva andare a pranzo "con loro"? Lui e Gemma dovevano pranzare con Charlie! Insieme! E allora perché andare a disturbare Charlie a casa? Non sarebbe riuscito a convincerla molto meglio in presenza di Gemma?»

«Forse ci è andato dopo che Charlie aveva annullato l'appuntamento?», ipotizzò Alex.

«La relatrice di Charlie naturalmente credeva che ci sarebbe andata». Safi schioccò le dita. «E Charlie aveva detto a suo padre che andava fuori a pranzo e poi si fermava in biblioteca. Se era andata fuori a pranzo, anche con qualcun altro, perché era ancora in casa quando è arrivato Jonathan? Non ha senso».

«E Simon?», chiese Martha. «Perché l'hai ucciso?».

Jonathan si dimenava sulla sedia. Era patetico, si rattrappiva davanti a lei come un bambino colpevole. «È venuto da me la domenica prima del Primo Maggio, e mi ha detto che sapeva che mentivo dicendo di essere stato a casa dopo la mia presentazione. Che mi aveva visto alle rovine. Voleva dei soldi per tacere e altri per intercettare le lettere successive di Coro. Ho raccolto i contanti il venerdì sera e gli ho detto di venire a incontrarmi».

«E allora perché ucciderlo?», insistette Martha. «Lui voleva dei soldi e tu ne hai tanti. Perché un altro omicidio?».

«È stata legittima difesa! Era ubriaco, aggressivo. Mi stava minacciando e avevo paura». Sfrecciò con lo sguardo in giro per la stanza. «Ho preso la lettera, ma lui mi ha spaventato, ha cominciato ad assumere posizioni aggressive. Quando l'ho colpito, l'ho fatto per difendermi. Era così ubriaco che è inciampato ed è caduto in acqua».

«Dottor Overton, se possiamo tornare alla sua confessione...», mormorò l'avvocato.

«Ha due figlie, Jonathan», disse Martha. «Poco più grandi dei tuoi figli».

Lui trasalì, poi guardò l'orologio di nascosto.

«No», disse Alex, avvicinandosi allo schermo.

«Che cosa c'è, signora Monroe?», chiese Marche. «Sembra chiaro che Simon Turner avesse sentito il dottor Overton affermare di essere stato a casa sua fino a tardi con quella che adesso è sua moglie, ma lui l'aveva visto quella sera a Godstow mentre era fuori con sua figlia per farla calmare. Perché dice "no"?»

«Lei non conosceva Simon», disse Alex trattenendo il fiato. «Se avesse visto Jonathan, Jonathan Overton, il nostro capo sul quale faceva sempre battutine crudeli...». Si fermò, poi continuò. «... Se avesse visto Jonathan che bazzicava tra le rovine la sera della sua presentazione, gli avrebbe fatto delle battutacce ogni giorno per gli ultimi dieci anni».

«E Jonathan che ha paura di Simon?», aggiunse Safi, arricciando il naso. «Cioè, Simon era tarchiato, ma Jonathan è più alto di lui di quasi dieci centimetri ed è molto più in forma».

Martha sentì il ronzio del labirinto che si faceva più forte, poi si fermava. All'improvviso. Un cambiamento fisico, l'impulso di un gruppo di neuroni, e capì qualcosa che prima non sapeva.

«Gemma ti ha coperto. Ha dato il suo numero per la linea telefonica. Ha convinto il possibile editore di Charlie a stare zitto. Poi ha tenuto a bada per un decennio chiunque osasse fare domande. Teneva alla larga persino i recensori che avevi perseguitato online perché ti avevano criticato...».

Jonathan deglutì, e cominciò ad avere degli spasmi al ginocchio. «Io... Gemma è stata leale con me».

Martha scosse la testa. «Hai guadagnato molti soldi, Jonathan, ma il quindici per cento, persino dei tuoi guadagni, non è abbastanza per spalare tutta quella merda».

Pensò al bel quadro di Ben Nicholson sul muro dietro la poltrona di Gemma.

«Per chi lavorava Gemma in realtà?».

Jonathan si stava impappinando. «Non so di cosa parli, Martha».

L'avvocato si accigliò. «Questo incontro, al quale ero contrario, ha passato il segno. Penso davvero che dovremmo interromperlo».

«Che piano avevi, Jonathan? Confessare, così la polizia non passerà troppo tempo a esaminare da vicino le prove? Farti dare vent'anni per scontarne solo dieci? Uscire di prigione per poi viverti una pensione comoda, mentre i tuoi figli vengono allevati nel lusso da tua moglie con la sua famiglia? Hai fatto il patto col diavolo. Hai voluto incontrarmi adesso: è solo un trucco per guadagnare ancora un po' di tempo perché i tuoi possano fuggire?».

Martha inspirò a fondo. Ora sentiva alla perfezione le voci nel labirinto. Resse la lanterna in alto per vedere chiaramente i mostri.

«La ragazza che era ossessionata da te, quella che era interessata a te e ci costringeva a vivere la nostra storia di nascosto non era Charlie, come mi hai fatto credere. Era Olivia. Olivia è andata a cercare di convincere Charlie a non pubblicare il libro e a collaborare con te, quella mattina. Mia sorella le ha detto che tu venivi a letto con me? Scommetto di sì. È stata *Olivia* che ha buttato Charlie giù dalle scale, poi ti ha chiamato in aiuto mentre aspettavi insieme a Gemma. È stata *Olivia* che ha annullato il pranzo dal cellulare di Charlie. *Olivia* che Simon ha visto a Godstow, mentre seppellivate insieme il corpo. *Olivia* che lui stava ricattando. È stata *Olivia* a spingerlo nel fiume. Non tu».

Improvvisamente Safi pensò alla foto sul giornale che assorbiva l'umidità dal tavolo nel loro giardino, con le facce di Jonathan e della sua devota moglie Olivia che si arricciavano e si distorcevano sotto i suoi occhi.

Si girò verso Alex. «Oddio! Ti ricordi quello che ha detto Gemma in biblioteca? Che "avvistata una ragazza in bicicletta" era un indizio inutile perché ce ne sono migliaia. Deve essere stata Olivia che ha portato la bici di Charlie vicino allo stagno!».

La sergente Marche prese il telefono. «Dobbiamo sapere dove si trova adesso Olivia Overton, per favore».

«Jonathan», disse l'avvocato. «Fermati qui o dovrò chiederti di trovarti un altro legale».

«Perché?». Caldwell rivolse la parola a Jonathan direttamente per la prima volta da quando si erano seduti. «Quella ragazza era una studentessa, che l'amava fino all'ossessione. Era quasi una fan. Perché diamine lei avrebbe rischiato tutto per aiutarla a insabbiare un omicidio?»

«È stato un incidente». Jonathan deglutì. «Stava solo cercando di aiutarmi. Era una forte sostenitrice del mio libro... e io le avevo parlato del progetto di Charlie. Sono in parte responsabile di quello che ha fatto. E sono sicuro che è successo tutto proprio come ve l'ho descritto».

«Non sono più il legale del dottor Overton», dichiarò l'avvocato, rimettendo il tappo sulla stilografica.

«Per lo zibaldone», disse Martha a Caldwell. «Lui non amava Olivia, almeno non ancora, ma era convinto che insabbiando l'omicidio di Charlie sarebbe riuscito a mettere le mani sul libro e a pubblicarlo a nome suo, senza che nessuno sapesse mai che era stato scoperto da mia sorella». Jonathan ebbe un sussulto, come se lei l'avesse colpito. Martha sentì di nuovo la luce, l'alba della prima mattina in cui aveva saputo dove era Charlie, e la lanterna di Coro che svelava ogni angolo del labirinto. «Ecco perché ha passato così tanto tempo a casa nostra dopo la sua scomparsa e mi ha spinta a tornare subito all'università. Stava perquisendo la sua stanza e ha colto l'occasione per radunare ciò che restava dei libri antichi in vendita, insieme a una lettera che aveva preso dal CED, per spedirli a Mike. Ha saccheggiato casa nostra con il pretesto di essere nostro amico, per incastrare Charlie per furto e rubare la sua scoperta. Ma non è riuscito a trovarla. L'ha trovata qualcun altro».

Jonathan fissò il tavolo, con le braccia strette intorno al busto mentre si dondolava su e giù, senza dire niente.

Martha si girò verso Caldwell. «Ora vorrei uscire da questa stanza».

«Interrogatorio terminato», disse Caldwell alla telecamera, e interruppe la registrazione.

La coinquilina di Safi, Paula, vicepreside del dipartimento di Matematica in una delle migliori scuole private di Oxford, di solito non guardava il telefono durante la giornata lavorativa, e men che meno rispondeva alle chiamate, ma visto quello che Safi aveva passato negli ultimi giorni le rispose subito.

Fu un dialogo breve e prima che finisse lei si stava già precipitando nell'ufficio della segretaria della scuola.

«Edgar e Miranda Overton. Sono presenti oggi?»

«Sì, ma che coincidenza: ho appena ricevuto una chiamata dalla madre. Un'emergenza familiare. Sta venendo a prenderli».

«Chiama il 999 e non permettere assolutamente a quei bambini di andarsene, costi quel che costi».

Epilogo

disbrigare, v. trans. [volg., XIII sec.]
Sbrogliare e avviare a una nuova evoluzione o a una positiva risoluzione; risolvere, appianare, dirimere

Al funerale di Charlie parteciparono centinaia di persone, che riempirono i banchi della chiesa universitaria di Saint Mary. Alcuni erano vestiti di nero, ma la maggioranza rispettò la richiesta di Martha e si presentò con abiti colorati, e la navata piena di luce era decorata con ghirlande di fiori di campo come per un matrimonio.

Mentre Martha risaliva tra i banchi a braccetto del padre riconobbe molti visi. Il personale del *CED* era venuto in massa, insieme a tanti dei poliziotti che aveva conosciuto: Caldwell, naturalmente, con una cravatta nera sottile, oltre a Marche e Norah Faris. Tom e Tanya erano venuti con i figli, che si dimenavano per il caldo, e la dottoressa Carmichael era accompagnata da un redattore della OUP che li stava aiutando a preparare la pubblicazione dello *Zibaldone di Joan Hart*, a cura di Charlotte Thornhill.

Erano venuti tutti gli amici di famiglia, e a Martha fece piacere vedere suo padre che si illuminava a mano a mano che li intravedeva tra la folla. Sir Walter, la cui famiglia per secoli aveva custodito inconsapevolmente lo zibaldone, partecipò con il figlio e la nuora. Martha notò alcuni giornalisti e studiosi, attirati in chiesa dalle notizie sul libro trapelate attraverso la stampa. Persino da morta Charlie riusciva ad attirare una folla, pensò Martha con un misto di tristezza e orgoglio.

Jonathan aveva rubato il portatile di Charlie il giorno della sua morte, ma non l'aveva mai buttato, e l'aveva conservato tra i manoscritti del suo primo libro, dove era stato ritrovato durante la perquisizione di casa sua. I tecnici della polizia erano riusciti a riaccenderlo e avevano trovato la bozza completa del libro di Charlie.

Olivia era riuscita a lasciare il Paese prima di essere arrestata. Probabilmente le sirene della polizia che stava arrivando a scuola l'avevano messa in allarme. Era stata costretta a scegliere: fuggire e lasciare lì i suoi figli, o restare e farsi accusare di omicidio. Ora i bambini erano sotto la custodia dei suoi genitori. Dopo la sua partenza le prove contro di lei si erano accumulate, e Jonathan aveva ritrattato la confessione. Le accuse contro di lui – ostruzione alla giustizia e occultamento di cadavere – non l'avrebbero tenuto in carcere a lungo, ma la sua carriera non si sarebbe mai più ripresa. I suoi editori avevano ritirato dal commercio i suoi libri nel giro di una notte, e i suoi programmi erano stati cancellati da tutte le piattaforme, mentre, articolo dopo articolo, i giornali scandalistici e i quotidiani si erano buttati a pesce sui racconti della sua deriva criminale. Netflix aveva già opzionato un documentario sulla caduta del divo editoriale e sua moglie l'assassina. Gemma era andata "in pensione" dalla sua agenzia e l'avrebbero presto incriminata per ostruzione alla giustizia; Caldwell aveva detto che probabilmente sarebbe stata condannata ai lavori socialmente utili. Il Merton College le aveva richiesto formalmente di abbandonare la casa. Martha si era ripromessa di pensare a lei il meno possibile.

Dopo il funerale si tenne una sepoltura privata, e Martha e Gabriel furono accompagnati solo da Alex e Safi per portare Charlie nel suo luogo definitivo di riposo, accanto alla madre. Martha si chiese quanto tempo ci sarebbe voluto ai suoi nuovi fan per trovarla. Appena fossero riusciti a installare la lapide, Martha era sicura che sarebbe stata circondata dalle offerte votive che avevano cominciato ad apparire fuori dal CED dopo la rivelazione della vicenda. Busti di Shakespeare in miniatura, opere d'arte, ricami, penne e taccuini si ammucchiavano sotto la pioggia estiva.

Tra le molte ricchezze contenute nello zibaldone, oltre alle ballate, alle poesie e alle descrizioni di opere teatrali che Joan aveva visto recitare a Stratford e a Londra, c'era un migliaio di parole sul fratello, scritte poco dopo la sua morte. Erano un esempio unico di documento sugli anni perduti della sua vita, tra il battesimo dei figli gemelli e l'arrivo sulla scena teatrale nel 1592. Quel periodo misterioso da molto tempo aveva generato una mitologia tutta sua: le speculazioni andavano dal giovane Shakespeare in fuga della giustizia perché aveva cacciato cervi di frodo, al suo arruolamento come soldato, a un periodo come attore in una compagnia di teatro itinerante di successo. Il libro di Joan mise fine a tutte quelle congetture. Venne fuori che la verità era molto più prosaica, ma comunque sensazionale al momento della rivelazione. Suo fratello era diventato un maestro di scuola e stava sveglio di notte a scrivere le opere teatrali generate dalla sua fantasia.

Ma per molti era proprio la voce di Joan il gioiello più prezioso di quel ritrovamento. Confermava la teoria che erano state soprattutto le donne a dilatare i confini della lingua nel Rinascimento, le donne che la innovavano mentre scrivevano le loro lettere e i loro zibaldoni. Martha aveva provato sommo piacere nel constatare come Joan sostituiva *hath* con *has* e *maketh* con *make*. Il tono colloquiale del libro era a mille miglia di distanza dalla formalità e dalla poeticità delle opere pubbliche di suo fratello.

Per gli etimologi, era il gran numero di retrodatazioni fornite da Joan che avrebbe cambiato tutto il paesaggio lessicografico, ricreando le fondamenta del dizionario storico. Joan, nel suo modo sommesso e informale, era stata la musa del fratello, raccogliendo parole e frasi dai parlanti intorno a sé e creando ad arte le proprie, delle quali si sarebbe preso lui il merito. C'era la possibilità concreta che la fonte principale di neologismi per il CED stesse per cambiare per sempre. In modo semplice ma dirompente, all'etichetta singola di "Shakespeare" vicino a lemmi come *askance* (bieco), *vouchsafed* (condiscendente) e *bedazzle* (abbarbagliati) sarebbe stata aggiunta una "J". davanti.

La veglia si tenne a casa loro, con le porte a vetri spalancate e i tavoli sparpagliati sul prato. L'editor della Oxford University

Press si era portato dietro i cartonati della copertina del libro, e la sua idea di metterli nel patio fu accolta con entusiasmo. Il catering serviva champagne e l'umore era allegro.

«Non sembra un funerale», osservò Alex. Lei, Martha e Safi si erano impossessate di uno dei tavoli in un angolo remoto del giardino assolato. Martha non riusciva a fare a meno di guardare suo padre. Si muoveva fluido tra i gruppi di persone, sorridendo, accogliendole. Sembrava dieci anni più giovane di quando lei era tornata da Berlino.

«Sembra piuttosto la presentazione di un libro», disse Safi. «Ti dispiace, Martha?».

Lei sorrise. «No, è molto meglio così. Come sta Nancy?».

Alex fece spallucce. «Come ci si poteva aspettare. La tempesta mediatica le ha reso impossibile nascondere del tutto alle figlie quello che ha fatto Simon, ma hanno trovato una specie di rifugio a casa mia. Passano ore a giocare con i gatti. Nancy spera che tu capisca perché non sono venute oggi».

«Ma certo», rispose Martha.

Jonathan aveva raccontato alla polizia che cosa aveva visto Simon: Olivia che faceva da sentinella vicino alle rovine, mentre lui finiva di seppellire Charlie in mezzo ai corvi. All'inizio Simon non aveva capito l'importanza di quell'avvistamento. Il suo funerale era stato piuttosto triste. Avevano partecipato in tanti, ma aleggiava rabbia e incredulità a mano a mano che dai giornali cominciava a filtrare l'accaduto. Le vendite del suo libro erano aumentate moltissimo.

«Adesso le ragazze avranno di che vivere», aggiunse Martha. «Lo zibaldone ora è entrato nelle collezioni della British Library, che l'ha pagato un po' meno della quota di mercato. Così siamo riusciti a evitare la tassa di successione, ma è al suo posto legittimo, a parte le questioni di soldi».

Safi aveva l'aria confusa. «Ma il libro era di Charlie, e quindi i soldi spettano a tuo padre e a te. Cosa c'entra la famiglia di Simon?».

Martha frugò nella borsa e tirò fuori un paio di buste. «Il ricavato del libro di Charlie verrà convogliato in un fondo. Ci sono cinque beneficiari, in parti uguali. Noi tre, la famiglia di Walter a Witney Place e la famiglia di Simon. Papà sarà amministratore fiduciario con un paio di amici e uno o due avvocati. Queste...». Porse ad Alex e Safi due buste con delle scritte a macchina. «...sono le vostre quote del prezzo di vendita dello zibaldone».

Safi aprì la busta e guardò dentro, con attenzione, come se il contenuto fosse esplosivo. «Oh! Ma quello è... Cosa? C'è scritto davvero mezzo milione di sterline?». Le si ruppe la voce.

«Proprio così». Martha prese il bicchiere di champagne e ne bevve un sorso. «A Charlie saresti stata simpatica, Safi».

«In questo momento anch'io ho un'opinione molto elevata di lei, diavolo», strillò Safi, e Martha rise. «Io...», disse ancora Safi, poi con un grande sforzo di volontà si infilò la busta nella tasca interna della giacca. «Martha, posso chiederti una cosa?»

«Sì».

«Perché sei tornata da Berlino? Ho sempre avuto la sensazione che ci fosse un altro motivo, oltre ad aver ottenuto questo lavoro».

Martha guardò la base del bicchiere. Erano settimane che si aspettava quella domanda, e aveva discusso con la sua nuova psicologa come rispondere. "Dire la verità" era la formula migliore che erano riuscite a trovare tutte e due.

«Sapete che ero convinta che fosse colpa mia. Che Charlie fosse affranta per via di Jonathan e se ne fosse andata per quello. Adesso sembra ridicolo, ma allora mi sembrava vero ed era orribile». Si scostò i capelli dagli occhi. «A mano a mano che crescevo, ho aggiunto alla sua storia la pressione di essere sempre la più brava in tutto. Credo di essermi inventata una versione tragica di lei, dove ho proiettato molta della mia malinconia. Forse per questo a Berlino ho fatto in modo di dovermi spesso prendere cura di giovani studenti che mi ricordavano Charlie. Nel corso degli anni mi sono guadagnata la reputazione di saper gestire le persone intelligenti e tormentate, e questo mi faceva sentire desiderata, importante. Una volta la mia amica Sabine mi ha detto che andavo a scovare le ombre degli altri per evitare la mia luce. Avrei dovuto darle ascolto».

«Adesso mi sta ancora più simpatica», disse Alex, quindi prese il bicchiere e si rilassò sulla sedia. Sabine era andata a trovare Martha subito dopo che erano emerse le rivelazioni, e si era fermata fino a quando la polizia non era riuscita a recuperare una bozza pulita del libro di Charlie dal vecchio portatile. Aveva aiutato a supervisionare la scansione dello zibaldone e la correzione del testo.

Gabriel aveva preso Sabine così in simpatia che aveva cominciato a passare meno tempo nel suo studio. Con il passare dell'estate, più di una volta Martha era tornata a casa e li aveva trovati seduti insieme in giardino, a chiacchierare di parole crociate o a passare al vaglio le implicazioni delle scoperte che aveva fatto emergere Joan Hart.

«E insomma, l'anno scorso stavo lavorando con una ragazza, Andrea König. Il suo progetto mi entusiasmava e l'avevo spinto molto in casa editrice. Poi lei ha cominciato a saltare le scadenze. Io insistevo, ignorando i segnali di allarme. Continuavo a prorogarle le scadenze, a offrirle consigli e altro denaro. Ma quando sono andata a trovarla lei mi ha detto che il suo progetto piaceva più a me che a lei, e che il mio "aiuto" era l'esatto contrario di quello di cui aveva bisogno».

«Te ne sei andata per quello?», le chiese Safi dubbiosa.

«Me ne sono andata perché stavo raccontando la storia sbagliata. L'avevo vista come un genio tormentato, un'altra Charlie. Lei era perfettamente in grado di comprendere ciò che le serviva e di portarlo avanti. Mi sono sentita una stupida, ho capito che tutta la storia che mi ero raccontata su me stessa a Berlino era sbagliata. E quindi, quando ho visto l'annuncio del lavoro al CED, ho cominciato a chiedermi se qualcuna delle mie storie era vera oppure no. Ho pensato che tornare a casa potesse aiutarmi a capirlo».

«Ma allora quand'è che tuo padre ha trovato lo zibaldone?», chiese Alex.

Le parole restarono sospese per aria. Alla fine il silenzio fu rotto da un sospiro di Safi.

«Che cazzo...».

«Ho ragione, vero?», insistette Alex. «Coro è Gabriel».

«Ma com'è possibile?», disse Safi in playback. Alex mostrò la busta e indicò il proprio nome scritto a macchina. La lettera "E" era consumata come quella nelle lettere di Coro, e gli a capo tra le righe del suo indirizzo erano troppo alti.

Martha annuì. Suo padre stava parlando con l'editor della OUP e rideva. Aveva messo su qualche chilo da quando avevano ritrovato Charlie. Martha prese il bicchiere.

«È stata una mattina di Natale quando la mamma era ancora viva: io ero a casa e parlavamo delle cacce al tesoro che Charlie mi preparava. Papà deve essere andato a frugare nei suoi nascondigli e l'ha trovato, avvolto con cura, sotto un'asse allentata sotto le scale nell'atrio».

«E non l'ha detto a nessuno...».

Gabriel andò verso di loro attraverso il prato, con le mani in tasca. Doveva esserci qualcosa nel modo in cui Safi lo stava guardando, perché esitò prima di fare gli ultimi passi.

Martha guardò prima uno poi l'altra, e vide lo shock sul viso di Safi, l'incastrarsi dei fatti che aveva vissuto anche lei quando aveva scoperto il ruolo avuto dal padre. Era stato il giorno dopo l'arresto di Gemma e Jonathan, quando Olivia era stata dichiarata sospettata degli omicidi di Charlie e Simon. Il tradimento di Gemma era stato un duro colpo per entrambi, ma aveva anche aperto una porta, facendo crollare il riserbo che aveva diviso padre e figlia, e lui le aveva raccontato la verità. Il giorno successivo Gabriel aveva confessato tutto a Caldwell. Non c'era niente di illegale in quello che aveva fatto, anche se il giovane poliziotto gli aveva fatto quella che lui in seguito aveva definito "una bella ramanzina".

«E quindi adesso lo sapete?», chiese Gabriel, mentre si avvicinava esitante.

Alex mostrò di nuovo la busta. «Si è tradito con questa. Perché? Perché diavolo non ha detto a nessuno del libro?».

Lui guardò Martha con gli occhi addolorati ma limpidi.

«Va bene, papà», mormorò, indicandogli il posto libero al loro tavolo, «glielo puoi dire».

Gabriel si sedette e si passò una mano tra i capelli. Mentre guardava prima Safi poi Alex, a Martha sembrò che avesse un'espressione timida e speranzosa.

«Rebecca era talmente sicura che Charlie sarebbe tornata... O almeno così continuava a dirmi. Quando l'ho trovato, temevo che il libro significasse che era successo qualcosa di terribile, e non volevo sottrarle quella speranza. E poi...». Sbatté le palpebre, abbassando lo sguardo sul tavolo. «Vedete, quando ho capito che cos'era il libro, ho visto le schede delle retrodatazioni e i riferimenti a Shakespeare, ho cominciato farmi delle domande su Jonathan. Sarò anche un vecchio stupido, ma non sono cieco. Ho sospettato che Martha e Jonathan fossero coinvolti». Martha si ricordò quelle lunghe conversazioni con Jonathan a casa dei suoi quell'estate. Lui che le strizzava il braccio o la spalla per comunicarle il suo sostegno mentre aspettavano le novità intorno al tavolo della cucina. Credeva che fossero invisibili. «E così quando ho trovato il libro avevo una paura tremenda che Jonathan avesse qualcosa a che fare con la scomparsa di Charlie, e che...». Scoccò uno sguardo mesto alla figlia. «... e che Martha ne sapesse qualcosa. Non potevo rischiare. Cosa sarebbe successo se, nel suo ultimo anno di vita, Rebecca avesse scoperto di avere perso entrambe le figlie?»

«Sarebbe stato inconcepibile», dichiarò piano Alex.

«Proprio così», ammise Gabriel.

«Però aveva fatto domande a Charlie su quei furti?», gli chiese Alex.

«Sì, per qualche tempo ho creduto che fosse stata quella conversazione a farla andare via. Anche se, quando glielo avevo chiesto, aveva solo riso. Mi aveva detto che Mike era pazzo a sospettare di lei e che lei scommetteva che fosse Simon».

«E l'ha detto a Mike?», chiese Martha.

Suo padre fece cenno di no. «Ero arrabbiato con Mike per avere accusato Charlie senza prove. Non potevo comportarmi nello stesso modo. Anche se ho accusato Simon nella cartolina».

Safi tirò fuori il famoso taccuino e sfogliò le pagine. «Ci aveva detto che sulla sua c'era scritto "Dio mi guardi dai falsi amici!"».

«No». Gabriel tirò su col naso. «C'era scritto: "Sei un ladro"[47]».

«Ecco perché ci ha mentito». Nella voce di Alex si sentiva sia il disprezzo sia la tristezza. «Immagino che Brin lo aiutasse a sbarazzarsi di quello che sottraeva?».

47 William Shakespeare, *Tutte le opere*, a cura di M. Praz, Sansoni, Firenze 1980, p. 1136.

Martha abbassò gli occhi. Brin aveva confessato di avere venduto alcuni pezzi per conto di Simon l'anno prima che Charlie scomparisse, ma aveva insistito nel dire che non sapeva che fossero rubati. Martha non gli aveva mai creduto.

«Sì, sono felice che non sia venuto oggi», disse. «Oliver vorrebbe incriminarlo per ricettazione, ma è passato così tanto tempo...».

«Avrei voluto sentire di più quel giorno in libreria», disse Safi in tono gentile, poi si accigliò. «Gabriel, perché non ha fatto niente per risolvere tutto questo dopo la morte di Rebecca?».

Lui sporse la mano per posarla su quella di Martha.

«Ho scoperto che neanch'io volevo perdere entrambe le mie figlie. Sospettare di lei era una cosa terribile, ma il pensiero di perderla per sempre era ancora peggio. O comunque mi sono sentito così per molto tempo». Martha girò la mano e gli strinse la sua per un attimo, poi la lasciò.

«E allora cosa è cambiato, Gabriel?», volle sapere Alex. Martha la guardò: aveva quello strano sorrisino, ma un tono di gentile curiosità.

«Il mio progetto era semplicemente lasciare lo zibaldone a Martha nel mio testamento, insieme a una lettera di spiegazioni. Poi è tornata a casa e mi sembrava così persa, così colpevole. Ho capito che dovevo fare qualcosa, e ho pensato a quelle cacce al tesoro. Erano anni che mandavo quelle cartoline a Mike. Era una cosa stupida, però lui aveva accennato a un paio di persone che Charlie era la ladra del CED e questo mi aveva fatto uscire dai gangheri. Volevo che non si dimenticasse mai di quello che aveva fatto. Ora capisco che era convinto di avere delle prove...». Con la punta della scarpa sfiorò una margherita che spuntava dal prato. «Non riuscivo ad affrontarlo con determinazione». Gabriel deglutì. «Ci siamo tutti persi nelle parole. Sono la nostra oasi e la nostra rovina. E lavorare a quegli indizi, perdermici dentro, è stata una consolazione».

Il suo sguardo si fece di nuovo remoto e per un attimo parve che si fosse perso di nuovo da qualche parte al di là della loro portata. Mentre lo guardava, Martha pensò all'etimologia della "pupilla" nell'occhio, il cui nome deriva dal latino *pupilla*, bambolina, perché quando si guarda agli occhi qualcuno si vede un minuscolo riflesso di noi stessi, simile a una bambolina. *Ero lì nei suoi occhi sin dal principio.*

«Quanto a portare una scheda di catalogazione in mezzo alle schedine», continuò Gabriel, «al CED mi conoscono ancora, ed è stato facile entrare fingendo di dover vedere Martha. Le misure di sicurezza di Mike forse impediscono alle persone di portar fuori delle cose, ma portarle dentro è piuttosto facile».

«Sperava davvero di scoprire la verità con un metodo così involuto?», chiese Alex.

Lui annuì e sorrise rapido. «Ha funzionato, no? Credevo di poter usare le lettere per aprire una porta. Ho scritto dei mostri nel labirinto, però credo che la persona persa nel labirinto fossi io. Sapevo quelle poche cose. Che Charlie era stata accusata di furto e che aveva lavorato per Brin. Che da qualche parte aveva trovato lo zibaldone, che Jonathan e Martha avevano avuto una specie di storia. Che Charlie si era appena mollata con Tom. Mi sembravano dei vicoli ciechi. Avevo bisogno del vostro aiuto per trovare una via d'uscita. Grazie a tutte voi».

«Non c'è di che», rispose Alex.

Il viso gli fu attraversato da un'aria addolorata. «Non avevo idea che scrivere quelle lettere avrebbe causato la morte di qualcuno».

«Simon ha fatto le sue scelte», replicò secca Safi. «Non è colpa sua. E nemmeno tua», aggiunse, guardando Martha.

Caldwell si staccò da un gruppo di ammiratori e si avvicinò, poi posò la mano brevemente sulla spalla a Martha. Lei alzò la testa e gli sorrise.

«Ah, ecco dove erano i pezzi grossi», scherzò. «Martha, l'editore ti sta cercando. Si è offerto di dire qualche parola se tu non te la senti».

«No, voglio farlo. Grazie, Oliver».

Si alzò e attraversò il giardino fino a un punto del patio che era in ombra. Caldwell chiese silenzio e il pubblico si girò verso di lei. Le poche persone vestite di nero sembravano fuori posto nel giardino estivo, un po' come dei gruppetti di corvi. Lei pensò a Charlie e sorrise, poi prese un foglio stampato dalla tasca della giacca.

«Salve a tutti, vi ringraziamo moltissimo di essere qui con noi oggi. Ho deciso di non riempire questo pomeriggio con le mie parole: ce ne sono così tante che ha scritto mia sorella e non siamo mai riusciti a sentire. Ma ora alcune sono ritornate a noi grazie a questo libro, e quindi vi voglio leggere un breve estratto dall'introduzione di Charlie alla sua straordinaria scoperta, per restituire importanza alla sua voce». Inspirò e chiuse un attimo gli occhi, poi lentamente alzò la pagina. «"Lo zibaldone di Joan Hart contiene molte rivelazioni, ma qui voglio prendermi il tempo per dire che cosa significa per me. Joan ha documentato le voci che si sentivano fuori dalle corti dei palazzi inglesi; ha afferrato le canzoni e le parole delle persone che aveva intorno: gli attori itineranti, i poveri, i borsaioli, le filatrici e i tavernieri. Ma soprattutto ha riprodotto le parole delle donne, e nel farlo ha eternato lo sbocciare di una lingua che è spuntata come erbacce fra le lastre pesanti della letteratura. Molti dei suoi frammenti sono stati riportati nei teatri dal fratello, per essere immortalati nel canone delle sue opere, ma la maggior parte di essi sarebbe sparita

per sempre se questa donna non si fosse presa la briga di annotare quello che agli altri sfuggiva, di ascoltare la musica della lingua che le vorticava intorno in uno dei periodi più floridi della sua crescita. Non ho mai creduto in Dio o nella vita dopo la morte. Ma la sola esistenza e sopravvivenza di questo libro mi hanno quasi convinta a credere in entrambi. Charlotte Thornhill, Oxford 2010"».

Martha abbassò la pagina e prese il bicchiere di champagne che le stava passando Alex.

«A mia sorella», brindò, e poi, tenendo alto il bicchiere, citò: «"Ma la tua eterna estate non potrà mai svanire, Né perdere il possesso delle tue bellezze; Né la Morte vantarsi di averti nell'ombra sua, Poiché tu crescerai nel tempo in versi eterni. Sin che respireranno uomini, e occhi vedranno, di altrettanto vivranno queste rime, e daranno vita a te"[48]».

Applaudirono tutti, e mentre la luce cominciava a diradarsi nella sera, un vortice di taccole si sollevò in aria in fondo al giardino e aggiunse i propri applausi chiocci e sinistri a quelli del pubblico.

[48] William Shakespeare, *Sonetto 18*, p. 38, ed. Melchiori.

Ringraziamenti

Quando avevo circa otto o nove anni ho partecipato a un concorso di racconti a scuola. Non ricordo tutto, ma so che la mia storia riguardava l'essere rincorsa a perdifiato in un bosco nebbioso da una fonte di pericolo sconosciuta, e che l'avevo intitolata *Inseguimento*. I miei primi tentativi di scrittura creativa sono iniziati e finiti lì, perché poco tempo dopo ho scoperto avventure ben più grandi, quelle che mi hanno tenuta occupata nei molti decenni successivi. Naturalmente erano contenute nei dizionari, le cui storie non avevano bisogno di ulteriori tragedie. Da allora la vita segreta delle parole mi ha tenuta prigioniera.

E allora perché scrivere questo libro? La risposta sincera è che non esisterebbe senza l'ispirazione degli editor di Zaffre, che, quando mi hanno suggerito che avrei potuto cimentarmi con la narrativa, mi hanno fatto sperimentare nuovi livelli di terrore e di esaltazione. Proprio come per il mio invito al Dictionary Corner di *Countdown*, che ho rifiutato tre volte prima di accettare, il mio istinto è stato quello di declinare educatamente e di rimanere dentro la mia rete di dizionari, a provare un entusiasmo sicuro. Ma ha cominciato a prendere piede l'idea di un approccio alla scrittura che potesse combinare il mio amore per l'etimologia con uno sguardo sulle persone che la studiano.

È stato il titolo a venirmi in mente per primo. "Definizione" è una parola così pesante. Cerchiamo di definire ogni aspetto della vita mentre la percorriamo, e allo stesso modo definiamo e ridefiniamo costantemente noi stessi. Queste definizioni sono espresse per mezzo di parole, che a loro volta sono definite in un dizionario. Ho iniziato a pensare a un giallo che poteva essere risolto solo sciogliendo un mistero della lingua, un giallo che costringesse un gruppo di lessicografi a essere molto più che semplici investigatori di parole.

Il fatto che quel pensiero sia diventato realtà è dovuto all'incoraggiamento e al notevole sostegno di quella squadra di Zaffre, che mi ha guidato dall'inizio alla fine attraverso le complessità della trama e del dare voce alle migliaia di storie linguistiche che volevo condividere. Sono stata guidata da Kelly Smith, che nel corso di numerosi pranzi e telefonate mi ha dato ascolto e ha condiviso la sua saggezza.

La squadra di ufficio stampa e marketing di Bonnier è stata altrettanto premurosa ed efficiente, in particolare Eleanor Stammeijer e Sophie Raoufi. I loro sforzi sono andati di pari passo con quelli del team di vendita, tra cui Stuart Finglass, Vincent Kelleher, Mark Williams e Stacey Hamilton, mentre Stella Giatrakou è stata instancabile nel vendere i diritti del romanzo all'estero. Sono infinitamente grata a tutti loro.

Ancora una volta, le mie agenti Rosemary Scoular e Natalia Lucas mi hanno dato un appoggio illimitato. Hanno letto volentieri ogni parola mentre proseguivo con la scrittura, in modo da poter fare il tifo per me da bordo campo.

Parlando di cose più personali, vorrei ringraziare chi ha letto le prime stesure e mi ha dato sempre la sua opinione sincera: questo libro si basa sui loro pareri. Tra loro ci sono Chris Price, il più gentile dei critici, e Rebecca Gowers, che ha discusso con me molti aspetti della storia durante le nostre camminate. La sostanza del romanzo è molto in debito con due amici in particolare: il redattore dell'*Oxford English Dictionary* Andrew Ball e Charlotte Scott, la cui profonda conoscenza della lessicografia e di Shakespeare ha ispirato gran parte di quello che ho scritto qui.

Due esperti di cruciverba mi hanno dato un aiuto inestimabile per rendere alcuni degli indizi delle parole del libro il più diabolici possibile (ma risolvibili): grazie di cuore ad Ashley Knowles e a Don Manley; davanti a gente come loro posso solo andare a rimorchio, e reggermi forte.

Infine, questo libro è dedicato a mio padre, Malcolm Dent, che non mancava mai di chiedermi dei miei progressi anche quando se ne stava andando. Ricordo ancora il suo orgoglio quando quel racconto scritto da piccola fu pubblicato sul giornale della scuola; spero che possa provare sensazioni simili ora.

Susie Dent
aprile 2024

Indice